Tu nichts Böses

Ein Oxford-Krimi

Bridget Hart Buch 3

M S MORRIS

Veröffentlicht von Landmark Media, einer Division von Landmark Internet Ltd.

Bridget Hart® und M S Morris® sind eingetragene Marken von Landmark Internet Ltd.

msmorrisbooks.com

KAPITEL 1

Ihre Schritte hallten deutlich auf dem Steinboden der Vorkapelle wider. Als Alexia Petrakis das südliche Querschiff durchquerte, spürte sie die Kälte, die von dem alten Steingebäude ausging, obwohl der August gerade erst vorüber war. Als Tochter eines griechischen Vaters und einer italienischen Mutter floss mediterranes Blut in Alexias Adern, und sie zog das sonnige Klima dem typisch britischen Wetter mit seinen feuchten Sommern, nieseligen Herbsttagen und kalten, nassen Wintern vor. Die Luft in der Kapelle war kühl und muffig, und sie zog ihre Kaschmirstrickjacke fest über die Brust und umschloss ihre Oberarme.

Als sie in der Mitte der Vorkapelle stehen blieb, hob sie den Kopf und betrachtete den leeren Raum über sich. Der Glockenturm. Was Oxford an anständigem Wetter fehlte, machte es mit seinen Gebäuden mehr als wett. Türme, Spitzen, Zinnen, Kuppeln, Vierecke, Wasserspeier. Die architektonischen Höhenflüge machten die Universität zu einem inspirierenden Ort zum Leben und Studieren. Als sie gestern durch die Stadt gelaufen war, waren ihr einige neue Gebäude aufgefallen, die seit ihrer Studienzeit entstanden waren: das Mathematische Institut, die Blavatnik School of Government, das Jesus College am Cornmarket. Aber hier am Merton College, einem der ältesten Colleges der Universität, hatte sich in den zwanzig Jahren seit ihrer Immatrikulation und den siebzehn Jahren seit ihrem Abschluss wenig bis gar nichts verändert. Für ein College, das seit mehr als siebenhundertfünfzig Jahren bestand, waren zwanzig Jahre nur ein Wimpernschlag.

Aber für Alexia war es eine lange Zeit gewesen.

Mit einem (ausgezeichneten) Abschluss in Anglistik von Oxford hatte sie ein Aufbaustudium in Journalismus an der Goldsmith's University in London absolviert, das sie als Klassenbeste abschloss. Als Reporterin beim *The London Evening Standard* hatte sie schnell die erste Sprosse der Karriereleiter erklommen. Doch sie wollte immer höher hinaus. Dank ihrer langen Arbeitszeiten und ihres hartnäckigen Interesses an jeder Story, die ihr über den Weg lief, arbeitete sie bald schon als freie Mitarbeiterin für nationale Zeitungen und deckte Geschichten über Korruption in der Geschäftswelt, Justizirrtümer im Rechtswesen und Skandale in der Politik auf. Schnell erwarb sie sich den Ruf als Kämpferin, als Verfechterin der Wahrheit, als jemand, die sich für das Gemeinwohl einsetzte. Doch nun hatte sie eine Geschichte zu erzählen, die die jahrhundertealten Grundfesten der Institution, in der sie sich gerade befand, erschüttern würde.

Deshalb hatte sie den für sie ungewöhnlichen Schritt unternommen, Rat zu suchen, bevor sie die Veröffentlichung in Angriff nahm. Von Natur aus war sie impulsiv, ja rücksichtslos, ohne Selbstzweifel. Aber zum ersten Mal in ihrem Leben war sie voller Unsicherheit. Konnte sie es tun? Und wenn ja, warum sollte sie?

Um ihre Schuldgefühle zu lindern, natürlich. Um jetzt das zu tun, was sie schon vor so vielen Jahren hätte tun sollen. Und doch wären die Folgen für alle Beteiligten wie ein Erdbeben, auch für sie selbst.

In solchen Momenten trauerte sie dem Verlust ihrer eigenen katholischen Erziehung nach, und dem Trost, den ihr das Sakrament der Beichte gegeben hatte. *Segne mich, Vater, denn ich habe gesündigt.* Vom Priester die Absolution zu erhalten und den Beichtstuhl frei von der Last der Sünde zu verlassen, war ein Luxus, der zu schön war, um wahr zu sein.

Sie glaubte nicht mehr daran.

Alexia wusste, dass es nur einen Weg gab, vergangenes Unrecht wiedergutzumachen, nämlich durch Handeln. Und für eine Journalistin bedeutete Handeln, die Wahrheit für die ganze Welt aufzudecken. *Die Feder ist mächtiger als das Schwert.* Doch bevor sie ihre Feder erneut im Dienste der Wahrheit schwang, hielt sie es für klug, sich Rat zu holen.

Der Kaplan des Colleges hatte sich bereit erklärt, sie um halb vier in der Kapelle zu treffen. Sie war früher gekommen, immer noch unsicher, was sie ihm sagen würde. Sie brauchte mehr Zeit, um ihre Gedanken zu ordnen und ihre Gefühle zu verarbeiten.

Nachdenklich wandte sie sich dem Chorraum zu und ging an den Bildern der Apostel und Evangelisten vorbei zum Altar hinauf. Der Altarraum war der älteste Teil der Kapelle, sieben Jahrhunderte alt, und stand auf den Grundmauern einer noch älteren Kirche. Das tiefe Gefühl der Verbundenheit mit der Vergangenheit beruhigte Alexia. Es half ihr, ihre eigenen Probleme ins rechte Licht zu rücken. Herbstliche Sonnenstrahlen fielen durch die Buntglasscheiben des riesigen gotischen Fensters, das die Ostwand ausfüllte. Verglichen mit den kunstvoll vergoldeten Kirchen ihres griechischen und italienischen Erbes wirkte die Kapelle in ihrer schlichten Schönheit immer noch überwältigend.

Die Tür zur Sakristei war geschlossen, also nahm sie an, dass der Kaplan noch nicht da war. Sie drehte sich um und ging durch das Seitenschiff zu den glänzenden Pfeifen der Dobson-Orgel, die in stiller Andacht standen. Zweifellos würden diese Pfeifen später am Tag während der abendlichen Feierlichkeiten zu tosendem Leben erwachen.

Während sie die Gedenktafeln und Statuen im nördlichen Querschiff der Vorkapelle betrachtete, öffnete und schloss sich die Tür im südlichen Querschiff. Sie drehte sich um und sah, wie eine Gestalt eintrat und über den Steinboden auf sie zukam. Erneut hallten Schritte durch den großen Raum.

„Es ist lange her", sagte sie zu dem Neuankömmling, doch ihr Besucher antwortete nicht. Stattdessen packten starke Hände ihre Schultern und ein kalter Draht legte sich um ihren Hals.

Von der Schnelligkeit des Angriffs überrumpelt, hatte Alexia keine Zeit, sich zu wehren, bevor der Draht sich zuzog und sie nach Luft schnappte. Sie sank auf die Knie und ihre Sicht begann zu verschwimmen. Kurz bevor sie endgültig ohnmächtig wurde, flüsterte ihr eine vertraute Stimme ins Ohr.

„Sieh nichts Böses."

KAPITEL 2

Die Räder des Koffers hüpften wild über das Kopfsteinpflaster der Merton Street, während Detective Inspector Bridget Hart ihren Weg eilig fortsetzte. Sie hatte ihr knallrotes Mini-Cabrio zu Hause in Wolvercote geparkt, war mit dem Bus ins Zentrum von Oxford gefahren und nun war sie spät dran für die Anmeldung zur College-Gaudi.

„Was für eine Gaudi?", hatte ihre Teenager-Tochter Chloe gefragt, als sie erfuhr, dass Bridget den Samstagabend an ihrem alten College in Oxford verbringen würde. „Ziehst du etwas Ausgefallenes an?" Chloes Augen funkelten schelmisch.

„Eine Gaudi hat nichts mit *auffälliger* oder *geschmackloser* Kleidung zu tun", erklärte Bridget ihr. „Es ist abgeleitet vom lateinischen *gaudere*, was so viel bedeutet wie *sich freuen*. Es ist ein Wiedersehensessen für alle, die sich vor zwanzig Jahren eingeschrieben haben."

„Du meinst ein Saufgelage für Leute mittleren Alters?"

„Sprache!"

In Wahrheit hatte Chloe gar nicht so unrecht. Offizielle Abendessen an den Colleges in Oxford waren immer mit reichlich Wein verbunden, gefolgt von noch mehr Alkohol in der College-Bar. Der Abend würde wahrscheinlich im doppelten Sinne des Wortes ein *rauschendes* Fest werden.

Die Räder des Koffers blieben schließlich in einer Lücke zwischen zwei besonders tückischen Pflastersteinen stecken, wodurch Bridget fast der Arm abgerissen wurde. Frustriert hob sie den Koffer am Griff hoch und schleppte ihn die letzten zwanzig Meter zum Tor des Colleges. Obwohl der Koffer klein war, war er erstaunlich schwer. Genau wie Bridget selbst, trotz ihrer verzweifelten Versuche, vor dem Dinner ein paar Pfunde abzunehmen.

Da sie unsicher war, was sie zu diesem Anlass anziehen sollte, hatte sie in letzter Minute die Nerven verloren und mehrere zusätzliche Outfits eingepackt, was einer der Gründe dafür war, dass sie den Bus verpasst hatte. Das und die Tatsache, dass sie den Morgen damit verbracht hatte, einen Bericht für ihren stets fordernden Chef, Chief Superintendent Alex Grayson, zu schreiben.

Doch jetzt nahm sie sich den Rest des Wochenendes frei und die Thames Valley Police musste ohne sie auskommen. Detective Sergeant Jake Derwent und Detective Constable Ffion Hughes waren mehr als fähig, mit allem fertig zu werden, was anfiel. Chloe wiederum war nur zu froh, die Nacht in London bei ihrem Vater Ben und dessen Freundin Tamsin zu verbringen. Vielleicht würde die jugendliche und hinreißende Tamsin Chloe noch ein paar ihrer „coolen" Modetipps geben, etwas, wozu Bridget nicht in der Lage war.

Ein Gefühl irrationaler Eifersucht überkam sie jedes Mal, wenn sie daran dachte, dass Chloe Zeit mit Ben und Tamsin verbrachte. Obwohl, Moment mal, daran war gar nichts irrational. Jede vernünftige geschiedene Frau mittleren Alters würde beim Gedanken an die neue Freundin ihres Ex-Mannes genau dasselbe empfinden wie sie. Vor allem, wenn die eigene Tochter sich so schnell zu Bridgets neuerer und jüngerer Nachfolgerin hingezogen fühlte.

Ihr eigenes Liebesleben war derweil kaum in Schwung

gekommen. Ihre Schwester Vanessa hatte ihr vor kurzem Jonathan Wright vorgestellt, den Besitzer einer Galerie für zeitgenössische Kunst in Oxford, aber ihre Arbeit bei der Polizei hatte der aufkeimenden Beziehung immer wieder Steine in den Weg gelegt. Schließlich hatten sie es doch zu einer richtigen Verabredung zum Abendessen geschafft. Doch nach einer schweren Verletzung, die eine Bauchoperation im Royal Brompton Hospital in London und eine Genesungszeit zu Hause nach sich gezogen hatte, lagen alle Hoffnungen auf eine Romanze auf Eis. Bridget fühlte sich schrecklich wegen des Vorfalls, der zum Teil ihre Schuld gewesen war. Sie hatte angeboten, sich am Wochenende um ihn zu kümmern, aber er wollte davon nichts wissen. Stattdessen hatte Jonathan ihr die strikte Anweisung gegeben, zu der Feier zu gehen und sich zu amüsieren.

„Viel Spaß", hatte er ihr gesagt. „Versuch nur, keine Leichen in Schränken zu entdecken."

Nun war sie also wieder am Merton College, wo sie drei Jahre lang studiert hatte, um ihren Abschluss in Geschichte zu machen. Zwanzig Jahre waren vergangen, seit sie sich eingeschrieben hatte, und es war schwer zu glauben, dass so viel Zeit vergangen war. Ihre Studienzeit war eine glückliche Zeit gewesen, die grausam von der Familientragödie überschattet worden war, die sich unmittelbar nach ihrem Abschluss ereignet hatte und noch immer dunkle Schatten warf. War das der Grund, warum sie bis zum heutigen Tag nie zurückgekehrt war?

Als sie die Pförtnerloge betrat, fühlte sie sich sofort in die Zeit zurückversetzt, als sie als naive Siebzehnjährige zum ersten Mal zum Vorstellungsgespräch hierhergekommen war. Sie erinnerte sich an den Eifer, ihre akademischen Fähigkeiten unter Beweis zu stellen, und an die Ehrfurcht, die ihr das jahrhundertealte Wissen und die Tradition, die aus dem alten Gemäuer sickerten, eingeflößt hatten. Die Geschichtstutorin hatte sie beim Vorstellungsgespräch in die Enge getrieben, ihr aber dennoch einen Platz angeboten. Später hatte sie von den

Studenten im zweiten und dritten Jahr erfahren, dass Dr. Irene Thomas einen umso mehr schätzte, je schwieriger das Vorstellungsgespräch war. Sie verschwendete keine Zeit damit, diejenigen auf die Probe zu stellen, von denen sie annahm, dass sie sich nicht qualifizieren würden. Ob Dr. Thomas noch da war? Sie musste inzwischen weit über sechzig sein, aber einige Oxford-Akademiker weigerten sich aufzugeben. Solange sie noch bei Verstand waren, konnten sie bis zu ihrem Tod forschen und lehren. Bridget glaubte nicht, dass Dr. Thomas sich von einer so kleinen Unannehmlichkeit wie dem Alter davon abhalten lassen würde, ihr Lebenswerk fortzusetzen.

„Kann ich Ihnen helfen?" Die Stimme des Portiers holte sie in die Gegenwart zurück. „Sind Sie wegen der Gaudi hier?" Der junge Mann im College-Pullover blickte sie vom Empfangstresen aus prüfend an. Sie fragte sich, was aus Stephenson, dem Hauptportier aus ihrer Studienzeit, geworden war. Er hatte zur alten Garde gehört, alle Studentinnen mit „Miss" und alle Studenten mit „Sir" angesprochen. Zweifellos war er schon lange im Ruhestand.

Bridget wischte sich die Schweißperlen von der Stirn, die sich nach dem Kampf mit dem überladenen Koffer gebildet hatten. „Ja, ich bin wegen der Gaudi hier. Bridget Hart."

Damals war sie natürlich noch Bridget Croft gewesen und fast gänzlich unerfahren, was Männer betraf, da sie direkt von einer reinen Mädchenschule gekommen war. Ein Teil von ihr sehnte sich noch immer nach diesen einfacheren Zeiten.

Der Portier hakte sie auf seiner Liste ab und reichte ihr einen großen weißen Umschlag, auf dem ihr Name und ihre Zimmernummer standen. „Darin stehen alle Informationen über die Feierlichkeiten. Das erste Ereignis wird ein Tee mit dem Direktor sein."

Der Direktor des Merton College war das Äquivalent zum Master an anderen Colleges oder zum Dekan in

Christ Church. Der alte Direktor, an den sich Bridget erinnerte, war inzwischen im Ruhestand und Dr. Brendan Harper, ein viel jüngerer Mann, der gewissermaßen eine Berühmtheit war, hatte seinen Platz eingenommen. Bridget freute sich darauf, ihn kennenzulernen.

„Ihr Zimmer befindet sich im Grove Building. Kennen Sie den Weg?"

Sie bedankte sich beim Portier und versicherte ihm, dass sie sich sehr gut an den Grundriss des Colleges erinnern konnte. Dann verließ sie die Pförtnerloge und zog noch einmal ihren Koffer in Richtung Front Quad hinter sich her.

Die Gebäude, die den Hauptplatz des Colleges bildeten, waren in einem Mix aus verschiedenen architektonischen Stilen erbaut, aber durch die Verwendung von gelbem Cotswold-Stein wirkten sie dennoch wie aus einem Guss. Jede Mauer, jeder Giebel und jeder Torbogen schimmerte golden im Septemberlicht, und die Bleiglasfenster funkelten, wo immer die Sonne sie berührte. Zu ihrer Rechten erhob sich das gotische Ostfenster der College-Kapelle und vor ihr führte eine Steintreppe hinauf zum mittelalterlichen Speisesaal, in dem heute Abend das Dinner serviert werden würde. Zur Linken führte ein doppelter Torbogen zum St. Alban's Quad, und der eher düstere Bogen des Fitzjames Gateway markierte den Eingang zum Fellows' Quad. Zinnen und Schornsteine blickten vergnügt von oben auf das architektonische Durcheinander herab, und dahinter erhob sich der burgähnliche Turm, der das Torhaus zierte.

Andere Colleges mochten größer, prächtiger oder berühmter sein, aber Mertons bescheidenere Proportionen und sein eklektischer Stilmix hatten die Kraft, Bridget tief zu berühren. Es war wunderschöne Architektur nach menschlichem Maß.

Ein schmaler Gang, vorbei an alten Steinmauern, führte sie zum eigenartig benannten Mob Quad. Wenn Bridget ihren Lieblingsplatz in ganz Oxford wählen müsste, dann wäre es dieser. Die Gebäude des Mob Quad aus dem dreizehnten und vierzehnten Jahrhundert, die ein perfektes Quadrat aus leuchtend grünem Rasen umgaben, lagen außerhalb der Sichtweite der Touristen und Einkäufer, die sich in den überfüllten Straßen tummelten.

Die Ruhe in Oxfords ältestem Innenhof veranlasste sie, ihr Tempo zu verlangsamen. Warum die Eile? Wenn sie hier war, um sich zu amüsieren, würde sie sich die Zeit nehmen, die Atmosphäre auf sich wirken zu lassen. Sie atmete tief durch und spürte, wie sich die Anspannung in ihren Schultern löste. Kurzentschlossen stellte sie ihren Koffer am Fuß der Treppe ab und stieg die Stufen zur College-Bibliothek hinauf.

Da das Semester noch nicht begonnen hatte, schien die Bibliothek leer zu sein. Bridget schlenderte den Mittelgang entlang und blieb kurz stehen, um einen Blick in die verschiedenen Nischen zu werfen – Englisch, Moderne Sprachen, Jura, Klassische Philologie, Mathematik und Geschichte. Sie waren noch genauso angeordnet wie damals. Die Bücherregale aus Eichenholz waren mit so viel Wissen vollgestopft, dass es verlockend war, wahllos einen Titel aus dem Regal zu nehmen und einfach loszulesen. Heutzutage hatte sie so wenig Zeit für Bücher. Das Elterndasein – noch dazu als Alleinerziehende – hatte ihr diesen Teil ihres Lebens geraubt. Ein wenig trauerte sie dem Verlust nach. Aber dann erinnerte sie sich daran, was sie stattdessen gewonnen hatte – eine Tochter, Chloe. Sie würde die Entscheidungen, die sie getroffen hatte, nicht rückgängig machen wollen.

In der hintersten Nische raschelte Papier und sie merkte, dass sie doch nicht allein war. Als sie um die Regale spähte, konnte sie nicht anders, als vor Freude zu jubeln.

An einem der Tische saß Dr. Irene Thomas, umgeben von Stapeln von Geschichtsbüchern. Sie war Expertin für das elisabethanische und jakobinische Zeitalter und hatte sich mit einem Buch über Sir Francis Walsingham, den obersten Spion von Elisabeth I., einen Namen gemacht.

Bridget hatte zu Recht vermutet, dass ihre alte Tutorin bis zu ihrem Tod weitermachen würde.

Als Bridget auf sie zukam, nahm Dr. Thomas ihre Lesebrille ab und blickte auf; ihr Gesicht erhellte sich, als sie Bridget erkannte. „Ach, du meine Güte. Bridget Croft. Wie geht es Ihnen, meine Liebe?"

„Sehr gut, danke", sagte Bridget. Die Fähigkeit ihrer Tutorin, sich Gesichter und Namen zu merken, war schon immer beeindruckend gewesen und hatte offensichtlich im Laufe der Zeit nicht nachgelassen. „Obwohl ich jetzt Bridget Hart heiße", fügte sie hinzu.

Dr. Thomas' Blick wanderte blitzschnell zu Bridgets ringloser linker Hand, und sie wusste, dass ihre ehemalige Tutorin sofort auf den Sachverhalt schließen würde. War es nicht genau das, worum es beim Studium der Geschichte ging? Die vorhandenen Beweise zu betrachten und Schlussfolgerungen zu ziehen. Im Grunde war es wie Polizeiarbeit.

Diplomatisch erwähnte Dr. Thomas Bridgets Familienstand nicht. „Ich nehme an, Sie sind wegen der Feier hier?"

„Ja, ich dachte, ich schaue nur kurz in der Bibliothek vorbei, bevor ich auf mein Zimmer gehe. Ich hatte nicht erwartet, hier jemanden zu treffen, aber es ist schön, Sie zu sehen."

„Setzen Sie sich und erzählen Sie mir, was Sie aus Ihrem Leben gemacht haben." Dr. Thomas deutete auf den Stuhl gegenüber. „Ich höre gern, was meine Studenten anstellen, wenn sie von hier in die reale Welt flüchten."

Bridget setzte sich mit Vergnügen ihr gegenüber. Nachdem sie sich so beeilt hatte, hierher zu kommen, war es eine Freude, Zeit mit einer Frau zu verbringen, für die sie größten Respekt und Bewunderung empfand. Es war schwierig, das genaue Alter ihrer Tutorin zu bestimmen. Als Bridget sie das letzte Mal gesehen hatte, war Dr. Thomas' Haar grau gewesen und jetzt weiß geworden, und ihre Haut hatte das pudrige Aussehen fortgeschrittenen Alters angenommen, aber ihre Augen funkelten immer noch mit jener wilden, wissbegierigen Intelligenz, an die Bridget sich aus ihren wöchentlichen Tutorien so gut erinnerte. In ihren besten Zeiten war Dr. Thomas dafür bekannt gewesen, dass sie das Kreuzworträtsel der Times in weniger als fünfzehn Minuten lösen konnte. Bridget bezweifelte, dass ihr Können nachgelassen hatte.

„Nun, ich fürchte, ich habe meinen Abschluss in Geschichte nicht wirklich genutzt", sagte Bridget. „Ich bin zur Polizei gegangen. Es schien das einzig Richtige zu sein, nach ... nach dem, was meiner jüngeren Schwester Abigail widerfahren war. Jetzt bin ich Detective Inspector."

„Natürlich", sagte Dr. Thomas. „Ich erinnere mich an diese schreckliche Sache. Und die Polizei hat den Mörder nie gefasst?"

„Nein", sagte Bridget. „Aber wenigstens habe ich jetzt die Möglichkeit, andere Verbrecher zur Strecke zu bringen."

Dr. Thomas nickte zustimmend. „Ich habe immer gewusst, dass Sie etwas Sinnvolles mit Ihrem Leben anfangen würden."

„Und Sie?", fragte Bridget, um das Thema zu wechseln. „Lehren und schreiben Sie immer noch?"

Dr. Thomas deutete auf die Stapel von Büchern und Papieren, die vor ihr lagen. „Wir können so viel von den Elisabethanern lernen. Es war eine Zeit, in der Großbritannien nach dem Chaos, das der Bruch mit Rom verursacht hatte, seinen Platz in der Welt finden musste. Es gibt so viele Parallelen zur heutigen Zeit. Und wenn wir nicht aus der Geschichte lernen können, welche Hoffnung gibt es dann noch für die Zukunft? Manchmal fürchte ich, dass wir das, was die spanische Armada nicht geschafft hat, nämlich diese Nation zu zerstören, selbst bewerkstelligen werden." Sie hielt inne. „Sie erinnern sich doch sicher an das Datum der spanischen Invasion?"

„Ähm ... Ja, das war 1587. Nein, 1588."

Dr. Thomas hielt Bridgets Blick einige quälende

Sekunden, bevor sie nickte. „Ja, ich sehe, Sie haben nicht alles vergessen, was Sie hier gelernt haben. Nun lassen Sie sich nicht länger von einer trübsinnigen alten Frau von Ihrem Vergnügen abhalten. Ich nehme an, der Tee ist bereits serviert.“

Bridget sah auf die Uhr. Es war fast vier Uhr, die Zeit, zu der der Tee beginnen sollte. Sie erhob sich. „Es war schön, Sie wiederzusehen, Dr. Thomas. Vielleicht haben wir später noch Gelegenheit zu einem längeren Gespräch.“

„Das hoffe ich.“

Bridget holte ihren Koffer, den sie am Fuß der Treppe abgestellt hatte, und machte sich auf den Weg zum Grove Building, einem Anbau aus dem neunzehnten Jahrhundert, der mit seinen steinernen Giebeln und bleiverglasten Erkerfenstern an ein fürstliches Herrenhaus erinnerte. Sie schleppte ihren Koffer die Treppe hinauf und fand die ihr zugewiesene Unterkunft im zweiten Stock. In ihrem ersten Studienjahr hatte sie genau in diesem Gebäude ein Zimmer gehabt, aber die Zeiten hatten sich geändert, und dieser Raum verfügte nun über ein eigenes, in eine Ecke gequetschtes Bad, einen kleinen Kühlschrank unter dem Schreibtisch und einen Internetanschluss. Sie warf ihren Koffer aufs Bett und sah aus dem Fenster.

Das Zimmer war nach Süden ausgerichtet und bot einen Blick auf den Dead Man's Walk, einen sandigen Fußweg, der von Osten nach Westen zwischen der alten Stadtmauer und dem Merton Field verlief. Einst diente er als Route für mittelalterliche Leichenzüge vom alten jüdischen Viertel zum jüdischen Friedhof außerhalb der Stadtmauern. Der Legende nach spukte hier der Geist von Francis Windebank, einem Oberst, der 1645 während des englischen Bürgerkriegs an dieser Stelle hingerichtet wurde. Der Geist war angeblich nur von den Knien an aufwärts zu sehen, da sich das Bodenniveau seit dem siebzehnten Jahrhundert verändert hatte.

Bridget glaubte nicht an Geister, zumindest nicht an solche, die mit rasselnden Ketten über die Burgmauern streiften und Rache für vergangenes Unrecht forderten oder als ungebetene Gäste beim Dinner auftauchten. Aber sie wusste nur zu gut, dass Erinnerungen und Schuldgefühle auch die Gegenwart heimsuchen konnten. Deshalb hatte sie frühere Einladungen zur College-Gaudi ignoriert. Zwanzig Jahre war es jetzt her, dass sie sich als frischgebackene Achtzehnjährige an der Universität immatrikuliert hatte, und siebzehn Jahre, dass sie ihren Abschluss in Geschichte gemacht hatte. Sie war geschieden, hatte eine fünfzehnjährige Tochter, und ihre Karriere als Detective Inspector bei der Thames Valley Police nahm endlich Fahrt auf. Selbst an der romantischen Front sah es vorsichtig optimistisch aus. Es war an der Zeit, sich den Geistern ihrer Vergangenheit zu stellen und zu sehen, ob sie nicht einige von ihnen zum Schweigen bringen konnte.

Sie öffnete den Umschlag, den ihr der Portier gegeben hatte, und zog einen Zeitplan für die Veranstaltungen des Tages heraus. Der *Tee mit dem Direktor (informell)* wurde jetzt im Foyer des TS Eliot Theatre serviert. Sie war bereits spät dran, musste noch Jeans und T-Shirt ablegen und sich umziehen. Aber was genau war ein *informeller* Dresscode? War *informell* dasselbe wie *casual*? Sie hatte den starken Verdacht, dass dem nicht so war. Plötzlich hatte sie eine albtraumhafte Erinnerung an ein College-Dinner, zu dem sie in einem kurzen Cocktailkleid erschienen war, während alle anderen Frauen lange Abendkleider trugen. Gott, für sie waren gesellschaftliche Anlässe schon immer modische Minenfelder gewesen.

Sie öffnete ihren Koffer und begann, ihre Kleidung herauszuholen. Sie hatte drei verschiedene Kleider dabei, von denen jedes einzelne für das Dinner später am Abend geeignet sein konnte (oder auch nicht). Der Dresscode für das Abendessen war im Programm als *black tie* beschrieben. Für die Männer war das in Ordnung, denn für sie bedeutete *black tie* einen schwarzen Smoking, ein weißes Hemd und eine schwarze Fliege. Aber was bedeutete das für die Frauen? Mit dieser Entscheidung würde sie sich später befassen.

Neben den drei festlichen Kleidern hatte sie noch einige andere Outfits eingepackt, um für die verschiedenen gesellschaftlichen Anlässe des Tages eine Auswahl zu haben. Doch Optionen bedeuteten Entscheidungen. Schwierige Entscheidungen. Sie sah auf die Uhr. Der *Tee mit dem Direktor (informell)* hatte vor fünfzehn Minuten begonnen. Wenn sie so weitermachte, würde er vorbei sein, bevor sie entschieden hatte, was sie anziehen sollte.

Vor dem Abendessen um sieben würde ein kurzer Gottesdienst in der Kapelle stattfinden, für den es keine besondere Kleiderordnung gab. Nach dem Dinner würde die College-Bar bis Mitternacht geöffnet sein. Zu diesem Zeitpunkt würden alle, sie eingeschlossen, zu betrunken sein, um sich Gedanken über ihre Kleidung zu machen.

Für den Moment mussten eine schwarze Hose und ein gestreiftes Breton-Oberteil genügen. Nach Bridgets Maßstäben war das schick, nicht informell, aber es war sicherer, overdressed zu sein, als das Risiko einzugehen, schlampig auszusehen.

Sie fuhr schnell mit einem Kamm durch ihren kurzen dunklen Bob, trug einen Hauch von Nude-Lippenstift auf und überprüfte ihr Aussehen im Spiegel. Wohl oder übel war sie bereit, sich der Welt zu stellen.

KAPITEL 3

Bridget stand nervös mit ihrem Tee am Rande der großen Menschenmenge, ein kleines Plundergebäck balancierte gefährlich am Rand der Untertasse. Sie suchte im Foyer des Theaters nach einem bekannten Gesicht, konnte aber keines entdecken.

Dass sie nur knapp 1,60 m groß war, half ihr in solchen Situationen nie. Es war für Bridget einfach unmöglich, über die Schultern anderer Leute zu schauen. Aber so konnte sie sich wenigstens vor Blicken verstecken. Sie war noch nie gut in großen gesellschaftlichen Zusammenkünften gewesen. Sie nahm einen Bissen von ihrem Gebäck, um sich Mut zu machen.

Mit keiner ihrer alten College-Freundinnen hatte sie Kontakt gehalten, und die Menschen hatten sich in zwei Jahrzehnten merklich verändert. Sie war erstaunt, wie alt alle aussahen. Nun, sie gingen alle auf die Vierzig zu. Mittleres Alter, laut Chloe. Viele der Männer trugen bereits eine Glatze, und einige der Frauen hatten sich offensichtlich die Haare gefärbt. Fast alle hatten eine fülligere Figur.

Sie wusste, dass auch sie sich verändert hatte. In letzter

Zeit hatten sich graue Strähnen in ihrem Haar gezeigt und sie hatte die zusätzlichen Pfunde, die sie seit der Geburt von Chloe zugelegt hatte, nie wieder loswerden können. Nicht, dass sie sich besonders viel Mühe gegeben hätte. Ihr stressiger Job und ihre Pflichten als alleinerziehende Mutter ließen ihr kaum Gelegenheit, Sport zu treiben oder sich gesund und ausgewogen zu ernähren. Da half es auch nicht, dass sie eine ausgeprägte Vorliebe für Pasta, süße Desserts und das eine oder andere Glas Wein hatte. Sie nahm noch einen Bissen von dem Plundergebäck. Es war wirklich köstlich.

Sie schob sich seitlich an einer Gruppe von Männern vorbei, die inzwischen Speck angesetzt hatten und in Erinnerungen an ihre Ruderzeit am College schwelgten. Es schien die schönste Zeit ihres Lebens gewesen zu sein, mitten im Winter jeden Morgen um fünf Uhr aufzustehen und zum Bootshaus zu laufen, um zu trainieren. Wenn dem so war, fragte sie sich, warum sie es nicht mehr taten.

Sie spürte einen Klaps auf der Schulter und drehte sich um.

„Bridget! Dachte ich mir doch, dass du es bist."

„Bella!", rief Bridget, erleichtert, dass wenigstens eine Person hier war, die sie kannte. Bella Williams hatte in ihrem zweiten Studienjahr ein Haus mit ihr geteilt, zusammen mit vier anderen Mädchen. Einst waren sie alle gute Freundinnen gewesen, aber Bridget hatte seit ihrem Abschluss keine ihrer ehemaligen Mitbewohnerinnen mehr gesehen. Die Ermordung ihrer Schwester hatte sie gerade zu dem Zeitpunkt aus der Universität gerissen, als sie hätte feiern sollen, und sie hatte den Kontakt einfach verloren.

Bridget küsste Bella auf die Wange und trat dann einen Schritt zurück, um ihre alte Freundin genauer zu betrachten. Sie war erstaunt über das, was sie sah, gab sich aber alle Mühe, es nicht zu zeigen.

Bella war einmal sehr hübsch gewesen, aber die Jahre hatten ihr nicht gut getan. Jetzt war ihr Mund in ständigem Groll nach unten gezogen und ihre Haut zeigte Anzeichen vorzeitiger Alterung. Ihr Haar wurde – wie das von Bridget – grau, aber im Gegensatz zu Bridget hatte sie keine Anstrengungen unternommen, um es wieder in seine ursprüngliche Farbe zu bringen.

Bridget konnte nicht umhin festzustellen, dass, wenn ihre eigene Kleidung als *informell* bezeichnet werden konnte, Bellas Outfit definitiv *casual*, wenn nicht sogar ein wenig *ungepflegt* war. Sie trug eine ausgeblichene Jeans und einen weiten Pullover mit ausgefransten Bündchen. Eine alte Segeltuchtasche hing locker über der Schulter. Es schien kaum passend für einen *Tee mit dem Direktor*. Aber was wusste Bridget schon von Kleidung? Ihr eigenes Leben bestand aus einem modischen Fehltritt nach dem anderen. Chloe war diejenige, die in ihrem Haus Modetipps verteilte.

„Wie geht es dir?", fragte Bridget.

„Ach, du weißt schon." Bella schob die Hände in die Taschen ihrer Jeans und zuckte unverbindlich mit den Schultern. „Mal so, mal so."

Bridget hatte keine Ahnung, was Bella damit meinte. Das war nicht gerade die Antwort, die man geben sollte, wenn jemand fragte, wie es einem ging. Das wusste sogar Bridget.

„Aber was ist mit dir?", fragte Bella, offensichtlich darauf bedacht, das Gesprächs auf Bridget zu lenken. „Ich habe seit Jahren nichts mehr von dir gehört. Was machst du so? Verheiratet? Kinder?"

Bridget gab Bella einen kurzen Abriss ihres Lebens – eine kurze Ehe, aus der eine Tochter hervorging, gefolgt von einer chaotischen Scheidung und einer Karriere, die jetzt endlich Fahrt aufnahm.

„Wow", sagte Bella. „Du bist also zur Polizei gegangen? Das hätte ich nie gedacht."

Bridget lachte. „Ich auch nicht." Sie nahm einen Schluck von ihrem Tee. „Und was machst du so?" Bella hatte Klassische Philologie an der Universität studiert, und Bridget fragte sich, ob sie eine akademische Laufbahn eingeschlagen hatte.

„Ich? Oh, ich bin letztendlich Lehrerin geworden."
„An einer Universität?"
Bella lachte spöttisch. „An einer Schule. Das ist nicht gerade das, was ich mir erhofft hatte."

Es war mit Sicherheit nicht das, was Bella sich erhofft hatte. An der Universität war sie ein aufgehender Stern gewesen, von dem man erwartet hatte, dass er mit Auszeichnung abschließen und eine glänzende akademische Karriere einschlagen würde. Bridget hatte fest damit gerechnet, dass sie jetzt Dozentin in Oxford oder an einer anderen renommierten Universität sein würde. Aber das Leben hielt immer wieder Überraschungen und Ablenkungen bereit, wie sie nur zu gut wusste.

„Ich bin sicher, dass das Unterrichten harte Arbeit ist", sagte Bridget. „Aber es ist der Mühe wert." Da sie selbst einen Teenager hatte, zollte sie jedem großen Respekt, der bereit war, den ganzen Tag eine Klasse voller Kinder zu beaufsichtigen und anschließend den Abend damit zu verbringen, Hausaufgaben zu korrigieren und Unterrichtspläne für den nächsten Tag auszuarbeiten. Vielleicht war das der Grund, warum Bella so niedergeschlagen aussah. „Und du hast wenigstens schöne, lange Sommerferien", fügte Bridget fröhlich hinzu.

Bella lächelte müde, und Bridget hielt es für das Beste, das Thema zu wechseln. „Was ist mit Freunden oder Ehemännern?"

Bella schüttelte den Kopf. „Da gibt es auch nichts zu erzählen, fürchte ich. Ich habe wohl nie den Richtigen gefunden.

„Nun, ich auch nicht", sagte Bridget. „Ich habe nur ein paar Jahre gebraucht, um herauszufinden, wie falsch er war." Sie beschloss, kein Wort über Jonathan zu verlieren. Es kam ihr vor, als würde sie das Schicksal herausfordern, wenn sie über ihre neue Beziehung sprach, die gerade erst einen so zögerlichen Start hingelegt hatte. Stattdessen erkundigte sie sich nach den anderen Mitbewohnerinnen. „Hast du Meg, Tina oder Alexia hier gesehen?"

„Alexia habe ich nicht gesehen. Aber Meg und Tina sind da drüben." Bella deutete in die hintere Ecke des Raumes, wo zwei Frauen – eine blond, eine brünett – mit dem Rücken zueinander standen und sich angeregt mit anderen Leuten unterhielten. Ihre Haltung ließ darauf schließen, dass sie einander absichtlich ignorierten.

„Haben sie sich zerstritten?", fragte Bridget. Meg, Margaret Collins mit vollem Namen, und Tina Mackenzie waren während des Studiums immer die besten Freundinnen gewesen.

Bella zuckte abweisend mit den Schultern. „Wer weiß das schon bei den beiden? Du weißt doch, wie sie sind – beide stur und dickköpfig."

Bridget war überrascht, einen so unverhohlen feindseligen Ton in Bellas Stimme zu hören. Die drei Frauen – Meg, Tina und Bella – waren einst unzertrennlich gewesen. Sie fragte sich, was in den Jahren dazwischen passiert war, das einen Keil zwischen sie getrieben hatte.

Als hätten sie gespürt, dass über sie gesprochen wurde, schauten sowohl Meg als auch Tina zu Bridget und Bella. Meg löste sich als Erste von ihrem Gesprächspartner und durchquerte den Raum in ihrem farbenfrohen Kleid, das mit großem, teuer aussehendem Schmuck verziert war. Ihr langes, goldenes Haar umspielte ihre Schultern. Auf ihrem Kopf prangte eine überdimensionale Sonnenbrille, als wäre sie gerade von einem exotischen Ort eingeflogen worden und würde die Gaudi im Rahmen einer Weltreise besuchen.

„Bridget!", rief sie mit ihrer überirdisch lauten Stimme. „Wie schön, dich zu sehen, Liebes." Auf ihren fünfzehn Zentimeter hohen roten Stilettos überragte Meg Bridget und Bella. Bridget, die noch nie mit hohen Absätzen zurechtgekommen war, fragte sich, wie sie darin überhaupt laufen konnte. Meg beugte sich demonstrativ auf Bridgets Höhe hinab und drückte ihr zwei lautstarke Luftküsse auf die Wangen, einen auf jeder Seite.

Meg hatte in Oxford Biochemie studiert und immer

davon gesprochen, eines Tages ihr eigenes Unternehmen zu gründen. Bridget wollte sie gerade fragen, was sie seit ihrem Abschluss gemacht hatte, aber dazu kam sie nicht. Im nächsten Moment tauchte Tina neben Bridget auf, die offensichtlich nicht von der großen Wiedervereinigung ausgeschlossen werden wollte.

Während Meg kräftige Farben bevorzugte – leuchtendes Scharlachrot mit kontrastierenden pinkfarbenen Accessoires –, trug Tina ein exquisites, figurbetontes schwarzes Kleid. Ihre schlanke, jugendliche Figur vermittelte Bridget ein unerreichbares Maß an Selbstbeherrschung, und ihr kurzes, elegant geschnittenes Haar und ihr makelloses Make-up rundeten das Bild der Perfektion ab. Wenn das *informell* war, konnte Bridget sich nicht vorstellen, was Tina zum Dinner tragen würde.

„Bridget, du hast dich kein bisschen verändert", sagte Tina und drückte Bridget einen Kuss auf die linke Wange.

„Ich weiß nicht", sagte Bridget. „Aber du siehst keinen Tag älter aus." Aber das stimmte nicht ganz. Tina war zwar noch genauso schlank wie mit zwanzig, aber an die Stelle der Jeans-tragenden Studentin, die Bridget gekannt hatte, war eine reife, äußerst selbstbewusste Frau getreten, die sie kaum wiedererkannte. Tina hatte an der Universität Jura studiert. Vielleicht war sie jetzt eine Spitzenanwältin in einer großen Londoner Kanzlei, wie sie es sich immer gewünscht hatte.

„So, da sind wir alle wieder", sagte Meg und strahlte alle an, obwohl ihr Lächeln merklich schwächer wurde, als sie Tina erblickte. „Es ist wie in alten Zeiten."

„Außer, dass Alexia nicht hier ist", sagte Bridget und sah sich im Raum um. Alexia Petrakis war die Fünfte im Bunde. Mit ihrer exotischen Herkunft und ihrem auffallend guten Aussehen war Alexia immer die Glamouröseste der Gruppe gewesen. Mit ihren glänzenden schwarzen Locken, den dunklen Augen und der olivfarbenen Haut war sie unter den anderen Studenten hervorgestochen und hatte während ihrer drei Jahre in Oxford so manches Männerherz gebrochen.

Schon als Studentin hatte sie den Jetset-Lifestyle genossen und war in den Sommerferien zu den Häusern ihrer Familie in Griechenland und an der Amalfiküste gereist. Einmal hatte sie Bridget eingeladen, sie zu begleiten, aber Bridget war zu schüchtern gewesen, um mitzukommen. Jetzt fragte sie sich, wovor sie eigentlich so viel Angst gehabt hatte. „Hat jemand etwas von Alexia gehört? Wo ist sie jetzt? Kommt sie heute?"

„Ich bin sicher, dass sie kommt", sagte Bella.

„So wie ich Alexia kenne, liegt sie wahrscheinlich mit jemand anderem im Bett", sagte Tina.

Megs Gesicht verfinsterte sich. Sie warf Tina einen wütenden Blick zu. Tina zuckte daraufhin mit den Schultern und nippte an ihrem Tee.

Bridget wartete darauf, dass jemand diesen Austausch von Feindseligkeiten erklärte, aber stattdessen kehrten sich die beiden Frauen wieder den Rücken zu und schwiegen.

Bella warf Bridget einen Blick zu, als wollte sie sagen: „Also ehrlich, die beiden."

Bridget nippte an ihrem Tee und fühlte sich ausgesprochen unwohl angesichts der Art und Weise, wie das Wiedersehen verlief. Natürlich hatte sie erwartet, dass sich die Menschen verändert hatten, aber mit diesem offenen Krieg zwischen ihren alten Freundinnen hatte sie nicht gerechnet. Während sie über deren Verhalten nachdachte, fiel ihr ein weiterer Grund für ihr wachsendes Unbehagen ein. Was auch immer zwischen Meg und Tina – und Bella – vor sich gehen mochte, es gab einen Elefanten im Raum, den bisher niemand erwähnt hatte. Das sechste Mitglied im Bunde, Lydia Khoury.

Natürlich würde Lydia heute nicht zum College zurückkehren. Lydia würde nie mehr zurückkehren.

Die betretene Stille, die sich über die Gruppe gelegt hatte, wurde durch die Ankunft des Direktors und seiner Frau unterbrochen, die sich unter die Gäste mischten. Sowohl Meg als auch Tina drehten sich neugierig um, als sich das Paar näherte.

Der Direktor des Merton College, Dr. Brendan

Harper, war der Tutor für Archäologie und Anthropologie gewesen, als Bridget noch studierte. Seitdem hatte er es zu einer gewissen Berühmtheit gebracht, indem er Dokumentarfilme für den National Geographic Channel, den History Channel und in letzter Zeit auch für die BBC präsentierte, wobei man ihm nachsagte, dass er alte Knochen sexy aussehen ließ. Als echter Indiana Jones war er die Art von Mann, dessen Anziehungskraft auf Frauen mit zunehmendem Alter zu wachsen schien, vor allem, wenn er in Khaki-Shorts und robusten Wanderschuhen durch die Wüste schritt und sein leicht stoppeliges Gesicht ernst in die Kamera neigte, während er die Bedeutung eines seltenen und wichtigen Artefakts erklärte.

Während Dr. Harper Mitte bis Ende fünfzig war, war seine Frau Yasmin wesentlich jünger. Bridget schätzte sie auf Mitte dreißig. Mit ihrem langen Hals, den fein geschnittenen Gesichtszügen und den tiefliegenden Augen erinnerte sie Bridget an die berühmte Büste der ägyptischen Königin Nofretete.

Meg trat als Erste aus der Gruppe nach vorne und schüttelte dem Direktor die Hand, wobei sie wieder ihr strahlendes Lächeln aufsetzte. „Herr Direktor, ich habe gehört, wir dürfen Ihnen Glück wünschen für Ihre Bewerbung als Vizekanzler der Universität."

Dr. Harper erwiderte ihre überschwängliche Begrüßung mit einem Lächeln falscher Bescheidenheit. „Danke. Es liegt jetzt alles in den Händen der Götter. Oder zumindest der Leitung der Universität, die, wie Sie wissen, hier in Oxford der Göttlichkeit am nächsten kommt." Er machte eine Pause, während Meg etwas zu übertrieben über seinen Scherz lachte. „Die Kongregation wird in einer Woche ihre Entscheidung treffen", schloss er. „Natürlich mache ich mir keine allzu großen Hoffnungen. Die anderen Kandidaten sind so würdige Koryphäen."

„Das sind Sie aber auch, Herr Direktor", schwärmte Meg schleimerisch.

„Das ist sehr freundlich von Ihnen", sagte Dr. Harper.

Die Nachricht, dass der Direktor als Vizekanzler in

Betracht gezogen wurde, war neu für Bridget. Sie wusste, dass Dr. Harper ein hoch angesehener Wissenschaftler und ein schamloser Medienliebling war. Aber der Posten des Vizekanzlers war die höchste Führungsposition an der Universität und der Direktor war relativ jung für diese Aufgabe. Sie fragte sich, wie er das mit seinem vollen Terminkalender beim Fernsehen vereinbaren würde.

„Ein unerschrockener Abenteurer ist genau das, was diese Universität braucht", sagte Meg. „Ein bisschen Bewegung in die Sache bringen. Die Spinnweben abstauben. Sie wären perfekt für diese Rolle."

Der bewundernde Gesichtsausdruck seiner Frau verriet, dass auch sie so dachte.

★

Es war eine Erleichterung für Bridget, in ihr Zimmer im Grove Building zurückzukehren und ein wenig Ruhe zu finden, bevor der Abend begann. Sie zog ihre Schuhe aus, verbannte ihre vielen verschiedenen Outfits in den kleinen Kleiderschrank des Zimmers und ließ sich aufs Bett fallen. Die schmale Matratze hatte schon bessere Tage gesehen, und sie bezweifelte, dass sie darauf gut schlafen würde. Sie starrte an die Decke und dachte an das, was sie beim Tee erlebt hatte.

Sie hatte sich darauf gefreut, alte Freundschaften wieder aufleben zu lassen, aber die Atmosphäre zwischen Meg und Tina war sichtlich feindselig, ja sogar toxisch gewesen, und Bella hatte eher niedergeschlagen gewirkt und den beiden anderen gegenüber nicht gerade wohlwollend. Sie schienen ein so ungleicher Haufen zu sein, dass es ihr schwerfiel, sich daran zu erinnern, wie sie es als Studentinnen geschafft hatten, so gut miteinander auszukommen.

Sie setzte sich auf und überprüfte die Sitzordnung für das Abendessen. Der Saal bestand aus drei langen Tischen, die der Länge nach aufgestellt waren, und dem High Table, der quer an einem Ende platziert war.

Bridgets Name stand am Kopf des mittleren Tisches, gegenüber saß Bella. Meg saß neben Bridget und Tina neben Bella. Alexia saß neben Meg.

Bridget stieß einen Seufzer der Erleichterung aus. Alexia würde also auf jeden Fall beim Abendessen dabei sein. Ihre lebenslustige Freundin hatte schon immer jede gesellige Runde aufgelockert und für gute Laune gesorgt. Und wenn der Wein erst einmal in Strömen floss, würden sich hoffentlich auch alle unangenehmen sozialen Spannungen lösen.

Das war auch gut so, denn zumindest für die Dauer des Abendessens würde es kein Entkommen aus der Gruppe von Frauen geben, mit denen Bridget während ihres zweiten Studienjahres ein Haus in East Oxford geteilt hatte. Das Haus, so erinnerte sie sich, war eine typische Studentenbude gewesen. Sie hatten ein kleines Vermögen für ein Haus gezahlt, das ein ernsthaftes Feuchtigkeitsproblem hatte, Schimmel an den Wänden des Badezimmers und ein Dach, das bei Regen undicht wurde. Ach ja, das waren noch Zeiten.

Spontan wählte sie Jonathans Nummer. Sie hatte immer noch ein schlechtes Gewissen, weil sie ihn übers Wochenende im Stich gelassen hatte.

Nach dem dritten Klingeln nahm er ab. „Bridget, wie geht's?"

„Einfach großartig. Zwei meiner Freundinnen haben sich zerstritten, eine scheint depressiv zu sein, die andere ist noch nicht aufgetaucht. Sieht aus, als würde es ein lustiger Abend werden. Was machst du so?"

Sie stellte sich vor, wie er zu Hause auf der Couch lag, ein Buch las oder fernsah.

Er zögerte einen Moment, bevor er antwortete. „Eigentlich bin ich gerade in die Galerie gekommen. Ich weiß, du meintest ich soll das lassen, aber wir haben eine neue Ausstellung, die am Montag eröffnet wird."

„Ich war es nicht, die dir verboten hat, zur Arbeit zu gehen", sagte Bridget. „Das waren die Ärzte. Und das aus gutem Grund."

„Ja, nun, Vicky hat sich ganz allein um die Galerie gekümmert, während ich krank war. Es war nicht fair, ihr alles zu überlassen. Eine Ausstellung zu organisieren ist eine große Aufgabe."

„Das ist es, was mir Sorgen macht", sagte Bridget. „Heb keine schweren Bilder. Ich möchte nicht, dass du dich wieder verletzt."

Jegliche Romantik in ihrer noch jungen Beziehung hatte sich bisher auf sanfte Umarmungen und keusche Küsse beschränkt. Mehr war nicht drin, während Jonathan sich von seiner Verletzung erholte, zumal sie sich gerade erst richtig kennenlernten. Aber die Zeit, in der sie ihn im Krankenhaus besucht hatte, hatte geholfen, ihre Freundschaft zu festigen. Bridget hoffte, dass sie ihre Beziehung auf das nächste Level bringen konnten, sobald er wieder fit und gesund war.

„Ich verspreche es", sagte Jonathan. „Jetzt musst du tun, was du mir versprochen hast. Geh und amüsiere dich mit deinen mürrischen Freundinnen. Und vergiss nicht, was ich gesagt habe – keine Leichen in Schränken finden."

„Ich werde mein Bestes tun." Sie beendete das Gespräch und lächelte vor sich hin. Jonathans unbekümmerte Art sorgte immer dafür, dass sie sich besser fühlte.

Sie scrollte durch die Kontaktliste ihres Telefons, wobei ihr Daumen kurz über Chloes Namen verweilte. Sollte sie ihre Tochter anrufen? Sie war versucht, aber schließlich konnte sie widerstehen. Chloe hasste das Gefühl, dass ihre Mutter sie kontrollierte. Sie waren in letzter Zeit nicht immer einer Meinung gewesen, und es würde ihnen beiden guttun, etwas Abstand zu haben. Außerdem sollte Bridget sich auf der Feier amüsieren. Wann hatte sie das letzte Mal ein Wochenende nur für sich gehabt? Oder auch nur einen Teil davon? Sie konnte sich kaum erinnern.

Es war an der Zeit, eine Entscheidung zu treffen, was sie zum Dinner anziehen sollte. Sie holte ihre drei Kleider aus dem Schrank, legte sie aufs Bett und betrachtete sie nervös. Egal, für welches sie sich entschied, sie konnte nicht hoffen, so glamourös wie Meg auszusehen oder Tina an Raffinesse das Wasser reichen zu können. Wenn man knapp 1,60 m groß war und zu viel Gewicht um die Mitte herum trug, musste man realistische Erwartungen haben. Sie wusste, dass alles, was sie trug, eine Enttäuschung sein würde, also konnte sie sich genauso gut keine Sorgen machen.

Sie hatte die Wahl zwischen einem schwarzen Samtkleid mit einem Ausschnitt, der ihr Dekolleté betonte, einem roten Satinkleid, das ihre Haut- und Haarfarbe zur Geltung brachte, und einem hellblauen Kleid aus Gaze und Chiffon, das sie bei genauerer Betrachtung wie die Mutter der Braut aussehen ließ. Nachdem sie alle Kleider anprobiert hatte, entschied sie sich für das schwarze Samtkleid.

Sie frischte ihr Make-up mit einem Tupfer Foundation, etwas Mascara und einem Hauch Lipgloss auf. Dann zwängte sie ihre Füße in ein Paar High Heels, die ihr die dringend benötigte Höhe verschafften. Das Laufen würde schwierig werden, aber hoffentlich würde sie den Großteil des Abends im Sitzen verbringen.

Sie überprüfte noch einmal ihr Handy auf Nachrichten von Chloe, aber wie erwartet gab es keine. Dann machte sie sich, etwas unsicher, auf den Weg die Treppe hinunter und hinüber zur Kapelle, wo der Gottesdienst vor dem Abendessen stattfand.

KAPITEL 4

Die satten Harmonien der Dobson-Orgel hallten von den alten Mauern der Vorkapelle wider, schwebten hinauf in den Glockenturm und erfüllten den Raum mit herrlichem Klang.

Bridget nahm eine Gottesdienstordnung und ging in den Hauptraum der Kapelle, wo sie in der letzten Reihe der Kirchenbänke Platz nahm. In den Kapellen der Oxforder Colleges war es üblich, die Kirchenbänke spiegelbildlich zueinander im Mittelgang aufzustellen, anstatt sie nach vorne zum Altar hin auszurichten. Umso besser für stille Kontemplation. Sie schloss die Augen und ließ die Musik der Bach-Fuge auf sich wirken und die Anspannung des Tages vertreiben.

Orgelmusik in einem kirchlichen Rahmen hatte jedes Mal die Kraft, Bridget in ihre eigene Kindheit zurückzuversetzen. Sie hatte eine traditionelle Erziehung in der Church of England im nahe gelegenen Woodstock genossen, wo ihre Mutter den wöchentlichen Blumenschmuck arrangiert und in der Sonntagsschule unterrichtet hatte. Bridget hatte im Chor gesungen, und die Kirche war der Mittelpunkt ihres Lebens gewesen. Viel mehr *Mittelengland* ging nicht im Leben. Als sie nach Oxford an die Universität gekommen war, hatte sie im Chor der Kapelle eine natürliche Heimat gefunden und am wöchentlichen Ritual der Abendandacht mit seinen Vertonungen des *Magnificat* und des *Nunc Dimittis* teilgenommen.

Doch diese sichere und behagliche Welt war zusammengebrochen, als ihre jüngere Schwester entführt und brutal ermordet worden war. Abigails Tod hatte Bridget in ihren Grundfesten erschüttert und sie in eine völlig neue Richtung getrieben. Der regelmäßige Kirchgang war auf der Strecke geblieben, als ihr Glaube vergeblich darum kämpfte, die Katastrophe zu überleben. Bridget sah sich gezwungen, sich mit einer Realität auseinanderzusetzen, die viel düsterer war als die Welt, in der sie aufgewachsen war, und ging zur Polizei, wo sie zunächst als uniformierte Beamte begann, bevor sie sich um eine Stelle als Detective bewarb. Auf diese Weise wollte sie versuchen, die Dinge wieder in Ordnung zu bringen. Nicht, dass Abigails Tod jemals rückgängig gemacht werden könnte, selbst wenn ihr Mörder gefasst und vor Gericht gestellt würde, was nie geschehen war.

Der letzte Akkord der Orgelmusik verklang und Bridget öffnete die Augen. Die Kapelle war halb voll – keine ihrer ehemaligen Mitbewohnerinnen war erschienen, obwohl der Direktor auf der gegenüberliegenden Bank saß – und der Kaplan hatte seinen Platz vor dem Altar eingenommen. Er war jung – viel jünger als sie – und war wahrscheinlich noch zur Schule gegangen, als sie an der Universität studierte. Sie fragte sich, ob sich unter der bodenlangen Soutane, die er trug, eine modische Jeans verbarg.

„Willkommen zu unserem Gaudi-Gottesdienst", intonierte er.

Bridget stellte sich vor, wie Chloe darüber kicherte. Trug der Organist Strasssteine? Würde ein blinkendes Neonkreuz mit Engeln, die mit Gucci-Sonnenbrillen dekoriert waren, von den Dachsparren herabsteigen? Das würde die Sache sicher auflockern.

„Wir beginnen mit dem Loblied *Gott aller Schöpfung heil'ger Herr*, das auf Ihrer Gottesdienstordnung abgedruckt ist."

Als der Organist die Melodie in voller Lautstärke anstimmte, erhob sich die Gemeinde. Bridget kannte die vierstimmige Melodie aus ihrer Zeit im Chor und sang beherzt mit, auch wenn die anderen um sie herum den Text nur murmelten. Es ging nichts über ein gutes Lied, um die Stimmung zu heben, aber in diesen Tagen bestand ihr musikalisches Engagement hauptsächlich darin, zu ihrer Sammlung von Opern-CDs mitzusingen. Ihre Tochter forderte sie immer wieder auf, ihre CD-Sammlung auf ihr Handy zu laden, aber das war eine technische Herausforderung, die Bridget immer wieder vor sich herschob.

Nach dem Lobgesang hielt der Kaplan eine nette Rede darüber, dass eine solche Gaudi eine Gelegenheit war, alte Bekanntschaften und Freundschaften wieder aufleben zu lassen, und dass Freundschaften, die während des Studiums geschlossen wurden, ein Leben lang halten und uns durch die Irrungen und Wirrungen des Lebens helfen konnten, wenn sie richtig gepflegt wurden.

Er war zu jung, um viele Irrungen und Wirrungen erlebt zu haben. Trotzdem war es ein guter Punkt. Warum also hatte Bridget ihre Freundschaften mit ihren alten Mitbewohnerinnen einschlafen lassen, nachdem sie die Universität verlassen hatte? War es nur Abigails Tod gewesen, der sie dazu gebracht hatte, alle früheren Bande zu kappen und an der Polizeischule neu anzufangen? Oder war es das, was dem sechsten Mitglied ihres kleinen Haushalts widerfahren war? Lydia. Das einzige Mitglied der Gruppe, von dem man nicht erwarten konnte, dass es an der Gaudi teilnahm. Denn sie war tot.

„Wir lesen aus dem Evangelium nach Johannes, Kapitel fünfzehn, Verse 12-13" – der Kaplan war in Fahrt gekommen und seine Stimme hatte sich im Eifer des Evangeliums erhoben – „Das ist mein Gebot, dass ihr einander liebt, so wie ich euch geliebt habe. Es gibt keine größere Liebe, als wenn einer sein Leben für seine Freunde hingibt."

Oder *ihre* Freunde, sinnierte Bridget. Würde sie ihr Leben für Bella, Meg, Tina oder Alexia geben? In Anbetracht der Tatsache, dass sie in den letzten siebzehn Jahren keine von ihnen gesehen hatte, schien das eine ziemlich große Aufgabe zu sein. Würden sie das auch für sie tun? Sie bezweifelte es sehr. Aber bei ihrer Schwester Abigail war das eine andere Sache.

„Aber die Pflege von Freundschaften erfordert Arbeit", sagte der Kaplan. „Keiner von uns ist perfekt, wenn also Probleme auftreten, müssen wir bereit sein, einander zu vergeben. Paulus schreibt in seinem Brief an die Kolosser, Kapitel drei, Vers dreizehn: ‚Ertragt euch gegenseitig und vergebt einander, wenn einer dem andern etwas vorzuwerfen hat. Wie der Herr euch vergeben hat, so *vergebt auch ihr!*' Amen."

„Amen", murmelte die Gemeinde.

Das war die Lektion, mit der Bridget aufgewachsen war – *Vergib uns unsere Schuld, wie auch wir vergeben unseren Schuldigern* – aber das zu schlucken war eine bittere Pille. Wie konnte sie jemals der Person vergeben, die ihr Abigail weggenommen, ihre perfekte Familie zerstört und ihre Eltern an den Rand der Verzweiflung getrieben hatte?

Vielleicht war das der wahre Grund, warum sie nicht mehr in die Kirche ging. Sie konnte es nicht ertragen, ständig aufgefordert zu werden, zu vergeben.

Der Organist schmetterte bereits die mitreißende Melodie des Schlussliedes, *Großer Gott, du mein Erlöser*. Bridget erhob sich und stimmte mit ein, konnte aber nicht die gleiche Freude empfinden wie bei der ersten Hymne, obwohl es normalerweise eines ihrer Lieblingslieder war. All das Gerede darüber, für seine Freunde zu sterben und seinen Feinden zu vergeben, hatte zu viele schmerzhafte Erinnerungen und dunkle Gedanken geweckt. Das war nicht gerade ein großartiger Start in einen Abend, der eigentlich fröhlich werden sollte. Vielleicht würde es nach ein oder zwei Gläsern Wein besser werden.

Auf dem Weg nach draußen schüttelte sie dem Kaplan die Hand und bedankte sich für den schönen Gottesdienst. Das wurde von ihr erwartet, und sie wollte nicht unhöflich sein. Aus der Nähe sah er noch jünger aus. Ein paar Sommersprossen bedeckten seine Nase und seine Wangen. Seine Augen lagen blau unter dem sandfarbenen Haarschopf.

„Wie lange sind Sie schon Kaplan hier?", erkundigte sie sich höflich.

„Seit dem letzten Semester." Er lächelte. „Ich muss mich noch zurechtfinden."

„Sie machen das gut." Sie ging weiter, damit auch die anderen Gelegenheit hatten, ihn zu begrüßen.

Draußen wurde die Abendluft kühler. Das Semester an der Universität würde erst im Oktober beginnen, aber Chloe war bereits seit drei Wochen wieder in der Schule. Als Bridget sich langsam auf den Rückweg zum Front Quad machte – diese Absätze würden sie umbringen –, dachte sie darüber nach, dass es vielleicht an der Zeit war, alte Bekanntschaften richtig zu erneuern. Sie nahm sich vor, sich beim Abendessen zu amüsieren und Brücken wieder aufzubauen.

*

Mit seiner hohen, gewölbten Decke, den Buntglasfenstern und den langen, für ein Bankett gedeckten Holztischen, hätte der aus dem dreizehnten Jahrhundert stammende Speisesaal nicht prächtiger aussehen können, wenn Königin Elisabeth I. persönlich der Ehrengast gewesen wäre. Kleine Tischlampen, die sich über die gesamte Länge des Saals erstreckten, schufen eine gemütliche Atmosphäre, die an die Zeiten erinnerte, als Kerzen die einzige Lichtquelle boten. Auf jedem Platz lag ein aufwendig arrangiertes Besteck, drei Weingläser unterschiedlicher Größe und eine Leinenserviette, die kunstvoll in Form einer Bischofsmitra gefaltet war.

Vergoldete Porträts jahrhundertealter Gelehrter und Kleriker blickten streng von den Wänden herab, als wären sie neidisch auf das versprochene Vier-Gänge-Festmahl.

Bridget durchquerte den Saal und setzte sich an ihren Platz am oberen Ende des mittleren Tisches. Kurz darauf kam Meg und setzte sich neben sie. Tina und Bella folgten ihr und nahmen gegenüber Platz. An jedem Platz stand ein Namenskärtchen mit einer ausgefallenen Beschriftung.

Alle drei Frauen hatten sich umgezogen, seit Bridget sie das letzte Mal gesehen hatte, und eine Verwandlung von *informell* zu *black tie* durchlaufen. Sowohl Meg als auch Tina sahen aus, als hätten sie die Zeit zwischen Tee und Abendessen mit einer modischen Generalüberholung verbracht. Meg war in eine Kreation aus violetter Seide und fließendem Organza gehüllt. Das aufwendige Kleid in Kombination mit ihrem üppigen Busen drohte jedes Mal, wenn sie sich vorbeugte, eines der vielen Weingläser umzustoßen. Tina war in ein schulterfreies schwarzes Kleid geschlüpft, das ihre markanten Schlüsselbeine und ihre straffen Oberarme vorteilhaft zur Geltung brachte. Bella hatte es immerhin geschafft, Jeans und Pullover gegen ein schlichtes blaues Kleid einzutauschen, das sie mit einer schwarzen Jacke kombiniert hatte. Bella zuliebe war Bridget froh, dass sie sich nicht zu sehr herausgeputzt hatte, nicht, dass ihr einer der Looks von Meg oder Tina stehen würde.

„Wir müssen uns benehmen, wenn wir so nah beim Direktor sitzen", scherzte Meg und blickte zum nahegelegenen High Table, an dem Plätze für den Direktor, seine Frau und andere Würdenträger des Colleges reserviert waren. „Obwohl, da wir keine Studenten mehr sind, können wir nicht rausgeschmissen werden." Sie grinste schelmisch. „Vielleicht ist das also unsere Chance, uns danebenzubenehmen."

„Was hast du vor?", fragte Bella.

„Ich? Nichts", antwortete Meg und setzte mit weit geöffneten Augen einen unschuldigen Blick auf. „Aber vielleicht will Tina jemandem ein Messer in den Rücken rammen."

„Das mag dein Stil sein, Meg", entgegnete Tina scharf. „Ich ersteche meine Feinde immer von vorne."

Bridget stöhnte innerlich auf. Sie hatte gehofft, die beiden Frauen hätten ihre Feindseligkeiten inzwischen beigelegt. Sie hatte immer noch keine Ahnung, was deren Problem war, und sie glaubte nicht, dass es die Atmosphäre beruhigen würde, sie direkt danach zu fragen.

„Kommt schon, Mädels", sagte sie scherzhaft. „Passt besser auf. Vergesst nicht, Bella ist eine Lehrerin. Ich bin sicher, sie weiß, wie man mit ungezogenen Kindern umgeht."

„Erinnere mich bitte nicht daran", sagte Bella düster, und die Gruppe verfiel in betretenes Schweigen.

Der Saal füllte sich rasch, aber der Platz neben Meg blieb leer. Es sah so aus, als würde Alexia es vielleicht doch nicht schaffen, was schade war. Bridget hoffte, dass Meg und Tina sich nicht den ganzen Abend über Salz- und Pfefferstreuer hinweg anfeinden würden.

„Bella hat mir erzählt, dass du jetzt Inspector bist", sagte Meg. „Stimmt das, oder hat sie mich auf den Arm genommen?"

„Es ist wahr", sagte Bridget.

„Wenn du also *Detective* Inspector bist, heißt das, dass du eine Beamtin in Zivil bist?"

„Richtig."

„Du könntest also jetzt gerade im Dienst sein und niemand würde es merken."

Bridget lachte. „Ich kann euch versichern, dass ich an diesem Wochenende definitiv nicht arbeiten werde. Ich bin hier, um mich zu amüsieren. Ich frage mich, was es wohl zu essen gibt", sagte sie fröhlich und nahm eine der Speisekarten mit dem College-Wappen in die Hand, die in regelmäßigen Abständen auf den Tischen auslagen. Sofort besserte sich ihre Laune. Auf eine Brunnenkresse-Gurkensuppe mit Erbsensprossen und Safranöl, serviert mit einem Broglia Gavi 2016, sollte ein Risotto mit Butternusskürbis, Salbei und Gorgonzola folgen. Der

Hauptgang bestand aus Lammkarree, Fondantkartoffeln, Babygemüse und Schalottenjus, begleitet von einem Château La Sergue 2005. Zum Dessert gab es Pralinen-Schokoladenkrokant, Himbeerkompott und süße persische Pistazien, dazu Dow Spätlese 2012. Danach Tee, Kaffee und Minzbonbons. Sie würde den Rest der Woche auf Kohlsuppendiät verbringen müssen, aber es würde sich lohnen.

„Im The Ivy in London machen sie etwas ganz Ähnliches", sagte Tina und warf einen kurzen Blick auf eine zweite Speisekarte, bevor sie sie Bella reichte. Sie ließ es so klingen, als wäre sie von ausgefallenem Essen eher gelangweilt.

„Hältst du dort deine Mandantenbesprechungen ab?", fragte Meg. „Kein Wunder, dass Anwälte so ein verdammtes Vermögen verlangen."

Bridget, die noch nie im Ivy gegessen hatte, lief bei dem Gedanken an das Essen das Wasser im Mund zusammen.

„Du kannst dich glücklich schätzen", sagte Bella zu Tina und wiederholte Bridgets Gedanken. „Mit dem Gehalt einer Lehrerin kann ich nicht in Nobelrestaurants essen."

„Natürlich nicht", sagte Meg warmherzig. „Und manche Leute nehmen vornehmes Essen zu sehr als selbstverständlich. Ich wäre mit Fish and Chips aus einer Zeitung mehr als zufrieden." Sie sah Tina an. „Ehrlich gesagt, das Ivy ist nicht das, was man sich davon verspricht."

Tina sah aus, als wollte sie mit einer bissigen Bemerkung kontern, wurde aber durch die Ankunft des Direktors und seiner Frau unterbrochen, die eine Prozession von Tutoren und anderen VIPs des Colleges zu ihren Plätzen am High Table führten. Sobald die neuen Gäste an ihren Plätzen standen, schlug der Direktor mit einem hölzernen Hammer auf den Tisch. Alle im Saal verstummten und erhoben sich dann *en masse* von ihren Plätzen. Diese altertümliche Routine hatten sie als Studenten schon so oft mitgemacht, dass man ihnen nicht mehr sagen musste, was sie zu tun hatten. Mit sonorer Stimme verkündete der Tutor für Klassische Philologie das lateinische Tischgebet, das auf der Rückseite der Speisekarte abgedruckt war, mit einer hilfreichen englischen Übersetzung für diejenigen, die wie Bridget die Sprache von Vergil und Cicero nicht fließend beherrschten.

„Oculi omnium in te respiciunt, Domine, tu das escam illis tempore opportuno …“

Aller Augen warten auf dich, Herr, und du gibst ihnen ihre Speise zur rechten Zeit …

Die lateinische Sprache gehörte zu den Dingen, an die sich Bridget als Studentin gewöhnt hatte. Als Mitglied des Kirchenchors hatte sie viel auf Latein gesungen und konnte, wenn man sie dazu drängte, immer noch die lateinische Version des Glaubensbekenntnisses aufsagen. Die Immatrikulationszeremonie im Sheldonian Theatre, bei der die Studenten in die Universität aufgenommen wurden, hatte ebenso wie die Abschlussfeier drei Jahre später ausschließlich in lateinischer Sprache stattgefunden. Das Motto der Universität war lateinisch – *Dominus illuminatio mea* – Der Herr ist mein Licht. Tatsächlich war eine formale Qualifikation in Latein einst Voraussetzung für ein Studium an der Universität, selbst wenn man Chemie oder Mathematik als Studienfach gewählt hatte.

„… Per Jesum Christum Dominum nostrum. Amen.“ *Durch Jesus Christus, unseren Herrn. Amen.*

„Amen“, stimmten die hundertfünfzig Stimmen der versammelten Gäste ein. Oder hundertneunundvierzig, dachte Bridget, denn Alexia war nicht anwesend.

Mit dem Ende des förmlichen Tischgebets traten die Kellner in ihren schwarzen Westen, die in den Seitenflügeln gestanden hatten, in Aktion und servierten warme Brötchen mit Butter – *echter* Butter, dachte Bridget, die jahrelang geschmacklose, fettarme Brotaufstriche gegessen hatte, ohne dass ihr das Vorteile gebracht hätte – und schenkten den ersten Wein des Abends ein, in einer sorgfältig choreografierten Routine, die darauf ausgelegt war, schnell, effizient und fast unsichtbar zu sein.

Als wäre die Szenerie nicht schon theatralisch genug, wurden die Speisen des ersten Gangs mit silbernen Hauben serviert, die mit einem Schwung entfernt wurden. In freudiger Erwartung breitete Bridget ihre Serviette aus und nahm ihren Suppenlöffel in die Hand. Sie hatte vor, das Essen zu genießen, wie sauer die Gesellschaft auch sein mochte.

Nach einem ohrenbetäubenden Schrei vom High Table ließ sie den Löffel fallen, bevor sie die Suppe kosten konnte.

In der darauffolgenden Stille richteten sich alle Augen im Saal auf den Verursacher der Störung. Die Frau des Direktors war auf den Beinen, hatte die Hände vors Gesicht geschlagen und starrte entsetzt auf etwas, das vor ihr auf dem Tisch lag.

Der Direktor erhob sich ebenfalls und warf wütend seine Serviette auf den Tisch. „Was soll diese Unverschämtheit?", donnerte er.

„Was auch immer es ist, ich bin nicht schuld", flüsterte Meg Bridget zu. Aber niemand lachte.

Die Tutoren und Mitarbeiter des Kollegiums am High Table standen auf und starrten auf die Suppenschüssel des Direktors.

„Meine Güte!", rief der Tutor für Klassische Philologie alarmiert aus. „Als ich die Worte *Oculi omnium* sagte, hätte ich nie gedacht …" Seine Stimme verstummte.

Bridget war mit ihren Gedanken nicht mehr bei ihrer Suppe. Heute war zwar ihr freier Tag, aber eine Polizeibeamtin hatte nie wirklich frei. Es war ihr Job, Menschen in Not zu helfen. Aber das war nicht nur ihr Job, es war Teil ihres Wesens. Sie erhob sich und eilte zum High Table, an dem der Direktor und seine Frau gesessen hatten.

Sie wusste nicht, was sie zu sehen erwartet hatte, aber es war bestimmt nicht das, was sich ihren Augen bot.

Aus der Suppenschüssel des Direktors starrten ihr zwei sehr runde und sehr reale Augäpfel entgegen.

„Soll das eine Art Streich sein?", fragte der Direktor. „Wer würde es lustig finden, Augäpfel von Schafen in meine Suppe zu legen?"

Seine Frau hatte ihren Platz wieder eingenommen und fächelte sich mit einer der Speisekarten Luft zu. Sie sah fast so grün aus wie die Suppe.

Der Biologielehrer, der am anderen Ende des Tisches gesessen hatte, kam herüber und untersuchte die schwimmenden Kugeln, als wären sie Präparate in seinem Labor. „Herr Direktor, ich kann mit Bestimmtheit sagen, dass es sich nicht um Augäpfel von Schafen, sondern von Menschen handelt", verkündete er und klang fasziniert von dem Fund. „Wenn Sie genau hinsehen, können Sie erkennen, wie die Form der Iris –"

Was auch immer er sagen wollte, wurde durch einen weiteren Schrei der Frau des Direktors unterbrochen. Der Rest des Saals brach nun in eine Kakophonie aus Schreien und Rufen aus. Fast jeder schien eine Meinung zu der Angelegenheit zu haben. Nicht wenige kippten ihren Wein hinunter, aber kaum jemand rührte seine Suppe an.

Bridget war sich der dringenden Notwendigkeit bewusst, die Ordnung wiederherzustellen und das zu sichern, was wie ein potenzieller Beweis für ein Verbrechen aussah, auch wenn noch kein wirkliches Verbrechen entdeckt worden war.

„Alle bleiben sitzen", rief sie mit ihrer autoritärsten Stimme. Der Tumult, der ausgebrochen war, verstummte. „Ich bin Detective Inspector bei der Thames Valley Police und übernehme jetzt das Kommando."

Sie wandte sich an den Butler des Colleges, der die Suppe an den High Table gebracht hatte und mit einem Ausdruck absoluten Entsetzens daneben stand. „Rufen Sie die Polizei und teilen Sie ihnen mit, dass ein Verbrechen begangen wurde. Bitten Sie sie, sofort ein Ermittlungsteam ins College zu schicken. Sie können ihnen meinen Namen geben. In der Zwischenzeit decken Sie die Suppe mit einer dieser silbernen Hauben ab. Wir müssen die Beweise sichern."

„Beweise für was genau?", fragte der Direktor. „Ist das irgendein kranker Scherz?"

„Das weiß ich noch nicht", sagte Bridget. „Aber ich habe vor, es herauszufinden."

Das Gemurmel im Saal war wieder lauter geworden, wurde aber plötzlich von einem neuen, unerwarteten Geräusch unterbrochen. Das Läuten einer Glocke.

„Das ist die Glocke in der Kapelle", bemerkte der Tutor für Klassische Philologie. „Wer kann sie um diese Zeit läuten?"

Die Glocke läutete einmal, zweimal, dreimal. Sie hielt kurz inne und läutete dann weiter, laut und immer wilder.

„Passen Sie auf, dass niemand das hier anfasst", wies Bridget einen der Bediensteten an und deutete auf die Suppenschüssel mit den Augen, die nun gnädigerweise von einer silbernen Haube bedeckt war. Sie drehte sich um, ging an Meg, Tina und Bella vorbei, die sie fast ehrfürchtig ansahen, und verließ den Saal.

Draußen wurde das Läuten der Glocke noch lauter und hektischer. So schnell sie konnte, eilte sie auf ihren Absätzen und in ihrem Kleid zum Eingang der Kapelle. Sie stieß die schwere Tür auf und trat in die Vorkapelle.

Der junge Kaplan stand im Glockenturm und zog verzweifelt am Glockenseil. Sobald er Bridget sah, ließ er von seiner Aufgabe ab und lief ihr entgegen. Der Schock stand ihm ins Gesicht geschrieben.

„Was ist los?", fragte Bridget. „Was ist passiert?"

„Dort drüben", sagte der Kaplan und deutete auf eine Reihe von Holzschränken am Ende des nördlichen Querschiffs. „Ich war gerade dabei, meine Gewänder nach dem Gottesdienst wegzuräumen. „Als ich die Tür öffnete, fiel sie heraus."

„Wer ist rausgefallen?", fragte Bridget und hatte Mühe, mit ihm Schritt zu halten, als er in Richtung der Stelle eilte, auf die er gezeigt hatte. *Diese verdammten Schuhe.* Sie trat sie von sich und rannte den Rest des Weges, um ihn einzuholen.

„Da." Der Kaplan deutete auf die Leiche einer Frau,

die neben der offenen Tür des hintersten Schranks auf dem Boden lag.

„Gehen Sie nicht näher ran", warnte Bridget. „Wir müssen den Tatort sichern."

„Ich weiß nicht, wer sie ist", sagte der Kaplan.

„Ich schon." Bridget starrte traurig auf die Leiche hinunter. Trotz des vielen Blutes, das das Gesicht der Toten bedeckte, konnte sie deutlich erkennen, dass es sich um Alexia Petrakis handelte. Ihre Augenhöhlen waren zwei blutige Löcher.

KAPITEL 5

„**S**echs Pints Yorkshire Bitter bitte, und eine Jumbo-Packung Bacon Fries."

Detective Sergeant Jake Derwent musste seine Stimme erheben, um sich bei dem Lärm im Pub in Leeds Gehör zu verschaffen. Es war Samstagabend in der Innenstadt, und halb West Yorkshire schien zum Feiern unterwegs zu sein.

Er war am Freitagabend von Oxford in seine Heimatstadt gefahren und spät angekommen, nachdem er sich durch eine Reihe von Baustellen auf der Autobahn M1 gekämpft hatte. Seine Mutter hatte ihn umsorgt, den Shepherd's Pie aufgewärmt, den sie aufgehoben hatte, und ihm am Morgen ein großes Frühstück gemacht, genau so, wie er es mochte.

Heute war er mit seinen Eltern zum Geburtstag seiner Mutter in den Harlow Carr Garden in Harrogate gefahren und hatte sein Bestes gegeben, um die Fragen seines Vaters über die Kriminalität in Oxford zu beantworten und die nicht ganz so subtilen Nachfragen seiner Mutter abzuwehren, ob er denn schon ein nettes Mädchen gefunden habe und warum er nicht in Erwägung ziehe, wieder in den Norden zu ziehen, wo doch die Häuser im Süden so teuer waren. In der Innenstadt von Leeds, unten am Fluss, gab es einige schöne Neubaugebiete, genau das Richtige für einen jungen Mann wie ihn. Er sollte jetzt zugreifen, bevor die Preise in die Höhe schossen.

Er musste zugeben, dass es verlockend war. Die Immobilienpreise in Oxford waren wahnsinnig hoch, und an eine eigene Wohnung war nicht zu denken. Selbst Mieten war teuer, und alles, was er sich leisten konnte, war eine Wohnung über einem Waschsalon in der Cowley Road, eingeklemmt zwischen einem indischen Restaurant und einem chinesischen Imbiss.

Aber aus irgendeinem Grund widerstrebte es ihm, den Vorschlägen seiner Mutter zu folgen. Er mochte seine Wohnung in Oxford, auch wenn sie etwas beengt war. Er mochte das geschäftige Treiben in der Cowley Road, auch wenn es manchmal schäbig und rau sein konnte. Aber es gab mehr, was ihn in Oxford hielt, als nur seine Wohnung. Da war sein Stolz. Da war sein Job. Und erst als sie in Bettys Café zu Tee und Scones einkehrten und seine Mutter sagte: „Es ist ja nicht so, als hättest du in Oxford jemand Besonderen", platzte es fast aus ihm heraus: „Da ist Ffion Hughes."

Aber er hütete seine Zunge. Die sexy walisische Detective Constable von der Thames Valley Police zu erwähnen, hätte ein ganz neues Fass aufgemacht, womit er sich noch nicht auseinandersetzen wollte. Seine Mutter würde sich auf jeden weiblichen Namen als potenzielle Freundin, Ehefrau und zukünftige Mutter seiner Kinder stürzen und alles über sie wissen wollen. Sie war fast genauso aufgebracht gewesen wie er, als die langjährige Beziehung zu seiner früheren Freundin in die Brüche gegangen war. Vielleicht sogar noch mehr.

Im Moment verstanden er und Ffion sich gut, sowohl als Arbeitskollegen als auch, vorsichtig ausgedrückt, als Freunde. In den letzten Wochen, vor allem nach dem letzten Fall, war sie ihm gegenüber auf jeden Fall positiver eingestellt. Als er sie kennengelernt hatte, war sie so kratzbürstig wie ein walisisches Stachelschwein gewesen. Gab es Stachelschweine in Wales? Es gab jede Menge Schafe, aber Ffion war bestimmt kein Lamm.

Jedenfalls hatte sie ihm kürzlich anvertraut, dass sie bisexuell war, und er grübelte immer noch, was er davon halten sollte. Konnte er sich jemals mit einer Freundin wohlfühlen, die sich zu anderen Frauen hingezogen fühlte? Ffion hatte ihm erzählt, dass sie mit Frauen leichter zurechtkam, weil Männer so oft unsensibel waren. Jake verstand, dass sie ihn vor eine Herausforderung stellte, und fragte sich, ob er der einfühlsame Mann sein konnte, den Ffion sich wünschte.

„Es läuft wirklich gut für mich in Oxford", erzählte er seiner Mutter und seinem Vater. „Seit meiner Beförderung habe ich an ein paar großen Fällen gearbeitet."

Das stimmte auch. Da war der Mord an der wohlhabenden Studentin in Christ Church gewesen und dann der seltsame Fall des Künstlers, der auf der High Street kaltblütig erschossen worden war. Beide Morde hatten landesweit für Schlagzeilen gesorgt.

„Und du sagst, du hast eine Chefin?", fragte sein Vater und verteilte eine großzügige Portion Clotted Cream auf seinem Scone.

„Ja, DI Bridget Hart. Sie ist eigentlich ganz in Ordnung", sagte Jake, den Mund voll mit dem buttrigen Scone.

„Ist sie verheiratet?", fragte seine Mutter. „Ich nehme nicht an, dass sie eine Familie hat, bei so einem anstrengenden Job."

„Sie ist geschieden und hat eine Tochter im Teenageralter", sagte Jake. „Und sie macht ihre Arbeit gut. Sie ist fair und lässt sich von niemandem etwas gefallen."

Er ertappte sich dabei, wie er seine Chefin verteidigen wollte. Es konnte nicht leicht für sie sein, Mordermittlungen zu leiten und sich gleichzeitig um ihre Tochter zu kümmern. Schon gar nicht, wenn ihr Ex-Mann Senior Detective in London war. DCI Ben Hart war unerwartet mitten in ihrer letzten Mordermittlung aufgetaucht und hatte für eine Weile für eine ziemlich unharmonische Stimmung in der Dienststelle gesorgt.

„Sollen wir uns als Nächstes das Alpine House ansehen?", fragte er, um das Thema zu wechseln.

Sie waren mit einem Kofferraum voller Topfpflanzen und Sträucher nach Leeds zurückgefahren, und Jake hatte seinen Eltern versprochen, ihnen am Morgen beim Einpflanzen zu helfen, bevor er nach Oxford zurückfuhr.

Jetzt war er im Stadtzentrum von Leeds, um sich mit seinen Schulkameraden zu treffen. Sie zogen durch die Pubs und Bars der Call Lane, Duncan Street und der Lower Briggate. Der nächste Halt war ein indisches Restaurant, wo sie dringend benötigte Kohlenhydrate zu sich nehmen würden, um den Alkohol aufzusaugen. Es war schon eine Weile her, dass Jake eine solche Monsterkneipentour gemacht hatte, und er würde die Pause begrüßen.

„Das macht 23,40 Pfund, bitte", sagte der Barmann mit starkem West-Yorkshire-Akzent.

Jake bezahlte die Runde mit einem Grinsen. In Leeds waren nicht nur die Häuser billiger – sondern auch die Pints. Hätte er in Oxford eine Runde bezahlt, hätte er von Glück reden können, wenn er überhaupt Wechselgeld bekommen hätte.

„Danke, Kumpel." Er nahm das Tablett mit den Gläsern und den Snacks und trug es zu dem Tisch, an dem seine Freunde auf Nachschub warteten. Der Tisch war bereits überfüllt mit leeren Pint-Gläsern. Die Jungs machten ihm schnell Platz.

„Warum hast du so lange gebraucht?", fragte Dan. „Hatte der Barkeeper Schwierigkeiten, deinen vornehmen, südlichen Akzent zu verstehen?"

„Sechs Pints von Ihrem allerfeinsten Bier, bitte, Barmann", sagte Matt und ahmte eine lächerliche Stimme der Oberschicht nach.

„Und zwar zackig, du Arbeitertrottel", fügte Scott hinzu.

Ihr Spott wurde von Lachsalven der Betrunkenen begleitet.

„Ich habe keinen südlichen Akzent", sagte Jake verärgert. Drüben in Oxford machten sich die Jungs im Revier über seine kurzen Yorkshire-Vokale lustig. Er verteilte die Biere. „Prost."

Dan schielte zu einem Mädchen an der Bar, deren Rock kaum noch zu sehen war. „Was meint ihr?", fragte er seine Freunde.

„Nicht schlecht", sagte Scott.

„Schlampe", sagte Kieran.

„Hässlich", sagte Reece.

Jake trank schnell einen Schluck von seinem Pint, um nicht sagen zu müssen, was er von dem Mädchen hielt. Er fragte sich, was Ffion wohl denken würde, wenn sie ihn jetzt sehen könnte. Seine Freunde würden ihre schlimmsten Befürchtungen über grobe, unsensible Männer bestätigen.

„Also, Kumpel", sagte Dan und wandte seine Aufmerksamkeit von der Frau an der Bar ab. „Was hältst du von den Mädels in Oxford? Stimmen all die Gerüchte über die vornehmen Damen?"

„Ich weiß nicht, was du meinst", sagte Jake. „In Oxford gibt es nicht nur feine Damen."

„Komm schon, ich wette, die sind alle stinkreich."

Jake dachte wieder an Ffion. Er fragte sich, wie er sie den Jungs beschreiben sollte, ohne dass sie sich lustig machten. Ffion war bestimmt nicht die Art Frau, die auf einem Pferd ritt und fröhlich den Hockeyschläger schwang, wie sie sich das so primitiv vorstellten. Sie war auf eine gewöhnliche Schule in einem walisischen Bergbaudorf gegangen. In vielerlei Hinsicht war sie proletarischer als seine Freunde, und doch hatte sie an der Universität Oxford studiert und war einer der klügsten Menschen, die er je getroffen hatte. Es war unmöglich, sie seinen Kumpels zu schildern. Er wusste nicht einmal, wie er sie sich selbst beschreiben sollte. Ffion war anders als alle Mädchen, die er je gekannt hatte.

Nachdenklich nippte er an seinem Bier, während Dan anfing, den anderen einen schmutzigen Witz zu erzählen, den er bei der Arbeit gehört hatte. Es hatte sich gut angefühlt, seine alten Freunde wiederzusehen, aber jetzt fühlte er sich so weit von ihnen entfernt, als wären sie hundert Meilen weit weg. Sie hatten sich geirrt, als sie sagten, er hätte seinen nordischen Akzent verloren, und doch war es wahr, dass sich eine Kluft zwischen ihnen aufgetan hatte. Genau so hatte er sich gefühlt, als er zum ersten Mal nach Oxford gezogen war – all die mittelalterlichen Innenhöfe und staubigen Bibliotheken und Studenten auf Fahrrädern überall –, aber er hatte nie erwartet, dass er sich in der Stadt, in der er aufgewachsen war, so fühlen würde. Wurde er tatsächlich zu einem „weichen Südländer", wie die Jungs witzelten, oder steckte er jetzt im Niemandsland fest und passte in keine der Städte, die er sein Zuhause nannte?

Sein Handy vibrierte in der Hosentasche und er zog es heraus, um zu sehen, wer anrief. Ffion! Sein Herz begann zu rasen und er spürte, wie seine Ohrspitzen heiß wurden – ein sicheres Zeichen dafür, dass sie erröteten. Er hoffte, seine Kameraden würden es nicht bemerken. Weshalb sollte Ffion ihn an einem Samstagabend anrufen? Es war fast so, als hätte sie sein Unbehagen gespürt und ihn angerufen, um ihn zu retten.

Im Pub war es zu laut zum Telefonieren, und er wollte nicht, dass seine Kumpels mithörten, also stand er auf und ging nach draußen, begleitet von Rufen wie „Wie heißt sie denn? Heißt sie Lucinda? Oder Camilla? Vielleicht Lady Henrietta?"

„Hi", sagte er zu Ffion und ließ den Lärm des Pubs hinter sich. „Was gibt's?"

Ffion verschwendete keine Zeit mit Smalltalk. „Es gab einen Mord bei einer Gaudi am Merton College", sagte sie in ihrem walisischen Akzent. „Du musst sofort herkommen."

„Mein Gott", sagte Jake. „Ich bin im Pub."

„Das kann ich hören. Die Sache ist die, dass der Boss

einer der Gäste war, also wurde Baxter mit dem Fall betraut."

„Baxter?" Jake war Detective Inspector Greg Baxter schon ein paar Mal im Büro begegnet, hatte aber noch nie mit ihm zusammengearbeitet. Der DI war älter und erfahrener als Bridget und machte einen schroffen, humorlosen Eindruck.

Jake fühlte sich plötzlich stocknüchtern. Ffions Stimme am Telefon zu hören, hatte ihm eine Frage beantwortet – Oxford war jetzt definitiv sein Zuhause, nicht Leeds. Die zweite Frage, die sich ihm noch stellte – konnte er der richtige Mann für Ffion sein? –, war eine, die sie selbst beantworten musste. Es lag an ihm, ihr zu beweisen, dass die Antwort Ja lautete.

„Ich breche gleich morgen früh auf", versprach er. „Ich würde ja gleich losfahren, aber ich bin schon über dem Limit."

„Okay", sagte Ffion. „Wir sehen uns morgen."

Erst hinterher fiel ihm auf, dass er vergessen hatte, die offensichtliche Frage zu stellen: „Was zum Teufel ist eine Gaudi?"

KAPITEL 6

Uniformierte Polizisten der örtlichen Polizeistation St. Aldate's hatten die Kapelle des Colleges gesichert, und nun krochen Beamte der Spurensicherung in ihren weißen Overalls überall herum, stellten helles Licht auf, suchten nach Fingerabdrücken, machten Fotos und durchsuchten die Kapelle und den Vorraum akribisch.

Vikram „Vik" Vijayaraghavan, der Leiter der Spurensicherung, überwachte wie üblich den Einsatz. „Sie sehen aus, als hätten Sie für heute Abend andere Pläne gehabt", sagte er und deutete mit einem Grinsen auf Bridgets Kleid und Absätze. „Oder vielleicht ist die Kripo heutzutage einfach besser gekleidet?"

„Ha, ha!" Es war nicht das erste Mal, dass Bridget in völlig unpassender Kleidung an einem Tatort erschien. Tatsächlich wurde es langsam zur Gewohnheit. Diesmal würde sie nicht einmal versuchen, einen der weißen Schutzanzüge über ihr Kleid zu ziehen, also hielt sie Abstand. Ein Tatortband war quer durch die Vorkapelle von der Orgel bis zum Eingang zum Chorraum gespannt und trennte das nördliche vom südlichen Querschiff. Das

Hauptgeschehen spielte sich im nördlichen Querschiff ab, wo die Leiche gefunden worden war.

Viks Gesicht wurde ernst. „Tut mir leid, das muss ein schrecklicher Schock für Sie gewesen sein."

„Ja", bestätigte Bridget. „Ich kannte das Opfer gut aus meiner Studienzeit. Wir waren gut befreundet, obwohl ich sie schon lange nicht mehr gesehen hatte. Ich hatte mich darauf gefreut, sie an diesem Wochenende zu treffen."

Dazu würde es natürlich nicht mehr kommen. Die verlorenen Jahre würden für immer verloren bleiben und sie würde nie die Chance haben, ihre alte Freundin wiederzusehen.

„Vielleicht sollten Sie gehen und sich hinsetzen. Lassen Sie diesmal andere die Arbeit machen."

„Nein", sagte Bridget unnachgiebig. „Ich möchte helfen." Das Wiedersehen, auf das sie sich so sehr gefreut hatte, war nicht mehr möglich, aber sie war fest entschlossen, herauszufinden, wer dieses schreckliche Verbrechen begangen hatte. Das war das Mindeste, was sie für Alexia tun konnte.

Sie hatte den Kaplan sofort nach dem Auffinden der verstümmelten Leiche befragt, aber er war zu aufgewühlt gewesen, um ihr viel zu sagen. Ihm zufolge hatte er nach dem Gottesdienst aufgeräumt und wollte gerade seine Gewänder weglegen. Als er den Holzschrank im nördlichen Querschiff öffnete, in dem diese aufbewahrt wurden, fiel die Leiche der Frau auf ihn. In panischer Angst hatte er die Glocke geläutet, um Hilfe zu rufen.

Niemand sonst durfte die Kapelle betreten und Bridget fragte sich, was die anderen Gäste wohl gerade taten. Das Dinner hatte ein vorzeitiges Ende gefunden, zuerst durch die Entdeckung der Augen in der Suppe des Direktors und dann durch das Läuten der Glocke, und sie stellte sich vor, dass die Gäste sich wahrscheinlich auf den Weg in die College-Bar gemacht hatten. Vielleicht würde das Entsetzen über Alexias Ermordung Meg und Tina helfen, ihre Differenzen zu überwinden. Vielleicht aber auch nicht.

„Was können Sie mir über den Mord sagen?", fragte sie Vik.

„Den Spuren an ihrem Hals nach zu urteilen, wurde sie wohl erdrosselt. Wir haben im Schrank ein Stück Draht gefunden, das höchstwahrscheinlich die Mordwaffe war. Außerdem haben wir ein kleines, scharfes Messer gefunden, wie man es zum Schälen von Gemüse verwendet. Sie können sich denken, wofür das benutzt wurde."

Bridget schauderte, als sie sich an die seelenlosen Augenhöhlen in Alexias blutigem Gesicht erinnerte.

Dr. Sarah Walker, die Gerichtsmedizinerin, mit der Bridget schon bei mehreren Mordfällen zusammengearbeitet hatte, gesellte sich zu ihnen. Offensichtlich hatte sie gerade die Untersuchung der Leiche abgeschlossen und Bridget hoffte, dass sie ihr genauere Informationen geben konnte.

Dr. Walker war noch nie die gesprächigste von Bridgets Kollegen gewesen. Jetzt betrachtete sie sie mit professioneller Distanz. „Ich habe gehört, dass Sie das Mordopfer kannten."

„Ja", sagte Bridget. „Sie war eine alte Studienfreundin. Was können Sie mir über ihren Tod sagen?"

„Sind Sie sicher, dass Sie das wissen wollen?" In Dr. Walkers Stimme lag ein warnender Unterton.

„Ja." Was auch immer Alexia widerfahren war, Bridget musste unbedingt so viele Details wie möglich herausfinden.

„Ich fürchte, es war ein besonders grausamer Mord. Der Tod durch Erdrosseln ist immer unangenehm. Diese Methode wird seit der Römerzeit als Hinrichtungs- und auch als Foltermethode verwendet. Es gibt viele Varianten, aber in diesem Fall wurde ein Stück Draht verwendet. Einfach, aber wirkungsvoll. Der Draht wurde um den Hals des Opfers gewickelt und dann zugezogen, was zum Erstickungstod führte. Das Opfer konnte keinen Laut von sich geben, und jeder Versuch, sich zu befreien, hätte den Draht nur noch fester gezogen." Dr. Walker zog ihre

Latexhandschuhe mit einem Schnappen aus. „Die Enukleation wurde mit einem Küchenmesser durchgeführt."

„Wie bitte?", sagte Bridget. „Die was?"

„Enukleation. Die Entfernung der Augen, wobei die Augenlider, Augenmuskeln und andere Strukturen intakt bleiben. In diesem Fall wurden die Augäpfel mit einem Messer ausgestochen und vom Sehnerv getrennt. Ziemlich hässlich."

Bridget schluckte schwer und rang um Fassung. Sie war es gewohnt, bei Obduktionen anwesend zu sein, hatte dies aber immer als den schwierigsten Teil ihrer Arbeit empfunden. Jetzt, da es sich um eine Freundin handelte, hatte sie Mühe, ihre Gefühle unter Kontrolle zu halten. „Wurden sie –"

„Ich denke, die Augen wurden mit ziemlicher Sicherheit nach dem Tod entfernt", sagte Dr. Walker. „Sie wollen sicher den Todeszeitpunkt wissen."

Bridget nickte. „Ja, wenn Sie mir eine Schätzung geben können."

„Es ist schwer, das genau zu sagen", sagte Dr. Walker zurückhaltend, wie Bridget es erwartet hatte. „Aber ich würde sagen, sie ist seit mindestens drei oder vier Stunden tot."

Bridget spürte, wie ihr bei dieser Nachricht das Blut in den Adern gefror. Wenn Alexia schon seit drei Stunden tot war, dann war ihre Leiche mit ziemlicher Sicherheit schon vor dem Gottesdienst in ihr Versteck gebracht worden. Während Bridget den Worten des Kaplans gelauscht und über ihre verstorbene Schwester nachgedacht hatte, hatte die Leiche ihrer Freundin die ganze Zeit über nur wenige Meter von ihr entfernt im Schrank gelegen.

Sie erinnerte sich, dass Jonathan ihr gesagt hatte, sie solle nicht in Schränken nach Leichen suchen. Wenn der wüsste.

„Achtung", sagte Vik. Von dort, wo er stand, hatte er einen guten Blick auf die Tür zur Hauptkapelle im südlichen Querschiff. „Die Kavallerie ist da. Ich sehe besser mal nach, wie meine Leute vorankommen."

Sarah Walker verabschiedete sich ebenfalls und ließ Bridget allein am Tatortband stehen, während DI Greg Baxter und DC Ffion Hughes die Vorkapelle betraten und auf sie zusteuerten.

Der Detective Inspector und die junge Detective Constable bildeten ein ungleiches Paar – Baxter Mitte fünfzig, grau, kahlköpfig, rundschultrig und übergewichtig, gekleidet in einen schlechtsitzenden Anzug und ein Paar Slipper; Ffion Mitte zwanzig, groß, schlank, mit Pixie-Haarschnitt, gekleidet in eng anliegende schwarze Jeans, eine smaragdgrüne Lederjacke und ein passendes Paar Schlangenlederstiefel mit fünf Zentimeter hohen Absätzen. Bridget lächelte in sich hinein. Als sie Ffion das erste Mal begegnet war, hatte sie in grüner Motorradlederkluft an Bridgets Schreibtisch gelehnt und in halsbrecherischer Geschwindigkeit eine Nachricht in ihr Handy getippt. Die junge Constable zeichnete sich nicht gerade durch ihre zwischenmenschlichen Fähigkeiten aus, aber Bridget schätzte ihre technische Begabung, ihr enzyklopädisches Wissen und ihr nahezu fotografisches Gedächtnis, auch wenn Ffions scharfe Zunge ihre Kollegen manchmal zusammenzucken ließ.

Bridget hatte in ihrer Zeit als Detective Sergeant mit Baxter zusammengearbeitet, aber seit ihrer Beförderung zur DI Anfang des Jahres hatten sich ihre Wege nicht mehr gekreuzt, außer bei Abteilungsbesprechungen. Bridget war froh darüber gewesen. Obwohl sie und der ältere DI nun den gleichen Dienstgrad hatten, schien er sich immer noch für ihren Vorgesetzten zu halten, entweder wegen des Alters oder wegen des Geschlechts oder wegen beidem.

Außerdem hatten sie sehr unterschiedliche Arbeitsstile. Baxter war ein kompetenter Detective, aber ein ziemlicher Langweiler, wenn es um Verfahren ging. Er erledigte die Arbeit, war aber nicht für seine Geistesblitze bekannt. Er war ein Detective der alten Schule, der mittags gerne ein Pint im Pub trank. In den alten Tagen der Polizeiarbeit war flüssiges Mittagessen die Norm gewesen, und Baxter änderte seine Gewohnheiten nicht so schnell.

Jetzt runzelte er die Stirn. „Nur diensthabende Polizeibeamte und Kollegen der Spurensicherung sollten in der Kapelle sein", sagte er zu Bridget.

„Ich bin Polizeibeamtin", sagte sie und richtete sich so gerade wie möglich auf. „Und ich kann jederzeit im Dienst sein, wenn man mich braucht." Zum ersten Mal an diesem Abend war sie froh über die paar Zentimeter mehr, die ihr die unbequemen Schuhe verschafften.

„Sie werden jetzt nicht gebraucht, danke", sagte Baxter. „Im Rahmen dieser Ermittlung sind Sie eine Privatperson, die an einer College-Gaudi teilnimmt, und ich muss Sie daher bitten, den Tatort zu verlassen. Sie werden zu gegebener Zeit zusammen mit allen anderen befragt."

„Kommen Sie, Greg. Wollen Sie damit sagen, dass ich eine Verdächtige bin?"

Baxter wählte seine Worte mit Bedacht. „Ich erhebe keine Anschuldigungen. Dafür ist es noch viel zu früh in den Ermittlungen. Aber soweit ich weiß, kannten Sie das Mordopfer persönlich und waren die zweite Person am Tatort. Außerdem ist jeder verdächtig, bis das Gegenteil bewiesen ist."

„Ach, kommen Sie!" Sie wusste, dass er sich gerne an die Regeln hielt, aber das war lächerlich. „Ich kann Ihnen helfen, wenn Sie mich lassen."

„Das kann ich mir vorstellen, aber wir müssen uns an die Vorschriften halten", sagte Baxter. „Zwingen Sie mich nicht, Ihnen ein zweites Mal zu sagen, dass Sie das denen überlassen sollen, die mit dem Fall betraut sind."

„Na gut", sagte Bridget. „Machen Sie es auf Ihre Art. Aber ich möchte auf dem Laufenden gehalten werden. Alexia war eine gute Freundin von mir."

„Genau das", sagte Baxter, „ist das Problem. Wenn Sie mir jetzt erlauben, mit meiner Arbeit fortzufahren, ich habe eine Mordermittlung zu leiten. DC Hughes, kommen Sie mit." Er marschierte in Richtung der Leiche davon.

Ffion drehte sich um und folgte ihm. Im Gehen

zwinkerte sie Bridget zu, und Bridget wusste, dass sie zumindest eine Verbündete im Ermittlungsteam hatte.

★

Obwohl sie aus der Kapelle verwiesen worden war, war Bridget noch nicht in der Stimmung, sich zu ihren Freundinnen an der Bar zu gesellen. Klatsch und Gerüchte über die Geschehnisse würden zweifellos die Runde machen, und vielleicht würde Bridget dort später etwas Nützliches erfahren, aber im Moment wollte sie Fakten und Beweise, keine wilden Spekulationen. Sie machte sich auf den Weg zurück in den Speisesaal, wo die Kellner gerade die Tische abräumten. Unter den gegebenen Umständen war es nicht verwunderlich, dass das Essen abgebrochen worden war. Bridget glaubte nicht, dass sie im Moment irgendetwas zu sich nehmen konnte, schon gar keine Suppe.

Der Butler war damit beschäftigt, Geschirr und Besteck vom High Table abzuräumen. „Wie kann ich Ihnen helfen?", fragte er, als sie sich ihm näherte. Er war ein großer Mann mit gebieterischer Ausstrahlung, was seine schwarze Weste und Fliege noch unterstrichen. Bridget konnte sich vorstellen, wie er ein Team von Angestellten in einem alten Landhaus leitete, mit Dienern und Küchenmädchen und einem Koch, der über die Küche herrschte.

Sie zeigte ihm ihren Dienstausweis, den sie immer bei sich trug, egal zu welchem Anlass.

Der Butler stellte das Geschirr ab, das er in der Hand hielt. „Ich bin bereits von einem Ihrer Kollegen eingehend befragt worden", sagte er abwehrend und schien wenig begeistert von der Aussicht, sich ein zweites Mal in die Mangel nehmen zu lassen.

Bridget schenkte ihm ein beruhigendes Lächeln. „Ich bin sicher, es macht Ihnen nichts aus, noch ein paar Fragen zu beantworten."

„Nun, ich denke nicht."

„Fangen wir mit ein paar Hintergrundinformationen an, Mr. …"

„Kernahan. Nick Kernahan. Was möchten Sie wissen?"

„Wie lange machen Sie diesen Job schon, Mr. Kernahan?" Der Butler war eindeutig zu jung, um schon da gewesen zu sein, als Bridget noch hier studierte.

„Zehn Jahre jetzt. Ich kam nach einer kurzen Zeit am Wadham College hierher."

„Und was genau ist Ihre Aufgabe bei einer solchen Veranstaltung?" Sie deutete auf den Speisesaal und die noch für das Abendessen gedeckten Plätze.

„Nun, das Menü für ein formelles Abendessen wird in einer Besprechung zwischen mir, dem Koch und dem Schatzmeister festgelegt. Der Schatzmeister überwacht das Budget. Wie zu erwarten, ist der Koch für die Menüs und die Zubereitung der Speisen zuständig. Ich bin für den Service verantwortlich."

„Was ist mit dem Personal? Wie viele arbeiten für den Koch und wie viele für Sie?"

„Der Koch hat ein Team von sechs Personen, die das Essen vorbereiten und kochen. Ich habe acht Mitarbeiter, die das Essen servieren, zwei pro Tisch. Und vier weitere servieren den Wein."

Bridget rechnete schnell im Kopf nach. Mit dem Butler und dem Koch waren insgesamt zwanzig Personen mit der Zubereitung, dem Kochen und dem Servieren von Speisen und Wein beschäftigt. Dagegen nahm sich *Downton Abbey* eher bescheiden aus.

„Und das sind alles festangestellte Mitarbeiter?"

„Eigentlich nicht. Viele sind Aushilfskräfte. Sie arbeiten meist nur für kurze Zeit und gehen dann wieder. Wir arbeiten mit einer Agentur zusammen, die sie uns vermittelt. Nur der Koch und ich haben eine feste Anstellung am College."

„Sagen Sie, wer hatte Zugang zu dem Teller Suppe gehabt, der dem Direktor serviert wurde?"

„Das habe ich Ihrem Kollegen bereits erklärt", sagte

der Butler sichtlich irritiert. „Jeder hätte Zugang dazu haben können. Jeder aus der Küche, jeder Kellner, aber auch jeder andere."

„Was meinen Sie damit, jeder andere?"

„Die Kresse-Gurken-Suppe war ein kaltes Gericht, eine Gazpacho. Sie wurde lange im Voraus zubereitet und auf einen Tisch im hinteren Teil des Saals gestellt. Wenn Sie versuchen, herauszufinden, wer die Gelegenheit gehabt haben könnte, die ... Augäpfel ... hineinzutun, dann lautet die Antwort: alle, die an diesem Abend beim Dinner anwesend waren."

Bridget erinnerte sich, dass das Essen auf dem Tisch stand, als sie den Saal betreten hatte, jeder Teller mit einer eigenen silbernen Haube bedeckt.

„Ich verstehe", sagte sie. Sie versuchte einen anderen Ansatz. „Am Fundort der Leiche wurde ein Messer entdeckt. Es sah aus wie ein Werkzeug, das man zum Gemüseschneiden verwenden könnte."

„Ja, man hat es mir gezeigt", sagte der Butler. „Es gehört uns. Dem College, meine ich. Aber kommen Sie nicht auf die Idee, dass es jemand vom Küchen- oder Servierpersonal genommen haben muss. Ich habe es Ihrem Kollegen erklärt. Die Küche ist nicht abgeschlossen. Das Messer hätte jederzeit entfernt werden können. Noch einmal, jeder könnte es gewesen sein."

Die Antworten des Butlers trugen nicht gerade dazu bei, die Möglichkeiten einzugrenzen, aber dann kam Bridget noch etwas anderes in den Sinn. „Eine Frage noch. Konnte der Teller Suppe, in dem sich die Augen befanden, einer beliebigen Person serviert werden? Ich meine, für mich sahen alle Teller genau gleich aus. Wenn jemand wollte, dass der Direktor die Augäpfel bekommt, woher hätte er dann wissen sollen, welcher sein Teller war?"

„Der Direktor hat eine Glutenallergie. Sein Essen ist immer gekennzeichnet."

„Interessant." Während Bridget darüber nachdachte, hörte sie einen Tumult am Eingang zum Speisesaal. DI Baxter hatte die Kapelle verlassen und durchquerte den

Saal mit einem wütenden Gesichtsausdruck.

„DI Hart", brüllte er. „Habe ich mich in der Kapelle nicht klar ausgedrückt?"

Der Butler, äußerst diskret, fuhr fort, den Tisch abzuräumen, als sei nichts geschehen.

„Sie haben mich gebeten, die Kapelle zu verlassen", sagte Bridget, „und das habe ich getan."

„Ich habe Sie gebeten, sich zurückzuziehen und mich meine Ermittlungen durchführen zu lassen."

„Ich komme Ihnen nicht in die Quere."

Baxter knirschte mit den Zähnen. „Sie sind in diesem Fall nicht zuständig, und es ist nicht Ihre Aufgabe, Mitarbeiter oder andere Zeugen zu befragen."

Bridget überlegte, ob sie Baxter erzählen sollte, was der Butler über die Glutenallergie des Direktors gesagt hatte, entschied jedoch, dass er nicht in der Stimmung war, ihr zuzuhören. Er konnte seine eigenen Fragen stellen und die Antworten selbst herausfinden.

„Gut", sagte sie. „Dann machen Sie es auf Ihre Weise. Aber was passiert jetzt mit all den Gästen?"

„Niemand verlässt das College, bis ich es sage. Sie eingeschlossen. Ist das klar? Wir werden alle befragen. Wenn Sie mich jetzt entschuldigen, ich habe zu tun." Er verschränkte die Arme und wartete, bis sie den Saal verlassen hatte.

Bridget beschloss, dass es Zeit für einen Drink war. Als sie den Saal verließ und auf dem Weg zur College-Bar den Innenhof überquerte, bemerkte sie uniformierte Beamte, die das steinerne Torhaus bewachten. Das College war zu einem Gefängnis geworden.

KAPITEL 7

Die Bar des Merton College war genauso spärlich möbliert und heruntergekommen wie zu Bridgets Studienzeiten. Es gab keine Barhocker oder Stühle, nur lange Holzbänke und zweckmäßige Tische, die an jeder Wand standen. Zu Bridgets Zeiten hatten sich die Rugbyspieler des Colleges einen Spaß daraus gemacht, freitagabends ihre Biergläser auf diesen langen Tischen hin- und herzuschieben. An jedem der niedrigen Deckenbalken hing ein Ruder, und die Wände waren mit Fotografien von Sportmannschaften aus vergangenen Tagen bedeckt. Es überraschte nicht, dass Bridgets Gesicht auf keinem der Fotos zu sehen war. Sie war nie eine gute Sportlerin gewesen, zu klein für Netzball und zu faul für Hockey.

Es schien, als hätten sich alle Dinnergäste in die Bar verzogen, und der Raum war komplett überfüllt. Bridget bahnte sich einen Weg durch die Menge zur Bar. „Ein großes Glas Pinot Noir und eine Packung Pistazien, bitte", rief sie über den Lärm hinweg. Nachdem sie den Butler befragt hatte, entschied sie, dass sie doch Hunger hatte. Sie überreichte einen Fünf-Pfund-Schein und war erfreut, ein paar Münzen Wechselgeld zurückzubekommen. Selbst bei solchen Veranstaltungen verlangte das College immer noch Studentenpreise.

Meg, Tina und Bella saßen am äußersten Ende eines der Tische. Nach der Anzahl der Gläser und Flaschen auf dem Tisch zu urteilen, hatten sie bereits einige Drinks zu sich genommen. Meg und Tina waren schon immer sehr trinkfreudig gewesen.

Bella machte für Bridget Platz am Ende der Bank.

„Wie ich sehe, hat sich hier nicht viel verändert", sagte Bridget. „Ich glaube, sie haben nicht einmal die Preise aktualisiert."

„Auch die Einrichtung nicht", sagte Tina. „Es sieht nicht besser aus als damals, als wir zum ersten Mal hier waren, und das war vor zwanzig Jahren."

Bridget nickte. Die Bar sah vielleicht nicht viel anders aus, aber ihre drei Freundinnen hatten sich in vielerlei Hinsicht verändert. Sie waren nicht nur älter geworden, sondern hatten auch ihre Leben in Bahnen gelenkt, die Bridget nicht vorhersehen konnte. Jetzt wünschte sie, sie hätte sich bemüht, mit ihren alten Freundinnen in Kontakt zu bleiben. Sie wusste nicht einmal, wo sie wohnten oder was sie beruflich taten, außer dass Bella Lehrerin war.

An der Universität hatte Bella Klassische Philologie studiert und gehofft, eine akademische Laufbahn einzuschlagen. Tina hatte Jura studiert und war fest entschlossen gewesen, Anwältin zu werden. Meg hatte Biochemie studiert. Sie hatte Unternehmerin werden und ihre eigene biomedizinische Firma gründen wollen. Bridget fragte sich, ob sie ihren Traum verwirklicht hatte. Mit ihrem Designerkleid und der teuren Handtasche wirkte sie jedenfalls wohlhabend und erfolgreich. Tina auch.

Doch bevor sie sie fragen konnte, was sie aus ihrem Leben gemacht hatten, hatte Meg eine dringende Frage an sie. „Was ist in der Kapelle los? Niemand hat uns etwas gesagt, aber es kursieren eine Menge Gerüchte. Du bist jetzt Detective. Du musst doch wissen, was vor sich geht."

„Das stimmt", sagte Bridget. „Aber ich kann euch nicht viel über die Mordermittlungen erzählen. Ich darf mich nicht in die Ermittlungen einmischen."

Nun, zumindest nicht offiziell, dachte sie.

„Dann stimmt es also?", fragte Tina. „Es war Mord?"

„Ja."

„Und das Opfer war Alexia?"

„Ich fürchte ja."

„Gott, das ist ja furchtbar."

Tina und Meg tauschten Blicke aus, ihr vorheriger Streit war durch die gemeinsame Trauer zumindest vorübergehend unterbrochen worden.

„Ich kann nicht glauben, dass sie tot ist", sagte Bella. „Alexia war immer so lebensfroh."

Das stimmte. Von allen Freundinnen war Alexia die temperamentvollste und der Mittelpunkt jeder Party gewesen. Wie Meg war sie extrovertiert, kleidete sich immer in leuchtende Farben und suchte Aufregung und Abenteuer. Aber sie hatte auch eine ernste Seite – sie engagierte sich für wohltätige Zwecke und nahm an Demonstrationen für oder gegen verschiedene Themen teil. Wie Bella sagte, war es fast unmöglich, mit der Tatsache fertig zu werden, dass sie tot war.

„Und dann waren es noch vier", erklärte Meg und blickte unheilvoll in die Runde.

„Ehrlich, Meg", sagte Tina. „Sei nicht so melodramatisch. Versuch doch einmal, etwas Respekt zu zeigen."

Meg hob daraufhin feierlich ihr Glas. „Auf Alexia. Auf Lydia. Lasst uns auf die Toten trinken."

Es war das erste Mal, dass Lydias Name fiel, und Bridget empfand eine gewisse Erleichterung, dass endlich auch das sechste Mitglied der Gruppe gewürdigt wurde. Im Gegensatz zu den anderen, die Oxford hinter sich gelassen und ihr Leben weitergeführt hatten, hatte Lydia Khoury nicht die Möglichkeit gehabt, sich zu entwickeln und zu verändern. Sie hatte sich kurz nach den Abschlussprüfungen, am Ende jenes verhängnisvollen letzten Sommersemesters, das Leben genommen und nie ihren Universitätsabschluss gemacht.

Für Bridget hatte dieser Lebensabschnitt eine doppelte Tragödie mit sich gebracht. Zuerst war ihre eigene Schwester Abigail ermordet worden, und dann hatte Lydia Selbstmord begangen, alles innerhalb von zwei Wochen. Der Schock war zu groß für sie gewesen, und vielleicht war es kein Wunder, dass sie sich von den vier überlebenden Mitgliedern der Gruppe abgewandt hatte. Aber sie hatte nie aufgehört, an sie alle zu denken, besonders nicht an die arme Lydia. Ihre Freundin mochte fort sein, aber sie war nie vergessen worden. Und nun war auch Alexia fort.

Bridget prostete Meg zu. „Auf die Toten."

Tina und Bella taten es ihnen gleich, hoben ihre Gläser und stießen über den Tisch hinweg an. „Auf die Toten."

„Und auf die Lebenden", fügte Meg hinzu, bevor sie ihren Wein in einem Zug hinunterkippte.

Bridget nahm einen bedächtigen Schluck von ihrem eigenen Glas. Sie trank genauso gern ein oder zwei Gläser Wein wie jeder andere, aber sie hatte nicht die Absicht, mit Megs Alkoholkonsum mitzuhalten.

Meg wischte sich mit dem Handrücken einen Tropfen Wein vom Kinn. „Gott, ich brauche noch eine Flasche. Noch jemand?"

„Gin und Tonic, bitte", sagte Bella.

„Wenn du möchtest, kannst du mir noch eine Flasche Cabernet Sauvignon holen", sagte Tina und goss den letzten Rest Wein in ihr Glas.

„Für mich nichts", sagte Bridget.

Meg verschwand in der Menge und nutzte ihre imposante Statur, um sich einen Weg durch die wogende Masse von Körpern zu bahnen, die den kleinen Raum füllte.

„Wie genau wurde Alexia getötet?", fragte Bella, nachdem Meg gegangen war.

Bridget zögerte. In Bellas Frage schwang eindeutig ein Hauch morbider Neugier mit. Zweifellos hatten alle bereits vermutet, dass es Alexias Augäpfel gewesen waren, die auf so grausame Weise aus ihren Höhlen geschnitten und in die Suppe des Direktors gelegt worden waren. Sie sah keinen Grund, mit ihnen weitere grausame Details über den Mord zu teilen. Sie würden es früh genug selbst herausfinden.

„Ich glaube nicht, dass ich im Moment mehr sagen sollte", sagte sie ihnen. „Eigentlich sollte ich mit euch überhaupt nicht über die Ermittlungen sprechen."

„Worüber sollten wir denn sonst reden?", fragte Bella. „Sieh dich doch mal um. Der Mord an Alexia ist das einzige Gesprächsthema in der ganzen Bar."

Das stimmte wahrscheinlich, aber Bridget hatte Baxter für einen Tag genug geärgert und wollte nicht noch mehr Schwierigkeiten mit ihm bekommen. Wenn er herausfand, dass sie vertrauliche Informationen an potenzielle Zeugen weitergegeben hatte, wäre er außer sich vor Wut, und das zu Recht.

„Was ich wirklich gerne wissen möchte", sagte Bridget und nahm eine Handvoll Nüsse, „ist, was jede von euch gemacht hat, seit wir uns das letzte Mal gesehen haben." Sie hoffte, dass ihr Versuch, das Thema zu wechseln, nicht allzu offensichtlich war. „Tina, du siehst wirklich gut aus."

Tina sah in der Tat umwerfend aus. Während ihres Studiums hatte sie sich immer leger gekleidet und nur selten Make-up getragen, aber jetzt sah sie makellos aus mit ihrem trägerlosen Kleid und dem aufwendigen, Schönheitssalon-würdigen Styling.

„Und du auch, Bella", fügte Bridget höflich hinzu, obwohl Bella jetzt nicht viel besser aussah als vorhin.

Tina schien froh zu sein, dass sich das Gespräch von Alexias Ermordung abwandte. „Ja", sagte sie. „Wir haben viel nachzuholen. Soll ich anfangen? Oder möchtest du, Bella?"

„Ich fange an", sagte Bella. „Meine Geschichte wird nicht lange dauern."

„Du hast gesagt, du bist jetzt Lehrerin", sagte Bridget.

Bella nahm einen halbherzigen Schluck von ihrem Getränk, bevor sie antwortete. „Ja, nun, es war nicht meine erste Berufswahl. Wie ihr wisst, wollte ich immer in Oxford bleiben und Dozentin werden. Aber die akademische Welt ist hart umkämpft, und wen man kennt, ist genauso wichtig wie das, was man weiß. Ich kannte nicht die richtigen Leute." Bella gab sich wenig Mühe, den Groll zu verbergen, den sie offensichtlich über die wahrgenommene Ungerechtigkeit empfand. „Also unterrichte ich jetzt. Heutzutage gibt es keine große Nachfrage nach Lateinlehrern, aber ich habe eine Stelle an einer kleinen Mädchenschule in der Nähe von Peterborough gefunden. Alle sagen mir, dass es ein nobler Beruf ist." Sie versuchte, ihrem letzten Satz einen Hauch von Fröhlichkeit zu verleihen, wirkte aber völlig niedergeschlagen.

Bridget fühlte sich peinlich berührt und hatte Mitleid mit ihrer Freundin. „Ich bin sicher, dass das Unterrichten sehr befriedigend sein kann. Aber es ist auch harte Arbeit und eine Herausforderung. Ein bisschen wie bei der Polizei, vielleicht."

„Vielleicht. Warum hast du dich entschieden, zur Polizei zu gehen?"

Bridget wusste, dass ihre übliche abwehrende Antwort „Was hätte ich denn sonst mit einem Abschluss in Geschichte machen sollen?" unter diesen Umständen zu flapsig gewesen wäre, also entschied sie sich stattdessen für die Wahrheit. „Ich wollte versuchen, die Welt nach dem Mord an Abigail wieder in Ordnung zu bringen. Und auch nach Lydias Tod, nehme ich an. Es gab zu viel Böses in der Welt. Ich musste versuchen, das Gleichgewicht wiederherzustellen."

„Und ist es dir gelungen?"

Das war eine gute Frage. Bridget war vor ein paar Monaten zur Detective Inspector befördert worden, also hatte sie offensichtlich etwas richtig gemacht. Und sie hatte sicherlich etwas bewirkt, indem sie Verbrecher vor Gericht gebracht und Antworten für die Familien der Opfer gefunden hatte. Aber wie konnte man Erfolg messen, wenn man die Welt retten wollte? „Nun, ich denke, ich habe etwas Gutes getan", schloss sie.

„Das ist alles, was wir uns erhoffen können, nicht wahr?", sagte Tina ernst. „Mehr Gutes zu tun als Böses."

Meg kam von der Bar zurück, mit frischen Flaschen Chardonnay und Cabernet Sauvignon sowie einem Gin Tonic für Bella. Sie ließ sich auf die Bank fallen und schüttete mehr Wein in ihr Glas, wobei einiges über den Rand schwappte. „Wow, ihr seht verdammt erbärmlich aus. Worüber habt ihr denn geredet?"

„Bella hat mir gerade von ihrem Job als Lehrerin erzählt", sagte Bridget.

Meg trank einen großen Schluck von ihrem Wein. „Verstehe. Wir füllen also die Lücken, ja? Wir fassen unser Leben in hübsche, ordentliche Biografien zusammen und lassen all die schmutzigen Teile weg, von denen wir nicht wollen, dass die Leute sie erfahren. Abgesehen von Bella natürlich, die allen unbedingt erzählen will, wie ihr Leben so schief gelaufen ist."

„Sei nicht so ein Miststück, Meg", sagte Tina.

„Tut mir leid, ich kann nicht anders", erwiderte Meg. „Also, ich erzähle gerne als Nächstes. Ihr wisst ja, dass ich nie eine Ausrede brauche, um von mir zu erzählen. Vielleicht verrate ich euch auch etwas über die schmutzigen Seiten."

Sie manövrierte ihren dicken Hintern in eine bequemere Position auf der Bank, bereit, Bridget ihre Geschichte zu erzählen.

„Also, wo waren wir das letzte Mal, als wir uns gesehen haben? Wir hatten gerade die Abschlussprüfungen hinter uns, als deine Schwester ermordet wurde und du nach Hause fahren musstest. Das hat der Abschlussfeier einen gehörigen Dämpfer verpasst, das kann ich dir sagen."

„Ach, Meg", unterbrach Tina erneut. „Wie kannst du nur so unsensibel sein?"

„Ganz einfach. Das ist eine Gabe, die ich habe. Also, nachdem Bridget gegangen war und Lydia sich das Leben genommen hatte, beschloss ich, dass ich diesen gottverdammten Ort nicht länger ertragen konnte. Ich zog nach Cambridge und setzte meine postgraduale

Forschung in Biochemie fort. Ich promovierte über gentherapeutische Heilmethoden für angeborene und vererbte Blindheit."

Bridget beschloss, Megs geschmacklose Anspielungen auf den Mord an Abigail und den Selbstmord von Lydia zu ignorieren. Sie wusste, dass Meg es nicht wirklich böse meinte. Galgenhumor war einfach ihre Art, mit Themen umzugehen, die zu schwierig waren, um darüber zu reden. „Was ist Gentherapie?", fragte sie.

„Es ist eine Technik, um genetische Mutationen bei Patienten zu reparieren. Wir entnehmen eine Probe des Chromosoms des Patienten, ersetzen das defekte Gen durch eine korrigierte Version und injizieren sie dem Patienten dann wieder. Das ist eine lebensverändernde Behandlung. Wir können buchstäblich Blinde sehend machen. Jedenfalls habe ich nach meiner Promotion mein eigenes biomedizinisches Unternehmen gegründet. Ich wollte nicht nur forschen, sondern konkrete Ergebnisse für Patienten liefern. Das war die Geburtsstunde von GenMeg Therapeutics. Natürlich musste ich die Firma nach mir benennen."

„Natürlich", sagte Tina. „Mit einem Ego so groß wie deinem, welche Wahl hättest du gehabt?"

„Genau." Meg nahm noch einen Schluck von ihrem Chardonnay. „Also, die klinischen Studien für das erste Medikament der Firma sind fast abgeschlossen, und wir sollten es auf den Markt bringen können, sobald wir die Zulassung erhalten."

„Das klingt wunderbar", sagte Bridget. „Blindheit zu heilen."

„Ja, das finde ich auch, aber das scheint nicht jeder so zu sehen." Meg warf Tina einen Seitenblick zu, die sich abwandte.

„Und wie steht es mit deinem Privatleben?", fragte Bridget. „Wo lebst du jetzt?"

„Ich habe ein Haus in Cambridge und eine Wohnung in London. Die Hälfte meiner Zeit bin ich Wissenschaftlerin, die andere Hälfte bin ich CEO."

„Klingt, als hättest du einen vollen Terminkalender. Bist du verheiratet?"

„Ich war es", sagte Meg säuerlich. „Aber leider nicht mehr. Und was ist mit dir? Bist du verheiratet?"

„Geschieden, mit einer Tochter im Teenageralter."

„Und gibt es im Moment jemand Besonderen in deinem Leben?"

Bridget überlegte, ob sie ihnen von Jonathan erzählen sollte oder nicht. So wunderbar Jonathan auch war, ihre Beziehung zu ihm befand sich noch in einem so frühen und zaghaften Stadium, dass sie nicht zu viel verraten wollte. „Könnte sein. Ich bin mir noch nicht ganz sicher."

„Mit anderen Worten, du hast einen unglaublich heißen Typen kennengelernt, aber ihn noch nicht ins Bett gekriegt", sagte Meg. „Was?", fragte sie, als Tina ihr einen scharfen Blick zuwarf. „Ich habe nur laut ausgesprochen, was alle dachten."

Tina nippte an ihrem Weinglas. „Dann bin ich jetzt an der Reihe. Es wird euch nicht überraschen, dass ich Anwältin geworden bin. Ich arbeite für eine der großen Londoner Anwaltskanzleien und bin auf Unternehmenshaftung spezialisiert."

„Ein Parasit, mit anderen Worten", spottete Meg.

Tina fuhr fort, als hätte Meg nichts gesagt. „Meine Mandanten sind Opfer der Gier und Arroganz von Unternehmen."

„Du meinst, sie sind Bauernopfer, die du benutzen kannst, um hart arbeitende, ehrliche Unternehmen massiv zu verklagen", sagte Meg.

„Ich sehe mich als Kämpferin für diejenigen, die unter dem Missbrauch durch große Konzerne leiden, die sich für unantastbar halten."

Meg klatschte sarkastisch in die Hände. „Die Frau ist eine Heilige. Jemand sollte ihr einen Orden verleihen."

Tina warf Meg einen hitzigen Blick zu. „Ich brauche keinen Orden. Meinen Mandanten zu ihrem rechtmäßigen Schadensersatz zu verhelfen, ist Belohnung genug."

Bridget beschloss, dass es an der Zeit war einzugreifen,

bevor die beiden Frauen handgreiflich wurden. Offensichtlich hatten die beiden eine persönliche Fehde, die vermutlich mit Tinas Arbeit zu tun hatte. War es möglich, dass ihre Kanzlei eine Klage gegen Megs Firma anstrengte?

Bridget tat ihr Bestes, um das Thema zu wechseln. „Sagt mal, was hat Alexia gemacht?"

„Alexia ist Journalistin geworden, wie sie es immer wollte", sagte Bella. „Sie hatte offensichtlich die richtigen Kontakte."

An der Universität hatte Alexia Artikel für Studentenzeitungen geschrieben. Ihr Ziel war es, für eine der großen überregionalen Zeitungen als Kampagnen- und Investigativ-Journalistin zu arbeiten. Bridget erinnerte sich dunkel daran, einen ihrer Artikel in einem Magazin gelesen zu haben.

„Sie war auch verdammt gut in ihrem Job", sagte Meg. „Sie fing beim *The London Evening Standard* an, wurde dann unabhängige Investigativ-Journalistin, deckte große Geschichten auf und verkaufte sie an jede Zeitung, die mutig genug war, sie zu veröffentlichen. Erinnert ihr euch an den Politiker, der vor ein paar Monaten dabei erwischt wurde, wie er Bestechungsgelder von großen Unternehmen annahm? Alexia hat diese Story aufgedeckt."

„Stimmt", sagte Bridget. „Und ihr Privatleben?"

Die anderen drei Frauen tauschten Blicke aus.

„Du kennst Alexia", sagte Tina. „Ihr Leben war ein Wirbelwind von Romanzen und Affären. Jedes Mal, wenn ich sie sah, hatte sie einen neuen Freund. Es war unmöglich, auf dem Laufenden zu bleiben."

Megs Miene verfinsterte sich. „In dieser Hinsicht hat sie nie eine Gelegenheit ausgelassen."

„Komm schon, Meg", sagte Tina, „sprich nicht schlecht über die Toten."

„In meiner Welt ist Sprechen nichts, wofür man sich schämen müsste", sagte Meg heftig. „Aber mit dem Mann deiner Freundin zu schlafen, schon."

Bridget starrte Meg fassungslos an. Hatte sie wirklich gesagt, Alexia habe mit ihrem Mann geschlafen? Der verletzte Ausdruck auf ihrem Gesicht ließ kaum einen Zweifel zu. „Oh, Meg, es tut mir so leid."

„Wahrscheinlich war es meine eigene Schuld", sagte Meg düster. „Wir wussten doch alle, wie Alexia war. Sie fiel über alles her, was Hosen trug. Ich hätte sie nie in Michaels Nähe lassen dürfen."

„Sie war ein sexuelles Raubtier der schlimmsten Sorte", sagte Bella. „Aber was sie dir angetan hat, war schockierend, selbst für Alexias Verhältnisse."

„Du kannst dir wirklich nicht die Schuld dafür geben, was Alexia getan hat", sagte Tina. „Michael zu verführen war eine unverzeihliche Tat."

Zum ersten Mal an diesem Tag schienen die drei Frauen endlich einer Meinung zu sein.

„Du hast recht", sagte Meg. „Ich mache mir keine Vorwürfe. Ich gebe meinem Ex-Mann die Schuld. Und ich gebe auch Alexia die Schuld. Ich sage nicht, dass sie den Tod verdient hatte, aber die Wahrheit ist, dass sie eine selbstsüchtige Schlampe war."

„Genau", sagte Tina. „Sie hatte keinen Sinn für Loyalität. Sie mag eine gute Journalistin gewesen sein, aber sie war eine lausige Freundin."

„Heimtückisch", stimmte Bella zu. „Wir sollten nicht so tun, als würden wir sie sonderlich vermissen."

Bridget war schockiert über das, was sie hörte. Alexia hatte zwar während ihres Studiums eine Reihe von Freunden und ein kompliziertes Liebesleben gehabt, aber Bridget war davon ausgegangen, dass sie sich irgendwann niederlassen würde. Es war erschütternd, die nackte Wut in Megs Stimme zu hören, und auch, dass ihre alte Freundin Megs Ehemann verführt hatte. Vielleicht noch schlimmer war die kalte Gehässigkeit in Bellas und Tinas letzten Bemerkungen.

„Tja", sagte Meg verbittert, „jetzt kennt ihr die Wahrheit. Ich hasse Tina. Alexia und ich haben uns gehasst. Und Bella hasst uns alle, sich selbst eingeschlossen." Sie schüttete noch mehr Wein in ihr Glas. „Dann wollen wir uns mal betrinken."

„Darauf trinke ich", sagte Tina. Sie leerte den Rest ihres Glases und schenkte sich ein neues ein.

Bridget glaubte nicht, dass sie das noch eine Sekunde länger aushalten würde. Sie hatte sich so darauf gefreut, ihre Freundinnen wiederzusehen, aber jetzt wünschte sie sich, sie wäre nie gekommen. Sie stand auf.

„Es war ein langer Abend", sagte sie. „Ich gehe jetzt schlafen."

★

Bridget verließ die laute, überfüllte Bar und trat hinaus in die kühle Nachtluft. Der Himmel war klar und ein fast voller Mond wachte still über dem College und verlieh dem gelben Mauerwerk einen kalten Schimmer. Dieser unheimliche Effekt verstärkte noch ihr Unbehagen.

Bridgets Gespräch mit Meg, Tina und Bella hatte sie zutiefst verstört. So viele Sorgen und Nöte waren ans Licht gekommen, dass ihr der Kopf schwirrte. Die arme Bella schien mit ihrem Leben völlig unzufrieden zu sein. Die Fehde zwischen Meg und Tina hatte einen Keil zwischen sie getrieben, vielleicht einen irreparablen. Und die Sache mit Alexia und Megs Ehemann war vielleicht die beunruhigendste Enthüllung von allen.

Bridget ging durch die winzige Steineinfassung des Patey's Quad neben dem Saal und weiter zum Mob Quad. Als sie an der Kapelle vorbeikam, trat eine kleine Gruppe von Gestalten aus dem dunklen Torbogen, der vom südlichen Querschiff abging, und rollte eine Bahre über die holprigen Steinplatten. Bridget wusste, ohne hinzusehen, dass Alexias Leiche auf der Bahre lag. Sie trat zur Seite, um die Mitarbeiter der Gerichtsmedizin und die uniformierten Beamten vorbeizulassen. Glücklicherweise war die Leiche in einem Sack versiegelt, so dass ihr ein weiterer Blick in Alexias leere Augenhöhlen erspart blieb.

Als sie gegangen waren, eilte sie unter dem Torbogen

hindurch auf den Weg, der zum Grove Building führte. Sie würde froh sein, wenn sie für die Nacht in ihr Zimmer zurückkehren konnte.

Eine einsame Gestalt saß auf einer Bank am Wegesrand, das Gesicht im Dunkeln, im Schatten eines Baumes, der das helle Mondlicht abschirmte.

„Bridget? Sind Sie das?" Bridget erkannte die Stimme ihrer Geschichtstutorin, Dr. Irene Thomas. „Setzen Sie sich zu mir?"

Bridget verließ den Weg und überquerte den gepflegten Rasen der Kapelle, um sich zu Dr. Thomas auf die Bank zu setzen. Aus der Nähe waren die Gesichtszüge der alten Frau deutlich zu erkennen, ihre Augen leuchteten hell in der Nacht. „Ich komme oft hierher, um nachzudenken", sagte Dr. Thomas. „Besonders nachts. Es ist so friedlich."

„Das stimmt", erwiderte Bridget und nahm auf der Bank Platz.

„Ihr Verlust tut mir sehr leid", sagte Dr. Thomas. „Ich weiß, dass Sie und Miss Petrakis gute Freundinnen waren – zumindest während des Studiums."

„Danke", sagte Bridget. „Das waren wir. Aber ich muss mit einigem Bedauern zugeben, dass ich unsere Freundschaft habe einschlafen lassen. Tatsächlich habe ich Alexia seit siebzehn Jahren nicht mehr gesehen, seit ich die Universität verlassen habe."

„Das ist durchaus verständlich", sagte Dr. Thomas, „in Anbetracht Ihrer damaligen persönlichen Umstände."

Bridget nickte. Der Verstand ihrer alten Tutorin war so scharf, dass man ihr nie etwas erklären musste. Außer natürlich, sie verlangte eine Erklärung. Aber das war etwas anderes.

„Was denken Sie über die Ereignisse des heutigen Abends?", erkundigte sich Dr. Thomas. „Als Detective, meine ich."

Bridget versuchte, ihre Worte mit Bedacht zu wählen. Dr. Thomas war viel zu intelligent, um sich mit Plattitüden wie *Es ist zu früh, um etwas zu sagen* abspeisen zu lassen.

„Ich darf nicht Teil des Ermittlungsteams sein, weil ich das Opfer kannte."

„Natürlich."

„Ich bin also nicht in alle Einzelheiten eingeweiht."

„Natürlich", sagte Dr. Thomas. „Genau wie in der historischen Forschung hat man nie Zugang zu dem gesamten Quellenmaterial, das man gerne hätte."

„Nein", stimmte Bridget zu.

„Dennoch muss man sich eine Meinung auf der Grundlage der verfügbaren Beweise bilden."

„Es ist sicherlich ein ungewöhnlicher Fall", gab Bridget zu. „Ganz anders als alles, was mir bisher begegnet ist."

„Beziehen Sie sich auf die Mordmethode selbst – Erdrosseln, soweit ich weiß – oder auf das Entfernen von Körperteilen?"

„Wie ich sehe, sind Sie wie immer gut informiert."

„Ich habe meine Quellen im College."

„Da bin ich mir sicher. Nun, da Sie fragen, ich bin bislang weder mit der Tötungsmethode noch mit der Verstümmelung von Leichen nach dem Tod in Berührung gekommen."

„Nein. Was glauben Sie, hat das zu bedeuten?"

Bridget verstummte. Sie hatte es vermieden, allzu intensiv über die Art und Weise, wie Alexia getötet worden war, nachzudenken. Sie wollte sich nicht vorstellen, wie sie sich gefühlt haben musste, als sich der Draht um ihre Kehle zog und sie sich vergeblich bemühte, ihren Angreifer abzuwehren. Sie versuchte, ihre emotionale Reaktion zu unterdrücken und klar und logisch zu denken, wie Dr. Thomas es ihr in ihren wöchentlichen Tutorien immer wieder eingeschärft hatte. „Der Tod durch Strangulation ist nicht besonders ungewöhnlich", sagte sie. „Obwohl die Verwendung eines Drahtes auf eine gewisse Vorsätzlichkeit schließen lässt."

„In der Tat. Fahren Sie fort."

„Die Augäpfel sind das Verstörendste. Das Entfernen von Körperteilen wird meist mit Sexualverbrechen in Verbindung gebracht. Manchmal wird es von

Serienmördern als eine Art Signatur verwendet. Und doch ..."

„Fahren Sie fort."

„In diesem Fall behält der Mörder die Körperteile normalerweise als Trophäen. Ich habe noch nie von einem Mörder gehört, der sie dort platziert, wo sie gefunden werden."

„Nein. Erinnert Sie das an etwas?"

Bridget hatte das Gefühl, auf die Probe gestellt zu werden. Selbst in der Dunkelheit unter dem Baum schienen Dr. Thomas' Augen vor Neugier zu funkeln. „Nein, das kann ich nicht sagen. Tut mir leid."

Die Geschichtstutorin seufzte enttäuscht. „Körperteile, die bei einem Festmahl serviert werden, sind ein gängiges Motiv in den Rachetragödien der elisabethanischen und jakobinischen Epoche."

„Wirklich?"

„Wirklich, Bridget, denken Sie an Shakespeares *Titus Andronicus*."

„Richtig", sagte Bridget, die mit Shakespeares blutigstem Stück nicht so vertraut war, wie sie es ihrer Meinung nach sein sollte. Sie bevorzugte die leichteren Werke des Dramatikers wie *Ein Sommernachtstraum* und *Der Sturm*. „Was passiert in diesem Stück gleich noch?"

„Vieles, aber der wichtigste Teil ist der, in dem Titus seine Feinde erschlägt und ihre Köpfe brät, um sie seinen Gästen bei einem Festmahl zu servieren."

„Jetzt weiß ich wieder, warum *Titus Andronicus* nicht mein Lieblingsstück ist."

„Und doch darf ein Detective wie ein guter Historiker nicht davor zurückschrecken, den Tatsachen ins Auge zu sehen", bemerkte Dr. Thomas.

Wie immer hatte die Tutorin recht. „Sie vermuten also, dass es sich um einen Rachemord handelt?"

„Es steht mir nicht zu, das zu sagen", sagte Dr. Thomas. „Das muss die Polizei feststellen. Ich weise nur auf die Ähnlichkeiten hin."

„Ich werde gar nichts feststellen", sagte Bridget

mürrisch. „Der leitende Detective hat mich gewarnt, dass ich mich aus den Ermittlungen heraushalten soll."

„Hm", sagte Dr. Thomas. „Sie und ich wissen, dass das nicht passieren wird." Sie erhob sich. „Gute Nacht, meine Liebe. Es ist lange nach meiner Schlafenszeit, und in meinem fortgeschrittenen Alter zehren späte Nächte schrecklich an meiner Energie."

Bridget sah ihrer Tutorin beim Weggehen nach. Es gab keine Anzeichen dafür, dass Dr. Thomas' Energie auch nur im Geringsten nachgelassen hatte. Die alte Frau war so scharfsinnig wie eh und je, und in ihrer Jugend war ihr Intellekt messerscharf gewesen. Bridget vermutete, dass die Geschichtstutorin einzig und allein mit der Absicht auf der Bank gesessen hatte, Bridget bei ihrer Rückkehr in ihr Collegezimmer abzufangen. Und obwohl sie Bridget einige Fragen gestellt hatte, war es offensichtlich, dass sie alle Antworten bereits gekannt hatte. Ihr Ziel war es lediglich gewesen, Bridget die Idee eines Rachemordes in den Kopf zu setzen.

Bridget saß noch eine Weile auf der Bank. Das elisabethanische und jakobinische Zeitalter waren gewalttätige und blutige Epochen gewesen, und die Rachetragödie war damals eine beliebte Form der Unterhaltung gewesen. Die Dramatiker jener Zeit hatten es nicht für nötig gehalten, sich in ihren publikumswirksamen Produktionen voller Sex, Gewalt und zerstückelter Körperteile zurückzuhalten.

Bridget musste unwillkürlich an Meg und ihren Ex-Mann denken. Ehebruch war ein ebenso gutes Rachemotiv, und wenn Meg Alexia tatsächlich ermordet hatte, wäre sie nicht die erste eifersüchtige Ehefrau, die auf blutige und gewalttätige Weise Rache nahm.

Aber Meg war vielleicht nicht die Einzige, die einen Groll gegen Alexia hegte. Als Journalistin, die Korruption und Machtmissbrauch durch hochrangige Persönlichkeiten aufdeckte, hatte sich Alexia im Laufe der Jahre zweifellos eine Reihe von Feinden gemacht. Das war sicher eine interessante Idee, der man nachgehen sollte.

Die Luft wurde kühler, und Bridget kehrte tief in Gedanken versunken zum Grove Building zurück. Zurück in ihrem Zimmer ging sie zu den Fenstern, um die Vorhänge zu schließen. Das Mondlicht warf einen gespenstischen Schein auf den Dead Man's Walk und die Spielfelder dahinter. Wenn irgendwelche Geister den Weg heimsuchten, würden sie heute Nacht sicher dort wandeln. Aber draußen gab es keine Geister, nur in Bridgets Kopf. Sie zog die Vorhänge fest zu und machte sich bettfertig.

Bevor sie das Licht löschte, wanderten ihre Gedanken zu Chloe und Jonathan und zu ihrer älteren Schwester Vanessa. Sie betete, dass sie sicher und wohlauf waren.

KAPITEL 8

DC Ffion Hughes goss in der Teeküche kochendes Wasser über ihren Granatapfel-Himbeer-Tee und nahm ihre mit einem walisischen Drachen verzierte Tasse mit in den Einsatzraum, wo DI Baxter ein frühmorgendliches Meeting einberufen hatte, um den gestrigen Mord am Merton College zu besprechen.

Für einige war es am Sonntagmorgen eindeutig zu früh. DS Ryan Hooper sah aus, als hätte er die letzte Nacht durchgezecht. Er rieb sich die blutunterlaufenen Augen und nippte an einer Tasse starken schwarzen Kaffees. DS Andy Cartwright machte ebenfalls den Anschein, als hätte er lieber noch ein paar Stunden im Bett verbracht. Nur DC Harry Johns wirkte hellwach und einsatzbereit. Ffion wusste, dass der junge Detective Constable Wert auf eine gesunde Lebensweise legte und sonntagmorgens gerne joggen ging. Ffion selbst lief fast jeden Tag. Heute hatte sie ihren Morgenlauf ausfallen lassen, weil sie zur Arbeit musste, aber sie hoffte, stattdessen heute Abend Zeit dafür zu finden.

Sie dachte an Jake und fragte sich, ob er es geschafft hatte, wie versprochen früher loszufahren. Wenn die

Straßen frei waren, würde er etwa drei Stunden von Leeds bis zur Zentrale der Thames Valley Police in Kidlington brauchen. Sonntagmorgen war eine gute Zeit für die Fahrt. Sie stellte sich vor, wie er in seinem geschmacklos orange lackierten Subaru über die Autobahn raste, während seine grässliche Musik aus dem aufgemotzten Soundsystem dröhnte, und musste lächeln. Was in aller Welt fand sie nur an diesem Kerl?

„In Ordnung, Leute, fangen wir an." DI Baxter stand in einem hellgrauen Anzug vor der Pinnwand, der schon bessere Tage gesehen hatte. So wie DI Baxter selbst, eigentlich. Baxters Haare passten zur Farbe seines Anzugs und sein Bierbauch drohte das Jackett zu sprengen. Die braunen Schuhe an seinen Füßen trugen nicht dazu bei, den Gesamteindruck zu verbessern. Er erinnerte Ffion an einen besonders langweiligen Mathelehrer, den sie in der Schule gehabt hatte und der ihr das Fach vermiest hätte, wenn sie nicht das Lehrbuch mit nach Hause genommen und es sich selbst beigebracht hätte.

Ryan streckte sich und gähnte, ohne sich die Mühe zu machen, sich den Mund zuzuhalten. Andy stellte seinen extrastarken Tee ab und holte Notizbuch und Stift hervor, bereit für das, was Baxter sagen würde. Auch Ffion nahm ihr Notizbuch zur Hand. Sie wusste, dass dies einen guten Eindruck machte, aber in Wahrheit konnte sie sich alles merken, ohne es aufschreiben zu müssen.

„Also, die Tote", sagte Baxter, „ist Alexia Petrakis, eine Journalistin. Achtunddreißig Jahre. Ehemalige Studentin am Merton College. Lebte in London und arbeitete freiberuflich für eine Reihe überregionaler Zeitungen, recherchierte Justizirrtümer und so weiter."

Andy notierte jedes Wort, das Baxter sprach. Ffion kritzelte ein Mandala, um sich zu fokussieren.

„Das Opfer wurde in der Kapelle des Merton College ermordet, wo sie an einem College-Dinner teilnahm, das später am Abend stattfinden sollte. Sie wurde mit einem Stück Draht erdrosselt, das am Tatort zurückgelassen wurde. Dann wurden ihr die Augäpfel herausgeschnitten."

Baxter trug diese schockierende Information in demselben monotonen Ton vor, den er von Anfang an gebraucht hatte.

Ffion sah quer durch den Raum zu Harry. Sein Gesicht war bei dieser letzten Information weiß geworden, und er sah aus, als würde ihm jeden Moment schlecht werden. Sie würde ihm einen Ingwertee anbieten, wenn ihm nach dem Briefing immer noch übel war.

„Während des Dinners wurden zwei Augäpfel in der Suppe des Direktors gefunden", fuhr Baxter fort, ohne sich um Harrys Unwohlsein zu kümmern. „DNA-Tests werden bestätigen, ob die Augäpfel tatsächlich zu dem Mordopfer gehören oder nicht."

Ryan hob eine Hand. „Sir, glauben Sie, dass die Augäpfel jemand anderem gehören könnten?" Sein Tonfall war trotz der offensichtlichen Unverfrorenheit seiner Frage genauso emotionslos wie der von Baxter.

Baxter antwortete übertrieben geduldig. „Genau das werden die DNA-Tests zeigen, Sergeant. Bis dahin sollten wir keine Vermutungen anstellen, weder in die eine noch in die andere Richtung."

„Sehr gut, Sir. Wir werden unseren Geist offen halten. Und unsere Augen auch."

Baxter runzelte die Stirn, sagte aber nichts dazu. Stattdessen prüfte er seine Notizen. „Wir haben gestern Abend das gesamte Küchenpersonal befragt, einschließlich des Kochs und des Butlers. Der Küchenchef und sein Team haben den größten Teil des Tages damit verbracht, das Essen vorzubereiten. Insgesamt sollte es vier Gänge geben, aber natürlich wurde das Dinner bei der Vorspeise abgebrochen. Das war eine kalte Suppe, die im Laufe des Nachmittags zubereitet wurde."

„Eine Gazpacho", sagte Ffion.

Baxter musterte sie, vielleicht fragte er sich, ob sie sich über ihn lustig machen wollte. „Eine Gazpacho, das ist korrekt, Constable. Sie wurde angerichtet und die Teller wurden abgedeckt und zur Seite gestellt, bereit, an die Tische gebracht zu werden. Das Personal, das die Suppe serviert hat, schwört blindlings, dass alles in Ordnung war."

Baxter zögerte, vielleicht weil er sich fragte, ob er das richtige Wort gewählt hatte. Er ließ seinen Blick durch den Raum schweifen, auf der Suche nach jemandem, der seine Wortwahl amüsant finden könnte, aber alle machten ernste Gesichter. Er fuhr mit seinem Vortrag fort. „Niemand kann erklären, wie die Augäpfel in die Suppe gekommen sind. Wir haben jedoch herausgefunden, dass die Suppe des Direktors wegen seiner Glutenallergie gekennzeichnet und getrennt aufbewahrt wurde."

„Croutons", kommentierte Ryan. „Der Direktor kann keine Croutons essen."

„Croutons, in der Tat", sagte Baxter. „Danke, Sergeant."

„Ich schätze, Augäpfel mag er wohl auch nicht, Sir."

Harry taumelte unsicher auf die Beine. „Entschuldigen Sie mich, Sir", sagte er und stürmte mit der Hand vor dem Mund aus dem Raum.

Ffion seufzte. Anscheinend würde Harry jetzt nicht einmal Ingwertee helfen. Sie nutzte die Unterbrechung, um ihre Hand zu heben.

„Ja, was gibt es denn jetzt?", brummte Baxter.

„Ich habe mich nur gefragt, ob die Augen eine besondere Botschaft übermitteln sollten, Sir. Ich meine, warum Augen? Wäre es für den Mörder nicht einfacher gewesen, stattdessen einen Finger abzuschneiden?"

„Auge um Auge", scherzte Ryan.

Baxter funkelte Ffion und Ryan an, als wären sie zwei ungehorsame Schulkinder. „DC Hughes, wir können unmöglich wissen, was der Mörder vorhatte, und wir sind nicht hier, um zu spekulieren oder wilde Vermutungen anzustellen. Wir sammeln Beweise, befragen Zeugen und lösen diesen Fall mit guter, altmodischer Polizeiarbeit. Ich will hier niemanden mit eigenen Ideen durch die Gegend laufen sehen. Verstanden?"

„Verstanden, Sir", sagte Ffion.

DI Bridget Hart hätte in dieser Phase Vorschläge

begrüßt. Sie ermutigte ihr Team stets zu kreativem Denken und Eigeninitiative. Wahrscheinlich hätte sie inzwischen sogar selbst einige Ideen gehabt.

„Wir müssen anfangen, die Lücken zu schließen", sagte Baxter. Er wandte sich an Andy, der bereits eine ganze Seite seines Notizbuches gefüllt hatte. „DS Cartwright, ich möchte, dass Sie die Aktivitäten des Opfers von ihrer Ankunft in Oxford bis zu dem Zeitpunkt, an dem sie zuletzt lebend gesehen wurde, überprüfen."

„Ja, Sir", sagte Andy und notierte es.

Baxter deutete auf Ryan und Ffion. „DS Hooper, DC Hughes, da Sie beide so viel zu sagen haben, können Sie ins College gehen und mit der Befragung der Gäste beginnen. Gestern Abend waren einhundertdreißig ehemalige Studenten beim Dinner, dazu zwanzig Tutoren und andere hochrangige College-Mitglieder am Ehrentisch. Wann sind sie am College angekommen? Wo waren sie im Laufe des Nachmittags und des Abends? In welcher Beziehung standen sie zu der Toten? Besorgen Sie sich alle Fakten."

Ffion verzog das Gesicht bei der Aussicht, den ganzen Tag Befragungen durchführen zu müssen, und das in Gesellschaft von Ryan und seinen gescheiten Kommentaren.

Ryan hingegen schien mit der ihm zugeteilten Aufgabe zufrieden zu sein. „Aye, aye, Sir", sagte er und zwinkerte Ffion zu.

Baxter fuhr ihn an. „Sergeant, wenn ich noch einmal so einen Scherz von Ihnen höre, lasse ich Sie das gesamte College bis ins letzte Detail durchsuchen."

„Ja, Sir. Tut mir leid, Sir."

„Also passen Sie auf", fügte Baxter hinzu. „Ich behalte Sie im Auge."

Ryan bemühte sich um einen unbewegten Gesichtsausdruck. Klugerweise erwiderte er nichts.

Ffion seufzte. Mit Baxter zu arbeiten war schon eine Herausforderung, aber die Zusammenarbeit mit Ryan drohte eine noch größere Tortur zu werden. Sie wünschte,

Jake wäre schon zurück.

„Wo ist DS Derwent?", fragte Baxter, der Jakes Abwesenheit scheinbar plötzlich bemerkte.

„In Leeds", sagte Ffion. „Besucht seine Mutter. Er sollte gegen Mittag zurück sein."

Baxter grunzte. „Gut. Wir brauchen so viele Leute wie möglich bei dieser Ermittlung."

„Was ist mit DI Hart, Sir?", schlug Ffion hoffnungsvoll vor. „Könnte sie das Team verstärken?"

Baxter fixierte sie mit einem Blick, der wie ein Donnerschlag wirkte. „Darf ich Sie daran erinnern, dass Detective Inspector Hart eine Zeugin in dieser Untersuchung ist und als solche behandelt werden muss. Ich werde sie selbst befragen, sobald ich im College angekommen bin, und ich möchte nicht, dass jemand ohne meine Erlaubnis mit ihr spricht. Ist das klar?"

„Ja, Sir, ganz klar."

Harry kam gerade in den Raum zurück, als alle dabei waren zu gehen. Seine Gesichtsfarbe hatte sich wieder normalisiert. An seinem Kragen waren feuchte Flecken, wo er sich das Gesicht mit Wasser bespritzt hatte.

„DC Johns", bellte Baxter, „Sie können mit mir kommen. Ich habe das Küchenpersonal bereits befragt, aber ich möchte, dass Sie von jedem eine vollständige schriftliche Aussage aufnehmen. Das sind insgesamt zwanzig Aussagen und ich möchte sie alle bis zum Ende des Tages im System haben. Detaillierte Berichte – so werden wir diesen Fall knacken."

„Ja, Sir."

„Wenn man bedenkt, dass das Küchenpersonal die Suppe zubereitet hat und ein Messer aus der Küche benutzt wurde, um die Augen der Toten zu entfernen" – Harry zuckte zusammen, aber Baxter schien es nicht zu bemerken oder zu kümmern – „dann sind die Mitarbeiter in der Küche im Moment unsere Hauptverdächtigen. Sprechen Sie mit jedem einzelnen und versuchen Sie, ihre Aktivitäten im Laufe des Tages zu rekonstruieren."

„Ja, Sir. Verstanden, Sir."

„Und niemand verlässt das College, bevor wir fertig sind", donnerte Baxter.

Ryan gesellte sich zu Ffion, als diese gerade den Einsatzraum verließ. „Alles in Ordnung, Fi? Soll ich dich in meinem Wagen mitnehmen?"

„Nicht nötig", sagte sie. „Ich nehme lieber mein Motorrad."

Sie ging ins Bad, um ihre grüne Motorradkleidung anzuziehen, und machte sich dann auf den Weg zum Parkplatz, wo ihre neongrüne Kawasaki Ninja auf sie wartete.

KAPITEL 9

Nach einer unruhigen Nacht, in der der Geist von Alexia Petrakis in ihren Träumen herumgespukt hatte und sie blinden Auges den Dead Man's Walk hinunter gejagt hatte, stand Bridget auf, duschte schnell in dem winzigen En-Suite-Bad und zog sich an.

Es war noch früh am Sonntagmorgen, aber Bridget wusste, dass ihre Schwester Vanessa, die zwei kleine Kinder hatte – die achtjährige Florence und den sechsjährigen Toby –, schon auf den Beinen war. Wahrscheinlich hatte sie schon einen Kuchen gebacken und alle Kartoffeln geschält, um sie später zu braten. Vanessa vollbrachte in ihrer Küche wahre Wunder und überließ kein noch so kleines Detail dem Zufall. Sie wäre zutiefst enttäuscht zu hören, dass Bridget es nicht zum Sonntagsessen schaffen würde.

Sie rief Vanessa auf dem Handy an, für den Fall, dass sie mit Rufus, dem Goldenen Labrador der Familie, spazieren ging.

Sobald Vanessa antwortete, konnte Bridget am Bellen im Hintergrund hören, dass sie tatsächlich mit dem Hund unterwegs war. „Sei still, Rufus!", sagte Vanessa. „Hallo,

Bridget. Das ist aber früh für dich. Wie war die Gaudi?"

Bridget hielt es für besser, die Frage nicht direkt zu beantworten. „Vanessa, es tut mir leid, dich zu stören, aber ich muss dich um einen Gefallen bitten."

„Ach?" Sie klang misstrauisch.

„Gestern Abend ist bei der Gaudi etwas passiert. Etwas … Unerfreuliches. Jetzt sitze ich hier im College fest und kann nicht weg. Chloe kommt heute Morgen aus London zurück und ich kann sie nicht vom Bahnhof abholen. Könntest du sie bitte abholen und zu dir nach Hause bringen, bis ich hier wegkomme?"

„Oh, sag nicht, dass du es nicht zum Mittagessen schaffst", sagte Vanessa gereizt. „Du sagst immer in letzter Minute ab. Was kann denn so wichtig sein, dass du das College nicht verlassen kannst?"

Bridget überlegte, ob sie erzählen sollte, was passiert war. Ihre Schwester machte sich immer Sorgen wegen Bridgets Job und wäre entsetzt, von einem Mord zu hören. Aber es wäre besser für sie, es direkt von Bridget zu erfahren, als aus den Nachrichten.

„Hier ist letzte Nacht jemand ermordet worden", sagte Bridget mit gesenkter Stimme. „Wir müssen hier bleiben, bis die Polizei uns befragt hat."

„Oh, Bridget!"

„Deshalb musst du für mich auf Chloe aufpassen."

„Ja, natürlich", sagte Vanessa nervös. „Ich verstehe. Ich werde James bitten, sie mit dem Range Rover vom Bahnhof abzuholen." James war Vanessas Ehemann und daran gewöhnt, von seiner Frau herumkommandiert zu werden. „Ich werde in der Küche viel zu beschäftigt sein. Du weißt ja, wie das ist."

Bridget wusste es nicht. Ihre Version des Sonntagsessens bestand aus einer gekauften Pizza oder den in der Mikrowelle aufgewärmten Resten des Lieferservices vom Vortag, aber sie wusste, wie ernst Vanessa ihre häuslichen Angelegenheiten nahm. „Ja, natürlich. Vielen Dank."

„Übrigens", sagte Vanessa. „Wer wurde ermordet?

War es jemand, den du kanntest?" Jetzt klang sie, als wollte sie den ganzen pikanten Klatsch wissen.

„Ja, in der Tat. Sie war eine meiner ehemaligen Mitbewohnerinnen aus meiner Studienzeit."

„Eine deiner Mitbewohnerinnen?" Vanessa klang entsetzt.

„Ja. Ihr Name war Alexia Petrakis."

„Die Journalistin?"

Bridget war überrascht, dass Vanessa Alexias Namen kannte. „Das ist richtig. Kanntest du sie?"

„Ich *kannte* sie nicht. Ich habe nur ihre Artikel gelesen. Sie hat für *The Sunday Times* und *The Telegraph* geschrieben. Auch für *The Guardian*, glaube ich. Sie war so eine Art Aktivistin. Du weißt schon – soziale Gerechtigkeit, solche Sachen."

„Genau." Zu Bridgets Schande schien Vanessa mehr über Alexia zu wissen als sie selbst, zumindest was ihre Arbeit als Journalistin betraf.

„Nun, es tut mir wirklich leid, das zu hören. Wie absolut schrecklich. Das muss dir den Abend ganz schön verdorben haben."

Bridget nahm an, dass dies die Art ihrer Schwester war, ihr Beileid zu bekunden. Vanessa war noch nie gut darin gewesen, ihre Gefühle auszudrücken.

„Das könnte man so sagen", sagte Bridget. Sie hatte nicht vor, Vanessa zu erzählen, was genau das Dinner verdorben hatte. Augäpfel in der Suppe wären zu viel für sie, so früh am Morgen. „Du kümmerst dich also um Chloe?"

„Natürlich." Vanessa liebte nichts mehr, als andere Menschen zu organisieren und ihre Probleme zu lösen. Jetzt, da sie den Schock über Bridgets Nachricht überwunden hatte, freute sie sich wahrscheinlich insgeheim darauf, Chloe für einen Tag zu bemuttern. „Ich sorge dafür, dass sie gut verpflegt und versorgt ist, bis du sie abholen kannst."

„Danke." Bridget war sich nicht sicher, ob das eine implizite Kritik an Bridgets eigenen Fähigkeiten war, ihre

Tochter zu ernähren und zu versorgen. Wenn ja, war sie wahrscheinlich berechtigt. Eine Vollzeitkarriere mit dem Leben als alleinerziehende Mutter unter einen Hut zu bringen, war eine Fähigkeit, die Bridget noch nicht beherrschte und wahrscheinlich auch nie beherrschen würde. „Pass auf dich auf", sagte sie und legte auf.

Dann schickte sie Chloe eine kurze Nachricht, dass ihr auf der Arbeit etwas dazwischengekommen sei und Onkel James sie vom Bahnhof abholen würde. Sie glaubte nicht, dass es Chloe im Geringsten stören würde. Das Mittagessen bei Vanessa würde viel besser sein als alles, was Bridget auftischen könnte. Und Chloe hatte immer eine schöne Zeit mit Florence, Toby und Rufus in Vanessas und James' riesigem Einfamilienhaus im grünen Norden von Oxford.

Bei all dem Gerede über das Mittagessen wurde ihr plötzlich bewusst, wie hungrig sie war. Sie hatte das Vier-Gänge-Menü gestern Abend verpasst, und die Tüte Pistazien, die sie in der Bar gegessen hatte, hatte die Leere nur unzureichend füllen können. Sie warf sich ihre Tasche über die Schulter und machte sich auf den Weg zum Speisesaal, in der Hoffnung, dass der normale Betrieb wieder aufgenommen worden war und es bald Frühstück geben würde.

*

Bridget hatte Glück. Als sie die Treppe zum Speisesaal hinaufstieg, zog der Duft von gebratenem Speck und Toast über den Hof. Das Frühstück war viel ungezwungener als das Abendessen, und Bridget stellte sich mit ihrem Tablett an der warmen Theke an. Das College hatte schon immer ein gutes Frühstück angeboten, und sie füllte ihren Teller zufrieden mit Speck, Rührei, Bohnen und Toast. Sie nahm eine Tasse kochend heißen Kaffee und suchte nach einem Sitzplatz.

Die langen Tische im Speisesaal füllten sich langsam mit kleinen Gruppen von Gästen. Die Stimmung im Saal war gedämpft, aber sie hörte Gemurmel über „Mord" und „Skandal". Bridget hielt den Kopf gesenkt und fand einen Platz am Kopfende eines Tisches. Ihr Appetit war mit aller Macht zurückgekehrt, und sie stürzte sich auf das heiße Essen.

„Darf ich mich zu dir setzen?"

Sie blickte auf und sah Meg, die ein Tablett trug, auf dem sich das Essen türmte. Meg wartete keine Antwort ab, sondern setzte sich auf die Bank gegenüber und begann, die verschiedenen Teller und Schüsseln von ihrem Tablett abzuladen. Sie war an diesem Morgen leger gekleidet, schaffte es aber dennoch, in ihrem leuchtend rosa Shirt und den Designer-Jeans einen Hauch von Glamour zu versprühen. Doch ihre Augen waren gerötet und ihr Kaffee schwarz. „Zu viel getrunken", erklärte sie Bridget. „Die Geschichte meines Lebens." Die Nachwirkungen des Alkohols schienen ihr jedoch nicht den Appetit verdorben zu haben und sie begann, die verschiedenen Speisen genüsslich zu verschlingen.

„Wie fühlst du dich?", fragte Bridget.

„Wenn du meinen Kater meinst", sagte Meg zwischen zwei Bissen Wurst und Bohnen, „dann ist das nichts, was ein paar Aspirin und ein halbes Dutzend Tassen Kaffee nicht beheben könnten. Aber wenn du meinst, wie ich mich wegen Alexias Mord fühle, dann bin ich immer noch dabei, das zu verarbeiten." Sie legte Messer und Gabel hin. „Hör zu, Bridget, wegen gestern Abend. Ich möchte mich für mein schlechtes Benehmen entschuldigen. Ich hatte einen furchtbaren Schock. Nun, den hatten wir alle, offensichtlich."

„Natürlich. Vergiss es."

„Und ich war auch halb betrunken, aber das ist keine Entschuldigung. Ich habe ein paar grausame Dinge gesagt, die ich lieber nicht gesagt hätte."

Bridget nahm mitfühlend Megs Hand. „Es tat mir so leid zu hören, was zwischen Alexia und deinem Mann passiert ist."

Meg schnaubte. „Ex-Mann, und ich bin froh, dass ich

ihn los bin. Lass uns nicht mehr über ihn reden. Er ist weg.
Und Alexia ist es jetzt auch. Lass uns über etwas anderes
reden. Hast du nicht gesagt, du hast auch einen Ex-
Mann?"

„Ben, ja. Er lebt jetzt in London. Meine Tochter Chloe
hat gestern bei ihm übernachtet."

„Und wie alt ist sie?

„Fünfzehn."

„Ein Teenager. Du Arme. Zumindest habe ich keine
eigenen Kinder. Das ist ein Segen. Ich konnte Kinder noch
nie leiden. Du weißt, ich habe keine Geduld für so etwas."

Meg war nie ein geduldiger Mensch gewesen. Sie war
immer rastlos und getrieben gewesen. Vielleicht war das
genau das, was man brauchte, um ein eigenes
Pharmaunternehmen zu gründen. Bridget war auch immer
ruhelos gewesen, aber sie konnte sich nicht vorstellen, ein
Unternehmen zu leiten. Vielleicht brauchte man dafür
andere Qualitäten.

Meg stopfte sich weiter das Essen in den Mund, als
hätte sie seit Tagen nichts gegessen. „Wann, glaubst du,
können wir diesen Ort verlassen?"

„Ich denke, du kannst gehen, sobald die Polizei dich
befragt hat."

„Hoffentlich dauert das nicht zu lange. Ich habe nach
dem Mittagessen einen Termin in Cambridge. Ich
wünschte, ich wäre nie zu dieser Gaudi gekommen."

Es gab eine Frage, die Bridget Meg stellen musste,
bevor Tina oder Bella auftauchten. Sie blickte im Saal auf
und ab und senkte dann ihre Stimme. „Meg, sag mir, was
zwischen dir und Tina los ist. Ihr wart doch mal so gute
Freundinnen."

Ein wütender Ausdruck huschte über Megs Gesicht.
„Ach, das. Tina verklagt mich. Ist das zu fassen? Was für
eine Schlampe."

„Ich habe mir schon gedacht, dass es so etwas in der
Art ist. Kannst du mir sagen, warum sie dich verklagt?"

„Es wird wohl nicht schaden, es dir zu erzählen." Meg
beendete ihre Mahlzeit und ließ ihr Besteck klappernd auf

den Teller fallen. „Ich habe dir doch erklärt, dass meine Firma eine Gentherapie entwickelt."

„Ein Heilmittel gegen Blindheit, ja."

„Nun, eine neue Therapie auf den Markt zu bringen, ist ein langwieriges und komplexes Unterfangen. Deshalb sind neue Medikamente auch oft so teuer. Wir müssen verschiedene Studien durchführen und es gibt eine Menge regulatorischer Hürden zu überwinden. Wir haben gerade unsere klinischen Studien der Phase III erfolgreich abgeschlossen, was bedeutet, dass wir hoffentlich im nächsten Jahr mit der Markteinführung beginnen können. Aber vor zehn Jahren, als wir die Therapie zum ersten Mal getestet haben, hatten wir ein Problem während unserer Phase-I-Studie."

„Was für ein Problem? Was ist eine Phase-I-Studie?"

Meg schlürfte geräuschvoll ihren Kaffee. „Eine Phase-I-Studie ist das erste Mal, dass eine neue Therapie am Menschen getestet wird. Ihr Zweck ist es, herauszufinden, ob es irgendwelche Risiken oder schwerwiegende Nebenwirkungen gibt. Die Tests werden an einer kleinen Zahl von Freiwilligen durchgeführt, bevor man grünes Licht für die Durchführung umfangreicherer Phase-II-Studien bekommt."

„Okay."

„Tinas Kanzlei vertritt einen der Freiwilligen, die an der ersten Studie teilgenommen haben. Er entwickelte sehr bald nach der Behandlung ein Problem. Es begann mit einer allergischen Reaktion, die sich schnell zu multiplem Organversagen entwickelte. Er wurde notfallmäßig behandelt, erlitt aber am Ende eine schwere Hirnschädigung. Er hat sich nie wieder erholt."

„Oh, Meg."

„Solche Nebenwirkungen sind zwar selten, aber sie können vorkommen. Genau darum geht es bei der Phase-I-Studie – herauszufinden, ob die Behandlung sicher ist. Wie auch immer, es stellte sich heraus, dass der Grund für die Nebenwirkung war, dass der Proband eine schwere Vorerkrankung hatte, die er uns nicht mitgeteilt hatte.

Hätten wir das gewusst, hätten wir ihn nie in die Studie aufgenommen."

„Das klingt, als hättest du eine starke Verteidigung."

„Unsere Anwälte denken das, ja. Aber Tina argumentiert, dass der Patient, der sich in finanziellen Schwierigkeiten befand, durch den finanziellen Anreiz motiviert wurde, an der Studie teilzunehmen, ohne sich die Zeit zu nehmen, die Risiken zu verstehen. Vielleicht hat ihn der finanzielle Anreiz auch dazu ermutigt, uns seine Vorerkrankung zu verschweigen."

„Ich verstehe", sagte Bridget.

„Aber die Technologie, die wir entwickelt haben, könnte Tausenden von Menschen das Augenlicht schenken", sagte Meg, und ihre Stimme erhob sich, je leidenschaftlicher sie wurde. „Was Tina tut, könnte nicht nur mein Unternehmen zerstören, sondern auch die Aussicht auf Heilung. Sie könnte alles zunichtemachen, wofür ich meine gesamte Karriere gearbeitet habe. Du siehst also, warum wir uns im Moment nicht auf einer Augenhöhe bewegen." Sie lächelte schwach. „Tut mir leid, das Wortspiel war nicht beabsichtigt."

Auf Augenhöhe. Bridgets Gedanken wanderten zurück zu Alexias leeren Augenhöhlen und den Augäpfeln in der Suppe des Direktors. Ein Heilmittel gegen Blindheit. Eine Frau, deren Augen entfernt worden waren. Konnte das mehr als nur ein Zufall sein?

Eine offiziell klingende Stimme am Eingang des Speisesaals kündigte die Ankunft von Detective Inspector Baxter und seinem Team an.

„Ist das die Polizei?", fragte Meg. „Kannst du sie bitten, mich zuerst zu befragen, damit ich gehen kann?"

„So funktioniert das nicht", sagte Bridget. „Inspector Baxter hat seine eigene Art, die Dinge zu regeln. Du wirst wohl noch eine Weile warten müssen."

„Gott, wie langweilig", sagte Meg. „Ich muss an meinem Laptop arbeiten."

Schwere Schritte näherten sich dem Tisch. „DI Hart", sagte Baxter ohne jede Begrüßung oder Vorrede. „Mit

Ihnen spreche ich zuerst."

KAPITEL 10

Bridget begleitete Baxter zu einem Raum im Fellows'
Quadrangle, den er vorübergehend als Büro
beschlagnahmt hatte. Nach den Büchern in den
Regalen zu urteilen, vermutete sie, dass dies
normalerweise das Zimmer eines Englischtutors war. Vom
Zimmer aus hatte man einen hervorragenden Blick auf den
Fellows' Garden im Osten. Der Garten, der das Gelände
zwischen den Häusern der Merton Street und dem Dead
Man's Walk umfasste, hatte einst die gesamte südöstliche
Ecke der ursprünglichen mittelalterlichen Stadtmauer
Oxfords eingenommen. Es war ein wunderschöner,
privater Ort, berühmt für seinen uralten Maulbeerbaum.
Bridget hatte es oft genossen, dort spazieren zu gehen und
in stiller Kontemplation zu sitzen, als sie noch im College
wohnte.

Sie setzte sich auf ein verblichenes Sofa, auf dem
zweifellos schon Hunderte von Studenten vor ihr gesessen
hatten, und wartete, während Baxter ihr gegenüber Platz
nahm und seine Notizen auf einem niedrigen Tisch
ordnete. Es war wie damals im Tutorium, nur dass das
Tutorium mit Dr. Irene Thomas sehr anregend gewesen

war, während sie vermutete, dass eine von Baxter geführte Befragung gnadenlos langweilig und ermüdend sein würde.

„Mein Team wird alle Gäste befragen, die bei der Gaudi waren", erklärte er ihr. „Wir werden sicher den ganzen Tag hier sein. Aber als zweite Person am Tatort und als Bekannte der Verstorbenen könnte Ihr Beitrag in diesem frühen Stadium der Ermittlungen wertvoll sein. Deshalb wäre ich Ihnen dankbar, wenn Sie mir ein paar Fragen beantworten könnten, bevor ich weitere Befragungen durchführe."

Sie wollte über seine förmliche Art zu sprechen lächeln, aber sie unterdrückte den Drang. Baxter tat nur seine Arbeit. Eigentlich sollte sie sich geschmeichelt fühlen, dass er zuerst zu ihr gekommen war und nicht erwartet hatte, dass sie mit den anderen Gästen wartete, bis sie an der Reihe war. „Natürlich", sagte sie. „Ich helfe gern."

Als er die Papiere zu seiner Zufriedenheit sortiert und geordnet hatte, räusperte er sich und sah wieder auf. „Zuerst möchte ich mich für gestern Abend entschuldigen. Wenn ich Ihnen gegenüber etwas kurz angebunden war, dann war das nicht meine Absicht."

„Danke", sagte Bridget, überrascht und doch erfreut über die Entschuldigung. „Entschuldigung angenommen."

„Allerdings", und jetzt verlor Baxters Stimme ihren versöhnlichen Unterton, „muss ich Ihnen unmissverständlich klarmachen, dass ich hier der ermittelnde Beamte bin und Sie mir und meinem Team erlauben müssen, unsere Arbeit ohne Einmischung zu erledigen."

Nun, das wies sie in ihre Schranken. Die Entschuldigung war nur ein Vorwand gewesen, um seine Autorität ihr gegenüber zu bekräftigen.

„Verstanden", sagte sie kühl. Wenn er so spielen wollte, würde sie auch professionell sein.

„Gut. Da wir uns jetzt verstehen, lassen Sie uns zur Sache kommen. Zuerst möchte ich von Ihnen wissen, woher Sie Alexia Petrakis kennen."

„Okay", sagte Bridget. „Wir haben beide vor zwanzig Jahren hier am College studiert. Ich habe Geschichte studiert und Alexia Englisch, aber in Oxford ist es üblich, dass Studenten verschiedener Fächer im College Kontakte knüpfen."

„Ich kenne das College-System in Oxford sehr gut", sagte Baxter. Zweifellos erinnerte er sie an seine jahrelange Erfahrung als Detective in der Stadt. „Sie sagen, Sie haben Geschichte studiert?"

„Das stimmt."

„Hmm", war seine einzige Reaktion.

„Also", fuhr Bridget fort, „im zweiten Studienjahr haben wir uns zu sechst ein Haus in East Oxford geteilt."

„Zu sechst?" Baxters Stift schwebte über seinem Notizbuch.

„Ja. Alexia Petrakis, Tina Mackenzie, Meg Collins, Bella Williams, Lydia Khoury und ich."

Baxter notierte die Namen, dann nahm er eine Kopie der Gästeliste für die Gaudi und fuhr mit seinem dicken Finger darüber. „Ich sehe hier fünf dieser Namen, aber niemanden, der Lydia Khoury heißt."

„Nein", sagte Bridget. „Lydia ist tot."

„Wann und wie ist sie gestorben?"

Bridget zuckte bei der Direktheit der Frage zusammen. Sie hatte sich darauf vorbereitet, über die Umstände von Lydias Tod zu sprechen, aber es war trotzdem schmerzhaft, von jemandem, der so unsensibel war wie Baxter, über ihre alte Freundin ausgefragt zu werden. „Gleich nach den Abschlussprüfungen in unserem dritten Jahr. Sie beging Selbstmord."

Baxter kritzelte wild in sein Notizbuch. „Warum hat sie das getan?"

„Ich kenne nicht wirklich alle Einzelheiten", sagte Bridget. „Ich … hatte damals meine eigenen Probleme. Ich hatte Oxford bereits verlassen, als Lydia sich das Leben nahm."

„Ach ja?"

„Meine Schwester Abigail wurde in diesem letzten Semester ermordet."

Bridget glaubte daraufhin, eine leichte Besänftigung in Baxters Haltung zu erkennen. „Es tut mir leid, das zu hören."

„Deshalb hatte ich auch keinen Kontakt mehr zu meinen Freundinnen von der Universität. Tatsächlich habe ich siebzehn Jahre lang keine von ihnen gesehen. Nicht bis gestern."

Baxter notierte es. „Erzählen Sie mir, was Sie über Alexia Petrakis wissen."

Bridget grübelte, wo sie anfangen sollte. Es war die Art von Frage, die sie während ihrer Ausbildung an der Polizeischule zu stellen gelernt hatte. Eine offene Frage, die darauf abzielte, so viele Informationen wie möglich zu entlocken, ohne die Antwort einzuschränken. Doch als sie selbst damit konfrontiert wurde, wusste sie kaum, wie sie ihre Antwort formulieren sollte. Wie sollte man ein ganzes Leben auf wenige Sätze reduzieren, vor allem, wenn man es so intensiv gelebt hatte wie Alexia Petrakis?

Sie tat ihr Bestes, um die wesentlichen Fakten so zu vermitteln, dass Baxter sie verstand. „Alexia war die einzige Tochter eines griechischen Vaters und einer italienischen Mutter. Ihre Familie war sehr wohlhabend und Alexia reiste viel. Ihre Eltern besaßen Häuser sowohl in Griechenland als auch in Italien, aber sie schickten sie auf ein Internat in England, weil sie das für die bestmögliche Ausbildung hielten."

Baxter schrieb jedes Wort auf.

„Alexia war ein typischer mediterraner Typ. Sie war warmherzig, offen, leidenschaftlich und sagte immer ihre Meinung. Sie war auch sehr idealistisch und glaubte, dass sie ihre privilegierte Herkunft nutzen sollte, um dafür zu kämpfen, die Welt zu einem besseren Ort zu machen."

„Kämpfen?"

„Nicht wörtlich. Alexias Waffen waren Worte. Sie studierte Englische Sprache und Literatur und war entschlossen, Journalistin zu werden. Sie glaubte, dass sie durch das Aufdecken von Wahrheiten Korruption und Machtmissbrauch auf der ganzen Welt entlarven könnte."

„War sie politisch aktiv?"

„In keiner Partei, aber sie engagierte sich oft für Anliegen, die ihr wichtig waren."

„Was waren die negativen Seiten ihres Charakters?"

Bridget hielt inne. Sie fühlte sich, als würde sie aufgefordert, ihre alte Freundin zu verraten, aber Baxter hatte recht mit seiner Frage. Charakterfehler offenbarten Schwächen, die Menschen in Schwierigkeiten bringen oder zu fragwürdigen Handlungen verleiten konnten. Er tat gut daran, sich ein umfassendes Bild von dem Mordopfer zu machen.

„Alexia konnte warmherzig und großzügig sein, aber auch grausam und kaltblütig. Ich habe gesehen, wie sie Freunde abserviert hat, ohne Rücksicht auf deren Gefühle. Und wenn sie sich leidenschaftlich für eine Sache interessierte, verfolgte sie sie unerbittlich. Sie war wie ein Bulldozer. Ich hätte mich ihr nicht in den Weg stellen wollen."

„Fällt Ihnen ein konkreter Grund ein, warum jemand Miss Petrakis ermorden wollte?"

Bridget dachte sorgfältig nach. Sie überlegte, ob sie Baxter von Dr. Irene Thomas' Theorie eines Rachemordes erzählen sollte. Aber sie bezweifelte, dass er sich von einer möglichen Verbindung zwischen den grausamen Ereignissen beim Dinner und den Rachetragödien der elisabethanischen und jakobinischen Epoche beeindrucken lassen würde. Das wäre viel zu phantasievoll für einen geradlinigen Denker wie ihn. Außerdem hatte sie keine konkreten Beweise, um die Theorie zu untermauern. Baxter suchte nach Mitteln, Motiven und Gelegenheiten. Sie erwog, ihm zu erzählen, wie Alexia Megs Mann verführt hatte, aber sie wollte Baxter keinen Grund geben, Meg zu belästigen. „Ich habe mich gefragt, ob ..."

„Was?"

„Da Alexia Journalistin war und Artikel schrieb, in denen sie mächtige Leute bloßstellte, hat sie sich vielleicht einige Feinde gemacht."

„Das ist möglich. Haben Sie etwas Genaueres? Namen zum Beispiel?"

„Nein, tut mir leid."

Baxter nickte. „Erzählen Sie mir etwas über den Direktor."

„Den Direktor?" Bridget war von Baxters plötzlichem Richtungswechsel überrascht. Sie nahm an, dass er nur eine Liste vorbereiteter Fragen abspulte. „Dr. Brendan Harper. Er ist ein führender Experte auf dem Gebiet der Archäologie. Wahrscheinlich haben Sie ihn schon einmal im Fernsehen gesehen?"

„Nein."

„Nun, er moderiert Dokumentationen, hauptsächlich über Länder im Nahen Osten und Mittelmeerraum. Er spricht über die alten Ägypter, die Römer, die Phönizier … So etwas in der Art. Er ist sehr beliebt."

Baxter starrte sie ausdruckslos an. „Nie von ihm gehört."

„Seine Frau Yasmin ist ebenfalls sehr glamourös. Sie ist gebürtige Ägypterin und etwas jünger als er. Sie ist eine auffallende Schönheit."

„Ich hatte noch nicht das Vergnügen, sie kennenzulernen."

„Als ich Studentin war", sagte Bridget, „war Dr. Harper der Senior Tutor hier. Tatsächlich war er auch Lydias Tutor. Jetzt kandidiert er für das Amt des Vizekanzlers der Universität."

Baxter wirkte durch diesen Informationshappen noch interessierter. „Aha! Ein Mann, der einen Ruf zu verteidigen hat."

„Ich denke schon", sagte Bridget.

„Warum wurden ihm dann die Augäpfel präsentiert?", fragte Baxter. „Und warum Augäpfel?"

„Ich kenne die Antwort auf beide Fragen nicht", sagte Bridget. „Im Moment ist Ihre Vermutung so gut wie meine."

Baxter hielt ihren Blick einige Sekunden fest, bevor er

antwortete. „DI Hart, ich möchte, dass Sie wissen, dass ich niemals Vermutungen anstelle."

KAPITEL 11

Es war das Äquivalent zu einer Tür-zu-Tür-Befragung, mit dem Unterschied, dass man sich bei einer Tür-zu-Tür-Befragung wenigstens die Beine vertreten und bewegen konnte. Ffion war lieber draußen unterwegs oder erledigte Aufgaben, bei denen sie ihre technischen Fähigkeiten einsetzen konnte. Aber hier saßen sie nur am High Table und stellten immer wieder die gleichen Fragen.

DC Harry Johns war in der Küche damit beschäftigt, das Küchen- und Servicepersonal zu befragen. Nach Ffions Beobachtung schien die Hälfte von ihnen aus dem Ausland zu kommen und nur sehr wenig Englisch zu sprechen.

Ein uniformierter Constable hatte die Aufgabe, die Gäste für die Befragung zusammenzutrommeln, und zwei andere Detectives führten am anderen Ende des Ehrentischs ebenfalls Befragungen durch. Sie stellten die gleichen Fragen wie Ffion und Ryan.

Wann sind Sie gestern am College angekommen?

Wo waren Sie zwischen drei und sieben Uhr abends?

Haben Sie Alexia Petrakis gestern Nachmittag

gesehen?

Wie gut kannten Sie die Tote?

Ryan führte die meisten Gespräche und hatte Ffion die Aufgabe übertragen, Notizen zu machen. Aber er konnte Menschen nicht so gut beruhigen wie Jake. Ffion hatte Jakes Gabe, auf Menschen zuzugehen und sie dazu zu bringen, sich zu öffnen, bisher nicht zu schätzen gewusst. Zu ihrer Überraschung stellte sie fest, dass sie ihn vermisste.

„Haben Sie jemanden gesehen, der sich vor dem Essen an den Suppentellern zu schaffen gemacht hat?", fragte Ryan die aktuelle Zeugin, eine gelangweilt aussehende Frau. Er schien so darauf bedacht, die vielen Fragen so schnell durchzugehen, dass jede einzelne klang, als würde sie aus einem Maschinengewehr abgefeuert.

Die Zeugin schüttelte den Kopf.

Niemand schien etwas Interessantes gesehen zu haben. Die meisten Leute wussten, wer Alexia war, hatten aber keinen Kontakt mehr zu ihr. Einige behaupteten, sie hätten in den drei Jahren ihres Studiums kein einziges Wort mit ihr gesprochen. Diejenigen, die Englisch studiert hatten, hatten sie als besonders ehrgeizig in Erinnerung – offenbar keine Charaktereigenschaft, die sie bei irgendjemandem beliebt gemacht hätte. Und bisher waren alle, mit denen sie gesprochen hatten, zwischen vier und fünf Uhr dreißig beim Tee gewesen und hatten sich dann für das Abendessen um sieben umgezogen. Ein paar waren um halb sieben zum Gottesdienst in die Kapelle gegangen.

Es gab eine große Lücke am Nachmittag, als sich fast alle zum Dinner umgezogen hatten und niemand mehr jemanden gesehen hatte. Das war das Zeitfenster, in dem der Mörder höchstwahrscheinlich sein Werk vollbracht hatte.

Ryan entließ die aktuelle Zeugin mit der Bitte, sich zu melden, falls ihr später noch etwas einfalle, das von Bedeutung sein könnte. Der uniformierte Constable eilte davon, um den nächsten Zeugen zu holen.

„Gott, ist das langweilig", sagte Ryan. Er studierte

seine Liste. „Und wir haben gerade erst angefangen. Es gibt noch dreiundsechzig weitere Personen, die wir befragen müssen."

„Dann machen wir besser weiter", sagte Ffion bissig. „Zumindest müssen wir Bridget nicht befragen."

„Richtig", stimmte Ryan zu. „Ein Verhör mit dem Boss. Das wäre unangenehm."

Die nächste Zeugin nahm ihnen gegenüber Platz. Auf Ffion wirkte die Frau wie eine alte Jungfer, wenn es so etwas überhaupt noch gab. Sie wirkte unansehnlich, und obwohl sie genauso alt sein musste wie DI Hart – etwa achtunddreißig –, hatte sie das Aussehen einer viel älteren Frau. Das graue Haar, die gebeugten Schultern und der allgemeine Eindruck von Verwahrlosung sprachen für jemanden, der dem Leben weitgehend abgeschworen hatte.

„Name?", fragte Ryan.

„Bella Williams", sagte die Frau und strich sich eine schlaffe Haarsträhne hinters Ohr.

„Wann sind Sie gestern am College angekommen?"

„Kurz nach drei."

„Wo waren Sie zwischen drei und sieben Uhr?"

„Ich habe meine Tasche auf mein Zimmer gebracht und bin dann zum Tee gegangen. Danach bin ich zurück in mein Zimmer, um mich für das Abendessen fertig zu machen."

„Sie haben die ganzen anderthalb Stunden damit verbracht, sich fertig zu machen?", fragte Ryan.

„Nein. Ich habe eine neue Übersetzung von Hesiods *Theogonie* gelesen."

Ryan zögerte, als wolle er fragen, was das war, überlegte es sich dann aber anders. „Kann jemand Ihre Aktivitäten in diesem Zeitraum bezeugen?"

„Nur während des Tees und dann wieder während des Abendessens."

„Haben Sie Alexia Petrakis gestern Nachmittag gesehen?"

„Nein."

„Wie gut kannten Sie die Verstorbene?"

„In unserem zweiten Jahr haben wir zusammen in einem Haus gewohnt."

Ffion legte den Stift nieder und sah auf. Endlich. Jemand, der ihnen vielleicht etwas Brauchbares sagen konnte.

„Würden Sie also sagen, dass Sie und Alexia gute Freundinnen waren?", fragte sie und ignorierte Ryan, der über diese Abweichung vom vorbereiteten Skript die Stirn runzelte.

„Nein", sagte Bella. „Ich meine, echte Freundinnen würden sich Weihnachtskarten schicken und sich vielleicht ab und zu besuchen. Alexia und ich waren nie so."

„Warum?"

Bella zuckte mit den Schultern. „Alexia Petrakis war nicht der Typ, der Wert auf Freundschaften legte. Sie war nur an Menschen interessiert, die ihr nützlich sein konnten."

„Und das konnten Sie nicht? Ihr nützlich sein, meine ich. Was machen Sie beruflich?"

„Ich unterrichte Latein an einer Mädchenschule in Peterborough", sagte Bella abweisend.

„Und Alexia Petrakis war eine schöne, glamouröse Frau mit einer erfolgreichen Karriere als Journalistin. Sie reiste um die ganze Welt und traf berühmte Leute. Sie haben recht. Wie könnte jemand, der nur Lehrerin an einer wenig bekannten Mädchenschule ist, für sie von Interesse sein?"

Bella starrte sie empört an. „Sie wissen gar nichts über mich."

„Nur das, was Sie mir gerade selbst erzählt haben", sagte Ffion. „Hatten Sie das Gefühl, dass sie Sie nach der Universität im Stich gelassen hat?"

„Vielleicht. Ja."

„Sie mochten sie nicht", sagte Ffion unverblümt.

„Nicht besonders."

„Wollten Sie sie umbringen?"

Bella schien sich über diese Frage zu amüsieren.

„Wenn ich es gewollt hätte, würde ich es Ihnen kaum sagen."

„Fällt Ihnen ein Grund ein, warum jemand sie hätte töten wollen?"

„Nein."

„Was ist mit ihrer Karriere als Journalistin? Hatte sie sich Feinde gemacht?"

„Ich bin sicher, sie hat sich viele Feinde gemacht. Ihre Artikel waren im Grunde genommen allesamt Verleumdungen. Sie liebte es, die Fehler der Menschen zu finden und der ganzen Welt davon zu erzählen. Im Altgriechischen bedeutet *Alexis Verteidigerin* oder *Beschützerin*. Ich glaube, so hat sie sich auch gesehen. Sie sah sich als eine Art Hüterin der Wahrheit. Es ist eine Schande, dass die Welt die Wahrheit über sie nicht erfahren hat."

„Und welche Wahrheit ist das?"

„Wie ich schon sagte. Sie war eine egoistische Person, die sich wenig um andere kümmerte."

Nachdem sie gegangen war, lehnte sich Ryan in seinem Stuhl zurück und streckte die Arme aus. „Mann, du weißt, dass du in Oxford bist, wenn dir jemand hilfsbereit Altgriechisch übersetzt." Er warf Ffion einen fragenden Blick zu. „Sie ist ein bisschen verrückt, um ehrlich zu sein. Meinst du, sie war es?"

„Du weißt, dass Baxter Spekulationen hasst. Aber ich denke, er sollte vielleicht selbst mit ihr sprechen."

„Ja, richtig."

„Sie hat ein paar Dinge gesagt, die sehr interessant waren", sagte Ffion.

„Was? Das Altgriechische?"

„Nein. Dass sie offensichtlich alle Artikel von Alexia gelesen hat, obwohl sie behauptete, sie so sehr zu verabscheuen. Und was sie darüber gesagt hat, dass Alexia sich viele Feinde gemacht hat."

„Manche Menschen machen sich leicht Feinde", sagte Ryan. „Aber die meisten enden nicht tot mit ihren Augäpfeln in der Suppe."

„Stimmt.“

„Und apropos Suppe, ich bin am Verhungern.“

„Du bist immer am Verhungern.“

„Ich bin ein Mann mit einem gesunden Appetit“, sagte Ryan. „Wann gibt es Mittagessen?“

„Später. Pass auf, da kommt Baxter.“

Der Detective Inspector war mit seiner üblichen mürrischen Miene am Eingang des Saals erschienen. Er schritt an den Esstischen vorbei auf sie zu.

„Gerade als ich dachte, der Tag könnte nicht noch schlimmer werden“, murmelte Ryan.

Aber Ffions Tag schien plötzlich besser zu werden. Eine große, rothaarige Gestalt tauchte am anderen Ende des Saals in Baxters Schatten auf. Jake. Er folgte den Fußspuren des älteren Mannes und holte ihn mit seinen langen Schritten schnell ein.

„Gut“, sagte Baxter schroff, als er den High Table erreichte. „Detective Sergeant Derwent ist endlich zu uns gestoßen, also stelle ich die Teams neu zusammen.“ Er wandte sich an Ryan. „Ich möchte, dass Sie sich mit Derwent hier zusammentun“ – er deutete auf Jake – „und ihn über alles, was hier passiert ist, auf den neuesten Stand bringen. Mit wem Sie bisher gesprochen haben, und so weiter.“ Er wandte sich an Ffion. „DC Hughes, ich möchte, dass Sie mit mir die ehemaligen Mitbewohnerinnen der Toten befragen. DI Hart hat mir bereits eine Liste mit ihren Namen gegeben.“

Ffion stöhnte innerlich auf. Sie hatte gehofft, mit Jake zusammenarbeiten zu können, aber stattdessen schien es, als hätte sie einfach Ryan gegen Baxter eingetauscht. „DS Hooper und ich haben gerade eine von ihnen verhört, Sir“, sagte sie.

„Tatsächlich?“, fragte Baxter. „Nun, gut. Das beschleunigt unsere Arbeit. In Ordnung, weiß jeder, was er zu tun hat?“

„Ja, Sir“, antworteten alle unisono.

„Gut, gehen wir an die Arbeit.“ Er ging zum Ausgang.

Ffion blieb noch einen Augenblick zurück. „Du bist

aber schnell hergekommen", flüsterte sie Jake zu. „Ich hoffe, du hast dich an das Tempolimit gehalten."

„Ich bin früh losgefahren." Jake grinste. „Um sieben Uhr an einem Sonntagmorgen ist nicht viel Verkehr."

„Ich glaube dir", sagte Ffion. „Aber Tausende würden es nicht."

Sie beeilte sich, Baxter einzuholen.

★

Nach dem Gespräch mit Baxter schlenderte Bridget durch das College und fragte sich, wie sie ihre Zeit totschlagen sollte, wenn sie nicht nach Hause durfte, bevor alle Befragungen abgeschlossen waren.

Polizeibeamte wuselten durch das College und sie nickte denen zu, die sie kannte. Es war frustrierend, so unmittelbar in eine Mordermittlung involviert zu sein, aber nicht daran mitwirken zu dürfen. Sie wanderte ziellos durch den Mob Quad und in den Front Quad, bevor ihr eine Idee kam.

Am Torhaus saß der Portier in seiner Loge und las den Sportteil der *Sunday Times*. Er legte sie beiseite, als er Bridget erblickte. „Guten Morgen. Was kann ich für Sie tun?"

„Ich habe mich gefragt, ob Sie noch die Gästeliste von gestern haben, auf der steht, wann jeder eingecheckt hat."

„Natürlich", sagte der Portier. „Ich habe sie gleich hier." Er griff in ein Fach auf dem Tresen und zog ein Blatt Papier heraus. „Ich musste der Polizei eine Kopie geben, aber dies ist das Original."

Sie erwog, ihm zu sagen, dass sie auch von der Polizei war, hielt sich aber zurück. Wie Baxter ihr unmissverständlich klargemacht hatte, hatte sie keine Befugnisse in dieser Ermittlung, sondern war nur eine weitere Zivilistin, die der Gaudi beiwohnte.

„Darf ich einen Blick darauf werfen?", fragte sie.

„Ich wüsste nicht, was dagegen spräche." Er schob ihr das Blatt zu und blätterte wieder in der Zeitung.

Bridget überflog die Gästeliste und registrierte, um wie viel Uhr sich alle angemeldet hatten. Es überraschte sie nicht, dass sie als eine der Letzten im College eingetroffen war. Egal, wie sorgfältig sie plante, sie schien immer auf den letzten Drücker zu kommen.

Alexia war als eine der Allerersten angekommen und hatte sich um kurz vor drei Uhr eingeschrieben. Bridget fragte sich, warum sie so früh da gewesen war. Alexia war noch nie jemand gewesen, der früh zu gesellschaftlichen Anlässen erschien. Normalerweise war sie sehr darauf bedacht gewesen, modisch zu spät zu kommen.

Bridget machte sich eine mentale Notiz über die Ankunftszeiten der anderen, die sie kannte. Meg, Bella und Tina hatten sich alle zwischen drei und halb vier angemeldet. Also nach Alexia, aber deutlich vor Bridget. Aber das galt auch für fast alle anderen Teilnehmer der Gaudi. Sie bedankte sich beim Portier und gab ihm den Zettel zurück.

Es gab jedoch einen Namen, der nicht auf der Liste stand.

„Hatten Sie gestern den ganzen Tag Dienst?", fragte sie ihn.

Er schien von der Frage überrascht, antwortete aber bereitwillig. „Ja, ich habe von neun Uhr morgens bis sieben Uhr abends gearbeitet."

„Können Sie mir sagen, wann der Direktor ins College gekommen ist?"

„Der Direktor? Dr. Harper ist gestern nicht durch das Tor gegangen. Nicht, als ich Dienst hatte."

„Aber wie ist das möglich?", fragte Bridget. „Er war zum Nachmittagstee hier und dann wieder zum Abendessen." Und, so erinnerte sie sich, irgendwann zwischen diesen beiden Ereignissen hatte er seinen Anzug gegen einen Smoking getauscht.

Der Portier grinste sie an. „Dr. Harper muss das College nicht durch das Torhaus betreten oder verlassen. Sein Haus in der Merton Street hat einen Hintereingang, der direkt zum Fellows' Garden führt."

„Ich verstehe", sagte Bridget. „Er kann also ungehindert ein- und ausgehen, ohne dass ihn jemand sieht."

Der Portier starrte sie an. „Warum sollte das von Bedeutung sein?"

Bridget lächelte ihm zum Abschied zu. „Nur so. Danke für Ihre Hilfe."

★

Ffion hatte Baxter gerade eingeholt, als dieser durch den Torbogen in den Fellows' Quad verschwand. Der Innenhof war im klassischen Oxford-Stil angelegt, mit einem makellosen Rasen in der Mitte, der zentimetergenau in gleichmäßigen Streifen gemäht war. Die dreistöckigen Steingebäude, die ihn umgaben, wurden von quadratischen Zinnen gekrönt. Ffion hätte die Architektur dem frühen siebzehnten Jahrhundert zugeordnet.

Baxter ging durch eine der Türen und stieg die Treppe hinauf. „Eine der englischen Tutorinnen macht ein Sabbatical", bemerkte er. „Der Direktor hat uns erlaubt, ihr Zimmer zu benutzen."

Ffion konnte sich über ihre Arbeitsumgebung nicht beklagen. Die wohlproportionierte Zimmerflucht war viel schöner als der Einsatzraum in der Polizeistation in Kidlington. Es wäre ein idyllischer Arbeitsplatz gewesen, wenn Baxter nicht gewesen wäre.

„Ich möchte von Anfang an klarstellen, dass ich diese Befragungen führe", sagte er zu ihr. „Es ist nicht nötig, dass Sie Fragen stellen. Es wäre mir sogar lieber, wenn Sie es nicht täten."

„Ich verstehe, Sir. Was genau soll ich dann tun?"

„Versuchen Sie einfach, die Zeuginnen zu beruhigen. Sie wissen schon ... Von Frau zu Frau, damit sie offener reden." Er blickte auf seine Notizen und wich ihrem Blick aus.

„Ich werde mein Bestes tun, Sir", sagte sie steif.

Sie überlegte, ob sie ihn auf den offenkundig

sexistischen Charakter seiner Bitte hinweisen sollte. Sie könnte ihm sagen, dass er sie falsch eingeschätzt hatte und dass sie nicht automatisch einfühlsam war, nur weil sie eine Frau war. Wenn er einen empathischen Handlanger wollte, hätte er besser Jake fragen sollen. Aber sie behielt ihre Meinung für sich. Bei der Befragung der Frauen zu helfen, die mit dem Mordopfer befreundet gewesen waren, war sicher viel interessanter, als im Saal zu sitzen und Notizen für Ryan zu machen.

Es klopfte an der Tür und eine uniformierte Polizistin steckte den Kopf herein. „Ich habe hier eine Miss Collins für Sie, Sir."

„Führen Sie sie herein", sagte Baxter.

Ffion erkannte Meg Collins sofort. Meg war bereits von den anderen Detectives befragt worden und zog mit ihrer lauten Stimme und ihrer farbenfrohen Kleidung die Aufmerksamkeit auf sich.

„Sind Sie der leitende Detective in diesem Fall?", wollte sie sofort wissen, als sie den Raum betrat.

„Das bin ich", sagte Baxter. „Detective Inspector Baxter."

Meg blieb an der Tür stehen und stemmte die Hände in die Hüften. „Warum bin ich hier? Ich habe heute Morgen schon mit Ihrem Sergeant gesprochen. Man hat mir zu verstehen gegeben, dass ich danach gehen kann und nicht für weitere Befragungen festgehalten werde."

„Als Person, die für die Ermittlungen von Interesse ist", sagte Baxter, „müssen wir Ihnen nur noch ein paar Fragen stellen."

Ein Ausdruck der Empörung breitete sich auf Megs Gesicht aus. „Was meinen Sie damit, eine Person von Interesse? Ich glaube, ich sollte meinen Anwalt anrufen." Sie zog ihr Telefon aus der Handtasche.

Versace, bemerkte Ffion.

„Das wird wirklich nicht nötig sein", sagte Baxter hastig. „Wir werden Sie nicht formell verhören. Bitte nehmen Sie Platz." Er deutete auf ein Sofa vor dem Kamin.

Widerstrebend steckte Meg ihr Handy wieder in die Tasche und setzte sich auf das Sofa.

Baxter ließ sich in einem Ohrensessel gegenüber nieder und schlug ein Bein über das andere.

Ffion zog den Holzstuhl vom Schreibtisch heran. Sie schlug ihr Notizbuch auf und studierte Meg aufmerksam. Die Frau hatte sich eindeutig entschieden, ihre Aufmerksamkeit auf Baxter zu richten, da er bei diesem Treffen das Sagen hatte, und Ffion war mit diesem Arrangement zufrieden. Es gab ihr die Möglichkeit, die Zeugin unbemerkt unter die Lupe zu nehmen. Vom Scheitel ihres perfekt geföhnten Haars bis zu den Spitzen ihrer Stöckelschuhe – *Louboutin*, wenn Ffion sich nicht täuschte – schrie alles an Meg Collins „erfolgreiche Geschäftsfrau". Und sie wollte, dass man es ihr ansah.

„Wir fangen von vorne an", sagte Baxter und blätterte zur ersten Seite seiner Notizen. „Sie haben hier zur gleichen Zeit studiert wie die Verstorbene."

„Das haben wir alle", schnappte Meg. „Gestern Abend war ein Ehemaligentreffen für alle, die vor zwanzig Jahren hier angefangen haben, wenn das also Ihr Kriterium ist, dann ist jeder verdächtig."

„Und außerdem", fuhr Baxter fort, „haben Sie sich in Ihrem zweiten Jahr mit dem Opfer ein Haus geteilt."

„Wie vier andere Mädchen auch." Meg hielt inne. „Obwohl Sie vermutlich schon von Lydia gehört haben und wissen, dass wir jetzt nur noch zu fünft sind. Na ja, zu viert", korrigierte sie sich.

„Erzählen Sie mir von Lydia Khoury."

„Lydia? Was wollen Sie über sie wissen?"

„Alles, was Ihrer Meinung nach relevant sein könnte."

„Ich bin mir nicht sicher, ob Lydia für Ihre Ermittlungen überhaupt relevant ist", sagte Meg. „Sie ist seit siebzehn Jahren tot." Als Baxter nichts sagte, seufzte sie und fuhr fort. „Lydia war im selben Jahrgang wie wir anderen. Sie war eine Immigrantin, die Tochter libanesischer Eltern. Sie kam als Kind in dieses Land."

„Ihre Familie stammte aus dem Nahen Osten. War sie

Muslimin?"

„Nein, Christin. Fast die Hälfte aller Libanesen sind Christen. Sie war sogar gläubige Katholikin. Sie interessierte sich sehr für ihren kulturellen Hintergrund und wollte immer in den Libanon zurückkehren. An der Universität studierte sie Archäologie und Anthropologie und konnte in ihrem letzten Studienjahr eine Forschungsreise in den Libanon unternehmen."

„Ich habe gehört, dass der Direktor, Dr. Brendan Harper, ihr Tutor am College war?"

„Ja, das stimmt."

„Was halten Sie von ihm?"

„Ich denke, er hat als Direktor des Colleges hervorragende Arbeit geleistet und wäre ein ausgezeichneter Vizekanzler. Die Universität braucht Menschen wie ihn, die sich gerne in der breiten Öffentlichkeit engagieren."

„Ist er bei allen beliebt?"

„Das weiß ich nicht. Ich vermute, dass einige seinen Ansatz für zu populistisch halten. Sie würden Archäologen lieber in verstaubten Bibliotheken oder auf Ausgrabungen sehen, als ihre Arbeit einem breiteren Publikum zu erklären und zu präsentieren."

„Sie meinen im Fernsehen?"

„Ja, er ist so etwas wie ein Fernsehstar. Manche Leute sind neidisch auf diese Art von Erfolg."

„Sind manche Leute neidisch auf Ihren Erfolg?"

„Ja", sagte Meg und ihre Augen verengten sich. „Da bin ich mir sicher."

„Warum hat sich Lydia Khoury das Leben genommen?"

Meg schien von der Plötzlichkeit der Frage überrumpelt. Ffion musste Baxter eine gewisse Anerkennung für seine Befragungstechnik zollen. Sein direkter Stil war ganz anders als der von Bridget, aber genauso effektiv. Tatsächlich ähnelte er Ffions eigenem Stil.

„Warum tut jemand so etwas Schreckliches?", fragte

Meg, als sie ihre Fassung wiedererlangte. „Sie war offensichtlich zutiefst unglücklich. Die Abschlussprüfungen in Oxford können extrem stressig sein."

„Stand Lydia unter irgendeiner besonderen Art von Stress?"

„Nicht, dass ich wüsste. Aber sie war ein sehr zurückhaltender Mensch. Ich bezweifle, dass sie ihre Sorgen geteilt hätte, nicht einmal mit ihren engen Freunden."

„Halten die Katholiken Selbstmord nicht für eine Todsünde?"

„Ja, ich glaube schon."

„Lydia muss sich also in einer extremen emotionalen Aufruhr befunden haben, um einen solchen Schritt überhaupt in Erwägung zu ziehen."

„Das trifft sicher auf jeden zu, der beschließt, seinem Leben ein Ende zu setzen, Inspector", sagte Meg trocken.

Baxter blätterte in seinen Aufzeichnungen. „Ging Ihre Freundschaft mit Alexia Petrakis weiter, nachdem Sie beide die Universität verlassen hatten?"

Meg schien erleichtert, das Thema wechseln zu können. „Ja, eine Zeit lang schon."

„Eine Zeit lang?"

„Nach meinem Abschluss habe ich drei Jahre in Cambridge verbracht, um mein Postgraduiertenstudium zu absolvieren. Während dieser Zeit habe ich Alexia nicht oft gesehen. Aber dann zog ich nach London und wir sahen uns wieder öfter. Wir gingen auf dieselben Partys, hatten dieselben Freunde und so weiter. Wir bewegten uns ein paar Jahre lang in ähnlichen gesellschaftlichen Kreisen."

„Welche Art von gesellschaftlichen Kreisen?"

„Junge, ehrgeizige Berufstätige, die am Anfang ihrer Karriere standen. Die Partys waren vor allem eine Gelegenheit, Kontakte zu knüpfen. Wenn man im Leben vorankommen will, kommt es darauf an, wen man kennt."

Ffion entdeckte einen verächtlichen Unterton in Megs

Stimme, als bemitleide sie Baxter dafür, dass er nicht in die richtigen „gesellschaftlichen Kreise" gekommen war. Baxter schien die Geringschätzung nicht zu bemerken, oder wenn doch, kümmerte es ihn nicht.

„Wann und warum haben Sie und das Opfer aufgehört, in denselben Kreisen zu verkehren?", fragte er.

Meg streckte die Finger einer Hand aus, als wollte sie ihre manikürten Nägel auf Makel untersuchen. „Das war kurz nach meiner Hochzeit."

War das ein Hauch von Röte auf Megs Wangen? Ffion beobachtete sie aufmerksam, achtete auf ihre Körpersprache, die plötzlich sehr viel defensiver wirkte.

Auch Baxter musterte sie eingehend, sagte aber nichts.

„Wenn Sie es unbedingt wissen müssen", sagte Meg, „Alexia und ich sind nicht mehr befreundet, seit sie eine Affäre mit meinem Mann hatte."

„Wann war diese Affäre?", fragte Baxter, in dessen Stimme nun Interesse mitschwang.

Meg wedelte mit einer Hand vor ihrem Gesicht, als wollte sie seine Frage abtun. „Das ist jetzt mehr als zehn Jahre her. Schnee von gestern. Ich habe mich scheiden lassen und mein Leben weitergelebt. Ich habe ganz allein ein erfolgreiches Unternehmen aufgebaut."

Die Hölle selbst kann nicht so wüten wie eine verschmähte Frau, dachte Ffion. Sie fragte sich, wie viel von Megs geschäftlichem Erfolg darauf zurückzuführen war, dass sie mehr erreichen wollte als ihr Ex-Mann und ihre ehemalige Freundin.

„Würden Sie sagen, dass Sie einen Groll gegen Miss Petrakis hegten?"

„Einen Groll? Nein. Ich bin kein kleinkarierter Mensch."

„Vergeben und vergessen, was?", schlug Baxter vor.

Meg beugte sich zu ihm und stützte die Ellbogen auf die Knie. „Inspector Baxter, ich kann Ihnen versichern, dass ich niemals vergesse und niemandem vergebe. Aber wenn Sie damit wenig subtil andeuten wollen, dass ich Alexia Petrakis ermordet habe, dann kann ich Ihnen versichern, dass ich es nicht getan habe. Ihre Affäre mit meinem Mann liegt viele Jahre zurück, und wie ich Ihnen bereits erklärt habe, habe ich weitaus wichtigere Dinge zu tun, als mich mit Rachegelüsten zu beschäftigen."

„Wo waren Sie gestern Nachmittag zwischen drei und sieben Uhr?", fragte Baxter.

Meg lehnte sich auf dem Sofa zurück. „Mein Zug aus London kam um zwei Uhr fünfundvierzig an und ich nahm ein Taxi vom Bahnhof hierher. Sie können beim Portier nachfragen, aber ich glaube, ich habe kurz nach drei eingecheckt. Ich habe die Schlüssel für mein Zimmer im Front Quad abgeholt und im Büro angerufen. Dann bin ich zum Tee ins TS Eliot Theatre gegangen. Danach bin ich in mein Zimmer zurückgegangen, habe noch ein paar Telefonate geführt und mich für das Abendessen fertiggemacht."

„Wann haben Sie Ihr Zimmer wieder verlassen?"

„Etwa fünf Minuten vor dem Dinner."

„Sie haben nicht am Gottesdienst in der Kapelle teilgenommen?"

„Gott, nein. Ich bin Wissenschaftlerin und glaube nicht an Mythen und Märchen."

„Haben Sie die Kapelle irgendwann im Laufe des Tages betreten?"

„Nein."

„Was genau macht Ihre Firma?"

„GenMeg Therapeutics ist ein biomedizinisches Unternehmen, das gentherapeutische Behandlungen für häufige Ursachen angeborener und erblicher Blindheit entwickelt."

Die Aussage klang für Ffion wie ein hundertfach wiederholter Elevator Pitch.

„Blindheit?" Baxters Interesse war offensichtlich wieder geweckt. „Ein ziemlicher Zufall, finden Sie nicht auch, dass dem Opfer die Augäpfel entfernt wurden?"

„Wohl kaum, es sei denn, es war eine Art kranker Scherz."

„Ich nehme an, ein Experte für Biomedizin wüsste, wie

man eine solche Operation durchführt.“

Meg schaute angewidert in Anbetracht der Anspielung. „Mein Unternehmen ist auf fortschrittliche therapeutische Behandlungen spezialisiert, nicht auf Schlachterei.“

„Sagen Sie mir, warum hätte jemand Alexia Petrakis umbringen wollen?“

„Abgesehen von der Tatsache, dass sie eine egozentrische, selbstsüchtige Schlampe war?“ Meg zuckte mit den Schultern. „Wahrscheinlich wollten sie viele Leute umbringen. In ihrem Privatleben behandelte sie die Menschen, die sie kannte, wie Wegwerfartikel. Sie zerstörte Ehen, Inspector. Sie benutzte Männer und warf sie dann weg, als wären sie Spielzeug. In ihrem Berufsleben war sie eine Investigativ-Journalistin, die ihren Lebensunterhalt damit verdiente, Dreck über andere Leute auszugraben. Ich kann mir vorstellen, dass sie sich dabei eine Menge Feinde gemacht hat.“

„Wissen Sie, woran sie gearbeitet hat, als sie starb?“

„Ich habe absolut keine Ahnung“, sagte Meg. „Ist das alles?“ Sie schob ihren Ärmel zurück, sodass eine teure Smartwatch zum Vorschein kam. „Wie ich Ihnen schon sagte, habe ich heute Nachmittag einen dringenden Termin in Cambridge.“

„Ich habe noch eine Frage“, sagte Ffion. „Warum, glauben Sie, wurden die Augen des Opfers dem Direktor präsentiert?“

„Waren sie für ihn bestimmt?“, fragte Meg. „Ich habe angenommen, dass das nur ein Zufall war. Die Suppenschüsseln waren doch sicher identisch. Jeder von uns hätte diese schreckliche Entdeckung machen können.“

„Offenbar nicht“, sagte Ffion und ignorierte den finsteren Ausdruck, der auf Baxters Gesicht erschienen war. „Der Teller des Direktors war wegen seiner Lebensmittelallergie gekennzeichnet.“

„Nun, ich weiß es wirklich nicht“, sagte Meg. „Sind wir hier fertig? Ich muss wirklich gehen.“

„Fürs Erste sind wir fertig“, sagte Baxter. „Aber verlassen Sie das College nicht. Wir müssen vielleicht noch einmal mit Ihnen sprechen."

Meg starrte ihn wütend an und warf sich ihre Tasche über die Schulter. Sie erhob sich auf ihre hohen Absätze und schritt zur Tür.

KAPITEL 12

Da sie sich nicht in die Ermittlungen einmischen durfte und Baxter nicht begegnen wollte, war Bridget ratlos, wie sie den Rest des Vormittags verbringen sollte. Sie hatte keine Lust, in ihr Zimmer zurückzukehren und Däumchen zu drehen, also ging sie nach dem Verlassen der Pförtnerloge in den Junior Common Room. Dort saßen einige der Gäste und lasen Zeitungen und Zeitschriften, aber niemand, den Bridget gut genug kannte, um sich mit ihm zu unterhalten. Stattdessen versuchte sie, sich in die Sonntagszeitungen zu vertiefen, von denen am Morgen ein großer Stapel ins College geliefert worden war.

Der JCR hatte sich seit Bridgets Zeiten nicht großartig verändert, abgesehen davon, dass jetzt ein riesiger Flachbildfernseher an der Wand prangte, statt des „Kastens", der in der Ecke gestanden hatte. Der Raum hatte immer noch dieselben durchgesessenen Sofas und dunkelbraunen Teppiche, deren Muster die Flecken kaschierten, und er wirkte immer noch wie ein Ort, an dem die Studenten abhängen und entspannen konnten. Am anderen Ende des Raumes vertrieben sich ein paar Leute die Zeit mit einer Partie Tischtennis.

Sie zwang sich, die Hauptnachrichten der *Sunday Times* *zu* lesen, um sich gewissenhaft über die wichtigsten Ereignisse in der Welt auf dem Laufenden zu halten, obwohl sie am liebsten gleich zum Kunst- und Kulturteil übergegangen wäre. Im Royal Opera House in London hatte gerade eine Neuinszenierung der *Zauberflöte* Premiere, und sie überlegte, ob sie Jonathan überreden könnte, sie mit ihr zu besuchen.

Sie blätterte gerade durch den Nachrichtenteil, als ihr plötzlich der Atem stockte. Ein doppelseitiger Artikel mit Fotos trug die Überschrift *Justizirrtum, schon wieder!* Aber es war die Autorenzeile, die ihre Aufmerksamkeit erregte. Alexia Petrakis. Das musste Alexias letzte Veröffentlichung sein. Vielleicht war die Zeitung gerade aus der Druckerpresse gerollt, als die Journalistin ihren letzten Atemzug tat.

Bridget begann, die Worte auf der Seite zu verschlingen. Sie hörte nicht mehr das Klacken des Tischtennisballs und das verzweifelte Seufzen der weniger begabten Spieler, wenn einer nicht traf. War dieser Artikel vielleicht der Grund, warum Alexia getötet worden war?

Sie blickte erst auf, als sie eine große Gestalt wahrnahm, die sich drohend über ihr erhob. Baxter. Und seinem Gesichtsausdruck nach zu urteilen, war er nicht gerade bester Laune. Nicht, dass er das jemals gewesen wäre. Ffion stand hinter ihm und sah aus, als wäre sie lieber woanders.

Baxter zog einen Stuhl zu Bridget und setzte sich schwerfällig ihr gegenüber, nach vorne gebeugt, damit er mit ihr reden konnte, ohne dass es jemand hörte.

„Warum haben Sie mir nicht gesagt, als ich Sie heute Morgen befragte, dass Alexia Petrakis eine Affäre mit dem Ehemann von Meg Collins hatte?"

„Ich hielt es nicht für relevant", sagte Bridget. „Es ist schon so lange her."

„Sie hielten es nicht für relevant", wiederholte Baxter. „Ich würde sagen, es ist höchst relevant. Wir suchen jemanden, der einen Groll gegen das Opfer hegte. Meiner Erfahrung nach ist Untreue in der Ehe die Ursache für den größten Groll von allen."

Bridget musste zugeben, dass er recht hatte. Sie hegte nicht viele warme Gefühle für ihren eigenen Ex-Mann Ben, der während ihrer relativ kurzen Ehe mit mehreren Frauen geschlafen hatte. Aber sie war wegen ihrer Gefühle nicht zur Mörderin geworden, und sie konnte sich auch nicht vorstellen, dass Meg das tun würde. „Haben Sie heute Morgen die Zeitung gelesen?", fragte sie.

„Ich hatte noch keine Zeit, die Zeitung zu lesen", brummte Baxter. „Ich versuche, einen Mordfall aufzuklären, falls Sie es noch nicht bemerkt haben."

„Ich denke, Sie sollten sich das hier ansehen." Sie schlug den Artikel auf, den sie gerade gelesen hatte, und hielt ihn ihm unter die Nase.

„Was ist das?", fragte Baxter ungeduldig.

„Das ist ein investigativer Artikel von Alexia Petrakis. Sie behauptet, einen Justizirrtum aufgedeckt zu haben, der einige Jahre zurückliegt."

„Einen Justizirrtum?" Baxter nahm die Zeitung und starrte sie an, als empfinde er sie als persönliche Beleidigung. „Sagen Sie mir einfach, was drin steht, ja?"

„Darin steht, dass die Anwältin Tina Mackenzie vor fünf Jahren in einem hochkarätigen Prozess gegen einen Kinderkrebsspezialisten vorsätzlich Beweise gefälscht hat. Der betreffende Arzt wurde wegen beruflichen Fehlverhaltens angeklagt und infolge des Prozesses aus dem Berufsstand ausgeschlossen. In diesem Artikel behauptet Alexia, Zeugenaussagen gesammelt zu haben, die den gefälschten Beweisen widersprechen, die Tina im ursprünglichen Fall verwendet hatte. Der Arzt hofft nun, rehabilitiert zu werden und wieder als Arzt praktizieren zu dürfen."

Baxter starrte noch immer auf die Zeitung. „Tina Mackenzie war eine der Frauen, die mit Ihnen und Alexia Petrakis ein Haus geteilt haben. Was genau soll sie getan haben?"

„Dem Artikel zufolge sammelte sie betrügerische Forderungen von Leuten, die von einer erfolgreichen Klage finanziell profitieren würden."

Bridget lief ein kalter Schauder über den Rücken. Konnte Tina wirklich in einen so schwerwiegenden Justizirrtum verwickelt gewesen sein? Einen Kinderkrebsspezialisten in Misskredit gebracht haben, nur um einen Prozess zu gewinnen? Es war schrecklich, sich vorzustellen, dass sie so skrupellos sein könnte. Schlimmer noch, könnte sie Alexia getötet haben, um ihr Schweigen zu erzwingen?

Baxter bemerkte Bridgets Verzweiflung nicht. „Ich wollte als Nächstes Tina Mackenzie befragen, aber der Constable, den ich losgeschickt hatte, um sie zu suchen, konnte sie nicht finden." Er winkte Ffion zu sich. „DC Hughes, können Sie sich daran erinnern, Tina Mackenzie heute Morgen gesehen zu haben?"

„Nein, Sir."

Jetzt, wo Bridget darüber nachdachte, hatte sie Tina heute Morgen auch nicht gesehen.

Mit einem Mal war Baxter am Handy und schrie denjenigen an, der das Pech hatte, am anderen Ende zu sein. „Ihr Name ist Tina Mackenzie … Ja … Ich will, dass sie sofort gefunden wird … Bringen Sie sie zum Verhör in mein Zimmer."

Das Tischtennisspiel wurde unterbrochen und die Spieler drehten sich um, um den Tumult zu beobachten.

„Wenn Sie wissen, wo sie ist", sagte Baxter zu Bridget, „dann finden Sie sie und bringen Sie sie zu mir." Er stapfte aus dem Aufenthaltsraum und nahm die Zeitung mit. Ffion nickte Bridget kurz zu, bevor sie ihrem Chef folgte.

„Ich dachte, Sie wollten nicht, dass ich an dem Fall arbeite", murmelte Bridget vor sich hin. Aber trotzdem musste sie Tina finden. Wo konnte sie nur sein?

Sie erinnerte sich, dass Tina gerne lange, einsame Spaziergänge am Fluss unternommen hatte. Sie sagte, das helfe ihr beim Nachdenken. Im Moment durfte niemand das College verlassen, wenn Tina also Ruhe und

Einsamkeit suchte, gab es nur einen Ort, an den sie gegangen sein konnte. Den Fellows' Garden.

★

Bridget schlüpfte aus dem Gemeinschaftsraum, ignorierte die fragenden Blicke der Tischtennisspieler und eilte zum Eingang des Fellows' Garden, vorbei am schmiedeeisernen Water Gate, das über den Deadman's Walk zum Fluss hinunterführte. Mit seinen weitläufigen Rasenflächen, alten Bäumen und üppigen Staudenrabatten war der Garten von Merton der perfekte Ort für einen privaten Moment der Ruhe und Besinnung. Bridget brauchte nicht lange, um eine einsame, schwarz gekleidete Gestalt vor einem üppigen Arrangement von rosa Chrysanthemen zu entdecken.

„Tina?"

Die Gestalt drehte sich um und Bridget konnte sehen, dass sie geweint hatte.

„Ich dachte mir, dass ich dich hier finde."

„Wo sonst?", sagte Tina traurig. „Du kennst mich zu gut." Sie kniete sich neben die Blumen und atmete tief ein. „Sie sind wunderschön, findest du nicht auch? Die Welt der Natur ist so einfach im Vergleich zu unserer düsteren Welt."

„Ich habe gerade den Artikel in *The Sunday Times* gelesen", sagte Bridget sanft. „Willst du mit mir darüber reden?"

Tina blickte auf. „In deiner Rolle als Polizistin?"

„Ich arbeite nicht an diesem Fall", sagte Bridget. „Ich bin als deine Freundin hier."

Tina schien das zu akzeptieren. „In Ordnung. Setzen wir uns irgendwo hin."

Sie gingen über den Rasen zum Fuß einer Steintreppe, die zu einem Kiesweg hinaufführte. Von dort oben konnte man den ganzen Garten um sie herum überblicken. Die Sonne schien hell vom blauen Septemberhimmel, und für einen Moment erinnerte sich Bridget daran, wie sie als frischgebackene Teenager voller Hoffnungen und Träume gewesen waren, deren Leben noch nicht geschrieben gewesen war. Jetzt wurden sie von den Entscheidungen, die sie getroffen hatten, eingeholt und in einer Weise geprägt, die sie sich in ihrer Jugend nie hätten vorstellen können.

„Ich kann immer noch nicht richtig glauben, dass du zur Polizei gegangen bist", sagte Tina.

„Was dachtest du, was ich tun würde?"

„Ich weiß nicht. Ich konnte mir nicht wirklich vorstellen, wo du hingehen würdest."

„Mein Traumjob wäre eine Kombination aus Geschichte, Oper und sonnendurchfluteten italienischen Piazzas."

„Ich glaube nicht, dass es diesen Job gibt, Bridget."

„Nein. Ich hatte also keine andere Wahl. Polizistin zu werden, war das Nächstbeste."

Der Weg führte sie über eine erhöhte Terrasse, die auf der Südseite von der Brüstung der alten Stadtmauer begrenzt wurde. Nach einer kurzen Strecke erreichten sie eine halbrunde Bastion innerhalb der Mauer, von der aus man einen weiten Blick über Merton Field und Christ Church Meadow hatte. An der geschwungenen Begrenzungsmauer waren Holzbänke um einen sechseckigen Steintisch angeordnet.

Der College-Legende nach saß der Schriftsteller J.R.R. Tolkien an diesem Tisch, um *Herr der Ringe* zu schreiben. Es war amüsant, sich vorzustellen, wie er genau hier saß und seine epische Geschichte von Gut gegen Böse schmiedete. Der Schriftsteller war Merton-Professor für Englische Sprache und Literatur in Oxford gewesen und hatte sich offensichtlich von der mittelalterlichen Architektur der Stadt zu seinen Büchern inspirieren lassen. Bridget setzte sich neben Tina auf eine der Bänke und wartete geduldig, bis sie zu sprechen begann.

„Ein Kollege hat mich heute Morgen angerufen und mir gesagt, dass der Artikel erschienen ist", sagte Tina. „Ich bin in den Garten gegangen, um Abstand zu gewinnen und nachzudenken. Ich habe nicht versucht, wegzulaufen, falls das dein Gedanke war."

„Ist an dem Artikel etwas Wahres dran?"

„Ja, leider", seufzte Tina. „Ich habe mich von Leuten verführen lassen, die in dem Prozess eine schnelle Möglichkeit sahen, eine Menge Geld zu machen. Um ehrlich zu sein, war ich naiv und zu ehrgeizig. Es ging mir nicht wirklich um das Geld. In erster Linie wollte ich mir einfach nur einen Namen machen, und das war eine einmalige Gelegenheit. Ich bin mir nicht sicher, ob ich überhaupt gelogen habe, ich habe nur die Wahrheit ein wenig zurechtgebogen. Das macht jeder Anwalt bis zu einem gewissen Grad." Sie sah Bridget direkt in die Augen. „Als Detective denkst du wahrscheinlich, dass es deine Aufgabe ist, die Wahrheit herauszufinden."

Bridget nickte. „Das versuchen wir in der Regel auch."

„Nun, das Gesetz ist nicht so. Die Leute denken, beim Gesetz geht es um Richtig und Falsch, aber das stimmt nicht. Es geht um Sieg und Niederlage. Und ich habe es immer gehasst zu verlieren."

Bridget dachte einen Moment darüber nach. Sie konnte sich vorstellen, wie die Kämpfe, die vor Gericht zwischen Verteidigung und Anklage ausgetragen wurden, leicht zu Situationen werden konnten, in denen es um Gewinnen oder Verlieren ging, in denen etwas so Zerbrechliches wie die tatsächliche Wahrheit dem Ego oder der größeren Überzeugungskraft einer Seite zum Opfer fallen konnte. Tina hatte recht gehabt, als sie sagte, es sei eine düstere Welt.

Dennoch schien es ihr keine besonders befriedigende Antwort zu sein, das System oder ihre Kollegen für das eigene Handeln verantwortlich zu machen. Tina war eine hochintelligente Frau. Sie musste genau gewusst haben, was sie tat und welche Folgen es für den Arzt haben würde, der des Fehlverhaltens beschuldigt wurde. Aber sie hatte es trotzdem getan. Jeder machte Fehler, aber dieser war nicht so leicht zu entschuldigen.

„Wusstest du, dass Alexia diesen Artikel geschrieben

hat?", fragte Bridget.

„Nein. Ich hatte absolut keine Ahnung. Ich habe es erst heute Morgen erfahren."

Bridget nickte. Das war wenigstens etwas. Wenn Tina vorher von dem Artikel gewusst hätte, hätte sie ein klares Motiv gehabt, Alexia tot sehen zu wollen. Und doch … „Was genau hast du gestern Abend in der Bar gemeint, als du sagtest, Alexia sei eine gute Journalistin, aber eine lausige Freundin?"

„Nun, sie war eine lausige Freundin, nicht wahr? Sieh nur, was sie Meg angetan hat. Wie konnte sie nur den Mann ihrer besten Freundin verführen? Sie war schamlos."

Bridget widerstand der Versuchung, Tinas eigene Illoyalität, Meg zu verklagen, zu kommentieren. Stattdessen fragte sie: „Tina, hast du Alexia gestern gesehen?"

„Nein. Ich habe ihren Namen auf der Liste gesehen, als ich mich eingeschrieben habe, also wusste ich, dass sie schon im College war, aber ich habe sie nicht gesehen."

„Okay. Und noch eine letzte Frage, denn die Polizei wird sie dir stellen: Kannst du erklären, wo du gestern zwischen drei und sieben Uhr warst, und kann dir jemand ein Alibi geben?"

„Ich habe von meinem Zimmer aus ein paar geschäftliche Telefonate geführt und bin dann zum Tee nach unten gegangen. Nun, du hast mich selbst gesehen. Das haben eine Menge Leute."

„Ja", sagte Bridget. „Das war zwischen vier und fünf Uhr dreißig."

„Nach dem Tee bin ich in mein Zimmer zurückgegangen, habe meine Nachrichten und E-Mails bearbeitet und mich für das Dinner fertiggemacht."

„Bleiben noch immer mehr als zwei Stunden, in denen du allein warst."

Tina starrte sie an. „Du kannst doch nicht ernsthaft glauben, dass ich etwas mit dem Mord an Alexia zu tun habe?"

Bridget wich der Frage aus. „Ich sage nur, was die Polizei wissen will. Du musst deine Antwort parat haben."

„Ich verstehe", sagte Tina.

„Kommst du jetzt mit und erzählst DI Baxter alles, was du mir gesagt hast?"

Tina nickte. „Nach dir."

KAPITEL 13

Nachdem sie Tina in Ffions fähige Hände übergeben hatte, beschloss Bridget, im Speisesaal zu Mittag zu essen. Das Servicepersonal stand wegen der ständigen Polizeipräsenz im Saal sichtlich unter großem Stress. Durch die offene Tür, die zur Küche führte, beobachtete Bridget, wie DC Harry Johns versuchte, mit einer der Küchenhilfen zu sprechen, die mit einem tödlich aussehenden Fleischmesser hantierte. Nachdem sie eine Sekunde lang zugesehen hatte, entschied sie, dass die Situation nicht lebensbedrohlich war, und wandte sich stattdessen den angebotenen Speisen zu. Wegen der Störungen in der Küche gab es nur kalte Sandwiches.

Bridget wählte ein Vollkornbaguette mit Thunfisch und Mais-Mayonnaise und klopfte sich in Gedanken auf die Schulter. Nachdem sie gestern Abend ein komplettes Vier-Gänge-Menü ausgelassen hatte, wurde das Wochenende zu einer viel kalorienärmeren Angelegenheit, als sie erwartet hatte. Sie konnte fast spüren, wie ihre Taille von Stunde zu Stunde schrumpfte. Es gab zwar auch Schokoladenmuffins und Käsekuchen mit

Sahnehäubchen, aber sie ließ sie mit eisernem Willen links liegen und entschied sich stattdessen für einen fettarmen Joghurt.

Sie überlegte, ob sie ihr Mittagessen draußen im Garten einnehmen sollte, aber eine Stimme rief sie.

„Bridget, komm und setz dich zu mir." Es war Bella, die an einem Tisch in der Nähe saß und ein Sandwich vor sich liegen hatte.

Bridget setzte sich ihr gegenüber und wickelte ihr Baguette aus der Plastikhülle. „Hi, Bella. Wie geht es dir?" Es war das erste Mal, dass Bridget sie seit dem gestrigen Abend in der Bar sah.

„Gut", sagte Bella, „den Umständen entsprechend. Weißt du, was los ist? Wann dürfen wir nach Hause? Niemand scheint etwas zu wissen."

„Ich habe nichts gehört", sagte Bridget. „Ich arbeite nicht offiziell an dem Fall."

„Ich wurde heute Morgen von zwei deiner Kollegen befragt", sagte Bella.

„DI Baxter?", erkundigte sich Bridget und nahm einen Bissen von ihrem Baguette. „Er ist der leitende Ermittler."

„Nein. Ein junger Sergeant und eine walisische Constable."

DS Ryan Hooper und DC Ffion Hughes, schloss Bridget. Sie versuchte sich auszumalen, wie die beiden erfolgreich als Team zusammenarbeiteten, konnte es sich aber nicht recht vorstellen. „Was hältst du von ihnen?"

Bella verzog das Gesicht. „Der Sergeant war ganz in Ordnung, wenn auch ein bisschen grobschlächtig. Aber diese Waliserin war wirklich unhöflich."

Bridget verkniff sich ein Lächeln. Ffion konnte manchmal ziemlich grob und direkt sein. Bridget würde sie auf einen entsprechenden Kurs schicken müssen, um das zu ändern. „Inwiefern?"

„Nachdem ich gesagt hatte, dass ich Alexia kannte, fragte sie mich, ob ich neidisch auf ihren Erfolg als Journalistin sei, während ich ‚nur' Lehrerin an einer wenig bekannten Mädchenschule bin."

„Das war ziemlich unsensibel", gab Bridget zu. „Aber Ffion hat nur ihren Job gemacht. Wahrscheinlich wollte sie herausfinden, ob du ein Motiv für den Mord an Alexia hattest."

„Hm. Das klingt für mich nicht gerade nach einem Motiv. Als hätte ich nicht schon genug Probleme, um die ich mich kümmern muss, wie Schularbeiten korrigieren und mit den Änderungen im Prüfungsplan Schritt halten. Ich habe nicht viel Zeit, um wahnsinnig eifersüchtig auf meine Freundinnen zu sein."

„Stimmt, ja", sagte Bridget. „Ich glaube, dass andere stärkere Motive gehabt haben könnten."

„Du meinst Meg", sagte Bella. „Ich weiß, dass sie immer noch wütend ist über die Affäre zwischen ihrem Mann und Alexia, aber hältst du sie wirklich für fähig, einen Mord zu begehen?"

„Nein, eigentlich nicht", antwortete Bridget. Aber sie hatte in ihrer Zeit als Detective gelernt, dass unter extremen Umständen jeder zu außergewöhnlichen Taten fähig war. „Ich habe eigentlich an Tina gedacht."

Bella schien überrascht. „Tina? Was ist mit ihr?"

„Du hast es also noch nicht gehört. In der heutigen Zeitung ist ein Artikel von Alexia erschienen, in dem Tina im Zusammenhang mit einem Justizirrtum erwähnt wird."

Bella schlug die Hand vor den Mund. „Heute? Geschrieben von Alexia? O mein Gott! Das ist zu schräg."

„Ja, ich weiß. Es ist, als würde sie sich aus dem Grab melden. In dem Artikel wird Tina beschuldigt, vor ein paar Jahren in einem Rechtsstreit gelogen zu haben."

„Naja, das traue ich ihr zu", sagte Bella. „Tina war schon immer gnadenlos ehrgeizig. Wenn es um ihre Karriere geht, hält sie nichts auf."

Bridget kaute nachdenklich auf ihrem Thunfischsandwich. Ihre Freundinnen schienen wirklich ungewöhnlich ehrgeizig zu sein. Meg, Tina und Alexia hatten sich alle in ihren jeweiligen Karrieren hervorgetan. Auch Bella war eine ehrgeizige akademische Überfliegerin gewesen, von der alle erwartet hatten, dass sie in Oxford bleiben und eines Tages Tutorin für Klassische Philologie werden würde. Aber sie war auf der Strecke geblieben und hatte sich für eine andere Art von Job entschieden – Latein an einer Mädchenschule zu unterrichten, nicht am College. Bridget fragte sich, ob Ffion recht damit hatte, dass Bella einen Groll gegen ihre alte Freundin hegte. Aber das schien wirklich kein ausreichendes Motiv für einen Mord zu sein.

„Du glaubst doch nicht wirklich, dass Tina Alexia ermordet hat, um die Veröffentlichung des Artikels zu verhindern, oder?", fragte Bridget.

„Nun, wenn jemand etwas tun würde, das alles, wofür ich gearbeitet habe, zu zerstören droht, würde ich mich wahrscheinlich fühlen, als könnte ich ihn töten. Aber es gibt einen großen Unterschied zwischen *Fühlen* und *Tun*."

„Natürlich." Bridget kehrte wieder zu den Gedanken über Ben zurück, die sie in den dunklen Tagen gehabt hatte, nachdem sie herausgefunden hatte, dass er sie betrogen hatte. Gewaltsamer und grausamer Mord hatte sicherlich eine prominente Rolle in ihren Gedanken gespielt. Aber sie hatte nie daran gedacht, diesen Impulsen zu folgen.

„Weißt du noch, wie nah wir uns standen, als wir im zweiten Jahr zusammen in diesem Haus gewohnt haben?", fragte Bella. „Es war so eine Bruchbude, aber sie hat uns in der Not zusammengeschweißt."

„Ich weiß noch, wie das Dach bei Regen undicht wurde und wir einen Eimer auf den Treppenabsatz stellen mussten, um die Tropfen aufzufangen."

„Ja. Und wie wir mitten im Winter aufwachten und die Fenster innen vereist waren."

„Die besten Zeiten waren, als wir riesige Töpfe Pasta kochten, Weinflaschen öffneten und bis spät in die Nacht hinein redeten."

„Wir wollten die Welt verändern, nicht wahr?"

Fast wehmütig dachte Bridget an die alten Zeiten zurück. „Wenn man mit jemandem so eng zusammenlebt, glaubt man, ihn zu kennen. Aber jetzt bin ich mir nicht mehr so sicher, ob das wirklich so ist. Oder liegt es nur daran, dass wir uns alle in den letzten siebzehn Jahren so sehr verändert haben? Ich bin mir sicher, dass ich das habe."

„Du hast dich nicht wirklich verändert", sagte Bella. „Du bist immer noch dieselbe alte Bridget."

„Bin ich das?" Bridget war sich da nicht so sicher. Vor siebzehn Jahren war sie noch nicht Mutter gewesen. Sie hatte ihren zukünftigen Ex-Mann noch nicht einmal kennengelernt. Ihre Schwester Abigail war noch sehr lebendig gewesen. Bridget vermutete, dass sie heute ein ganz anderer Mensch war. Was Alexia, Meg und Tina anging, so waren sie bestimmt nicht mehr so unschuldig wie damals, als sie ihnen zum ersten Mal begegnet war. Und was war mit Bella? Wie hatte sie sich gefühlt, als ihre großen Träume vom akademischen Erfolg geplatzt waren? Sie schien sich aufgerappelt und weitergemacht zu haben, aber sie war nicht mehr die glückliche, selbstbewusste Frau, die sie einmal gewesen war.

Um sie herum hörte Bridget, wie sich die Leute darüber beschwerten, dass sie im College festgehalten wurden und nicht nach Hause durften. Sie konnte ihnen nicht widersprechen, obwohl sie Baxters Wunsch verstand, alle hier zu behalten, bis er seine Befragungen abgeschlossen hatte. Es war schon seltsam, auf der anderen Seite des Zauns zu stehen und eine polizeiliche Untersuchung aus der Perspektive der Zeugen zu beobachten.

Obwohl sie nicht wirklich eine Außenseiterin war. Obwohl es ihr verboten war, sich in den Fall einzumischen, konnte sie sich nicht davon abhalten, wie eine Polizistin zu denken und handeln. Als sie Ryan und Jake in der Schlange für das Mittagessen entdeckte, entschuldigte sie sich bei Bella und ging hinüber, um sie zu begrüßen.

„Morgen, Ma'am", sagte Jake.

„Sie können mich heute Ms. Hart nennen. Ich bin nicht im Dienst."

Jake grinste. „Ja, Ma'am. Wenn Sie es sagen."

„Ich dachte, Sie nehmen sich das Wochenende frei, um

nach Leeds zu fahren?"

„Das habe ich auch, aber ich wurde zurückgerufen, um bei diesem Fall zu helfen."

„Dann könnten Sie mir vielleicht helfen." Sie sah sich um, um sicherzugehen, dass Baxter nicht in der Nähe war, dann wandte sie sich an Ryan. „Sie beide."

„Natürlich", sagte Ryan. „Was sollen wir tun?"

★

Bridget verließ den Speisesaal und machte sich auf den Weg zurück in ihr Zimmer im Grove Building. Es war höchste Zeit, dass sie sich bei Chloe meldete, um sich zu vergewissern, dass sie sicher aus London zurückgekehrt war und von James abgeholt worden war. Sie überprüfte ihr Handy, ob Chloe ihr eine Nachricht geschickt hatte, aber da war natürlich nichts. Hilfsbereitschaft und Informationen von seiner Teenager-Tochter zu erwarten, war ein sicherer Weg zur Enttäuschung.

Zumindest war sie zuversichtlich, dass Jake und Ryan sie über alle Neuigkeiten informieren würden. Beide hatten sich freudig bereit erklärt, sie über alle wichtigen Entwicklungen der Ermittlungen auf dem Laufenden zu halten, trotz Baxters ausdrücklicher Anweisungen, dies nicht zu tun. Offensichtlich war es ihr gelungen, ein loyales Team aufzubauen. Natürlich konnte sie nicht behaupten, mit dem Verlauf der Dinge zufrieden zu sein, zumal eine ihrer Freundinnen auf grausame Weise ermordet worden war und eine andere wegen Mordverdachts verhört wurde. Aber wenigstens würde sie es erfahren, sobald es etwas Neues gab.

Sie näherte sich gerade dem Eingang zur Kapelle, als der Kaplan herauskam. Diesmal trug er nicht seine Soutane, und sie war erfreut zu sehen, dass er tatsächlich Jeans an hatte, dazu ein schwarzes Freizeithemd und einen Priesterkragen.

Er blieb stehen, um sie zu begrüßen, und strich sich das lange sandfarbene Haar aus den Augen. „Ah, ähm,

Bridget – stört es Sie, wenn ich Sie so nenne?"

„Ganz und gar nicht." Obwohl sie den jungen Kaplan erst am Nachmittag zuvor kennengelernt hatte, hatte sie bereits das Gefühl, ihn ziemlich gut zu kennen. Die ersten beiden Personen am Tatort eines grausamen Mordes zu sein, reichte aus, um eine dauerhafte Bindung aufzubauen.

„Wie kommen Sie zurecht?", fragte er mit einem besorgten Gesichtsausdruck. Dieser Ausdruck lag in seiner Natur, als wäre er schon immer dazu bestimmt gewesen, jemand zu sein, an den sich die Bedürftigen in Krisenzeiten wenden konnten.

„Mir geht es gut", sagte Bridget ihm. „Ich bin nicht zum ersten Mal mit einem tragischen Todesfall konfrontiert. Das bringt der Job mit sich."

„Ach ja, natürlich. Polizisten und Geistliche – wir haben viel gemeinsam. Man könnte sagen, der Tod ist unser Geschäft."

„Ich nehme an, ja. So habe ich das noch nie betrachtet."

Er lächelte schwach. „Obwohl wir uns in der Kirche auch um Geburten und Eheschließungen kümmern."

„Ja", sagte Bridget. „Und wir decken Diebstahl und Körperverletzung ab. Alles in allem, denke ich, haben Sie den besseren Deal."

„Ähm, ja. Ich schätze, ja." Der Kaplan wirkte zerstreut.

„Gab es etwas, worüber Sie mit mir sprechen wollten?", fragte Bridget.

„Nun, ja, es gibt tatsächlich etwas. Ich möchte Sie um Ihren Rat bitten. Es ist in der Tat eine ziemlich heikle Angelegenheit."

„Normalerweise ist es genau andersherum", bemerkte Bridget. „Die Leute gehen normalerweise zum Seelsorger, um Rat zu suchen, nicht um Rat zu geben."

„O ja, da haben Sie wohl recht." Er sah sich um. Einige Leute schlenderten über den Hof, andere saßen auf einer Bank und genossen die Sonne. „Vielleicht können wir irgendwo hingehen, wo wir ungestörter sind?"

„Natürlich."

Sie folgte ihm zurück ins Innere der Kapelle zu einer Tür rechts vom Altar.

„In der Sakristei sollten wir ungestört sein", sagte er, öffnete die Tür und machte einen Schritt zur Seite, damit sie eintreten konnte. „Bitte, nach Ihnen."

Sie ging ein paar Stufen hinunter in einen quadratischen, holzgetäfelten Raum, der wie ein Lagerraum für kirchliche Utensilien aussah. Auf einem Tisch stand ein silberner Kelch, umgeben von einem Stapel Gesangsbücher. Diverse Kleidungsstücke lagen verstreut herum.

„Entschuldigen Sie die Unordnung", sagte der Kaplan und nahm einen Haufen weißer Messgewänder von der Lehne eines Holzstuhls. „Ich sollte für mehr Ordnung sorgen, aber sonst kommt ja niemand hierher. Setzen Sie sich doch."

„Was ist denn das Problem?", fragte Bridget und nahm auf dem Holzstuhl Platz.

„Nun", sagte der Kaplan, zog einen anderen Stuhl heran und setzte sich ihr gegenüber. „Es ist ziemlich unangenehm."

„Ja, das habe ich mir schon gedacht", sagte Bridget. „Aber es ist immer besser, darüber zu reden."

„Ja, ja, das ist genau das, was ich den Leuten sage."

Bridget wartete geduldig, bis er anfing.

„An dem Tag, an dem Alexia Petrakis starb – also gestern –, sollte ich mich mit ihr treffen. Hier in der Kapelle."

Bridget hatte Mühe, die Überraschung aus ihrer Stimme zu verbannen. „Sie wollten sich mit Alexia treffen? Ich wusste nicht, dass Sie beide sich kannten." Verwirrt hielt sie inne. „Als Sie ihre Leiche fanden, sagten Sie mir, Sie hätten keine Ahnung, wer sie war. Sie sagten, Sie hätten sie noch nie zuvor gesehen."

„Das hatte ich nicht", sagte er hastig. „Wir waren uns nie begegnet. Aber sie schickte mir am Freitag eine E-Mail und bat mich, sie in meiner Eigenschaft als Kaplan des Colleges zu treffen. Natürlich habe ich zugestimmt."

„Hat sie gesagt, worüber sie mit Ihnen sprechen wollte?"

„Nein. Na ja, nicht genau. Sie wollte keine Details per E-Mail schicken. Sie wollte mir persönlich mehr erzählen. Wir haben uns für Samstagnachmittag in der Kapelle verabredet."

„Um welche Zeit?"

„Sie sagte mir, dass sie wegen der Gaudi im College sei und gegen drei Uhr ankommen würde. Ich sagte, ich würde sie um halb vier hier treffen. Ich wurde jedoch durch eine Besprechung im Brasenose College aufgehalten, und als ich zur Kapelle kam, war von ihr keine Spur zu sehen. Ich nahm an, dass sie beschlossen hatte, das Treffen abzusagen, oder dass es ihr einfach zu langweilig geworden war, auf mich zu warten. Ich schickte ihr eine E-Mail, um mich zu entschuldigen, aber ich bekam natürlich keine Antwort. Sie musste schon tot gewesen sein."

Ein kaltes Gefühl überkam Bridget, als sie sich wieder daran erinnerte, dass Alexias Leiche wahrscheinlich während des ganzen Gottesdienstes am Samstagnachmittag im Schrank eingeschlossen gewesen war. Bridget hatte aus vollem Herzen gesungen, ohne zu ahnen, dass ihre tote Freundin nur wenige Meter von ihr entfernt lag.

„Wann sind Sie gestern Nachmittag in der Merton-Kapelle angekommen?", fragte sie. „Bitte versuchen Sie, sich genau zu erinnern."

„Es muss so gegen vier Uhr gewesen sein."

„Und was genau hat Alexia Ihnen darüber erzählt, was sie besprechen wollte?"

„Nun, das ist der springende Punkt. Sie erklärte, sie sei Investigativ-Journalistin und sitze an einer Story – einer gewaltigen Story, wie sie sagte –, aber sie sei sich nicht sicher, ob sie sie veröffentlichen sollte. Sie war hin- und hergerissen, ob sie weitermachen sollte."

„Und in dieser Geschichte ging es um Tina Mackenzie?"

„Nein", sagte der Kaplan überrascht. „Alexias Geschichte handelte vom Direktor."

„Vom Direktor?" Bridgets Gedanken überschlugen sich. „Das muss ein Irrtum sein. Alexia hat eine große Story in der heutigen Zeitung veröffentlicht, in der sie enthüllt, dass ihre Freundin Tina Mackenzie eines Justizirrtums schuldig ist."

„Es tut mir leid, aber davon weiß ich nichts", sagte der Kaplan. „Es ging definitiv um den Direktor des Merton College, Dr. Brendan Harper. Deshalb wollte Alexia mit mir sprechen. Sie war der Meinung, dass die Veröffentlichung der Story Dr. Harpers Karriere zerstören könnte, ganz zu schweigen von seinen Hoffnungen auf das Amt des Vizekanzlers." Er strich sich die Haare aus den Augen. „Das ist der Grund, warum ich der Polizei gegenüber nichts davon erwähnt habe. Ich hatte Angst, den Direktor in Schwierigkeiten zu bringen."

Alexia war sicherlich schwer damit beschäftigt gewesen, Dreck über Leute auszugraben. Bridget fragte sich, welche Art von Artikel so verheerend sein konnte, dass er das Ende der Karriere des Direktors bedeuten konnte.

„Was hat sie Ihnen über den Inhalt der Story erzählt?", fragte sie den Kaplan.

„Nichts. Vielleicht hätte sie mir mehr erzählt, wenn wir uns getroffen hätten. Alles, was ich sicher weiß, ist, dass sie unschlüssig war, ob sie die Story zur Veröffentlichung einreichen sollte oder nicht. Sie deutete eher an, dass der Direktor seine Kontakte zu den Medien genutzt hatte, um ihr zu ihrem ersten Job zu verhelfen. Ich glaube, sie war hin- und hergerissen zwischen ihrer Loyalität zu ihm und dem Wunsch, die Wahrheit zu sagen."

„Ich verstehe." Niemand hatte Bridget beim Einstieg in den Polizeidienst geholfen, aber sie war nicht so naiv zu glauben, dass es so etwas nicht gab. Wenn der Direktor seinen Einfluss geltend gemacht hatte, um Alexias journalistische Karriere in Gang zu bringen, dann war das sicherlich eine Erklärung für ihren kometenhaften

Aufstieg. „Und darf ich davon ausgehen, dass Sie dieses Treffen der Polizei gegenüber nicht erwähnt haben?"

„Nein. Deshalb wollte ich zuerst Ihren Rat einholen. Sehen Sie, ich möchte Dr. Harper auf keinen Fall in Schwierigkeiten bringen. Ich meine, da der neue Vizekanzler sehr bald ernannt werden soll, könnte jede Andeutung, dass er sich in der Vergangenheit schlecht verhalten hat, fatal für ihn sein. Und da ich keine Informationen darüber habe, was er falsch gemacht haben soll ..."

„Es ist nicht Ihre Aufgabe, das zu entscheiden", sagte Bridget. „Ihre Pflicht ist es, der Polizei alles zu sagen, was Sie wissen, und sie entscheiden zu lassen, ob es für die Ermittlungen relevant ist. Denken Sie daran, dass eine Frau brutal ermordet wurde."

„Ja." Der Kaplan nickte dankbar. „Wenn Sie es so sagen, klingt es plötzlich ganz einfach. Meistens ist es das auch, finde ich. Manchmal kommen Menschen mit Problemen zu mir, die ihnen unüberwindbar erscheinen, und wenn sie mir sagen, was sie bedrückt, ist die Antwort oft ganz klar. Meistens wussten sie schon, was sie tun mussten, sie wollten nur, dass ihnen jemand sagt, dass sie es tun sollen."

„Ich glaube, das ist hier der Fall", sagte Bridget. Sie konnte jedoch verstehen, warum der Kaplan sich an sie und nicht an Baxter gewandt hatte. DI Baxter wollte vielleicht nicht, dass sie in den Fall verwickelt wurde, aber man konnte es ihr kaum verübeln, wenn die Zeugen sie für zugänglicher hielten als ihn.

Der Kaplan nickte energisch. „Ja, absolut. Vielen Dank, dass Sie mir zugehört haben. Ich werde zur Polizei gehen und ihnen alles erzählen, was ich Ihnen gesagt habe."

KAPITEL 14

D S Jake Derwent war kaum mehr als vierundzwanzig Stunden von Oxford weg gewesen, und in dieser Zeit war viel passiert. Während eines hastigen Mittagessens hatte Ryan Hooper ihn über die pikantesten Aspekte informiert – *Frau erwürgt, Augen ausgestochen, Augäpfel in einer Suppenschüssel schwimmend gefunden, das ist alles, Kumpel* –, und er war nun weitgehend auf dem Laufenden über die Ereignisse am Merton College.

Dank Ffion hatte er auch herausgefunden, dass *Gaudi* ein lateinisches Wort für ein Treffen ehemaliger Studenten – oder *Alumni*, wie Ffion sie unbedingt nennen wollte – war, dessen Höhepunkt ein üppiges Mahl im mittelalterlichen Speisesaal darstellte. Wenn es etwas gab, worauf sich Jake in Oxford verlassen konnte, dann war es die Tatsache, dass die Leute hier die Dinge nie beim Namen nannten.

Es war schön, Ffion wiederzusehen, auch wenn er bisher nicht wirklich Gelegenheit gehabt hatte, mit ihr allein zu sprechen. Ihre schlanken, elfenhaften Züge waren wie immer völlig unbeeindruckt von den zerstückelten

Leichenteilen und den anderen grässlichen Aspekten des Mordes. Ihre smaragdgrünen Augen betrachteten ihn ruhig von der anderen Seite des Esstisches aus, während sie ihm und Ryan einige der obskureren Hintergrunddetails des Falles erklärte.

„Das Merton College kann mit Fug und Recht behaupten, das älteste College in Oxford zu sein", informierte sie sie beim Mittagessen. „Es wurde 1264 von Walter de Merton gegründet. Das University College wurde fünfzehn Jahre früher, 1249, von William von Durham gegründet, hatte aber erst einige Jahre nach Mertons Gründung eine schriftliche Verfassung."

„Wirklich?" Ryan arbeitete sich gewissenhaft durch seinen zweiten Schokoladenmuffin. „Und wie helfen uns diese faszinierenden Fakten, den Fall zu lösen?"

Ffion richtete ihre stechend grünen Augen auf ihn. „Bei der Aufklärung eines Mordes dreht sich doch alles darum, die Geschehnisse der Vergangenheit aufzudecken."

„Ja, das mag sein. Aber ich glaube nicht, dass wir diesen Walter de Merton oder William von Durham für den Mord an Alexia Petrakis verhaften werden."

„Man weiß nie, wie weit man zurückgehen muss", sagte Ffion, als ob das alles untermauern würde.

Nach dem Mittagessen machten sich die drei auf den Weg zum provisorischen Einsatzraum im Fellow's Quad, wohin Baxter sie bestellt hatte. Jake setzte sich auf ein Sofa, eingeklemmt zwischen Ryan und Harry, und hatte Mühe, Platz für seine langen Beine zu finden, während Ffion auf einem Stuhl gegenüber Platz nahm und ein Bein elegant über das andere schlug. Die anderen Detectives, die an dem Fall arbeiteten, zwängten sich auf ein zweites Sofa, während Baxter vor dem Kamin Stellung bezog, den obersten Knopf offen, die Krawatte schief, und sie wie ein Raubvogel beobachtete.

„Gut", sagte er, als alle in Position waren, „fangen wir an. Und ich möchte von niemandem unterbrochen werden, während ich spreche." Er warf Ryan einen strengen Blick zu, bevor er begann, wie ein gefangenes Tier auf dem Teppich vor dem Kamin auf- und abzulaufen, während er das Teammeeting leitete. Oder besser gesagt, einen Monolog hielt.

„Gut", sagte er wieder, „bis jetzt haben wir zwei mögliche Verdächtige, die beide gleich schuldig aussehen." Er hob einen Wurstfinger. „Erstens Meg Collins, eine ehemalige Freundin von Miss Petrakis und Gründerin eines biomedizinischen Unternehmens in Cambridge. Miss Collins hatte ein klares Motiv, Miss Petrakis tot sehen zu wollen, denn diese hatte eine Affäre mit ihrem Ex-Mann. Ehefrauen, die betrogen wurden, stehen bei mir immer ganz oben auf der Liste. Es gibt auch eine mögliche Verbindung zu den Augäpfeln in der Suppe, da Miss Collins' Firma an einem Heilmittel gegen Blindheit arbeitet, obwohl nicht ganz klar ist, wie das mit dem Entfernen der Augen des Opfers zusammenpasst. Zweitens" – er hob einen zweiten Finger – „Tina Mackenzie, eine Partnerin in einer Londoner Anwaltskanzlei. Sie kannte das Opfer ebenfalls und steht aufgrund des Artikels von Miss Petrakis, der heute Morgen in der *Sunday Times* erschienen ist, möglicherweise vor dem Ende ihrer Karriere. Miss Mackenzie behauptet, nichts davon gewusst zu haben, dass der Artikel in Vorbereitung war, aber dafür haben wir nur ihr Wort. Wenn sie zwar von dem Artikel wusste, aber nicht, wann er erscheinen sollte, dann hatte sie ein klares Motiv, Miss Petrakis zu ermorden, bevor der Artikel erscheinen konnte." Er hielt inne und streckte einen dritten Finger aus. „Eine andere Möglichkeit ist, dass die beiden Frauen gemeinsame Sache gemacht haben. Sie waren beide ehemalige Mitbewohnerinnen des Opfers. Sie könnten das Komplott gemeinsam ausgeheckt haben."

Er hörte auf, auf- und abzugehen, und warf einen wütenden Blick in die Runde, als hätte einer von ihnen seinen Redefluss unterbrochen.

„Aber all das ist reine Spekulation. Und ich bin sicher, Sie wissen, was ich von Spekulationen halte. Ich bin nicht daran interessiert, mögliche Motive des Täters zu finden.

Das sollten wir den Anwälten überlassen, die sich darüber vor Gericht streiten. Ich suche nach den Mitteln und Gelegenheiten."

Erneut hob er einen Finger und setzte sein Auf und Ab fort. „Das Mittel ist hier klar genug. Das Opfer wurde mit einem kurzen Draht erdrosselt und die Augäpfel wurden mit einem Messer aus der College-Küche entfernt." Ein zweiter Finger schnellte nach oben. „Die Gelegenheit. Nach allem, was wir bisher wissen, hatte verdammt noch mal jeder im College die Gelegenheit, den Mord zu begehen. Wir haben festgestellt, dass der Mord zwischen drei und fünf Uhr geschah, und der College-Kaplan behauptet, dass er ab etwa vier Uhr in der Kapelle war, um den Gottesdienst vorzubereiten, der um halb sieben begann. Dies deutet darauf hin, dass der Mord – und das Entfernen der Augen des Opfers – irgendwann zwischen drei und vier Uhr geschah. Kaum jemand scheint ein überzeugendes Alibi für diese Zeit zu haben, verdammt noch mal nicht einmal Inspector Bridget Hart, die übrigens jede Person kannte, die für den Fall von Interesse ist, und die sogar in der Kapelle war, wahrscheinlich nur wenige Stunden nach dem Mord."

Er machte eine Pause, um Luft zu holen, und fuhr dann mit seiner Zusammenfassung fort, die Jake eher wie eine ausgedehnte Tirade vorkam. „Und dann das Platzieren der Augäpfel in der Suppe. Auch das hätte jeder machen können, denn die Suppenschüsseln standen den größten Teil des Nachmittags unbeaufsichtigt herum. Aber das Küchen- und Servicepersonal scheint hier die günstigste Gelegenheit gehabt zu haben."

Ffion hob die Hand, um etwas zu sagen, aber Baxter winkte verärgert ab, bevor er fortfuhr. „Das sind die Fakten. Was uns bisher fehlt, sind handfeste Beweise, die diese Fakten mit einem möglichen Verdächtigen in Verbindung bringen. Fingerabdrücke, DNA-Proben, Fußabdrücke, Kleidungsfasern, Haarsträhnen, Telefonaufzeichnungen." Baxter zählte sie wie eine Litanei an seinen Fingern auf. „Wir haben nichts davon."

Ffion hob erneut die Hand.

„Nicht jetzt", brummte Baxter zwischen zusammengebissenen Zähnen.

Er ließ seinen finsteren Blick durch den Raum schweifen, als würde er seinem Team die Schuld für die fehlenden Beweise geben. Er nahm einen Stapel Papiere vom Schreibtisch und hielt ihn für alle sichtbar hoch. „Die meisten von Ihnen haben die letzten fünf Stunden damit verbracht, die Gäste und die verschiedenen Mitarbeiter des Colleges zu befragen. Ich selbst habe mehrere Schlüsselzeugen befragt, darunter Meg Collins und Tina Mackenzie. Und das ist das Ergebnis. Tinte und Papier. Fragen und Antworten. Gute, solide Polizeiarbeit. Was beweist das? Nichts. Absolut nichts."

Jake fragte sich, ob Baxter noch jemandem gestatten würde, etwas zu dieser sogenannten Teambesprechung beizutragen, oder ob sie nur wie Idioten dasitzen sollten. Vielleicht wollte er nur ein Publikum für seinen Monolog. Es war eine ganz andere Herangehensweise als die von DI Hart, die Vorschläge ihres Teams immer begrüßte und ermutigte, und bereit war, sich neue Ideen anzuhören. Jake drehte sich zu Ryan um, der mit den Schultern zuckte. Auf der anderen Seite schaute Harry nur verwirrt drein.

Ffion hob zum dritten Mal die Hand.

„Was?", fragte Baxter. „Was ist?"

„Es ist nur so, dass ich mich frage, ob wir Bella Williams noch einmal befragen sollten."

„Wozu?"

„Nun, sie ist eine der Personen, die im zweiten Jahr mit Alexia Petrakis in einem Haus gewohnt haben. Sie ist offensichtlich eine Person von Interesse."

Baxter sah in seinen Notizen nach. „Diesen Aufzeichnungen zufolge haben Sie, DC Hughes, sie heute Morgen selbst befragt, zusammen mit DS Hooper."

„Das ist richtig, Sir", sagte Ffion. „Aber ich habe mich gefragt, ob Sie nicht selbst noch einmal mit ihr sprechen sollten, angesichts Ihrer größeren Erfahrung mit Verhören."

„Versuchen Sie nicht, mir zu schmeicheln, Constable. Ich verspreche Ihnen, dass ich gegen jede Art von Schmeichelei immun bin."

„Das habe ich nicht, Sir. Ich wollte nur behilflich sein."

Baxter schien ihren Vorschlag zu überdenken. „Da haben Sie recht. Vielleicht werde ich …"

Ein Klopfen an der Tür unterbrach ihn mitten im Satz. „Was jetzt?", brüllte Baxter. „Wer ist da?"

Die Tür öffnete sich und Bridget betrat den Raum. Jake hatte den Eindruck, dass sie die Szene mit einem Blick erfasste – die verschiedenen Detectives, die auf Sofas und Stühlen hockten, und DI Baxter, der wie ein Shakespeare-Schauspieler dozierte – und sofort begriff, was vor sich ging.

Baxter wirkte verärgert über ihr plötzliches Eindringen. „DI Hart, ich habe Ihnen gesagt –"

„Es tut mir leid, Sie zu stören", sagte Bridget, was in Jakes Ohren nicht besonders reumütig klang. „Aber ich hatte gerade ein sehr interessantes Gespräch mit dem College-Kaplan." Sie bedeutete dem Kaplan, ihr in den Raum zu folgen. „Ich denke, Sie sollten sich anhören, was er zu sagen hat, und dann mit dem Direktor, Dr. Harper, sprechen."

★

Bridget konnte sich ein Lächeln nicht verkneifen, als sie sich auf den Weg zurück in ihr Zimmer machte. Baxters Gesichtsausdruck, als sie den Kaplan in den Raum geführt hatte, um seine Geschichte zu erzählen, war unbezahlbar gewesen. Baxter hatte deutlich gemacht, dass er die Ermittlungen leitete und keine Einmischung von ihr dulden würde – er hatte ihr sogar befohlen, sich aus dem Fall herauszuhalten –, aber sie hatte ihm gerade eine wertvolle neue Spur geliefert, der er unbedingt nachgehen musste. Tatsächlich war sie ein wenig überrascht, dass er noch nicht mit dem Direktor gesprochen hatte. Immerhin hatte man die Augäpfel in seiner Suppe gefunden. Das musste etwas bedeuten.

Sie zog den Schreibtischstuhl ans Fenster ihres Zimmers und beobachtete die Touristen, die den Dead Man's Walk entlangschlenderten, während sie Chloe auf ihrem Handy anrief. Es war seltsam, dass diese Leute kommen und gehen konnten, wie es ihnen gefiel, während sie und die anderen Gäste der Gaudi wie Tiere in einem Zoo eingesperrt waren.

„Hi, Mum. Alles in Ordnung?"

„Mir geht es gut. Ich wollte nur wissen, wie es dir geht. Ist alles in Ordnung? Bist du gut aus London zurückgekommen? Hat Onkel James dich am Bahnhof abgeholt?"

„Nein", sagte Chloe. „Ich wurde von Männern mit schwarzen Sturmhauben entführt, in ein geheimes unterirdisches Versteck gebracht und als Geisel gehalten." Sie hielt inne. „Nur ein Scherz. Natürlich geht es mir gut. Um deine Fragen zu beantworten, mir geht es gut, ja und ja. Keine Panik. Alles ist cool."

Bridget spürte, wie eine Last der Angst von ihren Schultern fiel. Solange sie wusste, dass Chloe in Sicherheit war, war alles andere erträglich.

„Hattest du eine schöne Zeit in London?" Bridget machte sich auf das Schlimmste gefasst. Sie war hin- und hergerissen zwischen dem Wunsch, zu erfahren, dass alles gut gelaufen war, und der Angst, zu hören, dass ihr Ex-Mann und seine neue Freundin die coolsten Menschen überhaupt waren.

„Es war so unglaublich. Wir waren im Sky Garden Restaurant und, o mein Gott, man konnte meilenweit über London in alle Richtungen sehen, und vor dem Abendessen tranken wir Cocktails in der Bar, die eher wie ein Nachtclub aussah."

„Cocktails?"

„Keine Panik, Mum, nur alkoholfreie. Jedenfalls für mich. Zum Abendessen gab es dann gebratene Wachteln, danach Kabeljau mit Muscheln und dann schwarze Feigen und eine Bakewell-Torte mit Orangen. Es war köstlich!

Aber Tante Vanessa sagt, es gab einen Mord im Merton College. Du bist doch nicht in Gefahr, oder?"

Bridget bewunderte die Fähigkeit der jungen Leute, mühelos von einem Thema zum anderen zu springen, ohne eine Atempause einzulegen.

„Mir geht es gut", sagte sie ihrer Tochter. „Und nein, ich bin nicht in Gefahr."

„Wann kommst du denn nach Hause? Ich muss doch nicht über Nacht bei Tante Vanessa bleiben, oder?"

„Ich bin mir nicht ganz sicher", gab Bridget zu und freute sich insgeheim, dass Chloe lieber zu Hause bei ihr sein wollte, als noch eine Nacht auswärts zu verbringen. „Aber ich bin sicher, dass ich heute Abend gehen darf, wenn die Polizei mit den Befragungen fertig ist."

„Wer wurde getötet?", fragte Chloe. „War es jemand, den du kanntest?" In ihrer Stimme lag ein morbides Interesse, das Bridget nicht gefiel.

„Ja, in der Tat. Es war eine alte Freundin von mir. Jemand, mit dem ich früher ein Haus geteilt habe."

„O Gott, das tut mir wirklich leid." Chloe klang ziemlich erschüttert. „Das muss furchtbar für dich sein."

„Es war ein ziemlicher Schock", sagte Bridget. „Aber ich hatte keinen Kontakt mehr zu ihr. Ich schätze, wir waren nicht mehr wirklich befreundet."

„Trotzdem …"

„Wie auch immer", sagte Bridget und wechselte das Thema, „du bleibst vorerst bei Tante Vanessa und ich hole dich später am Abend ab. Ich gebe dir Bescheid, falls es eine Planänderung gibt."

„Okay." Chloe war wieder so fröhlich wie immer. „Ich glaube, wir gehen jetzt mit dem Hund spazieren."

„In Ordnung. Pass auf dich auf. Wir sprechen uns bald." Bridget beendete das Gespräch und steckte ihr Handy zurück in die Tasche. Sie sehnte sich jetzt danach, einfach nach Hause zu fahren und ihre Tochter wiederzusehen. Mit etwas Glück würde Baxter seine initialen Befragungen sehr bald abgeschlossen haben.

KAPITEL 15

Ein Kiesweg führte vom Fellows' Garden zum Hintereingang von Dr. Brendan Harpers Unterkunft, dem kostenlosen Domizil, das mit dem Posten des Direktors einherging. Baxter hatte Ffion erneut gebeten, ihn zu dem Verhör zu begleiten, und da diesmal keine Unterstützung „von Frau zu Frau" nötig war, vermutete sie, dass Baxter ihre Fähigkeiten als Detective zu schätzen begonnen hatte. Vielleicht war er aber auch so ein Dinosaurier, dass er glaubte, nur eine Frau sei in der Lage, sich während eines Verhörs Notizen zu machen. So oder so, sie war froh, dass er sie gefragt hatte.

Sie hatte die Erleichterung auf Jakes und Ryans Gesichtern bemerkt, dass sie nicht mit DI Baxter zusammenarbeiten mussten. Es machte keinen Spaß, mit jemandem zu arbeiten, der den Beitrag anderer nicht zu schätzen wusste. Aber Ffion war nicht allzu besorgt. Sie freute sich über die Gelegenheit, den Direktor aus nächster Nähe beobachten zu können. Es war ihr von Anfang an klar gewesen, dass der Direktor irgendwie in das Rätsel verwickelt war, warum sonst wären die Augäpfel in seiner Suppe aufgetaucht?

Die Frau des Direktors war gerade dabei, die Rosensträucher in ihrem Privatgarten hinter dem Haus zu stutzen, die dornigen Stiele gnadenlos bis auf dreißig Zentimeter über dem Boden zurückzuschneiden, um sie für den Winter vorzubereiten. Als ihre Füße auf dem Kies knirschten, stand sie auf und drehte sich mit der Gartenschere in der Hand zu ihnen um.

Es war das erste Mal, dass Ffion sie sah. Während der gesamten Ermittlungen waren sowohl der Direktor als auch seine Frau durch ihre Abwesenheit aufgefallen. Jetzt, aus der Nähe, war Ffion beeindruckt von der exquisiten Schönheit und Eleganz von Mrs. Harper. Aus ihren Hintergrundrecherchen wusste sie, dass Dr. Harper seine spätere Frau zum ersten Mal bei einer archäologischen Ausgrabung in der Nähe von Kairo getroffen hatte. Yasmin Harper stammte aus einer wohlhabenden ägyptischen Familie und war die Tochter eines Ministers. Wie die beiden sich kennengelernt hatten, wusste Ffion nicht, aber offenbar hatten sie sich auf den ersten Blick verliebt, sechs Monate später geheiratet und waren nach England zurückgekehrt, um dort zu leben. Zumindest hatte Yasmin Harper das dem Redakteur eines Promi-Klatschmagazins erzählt, als er sie kürzlich interviewt hatte.

„Inspector Baxter, wie kann ich Ihnen helfen?" Mrs. Harper wirkte in ihrer Oxforder Umgebung sehr entspannt und gelassen, aber Ffion spürte, dass sie das Eindringen in ihr privates Reich nicht begrüßte. Wie eine Wächterin nahm sie auf dem Weg vor ihnen Position ein.

„Ist Ihr Mann da?", fragte Baxter unwirsch. „Ich möchte mich mit ihm unterhalten."

Yasmin Harper hob angesichts der schlechten Manieren des Inspectors eine perfekt geformte Augenbraue. „Sie möchten mit Brendan sprechen?" Sie sah von Baxter zu Ffion und dann wieder zu Baxter. „Gibt es ein Problem? Vielleicht kann ich Ihnen in dieser Angelegenheit helfen?"

Ffion konnte Baxters Ungeduld, die er in Wellen

ausstrahlte, förmlich spüren. „Nein, Mrs. Harper, es gibt kein Problem. Aber ich wäre Ihnen dankbar, wenn wir sofort mit Ihrem Mann sprechen könnten."

„Nun, ja, natürlich." Sie zog ein Paar lederne Gartenhandschuhe aus. „Kommen Sie rein. Ich werde sehen, ob ich ihn für Sie finden kann."

Sie führte sie durch eine geräumige Küche – Ffion bemerkte den altmodischen Aga, der eine sanfte, aber konstante Wärme ausstrahlte, was heutzutage sicher keine umweltfreundliche Art des Kochens war – in den Flur und dann in ein gemütlich eingerichtetes Wohnzimmer. „Wenn es Ihnen nichts ausmacht, hier einen Moment zu warten, werde ich Brendan suchen."

Trotz der oberflächlichen Gelassenheit und des Charmes von Yasmin Harper spürte Ffion eine unterschwellige Unruhe angesichts der unangekündigten Ankunft der Detectives in ihrem Haus. Vielleicht war das verständlich – niemand begrüßte einen Überraschungsbesuch der Polizei –, vielleicht verriet es aber auch eine tiefer liegende Sorge. Ffion überlegte, ob sie es Baxter gegenüber erwähnen sollte, aber nach reiflicher Überlegung entschied sie, dass es ihm wohl nicht begründet genug erscheinen würde, um es ernst zu nehmen.

Baxter ging im Zimmer umher und betrachtete finster Fotos von Brendan Harper bei archäologischen Ausgrabungen, auf denen er gebräunt und rau aussah. Ffion entdeckte das Hochzeitsfoto des Paares in einem silbernen Rahmen auf einem Beistelltisch. Sie hatten anscheinend in der College-Kapelle geheiratet, er sah gut aus in seinem schwarzen Frack, sie in einem schimmernden Seidenkleid mit einer ägyptischen Tiara auf dem Kopf, die sie wie Kleopatra aussehen ließ. Ihr Brautstrauß bestand aus einer exotischen Sammlung von Lilien und Orchideen.

Die Tür öffnete sich und das fotogene Paar erschien persönlich. „Inspector", sagte Dr. Harper und durchquerte den Raum mit ausgestreckter Hand und einem Lächeln im Gesicht. In natura sah er noch besser aus als im Fernsehen. Er war gut fünf Zentimeter größer als Baxter und trotz seines ähnlichen Alters in viel besserer Form, und seine energiegeladene Ausstrahlung schien den Raum zu füllen. Der Anführer des Rudels, der sein Revier beanspruchte.

Auch Baxter war kampfbereit. In Gegenwart des renommierten Archäologen und College-Direktors richtete er sich sofort auf, reckte die runden Schultern und schob die Brust vor. Die beiden Männer schüttelten sich die Hände und hielten – wie Ffion fand – einen ziemlich übertriebenen Augenkontakt.

Um ehrlich zu sein, dachte sie, es war, als würde man zwei Alphamännchen beobachten, wie sie sich auf einen Kampf vorbereiteten. Warum konnten sie die Angelegenheit nicht einfach ohne dieses unnötige Imponiergehabe besprechen? Es sei denn natürlich, der Direktor hatte etwas zu verbergen und versuchte, seinen Gegner einzuschüchtern, bevor dieser die Chance hatte, einen tödlichen Schlag auszuführen – oder eine Frage zu stellen.

Yasmin Harper stand am Rande des Raumes und versuchte, entspannt und unbeeindruckt von diesem Machogehabe zu wirken, was ihr jedoch nicht ganz gelang.

„Was kann ich für Sie tun?", fragte der Direktor und übernahm sofort die Kontrolle über das Gespräch.

Baxter sah sich im Raum um. „Macht es Ihnen etwas aus, wenn wir uns setzen?"

„Natürlich nicht. Wo sind meine Manieren? Darf ich Ihnen Tee oder Kaffee anbieten? Vielleicht ein Glas Wasser?"

„Nein, nein", sagte Baxter abweisend. „Ich will nur reden." Er suchte sich einen tiefen Sessel, ließ sich hineinfallen und holte sein Notizbuch hervor, wie Ffion es bei ihm zu Beginn jedes Gesprächs gesehen hatte. Sie setzte sich auf ein Sofa in der Nähe und nahm ebenfalls Notizbuch und Stift zur Hand.

Die Harpers nahmen ihr gegenüber Platz, Dr. Harper

schlug demonstrativ lässig die Beine übereinander und lehnte sich mit ausgebreiteten Armen zurück, während seine Frau neben ihm saß und Baxter keine Sekunde aus den Augen ließ.

„Wie kommen Ihre Ermittlungen voran, Inspector?", fragte Harper.

„Wie erwartet." Baxter blätterte weiter in seinen umfangreichen Notizen. Schließlich blickte er auf. „Dr. Harper, ich habe gehört, dass Sie ein weltweit anerkannter Experte für alte Kulturen und Zivilisationen sind. Ist das richtig?"

Harper schien von der Frage angenehm überrascht zu sein. „Das ist sehr freundlich, dass Sie das sagen, Inspector. Das ist mein Fachgebiet, ja."

„Zum Beispiel?"

„Wie bitte?"

„Können Sie mir ein paar Beispiele für die Art von Zivilisationen geben, die Sie untersuchen?"

„Ah, ich verstehe. Nun, das Gebiet der Alten Geschichte umfasst die gesamte Zeitspanne von den Anfängen der aufgezeichneten Geschichte bis zum Beginn des Mittelalters, aber mein besonderes Interesse gilt dem vorchristlichen Nahen Osten und dem Mittelmeerraum. Die Römer, die Griechen, die Ägypter natürlich" – er lächelte seine Frau an – „die Perser, die Phönizier ...“

„Die Phönizier?", erkundigte sich Baxter. „Ich weiß nichts über sie."

„Ah, ja. Das tun nicht viele. Was haben die Phönizier schon für uns getan, nicht wahr?", scherzte der Direktor.

Baxter betrachtete ihn ohne sichtbare Belustigung.

Die joviale Art des Direktors geriet ins Wanken, aber er fuhr munter fort. „Ihre Zivilisation war in den Küstenstädten des heutigen Libanon beheimatet, aber sie waren große Seefahrer und verbreiteten ihre Kultur über die gesamte Mittelmeerküste. Ihr größtes Vermächtnis war das phönizische Alphabet, das die Grundlage für das römische Alphabet und damit für unser eigenes modernes Schriftsystem bildete."

„Sehr gut", sagte Baxter. „Können Sie mir jetzt erklären, warum Ihnen jemand zwei Augäpfel als Geschenk schicken wollte?"

Die entspannte Haltung des Direktors geriet nur für einen kurzen Augenblick ins Wanken. „Wie ich Ihnen bereits am Samstagabend sagte, habe ich nicht die leiseste Ahnung, warum jemand so etwas tun sollte."

Yasmin Harper schlang die Arme um ihre gertenschlanke Gestalt. „Es war ganz eindeutig die verrückte Tat eines Wahnsinnigen. Ich finde es erstaunlich, dass Sie den Täter noch nicht identifiziert haben, Inspector."

Baxter schien über die Unterbrechung irritiert. Sein Blick wanderte kurz zu ihr, bevor er sich wieder Brendan Harper zuwandte. „Dr. Harper, ist Ihnen bekannt, dass die Verstorbene einen Artikel über Sie für die Zeitung schreiben wollte?"

„Nein, davon wusste ich nichts. Ich habe keine Ahnung, worum es in einem solchen Artikel gehen könnte, aber bei der Art von Artikeln, die sie normalerweise schrieb, kann man wohl davon ausgehen, dass es sich nicht um einen schmeichelhaften Bericht über meinen Beitrag zur Welt der Archäologie handeln würde?"

„Ich stelle nie Vermutungen an", sagte Baxter. „Aber in diesem Fall schien sogar Miss Petrakis einige Zweifel an dem Artikel, den sie zu schreiben beabsichtigte, gehabt zu haben. Tatsächlich war sie der Meinung, dass die Veröffentlichung ihres Artikels Ihre Chancen, Vizekanzler zu werden, wenn nicht sogar Ihre gesamte akademische Karriere zunichtemachen könnte."

Der Direktor tat die Vermutung mit einem matten Lächeln ab. „Inspector, ich halte das für eine abwegige Idee. Meine Vergangenheit ist ein offenes Buch. Ich habe nichts getan, worüber ich mir Sorgen machen müsste, und schon gar nichts, was meiner Karriere in der von Ihnen beschriebenen Weise schaden könnte."

Ffion drehte sich um und musterte die Frau des Direktors, die ihren Blick mit einem unergründlichen

Gesichtsausdruck erwiderte. Die beiden Frauen fixierten sich mehrere Sekunden lang, bevor Baxter wieder zu sprechen begann.

„Miss Petrakis scheint Ihnen gegenüber eine starke Loyalität empfunden zu haben. Sie war hin- und hergerissen, ob sie diesen nachteiligen Artikel veröffentlichen sollte oder nicht ...“

„Angeblich nachteiligen“, warf der Direktor leise ein.

„... und hatte das Bedürfnis, Rat einzuholen, bevor sie weitermachte. Was glauben Sie, warum sie sich so sehr verpflichtet fühlte?“

„Ich habe wirklich keine Ahnung. Vielleicht weil sie wusste, dass an der Geschichte nichts dran war?“

„Könnte es sein“, fuhr Baxter fort, „dass sie sich Ihnen gegenüber verpflichtet fühlte, weil Sie ihr am Anfang ihrer journalistischen Karriere immens geholfen haben?“

„Es stimmt, dass ich ein gutes Wort für sie eingelegt habe, als sie sich zum ersten Mal für eine Stelle im Journalismus beworben hat. Ich habe Kontakte zu den Medien, durch meine Arbeit beim Fernsehen. Sie wissen ja, wie das läuft.“

Baxters Gesichtsausdruck verriet, dass er keine Ahnung hatte, wie die Welt der Medien funktionierte. „Sie haben sie also einflussreichen Leuten vorgestellt. Das ist genau die Art von Anstoß, die den Unterschied zwischen einem raketenhaften Karrierestart und einem schleppenden Dahinplätschern ausmachen kann. Ich frage mich, warum Sie Ihre Hilfe so großzügig angeboten haben?“

„Unterstellen Sie mir irgendein Fehlverhalten, Inspector? Ich kann Ihnen versichern, dass jeder Tutor sein Bestes tut, um seinen Studenten den Übergang von der akademischen Welt in die Arbeitswelt zu erleichtern.“

Baxters Gesicht nahm den Ausdruck eines Hundes an, der Blut gewittert hatte. „Aber Alexia Petrakis war nie Ihre Studentin, nicht wahr, Dr. Harper? Sie war eine Studentin der Englischen Sprache und Literatur. Das hat absolut nichts mit Ihnen zu tun. Deshalb interessiert es mich, ob sie irgendeinen Einfluss auf Sie hatte. Hatte sie?“

Der Direktor lächelte höflich. „Ganz sicher nicht. Zu der Zeit, als Alexia ihren Abschluss machte, war ich Senior Tutor am College. Es war meine Pflicht, mich um das Wohlergehen aller Studenten zu kümmern, nicht nur um die meines eigenen Fachs." Er schaute demonstrativ auf seine Uhr – eine goldene Cartier, wie Ffion bemerkte. „Haben Sie noch viele Fragen, Inspector? Ich möchte nicht unhöflich sein, aber ich habe einen anstrengenden Abend vor mir."

„Noch ein paar", sagte Baxter unbeeindruckt. Er blätterte eine weitere Seite seiner Notizen um. „Sie waren gestern Nachmittag zwischen vier und fünf Uhr dreißig Gastgeber des Tees im TS Eliot Theatre. Und Sie waren von halb sieben bis kurz vor sieben beim Gottesdienst in der Kapelle und dann ab sieben beim Dinner im Saal. Können Sie mir sagen, wie Sie den Rest des Nachmittags verbracht haben?"

„Ja, lassen Sie mich sehen", sagte der Direktor. „Gegen ein Uhr habe ich im College mit einigen Mitgliedern der Hochschulleitung zu Mittag gegessen. Danach bin ich hierher zurückgekehrt, um meine Rede für den Abend zu schreiben. Eine Rede, die ich – bedauerlicherweise – nicht halten konnte."

„Vielleicht können Sie sie für einen anderen Anlass verwenden, Sir", sagte Baxter in einem Ton, der erkennen ließ, dass es ihm völlig gleichgültig war, dass der Direktor seine Zeit mit dem Schreiben der Rede vergeudet hatte.

„Ja, vielleicht. Dann war ich, wie Sie sagen, Gastgeber beim Tee bis fünf Uhr dreißig."

„Brendan sieht es als einen wichtigen Teil seiner Aufgabe an, diese Art von Veranstaltungen zu organisieren", sagte Mrs. Harper. „Die Pflege guter Beziehungen zu unseren Alumni ist eine der wichtigsten Quellen für die Mittelbeschaffung des Colleges." Unter Baxters scharfem Blick brach sie ab, als wäre ihr bewusst, dass sie irrelevante Informationen lieferte.

„Dann bleibt immer noch eine Stunde vor dem Gottesdienst in der Kapelle", sagte Baxter.

„Nun", sagte Mrs. Harper, „du warst die ganze Zeit hier bei mir, Liebling. Nicht wahr?"

Der Direktor schien dankbar für das Soufflieren seiner Frau. „Ja, natürlich. Wir waren hier, zusammen."

„Allein?", sagte Baxter.

„Zusammen", wiederholte der Direktor verärgert.

„Mit anderen Worten, Sie waren zwei Stunden vor dem Tee und eine weitere Stunde danach allein oder nur in Gesellschaft Ihrer Frau?"

„Ich nehme an, ja. Gibt es sonst noch etwas, das Sie mich fragen möchten, Inspector?"

„Nur noch eine Sache. Kennen Sie jemanden, der Alexia Petrakis etwas antun wollte?"

„Sie meinen, sie töten? Nein, sicher nicht."

Baxter stand auf. „Danke, dass Sie sich die Zeit genommen haben."

Der Direktor erhob sich ebenfalls. „Tatsächlich habe ich eine Frage an Sie."

„Ja?"

„Wann können alle wieder nach Hause? Viele mussten schon ihre Reisepläne ändern. Einige unserer Gäste sind weit gereist, um hier zu sein, wissen Sie. Manche sind sogar aus Übersee eingeflogen. Sie müssen ihre Flüge erwischen."

„Ich fürchte, das lässt sich nicht ändern", sagte Baxter unumwunden. „Aber ich gehe davon aus, dass ich die erste Runde von Befragungen bis heute Abend abgeschlossen habe."

Der Direktor brummte etwas, das wie Billigung klang, wenn auch nicht wie Zustimmung.

„Wir finden selbst hinaus", sagte Baxter, ging zur Tür und bedeutete Ffion, ihm zu folgen. „In der Zwischenzeit bleiben Sie bitte hier. Ich möchte vielleicht noch einmal mit Ihnen sprechen."

Ffion erhob sich schnell. Beim Hinausgehen warf sie einen letzten Blick auf die Frau des Direktors. Yasmin Harpers Gesichtszüge waren besorgt und angespannt, und ihre eleganten Finger zeigten ein deutliches Zittern. Ffion folgte Baxter durch die Hintertür nach draußen.

★

Es dauerte etwa eine Minute, bis Yasmin Harper den
Raum durchquerte und zu ihrem Mann ging, der sich mit
einer Hand auf dem Kaminsims abstützte. Obwohl er dem
Inspector gesagt hatte, er müsse sich um seine Arbeit
kümmern, hatte Brendan sich nicht mehr gerührt, seit DI
Baxter und seine Kollegin gegangen waren. Er starrte auf
ein altes Foto von sich, auf dem er in der heißen Sonne bei
einer Ausgrabung arbeitete. Auf dem Foto lächelte er
entspannt, hielt eine kleine Statuette in die Kamera und
freute sich sichtlich über seinen Fund. Wie triumphierend
und furchtlos wirkte sein junges Gesicht.

Yasmin streckte die Hand nach ihrem Mann aus und
strich ihm über den Rücken. Die Spannung in seinen
Muskeln gab ihr das Gefühl, einen Fels streicheln, so glatt
und unnachgiebig wie die Steine, die er einst in der Wüste
ihres Heimatlandes ausgegraben hatte. Sie lehnte den
Kopf dicht an sein linkes Ohr.

„Glaubst du, er weiß es?"

Brendan drehte sich mit ernster Miene zu ihr um.
Vielleicht zum ersten Mal fiel ihr auf, wie zerfurcht seine
Stirn in den Jahren seit ihrer ersten Begegnung geworden
war. Obwohl er mehr als ein Jahrzehnt älter war als sie,
hatte sie ihn nie zuvor als alt empfunden. Er war ihr so
unveränderlich und ewig erschienen wie die Wüste selbst.
Er legte ihr die Hand auf die Wange. „Was kann er schon
wissen? Er hat geblufft, um mich dazu zu bringen, etwas
zu verraten."

„Wir können uns jetzt nicht den kleinsten Fehler
leisten, Liebling. Wir haben so lange und so hart
gearbeitet. Das ist der kritischste Moment."

Brendan zog die Hand zurück. „Denkst du, ich weiß
das nicht?"

„Natürlich nicht." Sie konnte hören, wie er schwer
atmete, als käme er gerade von einem seiner

Tennismatches zurück, nicht als hätte er auf dem Sofa gesessen und sich einfach nur unterhalten.

„Was ist mit der Journalistin und ihrem Artikel?", fragte sie.

„Den kann sie jetzt nicht mehr schreiben, oder?"

Darauf hatte Yasmin nichts zu erwidern. Ihr Mann hatte sie noch nie angelogen … aber das bedeutete nicht, dass sie alles über ihn wusste. Und er wusste auch nicht alles über sie. Manche Fragen stellte man besser nicht.

Was die Polizei anging, hatte Brendan wahrscheinlich recht. Der Inspector war auf der Suche nach Informationen, das war alles.

Dann erinnerte sie sich an den Gesichtsausdruck der jungen Constable, die den Inspector begleitet hatte. DC Ffion Hughes hatte die ganze Zeit, die sie hier war, nichts gesagt. Doch ihren mandelförmigen grünen Augen war nichts entgangen.

KAPITEL 16

"lso, wie kommst du mit Baxter zurecht?", fragte Jake, als er Ffion das nächste Mal zufällig begegnete. Er konnte nicht behaupten, dass er sie darum beneidete, den DI zur Befragung des Direktors zu begleiten. Jake kam im Allgemeinen nicht gut mit Autoritätspersonen aus, und Baxter und der Direktor des Colleges waren die beiden Personen im College, mit denen er am wenigsten Zeit verbringen wollte. Ffion hingegen war die Person, die er am meisten zu sehen gehofft hatte. Zu sagen, dass er ihr zufällig begegnet war, war nicht ganz richtig. Er hatte sich schon seit einiger Zeit im Speisesaal herumgetrieben und nach ihr Ausschau gehalten. Er hoffte, dass sie es nicht wusste.

„Baxter ist nicht so schlimm, wie er bellt", sagte sie. „Und er ist nicht so dumm, wie er auf den ersten Blick scheint. Ich fange sogar an, ihn zu mögen."

„Wirklich?"

„Ja, er ist in Ordnung, auf eine unhöfliche, sexistische, unausstehliche Art."

„Äh, okay." Jake fragte sich, was da vor sich ging. Ffion hatte ihn vor die Herausforderung gestellt, zu zeigen, dass er ein sensibler Kerl sein konnte, der nicht den traditionellen männlichen Stereotypen entsprach. Aber fühlte sie sich insgeheim von der schlimmsten Art von Machogehabe angezogen? Der Gedanke, dass sie Baxter auch nur im Entferntesten anziehend finden könnte, war ziemlich abstoßend.

„Am schlimmsten war Ryan", fuhr Ffion fort.

Diese Neuigkeit war mehr nach Jakes Geschmack. Obwohl Ffion Ryan abblitzen ließ, als er sie einmal um ein Date gebeten hatte, konnte Jake den Gedanken an Ryan als potenziellen Rivalen nicht ganz abschütteln. Auch wenn der Typ offensichtlich ein Idiot war.

„Ja, er behandelt mich im Grunde wie seine Sekretärin und lässt mich Notizen machen. Ich habe auch seine sarkastischen Witzeleien satt."

„Ich fand es bewundernswert, wie du beim Briefing mit Baxter geredet hast", sagte Jake. „Niemand sonst hat sich getraut, ein Wort zu sagen."

„Nein, niemand, nicht wahr? Wie war denn dein Wochenende in Leeds? Hast du dich gut amüsiert?"

Jake fragte sich, ob das eine Art Test war. Das Verhalten seiner Kumpels im Pub war ihm immer noch ein wenig peinlich und er bedauerte, dass Ffion ihn angerufen hatte, als er offensichtlich in der Stadt einen draufgemacht hatte. Er versuchte es mit einem Ablenkungsmanöver. „Ich bin mit meinen Eltern zu Mums Geburtstag zu den örtlichen Gärten gefahren. Ich habe ihnen Tee und Scones spendiert, um sie zu verwöhnen."

Das schien Ffion zu amüsieren. „Nun, wie aufmerksam. War das deine Mutter, die ich im Hintergrund im Pub gehört habe, als ich dich angerufen habe?"

„Äh, nein. Hör mal", sagte er hastig, „ich habe viel nachgedacht."

Ihr Gesichtsausdruck verriet, dass es ihr schwerfiel, das zu glauben.

„Ja, du weißt schon. Über das, was du mir erzählt hast."

„Darüber, dass ich bisexuell bin?"

„Ja. Ich wollte nur sagen, dass ich damit kein Problem habe."

„Cool. Und du sagst das nicht nur, weil du denkst, dass es eine Gelegenheit sein könnte, etwas Ausgefallenes auszuprobieren?"

„Nein!" Warum musste Ffion ihn so runtermachen? Jedes Mal, wenn er versuchte, ihr etwas Ernstes zu sagen, schien sie sich besondere Mühe zu geben, ihn zu demütigen. Vielleicht war das eine Art Selbstverteidigungsmechanismus. „Ich sage es, weil es wahr ist."

„Nun, gut. Das freut mich. Dann ist ja die Hälfte unseres Problems gelöst."

„Wirklich? Gut." Er fragte sich, was genau ihr Problem war, und welche Hälfte davon noch zu lösen war.

Ffion erklärte es ihm bereitwillig. „Die Frage, die noch zu klären ist", sagte sie, „ist, ob ich ein Problem damit habe, dass du kein Problem damit hast." Sie zwinkerte ihm schelmisch zu. „Ich halte dich auf dem Laufenden."

★

Als sich die Gäste an diesem Abend zum Abendessen im Saal versammelten, herrschte eine spürbare Unzufriedenheit. Wie Urlauber auf einem Flughafen, deren Flug über alle Maßen verspätet war, begannen sie zu fragen, wann sie endlich abreisen konnten. Sogar die Nachricht von Tinas öffentlicher Demütigung war inzwischen dermaßen seziert und diskutiert worden, dass sie langweilig geworden war und keine Ablenkung mehr von dem wachsenden Gefühl der Frustration bot.

Es hatte sich herumgesprochen, dass Bridget für die Polizei arbeitete, und die Leute schienen zu erwarten, dass sie wusste, was vor sich ging.

„Es tut mir leid", sagte sie mehr als einmal, „aber ich weiß ungefähr genauso viel wie Sie. Aber ich bin sicher, dass es jetzt nicht mehr lange dauern wird." Aber wer konnte sich bei DI Baxter da schon sicher sein?

Sie wollte hier genauso schnell weg wie alle anderen. Sie musste noch Chloe bei Vanessa abholen.

Sie setzte sich zu Meg und Bella ans Ende eines langen Tischs. Eine Handvoll Tutoren, darunter Dr. Irene Thomas, hatte sich am High Table versammelt, aber diesmal gab es kein lateinisches Tischgebet. Angesichts der Umstände gab es kein formelles Dinner. Der Butler wies sein Personal an, Teller mit etwas zu servieren, das dem gestrigen Abendmenü verdächtig ähnlich sah, aber in aller Eile in etwas Undefinierbares verwandelt worden war. Damit würde man sicher keinen Michelin-Stern gewinnen. Bridget fühlte sich an das „Bubble and Squeak" erinnert, das ihre Mutter immer servierte, wenn sie Kartoffeln und Kohl übrig hatte.

„Wenigstens haben sie uns Wein zum Essen spendiert", sagte Meg und schenkte sich ein großes Glas Weißwein ein. „Sonst noch jemand?" Sowohl Bridget als auch Bella schüttelten den Kopf. „Wie ihr wollt", sagte Meg. „Ehrlich gesagt könnte ich diese Hölle ohne ihn nicht ertragen."

„Setzt sich Tina nicht zu uns?", fragte Bridget. Nach dem Gespräch, das sie an diesem Morgen im Garten geführt hatten, schien Tina sich damit abgefunden zu haben, die Konsequenzen ihres Handelns zu tragen. Sie hatte eingewilligt, mit DI Baxter zu sprechen, und offensichtlich hatte Baxter nicht beschlossen, sie zu verhaften, sonst hätten sie alle längst nach Hause gehen dürfen.

„Ich nehme an, sie schämt sich zu sehr, ihr Gesicht zu zeigen, nach dem, was heute Morgen in der Zeitung stand", sagte Meg.

„Darauf wette ich", sagte Bella und betrachtete die unidentifizierbare Mischung auf ihrer Gabel mit Misstrauen. „Ich meine, zu lügen, um einen Arzt wegen Fehlverhaltens aus dem Verkehr zu ziehen, ist eine ziemlich widerliche Angelegenheit. Vor allem einen, der für die Kinderkrebshilfe arbeitet."

„So sind Anwälte eben", sagte Meg bitter. „Sie sind ein skrupelloses Volk. Ganz zu schweigen von dem Guten, das einige von uns versuchen, in der Welt zu tun."

Bridget schaute zur Tür, wo noch ein paar Nachzügler eintrafen. Tina war nicht darunter.

„Glaubst du, sie könnte Alexia ermordet haben?", fragte Bella.

„Wer weiß?", antwortete Meg. In der Art, wie sie die Frage stellte, lag eine unangenehme Schadenfreude, als ob sie hoffte, es wäre wahr. „Was auch immer passiert, ich bezweifle, dass ihre Karriere diese Nachricht überleben wird. Sie könnte sogar im Gefängnis landen." Sie beugte sich vertraulich über den Tisch und senkte die Stimme. „Ich kann euch eines sagen. Als ich gestern Nachmittag ins College kam, sah ich Tina und Alexia im Front Quad streiten. Als sie mich sahen, versuchten beide so zu tun, als wäre nichts gewesen, aber ich hatte genug gehört, um den Kern des Streits zu verstehen."

„Was?", sagte Bridget, die Gabel schon halb im Mund, erstaunt, dass diese Information erst jetzt ans Licht kam. Tina hatte ihr gegenüber nichts von einem Streit mit Alexia gestern Nachmittag erwähnt. Sie hatte sogar kategorisch abgestritten, Alexia überhaupt gesehen zu haben.

„Worüber haben die beiden denn gestritten?", fragte Bella.

„Tina hat Alexia des Verrats beschuldigt. Zu dem Zeitpunkt hatte ich keine Ahnung, was sie damit meinte, aber im Nachhinein erscheint es mir offensichtlich. Sie müssen über Alexias Zeitungsartikel gesprochen haben. Entweder wusste Tina schon davon, oder Alexia hat es ihr erzählt. Ihr wisst ja, wie sehr Alexia es liebte zu prahlen. Und etwa eine Stunde später war sie tot. Wenn das Tina nicht zur Hauptverdächtigen macht, dann weiß ich auch nicht."

„Warum hast du das nicht früher erwähnt?", fragte Bridget. „Hast du DI Baxter erzählt, was du gehört hast?"

„Er hat nicht danach gefragt."

„Nun, du musst es ihm sagen. Dringend. Das ist eine enorm wichtige Information."

Plötzlich hatte Bridget keinen Hunger mehr. Als sie mit Tina im Fellows' Garden gesprochen hatte, hatte Tina behauptet, nichts von dem geplanten Artikel gewusst zu haben. Doch Megs Enthüllung warf ein ganz neues Licht auf die Situation. Wenn Tina die ganze Zeit gewusst hatte, dass Alexia an einem Artikel über sie arbeitete, hatte sie ein sehr starkes und offensichtliches Motiv, sie zu töten. Das würde auch erklären, warum sie sich trotz des Streits mit Meg entschlossen hatte, zur Gaudi zu kommen. Es würde auch erklären, warum sie am Samstagabend in der Bar so bissige Bemerkungen über Alexia gemacht hatte.

Bridget musste Tina finden, bevor sie etwas Dummes tat. Sie erhob sich vom Tisch. „Ich werde Tina suchen. Ich mache mir Sorgen um sie."

„Du glaubst doch nicht, dass sie abgehauen ist, oder?", fragte Bella.

„Und das College verlassen hat?", fragte Meg stirnrunzelnd. „Uniformierte Polizisten bewachen das Torhaus, aber ich nehme an, es gibt Schlupflöcher, wenn man unbedingt entkommen will."

„Die Polizei hat nicht wirklich die Befugnis, uns gegen unseren Willen hier festzuhalten, oder?", fragte Bella.

„Nein", sagte Bridget. „Es sei denn, sie beschließen, alle zu verhaften." Bei Baxter lag das nicht völlig außerhalb des Möglichen. „Aber sie können ziemlich überzeugend sein."

„Wenn ich gewusst hätte, dass wir gehen können", sagte Meg, „hätte ich vielleicht selbst das Weite gesucht."

„Sollen wir mitkommen?", fragte Bella.

„Nein, es ist alles in Ordnung. Ihr bleibt hier. Ich werde sie suchen. Sie bläst wahrscheinlich nur Trübsal in ihrem Zimmer."

★

Bridget eilte davon, bevor Meg oder Bella darauf bestehen

konnten, sie zu begleiten. Obwohl sie ihnen versichert hatte, dass wahrscheinlich alles in Ordnung war, war sie selbst nicht davon überzeugt. Tina hatte sie und wahrscheinlich auch Baxter absichtlich angelogen. Und nun war sie zum zweiten Mal verschwunden. Bridget musste sie finden, und zwar schnell.

Erst als sie den Speisesaal verließ, wurde ihr klar, dass sie nicht wusste, in welchem Zimmer Tina wohnte.

Glücklicherweise schien der Portier noch nie etwas von Datenschutz gehört zu haben. Oder falls doch, hatte er entschieden, dass er für ihn nicht galt. „Tina Mackenzie? Sie ist im Mob Quad", informierte er Bridget fröhlich und nannte ihr das Treppenhaus und die Zimmernummer.

„Danke", sagte Bridget.

Als sie sich umdrehte, stand Jake hinter ihr. „Guten Abend, Ma'am."

„Hallo, Jake. Haben Sie Neuigkeiten für mich?" Sie setzte ihren Weg über den Innenhof fort, während sie sprach.

„Nicht wirklich", sagte er und lief neben ihr her. Mit seinen langen Schritten passte er sich mühelos ihrem Tempo an. „Aber ich dachte, es würde Sie interessieren, dass wir hier fast fertig sind und ich glaube, dass DI Baxter vorhat, alle in der nächsten halben Stunde oder so zu entlassen."

„Das werden sie sicher gerne hören." Sie ging zügig weiter über den Hof, am Eingang zum Speisesaal vorbei und weiter zum Patey's Quad.

„Gehen Sie irgendwo hin, Ma'am?", erkundigte sich Jake.

„Das tue ich in der Tat. Vielleicht sollten Sie mitkommen."

„Ma'am?"

„Es ist wahrscheinlich nichts", sagte sie, als sie in den Mob Quad bogen, „aber ich mache mir Sorgen um eine Freundin von mir. Tina Mackenzie."

„Die in Ungnade gefallene Anwältin?"

„Ja", sagte Bridget. Sie nahm an, dass Tina von nun an

so gesehen werden würde. Der aufgehende Stern, der aus der Höhe gefallen und in Schimpf und Schande zu Boden gestürzt war. „Sie ist nicht zum Abendessen gekommen und ich möchte sehen, ob es ihr gut geht."

„Glauben Sie, ihr könnte etwas zugestoßen sein?"

Bridget überlegte, was sie ihrem Sergeant sagen sollte. Sie folgte nur einer Vermutung, aber Jake war ein Mann mit gesundem Menschenverstand. Sie beschloss, ihm alles zu erzählen. „Ich mache mir Sorgen, dass sie versucht haben könnte zu fliehen. Ich habe gerade herausgefunden, dass sie im Voraus wusste, dass Alexia den Zeitungsartikel über sie schrieb. Man hat sogar gesehen, wie die beiden darüber gestritten haben, kurz nachdem sie gestern ins College gekommen waren."

„Denken Sie, sie könnte die Mörderin sein?", fragte Jake, der ihren Gedankengang aufgriff.

„Sagen wir einfach, ich möchte sichergehen, dass sie in ihrem Zimmer ist."

„Natürlich", sagte Jake. „Wir sollten auf jeden Fall nach ihr sehen."

Während sie gingen, schoss Bridget ein weiterer Gedanke durch den Kopf. War die Entfernung von Alexias Augen eine Botschaft gewesen, dass ihre Karriere, die auf der Enthüllung verborgener Geheimnisse beruhte, nun zu Ende war?

Da die meisten Gäste beim Abendessen waren, war es ruhig im Mob Quad. Aus dem Fenster der Bibliothek im ersten Stock schien Licht, und Bridget fragte sich, ob Dr. Thomas dort oben war, umgeben von ihren geliebten Büchern. Vielleicht würde Bridget später bei ihr vorbeischauen, wenn sie sich vergewissert hatte, dass Tina keine Dummheiten gemacht hatte. Wenn jemand den grauenhaften Ereignissen der letzten vierundzwanzig Stunden einen Sinn und einen Zusammenhang geben konnte, dann war es Dr. Thomas mit ihrem scharfen analytischen Verstand und ihrer historischen Perspektive auf die selbstzerstörerischen Tendenzen der Menschheit.

„Das ist das Treppenhaus", sagte Bridget und blieb vor

einer der gewölbten Türöffnungen stehen. Licht fiel durch die geschlossenen Vorhänge eines Fensters im oberen Stockwerk. Es sah so aus, als wäre Tina höchstwahrscheinlich doch in ihrem Zimmer.

Bridget ging die Treppe hinauf und Jake folgte ihr. Vor Tinas Zimmer blieb sie stehen und lauschte. Wie viele ältere College-Zimmer hatte auch dieses zwei Türen. Die robuste äußere Eichentür stand offen und lehnte an der Wand, aber die innere Tür war geschlossen. Drinnen war alles still. Bridget klopfte an die Tür. Sie bekam keine Antwort. Sie klopfte lauter.

„Tina? Bist du da drin? Ich bin's, Bridget."

Stille.

Bridgets Haut begann zu kribbeln. Sie versuchte es mit der Türklinke, aber die Tür war verschlossen. Sie hämmerte gegen die Tür. „Tina, bitte mach auf. Wir müssen reden."

Es kam keine Antwort.

„Das gefällt mir nicht", sagte sie zu Jake.

Sie war hergekommen, weil sie befürchtete, dass Tina versuchen könnte, wegzulaufen, aber jetzt hatte sie eine noch größere Angst. Könnte Tina sich selbst etwas angetan oder sogar versucht haben, sich das Leben zu nehmen? Unabhängig davon, ob sie Alexia ermordet hatte, die Schande über ihren beruflichen Abstieg war vielleicht unerträglich. Jetzt, wo ihr der Gedanke kam, hätte Bridget sich für ihre eigene Dummheit ohrfeigen können. Jemand hätte die ganze Zeit bei Tina bleiben müssen. Bridget selbst hätte bei ihr bleiben müssen.

Jake musterte sie aufmerksam. „Sie glauben wirklich, dass sie die Mörderin sein könnte?"

„Ja", gab Bridget zu, obwohl es sie schmerzte, es auszusprechen. „Und ich fürchte um ihre Sicherheit."

„Dann treten Sie bitte zurück, Ma'am."

Sie trat zur Seite und beobachtete, wie Jake sich umdrehte, das rechte Bein ausstreckte und mit dem Absatz seines schwarzen Stiefels gegen die Tür trat. Das Holz splitterte mit einem Knacken, und er griff durch den Spalt, um die Tür von innen zu öffnen und den Schlüssel im Schloss zu drehen.

„Lernt man das heutzutage in der Polizeischule?", fragte Bridget.

„Ffion hat mir ein paar Moves gezeigt", sagte er. „Taekwondo."

Er stieß die Tür auf und Bridget ging hindurch, Jake dicht hinter ihr.

Sie machte sich darauf gefasst, Tinas Körper von der Decke baumeln oder mit aufgeschlitzten Handgelenken in einer Blutlache liegen zu sehen. Aber nichts hätte sie auf den Anblick vorbereiten können, der sich ihr bot.

„Scheiße", sagte Jake hinter ihr. „Was zum Teufel ist das?"

„Ich habe keine Ahnung", sagte Bridget. Sie schwankte auf ihren Füßen und Jake stützte ihre Schulter mit einer festen Hand.

„Ich muss das melden", sagte Jake und holte sein Handy aus der Tasche.

Während Jake Baxter anrief, um zu berichten, was sie gefunden hatten, versuchte Bridget, die Szene vor sich zu verdauen. Tina war tot, das war klar. Aber sie hatte sich definitiv nicht selbst das Leben genommen. Ihr Körper lag ordentlich arrangiert auf dem Bett, die Arme vor der Brust verschränkt. Aber die Art und Weise, wie sie zur Ruhe gebettet worden war, hatte nichts Friedliches an sich. Dort, wo ihre Ohren hätten sein sollen, klafften zwei Löcher, aus denen rotes Blut auf die weißen Laken tropfte.

Auf dem Nachttisch standen ein Teller mit Keksen, eine geöffnete Flasche Madeirawein und zwei Gläser, eines voll, das andere fast leer. Aber das war noch nicht alles. Der Mörder hatte Tinas Ohren abgeschnitten und sie ordentlich in die Mitte des Kekstellers gelegt. Neben der Weinflasche lag eine Karte mit den Worten *„Höre nichts Böses"*.

KAPITEL 17

DI Baxter stapfte die Treppe hinauf, außer Atem vor Anstrengung und Wut, und umklammerte das hölzerne Geländer mit seiner riesigen Schinkenfaust. „DI Hart!", brüllte er, als er oben angekommen war. „Was machen Sie hier? Ich habe Ihnen gesagt, Sie sollen wegbleiben!"

Bridget sah ihn irritiert an. „Ich war es, die die Leiche entdeckt hat, zusammen mit Sergeant Derwent hier."

Jake stand neben ihr auf dem Treppenabsatz vor Tinas Zimmer. Nachdem sie die Leiche gefunden und sich schnell vergewissert hatten, dass Tina tatsächlich tot war, hatten sie sich aus dem Zimmer zurückgezogen und es unberührt gelassen, damit das SOCO-Team kommen und mit der gründlichen Untersuchung beginnen konnte. Bridget war sehr dankbar für Jakes ständige Anwesenheit gewesen, während sie auf Baxters Ankunft wartete. Der Schock, eine weitere ihrer alten Freundinnen ermordet vorzufinden, drohte sie zu überwältigen.

„Sie haben die Leiche gefunden?" Baxter sah aus, als würde er gleich explodieren. Sein Gesicht hatte sich dunkel verfärbt, und seine Augenbrauen zogen sich in der

Mitte der Stirn zusammen. Er stieß einen dicken Finger in Bridgets Richtung. „Wo immer ich hingehe, sind Sie zuerst da. Auch beim ersten Mord waren Sie als Erste am Tatort."

„Als Zweite", korrigierte Bridget. „Es war der Kaplan, der die Leiche gefunden hat."

„Sie waren dabei, als die Augäpfel in der Suppe entdeckt wurden", fuhr Baxter fort. „Sie waren mit dem ersten Mordopfer befreundet. Sie haben den Butler sofort nach meiner Warnung, sich aus den Ermittlungen herauszuhalten, befragt. Sie waren diejenige, die den Zeitungsartikel gefunden hat, und diejenige, die Tina Mackenzie ausfindig gemacht hat, als niemand sonst wusste, wohin sie verschwunden war." Er hielt inne, um ein paar Mal tief durchzuatmen. „Sie waren diejenige, der der Kaplan sein Geständnis anvertraut hat, und jetzt haben Sie ein zweites Mordopfer entdeckt, das zufällig auch eine Freundin von Ihnen war."

Mit hochrotem Kopf hielt er inne, weil ihm anscheinend die Vorwürfe ausgingen, die er ihr machen konnte. Hinter ihm auf der Treppe erschienen Ffion und Ryan und sahen sie überrascht an.

Bridget begegnete Baxters aufbrausendem Zorn mit ruhiger Würde. „Ich denke, ein wenig Mitgefühl wäre angebracht, und auch ein ‚Danke'. Ohne mich wüssten Sie immer noch nicht, dass es einen zweiten Mord gegeben hat."

„Ich ziehe ernsthaft in Erwägung, Sie verhaften zu lassen."

„Machen Sie sich nicht lächerlich", schnappte Bridget.

Jake trat vor, um die Wogen zu glätten. „Sir, möchten Sie sich den Tatort ansehen?"

Baxter warf Bridget einen letzten Blick zu und schob sich an ihr vorbei, um in den Raum dahinter zu schauen. „Allmächtiger Gott. Was zum Teufel ist hier passiert?"

Dreißig Sekunden später stand er wieder auf dem Treppenabsatz und atmete schwer. „Haben Sie etwas bewegt?"

„Nein, Sir", sagte Jake.

„War sonst noch jemand drin?"

„Nein."

„Also gut. Die SOCO wurde über die Situation informiert und müsste jeden Moment hier sein. Abgesehen davon betritt niemand diesen Raum ohne meine ausdrückliche Erlaubnis, ist das klar? DS Derwent, Sie bleiben hier und bewachen das Zimmer. Rühren Sie sich nicht, bis ich es Ihnen sage. DS Hooper, DC Hughes, finden Sie Meg Collins und bringen Sie sie zum Verhör nach Kidlington. Wenn sie sich weigert zu kooperieren, nehmen Sie sie wegen Mordverdachts fest. Tun Sie es jetzt."

„Ja, Sir", sagte Ryan und verschwand mit Ffion die Treppe hinunter.

„Warum verhaften Sie Meg?", fragte Bridget.

„Warum? Weil sie ein klares Motiv für beide Morde hatte."

„Welches?"

„Muss ich es noch deutlicher sagen? Alexia Petrakis hat mit ihrem Ehemann geschlafen, und Tina Mackenzie war in einen ruinösen Prozess gegen ihre Firma verwickelt!" Er schüttelte den Kopf. „Warum rechtfertige ich mich überhaupt vor Ihnen? Wie oft habe ich Ihnen schon gesagt, dass Sie mit dieser Untersuchung nichts zu tun haben. Und jetzt gehen Sie mir aus den Augen, bevor ich die Beherrschung verliere!"

„Ich glaube, die Beherrschung haben Sie schon vor einer Weile verloren", sagte Bridget. „Und ich hoffe, dass Sie, sobald Sie sich beruhigt haben, einsehen, dass Sie mir eine Entschuldigung schulden."

„Eine Entschuldigung?" Baxters Gesicht war fast lila.

„Was soll ich in der Zwischenzeit den anderen Gästen sagen?"

„Ihnen was sagen?"

„Sie haben gehofft, dass sie das College jetzt jederzeit verlassen können."

„Sagen Sie ihnen nichts", sagte Baxter. „Das werde ich

selbst tun."

„Und was?"

„Dass meine Beamten jeden Einzelnen von ihnen noch einmal befragen werden. Irgendjemand muss etwas wissen. Ich will wissen, wo sie waren, was sie getan und was sie gedacht haben. Niemand geht irgendwohin, bevor er nicht über jede Minute des heutigen Tages Rechenschaft abgelegt hat."

„Beabsichtigen Sie, sie eine zweite Nacht hier zu behalten?"

„Ich halte sie so lange fest, wie es verdammt noch mal nötig ist."

KAPITEL 18

Es bedurfte keiner großen polizeilichen Anstrengungen, um Meg Collins ausfindig zu machen. Als Ffion und Ryan in den Speisesaal kamen, plauderte sie gerade mit anderen Gästen und arbeitete sich durch eine Flasche Weißwein. Ein Chablis Grand Cru, wie Ffion beiläufig bemerkte. Das College gab sich offensichtlich alle Mühe, die frustrierten Gäste zufriedenzustellen. Meg wirkte entspannt und fröhlich, nicht wie eine Frau, die gerade einen grausamen und brutalen Mord begangen hatte.

Oder doch? Ffion war in ihrer Zeit bei der Polizei schon einigen kaltblütigen Mördern begegnet und hatte in ihrer Hintergrundlektüre noch viel mehr über Serienmörder gelesen. Jemandem das Leben zu nehmen, war nicht so einfach, wie sich die meisten das vorstellten. Aber ein zweites Mal zu töten, war viel einfacher. Manches ging mit etwas Übung leichter.

„Meg Collins, würden Sie bitte mit uns kommen?", sagte Ryan.

Megs Augen verengten sich misstrauisch. „Wozu?"

„Wir möchten Sie bitten, ein paar Fragen zu

beantworten, wenn es Ihnen nichts ausmacht."

„Ich bin bereits ausführlich von DI Baxter befragt worden. Ich habe ihm alles gesagt, was ich weiß."

„Er möchte noch einmal mit Ihnen sprechen. Diesmal in Kidlington."

„Wo?"

„Auf dem Polizeirevier."

„Sie verhaften mich?"

„Ich hoffe, das wird nicht nötig sein", sagte Ryan. „Ich bin sicher, dass Sie lieber voll und ganz bei den Ermittlungen kooperieren."

Meg kippte den Rest ihres Weins hinunter und warf ihm einen wütenden Blick zu. „Seien Sie sich da nicht so sicher, junger Mann."

Ffion fragte sich, ob sie versuchen würde, sich aus dem Staub zu machen. Wenn ja, würde sie nicht weit kommen. Ffion war eine begeisterte Läuferin, ganz zu schweigen von ihrem schwarzen Gürtel in Taekwondo. In ihrem Job kam sie nicht oft dazu, ihre Fähigkeiten einzusetzen, aber sie war immer auf der Suche nach einer Gelegenheit.

Doch bevor Meg irgendetwas unternehmen konnte, hallte eine Stimme durch den Speisesaal. Baxter war erschienen. „Meine Damen und Herren, ich habe eine Mitteilung zu machen. Leider hat sich in diesem Fall eine neue Entwicklung ergeben. Daher wird es notwendig sein, alle noch einmal zu befragen."

Ein Chor der Empörung und des Zorns folgte dieser Ankündigung. Baxter wartete, bis sich die Proteste gelegt hatten, bevor er wieder sprach. „Ich kann im Moment nicht mit Sicherheit sagen, wie lange Sie im College bleiben müssen, aber ich gehe davon aus, dass es mindestens bis morgen Mittag sein wird. Ich bin sicher, dass das College kein Problem damit haben wird, Ihnen eine zweite Übernachtung zu gewähren. Wenn Sie noch Fragen haben, wenden Sie sich bitte an die College-Leitung."

Kaum hatte er seine Rede beendet, setzte das Protestgeheul wieder ein, doch in diesem Moment erschien der Direktor am Eingang des Speisesaals. „Inspector, kann ich Sie bitte kurz sprechen?"

Die beiden Männer verschwanden kurz in der Küche, um sich zu unterhalten, und kamen eine Minute später wieder heraus. Das Gesicht des Direktors war bleich. „Wie der Inspector schon sagte, ist das College gerne bereit, alle so lange wie nötig zu beherbergen. Ich hoffe, dass alle Anwesenden den Ernst der Lage erkennen und bei den polizeilichen Ermittlungen uneingeschränkt kooperieren. Bitte wenden Sie sich an mich oder einen der anderen Mitarbeiter, wenn Sie spezielle Wünsche haben oder Hilfe bei der Reiseplanung benötigen. In der Zwischenzeit wird das College alles tun, was in seiner Macht steht, um Ihren Aufenthalt so angenehm wie möglich zu gestalten."

Frustriertes Stöhnen hallte durch den Saal.

„Und noch etwas", sagte der Direktor. „Der Inspector hat mir versichert, dass im Interesse der Sicherheit aller im gesamten College uniformierte Polizisten postiert werden, die nachts auf Streife gehen. Ich rate Ihnen allen, in Ihre Zimmer zurückzukehren und vorsichtig zu sein, wen Sie hereinlassen. Ich danke Ihnen für Ihr Verständnis."

Die Beschwerden wurden sofort von fieberhaften Spekulationen abgelöst.

„Was ist passiert?", fragte Meg und wandte sich an die beiden Detectives.

„Ein weiterer Mord", sagte Ffion leise.

Meg war einen Moment lang sprachlos. Dann flüsterte sie: „Tina?"

Ffion nickte.

Meg saß schweigend da, um ihre Fassung wiederzuerlangen. Dann stand sie auf und griff nach ihrer Handtasche. „Nun, es sieht so aus, als hätte ich keine andere Wahl. Dann lassen Sie uns nach Kidlington fahren. Das ist wenigstens eine Abwechslung zu diesem Ort."

★

Die Küche im Hauptquartier der Thames Valley Police in

Kidlington konnte nicht mit dem Speisesaal in Merton mithalten. Es gab auch keinen Butler, der Ffion eine Tasse Tee brachte. Stattdessen machte sie sich eine Tasse Matcha-Grüntee, hob den pyramidenförmigen Teebeutel an dem Faden auf und schwenkte ihn im kochenden Wasser. Das fein gemahlene Pulver aus Teeblättern wurde speziell angebaut und verarbeitet, um die Produktion von Theanin und Koffein zu maximieren. Ffion hatte gelesen, dass es von japanischen Zen-Mönchen verwendet wurde, um die Wachsamkeit zu steigern, und kontrollierte Experimente hatten gezeigt, dass es Stress reduzieren und die kognitiven Funktionen verbessern konnte. Es war ein langer Tag gewesen und es würde ein langer Abend werden.

Es war gut, dass es im Moment niemanden Besonderen in ihrem Leben gab. Eigentlich hatte es schon seit einiger Zeit niemanden mehr gegeben. Die Leute nahmen an, dass es leicht war, einen Partner zu finden, wenn man bisexuell war. Man hatte ja die doppelte Auswahl, nicht wahr? Aber sie hatte festgestellt, dass das Gegenteil der Fall war.

Online-Dating war für eine bisexuelle Frau so gut wie unmöglich. Das Kästchen anzukreuzen, ob sie sich für Beziehungen mit Männern oder Frauen interessierte, zog nur die Aufmerksamkeit von Trolls auf sich. Sie hatte aufgehört zu zählen, wie viele Männer sie über Dating-Apps angeschrieben und gefragt hatten, ob sie Lust auf einen Dreier hätte. Idioten.

Es war viel sicherer, zu versuchen, jemanden in der realen Welt kennenzulernen, bevor man eine intimere Beziehung in Betracht zog. Aber ihr Job als Detective brachte oft Überstunden und unsoziale Arbeitszeiten mit sich. Es war schon schwierig genug für sie, ihr Trainingsprogramm aufrechtzuerhalten, ganz zu schweigen vom Engagement, das für eine ernsthafte romantische Beziehung erforderlich war. Ihr Traumpartner wäre jemand, der das verstand und vielleicht sogar einen ähnlich hektischen Lebensstil teilte. Vielleicht sogar ein anderer Polizist. Jake Derwent zum

Beispiel.

Sie hatte Jake nicht als potenziellen Freund in Betracht gezogen, als sie ihn das erste Mal getroffen hatte. Er sah gut aus, wenn auch vielleicht nicht auf die offensichtliche Art. Er war ein bisschen zu groß für ihren Geschmack und seine langen Arme und Beine erinnerten sie an einen schlaksigen Teenager. Sein rotes Haar und der dichte Bart waren auch nicht nach dem Geschmack aller Frauen. Und dann war da noch dieses lächerliche Auto, das er fuhr – ein knalloranger Subaru, der so gar nicht zu seinen Haaren und seinem Bart passte. Aber Ffion fühlte sich zu ausgefallenen, unverwechselbaren Looks hingezogen. Sie pflegte selbst ein unkonventionelles Aussehen.

Trotzdem hatte sein anfängliches Verhalten sie glauben lassen, dass er der übliche stereotype männliche Typ war, dem sie schon so oft begegnet war. Bier, Fußball und Sex waren alles, woran die meisten Männer dachten, und Jake verbrachte sicherlich viel Zeit damit, über diese drei Themen nachzudenken. Aber sie kannte ihn jetzt seit ein paar Monaten, und er war ihr ans Herz gewachsen. Er war nicht so derb, wie sie ihn sich am Anfang vorgestellt hatte, jedenfalls nicht im Vergleich zu Typen wie Ryan.

War sie unfair zu ihm gewesen? Hatte sie tatsächlich Vorurteile gehabt? Bei dem Gedanken fühlte sie sich ziemlich unbehaglich.

Offensichtlich hatte er auch an sie gedacht. Sehr viel sogar. Was hatte er ihr gesagt? Dass er kein Problem damit hatte, dass sie bisexuell war. Damit war er vielen Männern voraus, die es entweder pervers oder einschüchternd fanden, eine Frau kennenzulernen, die einen Mann nicht unbedingt als einzige romantische Option betrachtete, nicht einmal als die beste. Er gab sich große Mühe, ihr zu gefallen, und sie musste zugeben, dass das ein schönes Gefühl war. Sie könnte sich daran gewöhnen, es zu mögen.

Aber Jake war wieder in Merton und bewachte den Tatort des zweiten Mordes. Sie hätte ihre Gedanken nicht zu ihm abschweifen lassen dürfen. Im Moment musste sie sich auf ihre Aufgabe und das Verhör von Meg Collins konzentrieren. Das war ihre zweite Chance, die Rolle von Frau zu Frau zu spielen, die Baxter ihr zugedacht hatte. Vielleicht würde es ihr sogar gelingen, die eine aufschlussreiche Frage zu stellen, die enthüllen würde, ob Meg wirklich zwei ihrer früheren Freundinnen umgebracht hatte. Sie hoffte, dass der Matcha-Tee bald seine Wirkung entfalten und sie wieder zu Höchstleistungen bringen würde.

Sie trug ihre Tasse in das fast menschenleere Büro und schaltete ihren Computer ein. Sie wollte noch etwas recherchieren, bevor das Verhör begann. Die Zeit sollte reichen. Megs Anwältin war gerade erst eingetroffen und befand sich derzeit im Verhörraum zwei, um mit ihrer Mandantin zu sprechen.

Durch die Glaswände des Büros von Chief Superintendent Grayson konnte sie sehen, wie Baxter den Chief Super über die jüngsten grausamen Entwicklungen informierte. Grayson saß hinter seinem Schreibtisch, mit einem Ausdruck des Entsetzens auf seinem sonst so steinernen Gesicht. Baxter stand mit dem Rücken zu ihr. Aus seinen Gesten schloss sie, dass er die Sache mit Tina Mackenzies Ohren erklärte.

Sobald ihr Computer zum Leben erwachte, richtete sie ihre Aufmerksamkeit auf den Bildschirm und suchte rasch nach den Informationen, die sie brauchte. Es dauerte eine Weile, bis sie im Internet fündig wurde. Es war genau so, wie sie es erwartet hatte. Sie druckte es mit einem Gefühl der Zufriedenheit aus, gerade als sich Graysons Glastür öffnete.

Baxter marschierte mit grimmiger Miene hinaus. Ffion war nicht allzu überrascht. Zwei grausame Morde in zwei Tagen und nicht viel an Beweisen außer einem Paar Augäpfel und jetzt einem Paar Ohren. Es war verlockend zu spekulieren, was als Nächstes kommen würde. Eine Nase?

Zweifellos hatte der Chief Super Baxter gründlich in die Mangel genommen und würde schnell Ergebnisse verlangen.

„Ist der Anwalt schon da?", fragte Baxter gereizt und schob den Jackenärmel über sein Handgelenk, um auf die Uhr zu sehen.

„Sie ist vor zehn Minuten angekommen, Sir", sagte Ffion. „Sie ist jetzt bei ihrer Mandantin."

„Sie?" Der Gesichtsausdruck des DI verriet ihr deutlich, was er dachte. *Nicht noch eine verdammte Frau.* Aber selbst er war klug genug, seine Gedanken nicht laut auszusprechen.

„Sollen wir sie noch einen Moment allein lassen, Sir?"

„Nein." Baxter warf ihr einen finsteren Blick zu. „Sie hatten zehn Minuten. Das ist mehr als genug. Fangen wir an." Er schnappte sich seine Papiere vom Schreibtisch und machte sich auf den Weg zur Tür. Ffion nahm ihren Tee und ihr Notizbuch und folgte ihm in den Verhörraum.

KAPITEL 19

Megs Anwältin war eine zierliche Inderin, die Ffion noch nicht kannte. Sie stellte sich als Miss Gupta vor.

Miss Gupta war akkurat in ein gestreiftes Business-Kostüm gekleidet und so klein, dass ihre Ellbogen kaum die Tischplatte erreichten. Ihre scharfen, vogelähnlichen Augen musterten Baxter und Ffion bis ins kleinste Detail, als sie gegenüber ihre Plätze einnahmen. Neben ihr saß Meg Collins: groß, extravagant gekleidet und grimmig wie ein Gorilla, der sich auf einen Kampf vorbereitet. Der Kontrast zwischen den beiden Frauen hätte nicht größer sein können.

„Ich habe einige Fragen an Sie, Inspector", sagte Miss Gupta, noch bevor Baxter die Gelegenheit hatte, seine Akte zu öffnen und mit dem Verfahren zu beginnen. Sie hatte eine sehr präzise Art zu sprechen, artikulierte jedes Wort klar und deutlich.

Baxter gefiel es offensichtlich nicht, dass man ihm die Initiative aus der Hand nahm. „Ja?"

„Steht meine Mandantin unter Arrest?"

„Nein. Miss Collins steht derzeit nicht unter Arrest.

Allerdings –"

„Sie ist also freiwillig hier und es steht ihr frei, jederzeit zu gehen", unterbrach Miss Gupta.

„Ja, das wollte ich gerade erklären. Aber ..."

„Beabsichtigen Sie also, sie formell zu vernehmen?"

„Wenn Sie mich ausreden lassen", sagte Baxter mit zusammengebissenen Zähnen, „erkläre ich es Ihnen."

Miss Gupta nickte, als hätte sie nichts anderes erwartet. Aber sie hatte ihren ersten Schuss abgegeben und gezeigt, dass mit ihr nicht zu spaßen war. Ffion mochte sie bereits.

Baxter sortierte seine Papiere auf dem Schreibtisch vor sich und ordnete seine Gedanken nach der unhöflichen Unterbrechung. „Ich werde Frau Collins formell befragen und empfehle ihr nachdrücklich, zu kooperieren und uns bei unseren Ermittlungen umfassend zu unterstützen."

„Sie kooperiert bereits voll und ganz", beharrte Miss Gupta.

„Ja", sagte Baxter, der das offensichtlich nicht von der streitbaren Anwältin dachte.

„In diesem Fall", erklärte Miss Gupta, „haben Sie einen begründeten Verdacht, dass sie eine Straftat begangen hat, aber Sie haben nicht genügend Beweise, um sie anzuklagen."

„Das ist richtig", stimmte Baxter zu. „Ist es in Ordnung, wenn ich jetzt etwas sage?"

„Bitte", sagte Miss Gupta.

Baxter schaltete das Aufnahmegerät ein, nannte alle Anwesenden, las Meg ihre Rechte vor und fragte sie, ob sie diese verstanden habe.

„Natürlich."

„Gestern Nachmittag wurde Miss Alexia Petrakis erdrosselt in der Kapelle des Merton College aufgefunden. Heute wurde Miss Tina Mackenzie ermordet in ihrem Zimmer gefunden."

„Wurde Miss Mackenzie auch erdrosselt?", fragte Miss Gupta.

Baxter starrte sie an. „Ich werde alle relevanten Informationen zu einem Zeitpunkt meiner Wahl offenlegen.“

Bei der Verhaftung von Meg hatte Ffion nicht erwähnt, wie der zweite Mord verübt worden war, und Meg hatte nicht danach gefragt, was Ffion merkwürdig vorkam.

Sie hatte auch nicht verraten, dass die Ohren des Opfers entfernt worden waren. Dieses besondere Detail beunruhigte Ffion sehr. Erst Augen, jetzt Ohren. Die offensichtliche Symbolik der Körperteile deutete darauf hin, dass der Mörder eine bestimmte Botschaft übermitteln wollte, auch wenn Ffion noch nicht herausfinden konnte, was sie bedeutete. *Höre nichts Böses.* Was hatte Tina Mackenzie gehört? Was hatte Alexia Petrakis gesehen?

Baxter hatte offensichtlich beschlossen, gleich zur Sache zu kommen. „Beide Frauen waren Ihnen gut bekannt, Miss Collins. Sie sind mit ihnen zur Universität gegangen und haben im zweiten Studienjahr zusammen in einem Haus gewohnt. Beide Opfer hatten Ihnen Unrecht getan. Alexia Petrakis hatte eine Affäre mit Ihrem Ehemann und zerstörte Ihre Ehe. Tina Mackenzie verklagte Ihr Unternehmen im Namen eines Mandanten auf Schadenersatz in Höhe von mehreren Millionen Pfund. Die College-Gaudi bot Ihnen die perfekte Gelegenheit, Ihre beiden Feinde zu töten. Die beiden waren übers Wochenende an ihr altes College zurückgekehrt, um sich zu amüsieren, und wähnten sich in Sicherheit. Das haben Sie ausgenutzt, um beide auf brutalste Weise anzugreifen.“ Er stieß seinen Kugelschreiber in ihre Richtung. „Mittel, Motiv und Gelegenheit. Sie hatten alle drei.“

„Das ist lächerlich“, protestierte Meg. „Ich habe nichts dergleichen getan.“

„Ihre Geschichte ist reine Spekulation“, sagte Miss Gupta.

Baxter sah in seinen Aufzeichnungen nach. „Bei der Vernehmung heute Morgen haben Sie mir erzählt, dass Ihr Zug am Samstagnachmittag um zwei Uhr fünfundvierzig im Bahnhof von Oxford angekommen ist. Sie haben dann ein Taxi vom Bahnhof zum College genommen und sich kurz nach drei Uhr eingeschrieben."

„Das ist richtig."

„Sie behaupten dann, dass Sie einen Anruf in Ihrem Büro getätigt haben, bevor Sie um vier Uhr zum Tee ins TS Eliot Theatre gegangen sind."

„Ja, das habe ich."

„Nach dem Tee sind Sie auf Ihr Zimmer gegangen, haben noch ein paar Telefonate geführt und sich auf das Abendessen um sieben vorbereitet."

„Ja, genau das habe ich getan", sagte Meg.

„Wohin soll das führen?", fragte Miss Gupta.

„Dazu komme ich gleich", sagte Baxter. Wir haben mit Kollegen in Ihrem Büro in Cambridge gesprochen. Sie können sich nicht daran erinnern, dass Sie gestern Nachmittag angerufen haben."

„Das liegt daran, dass ich in meinem Londoner Büro angerufen habe."

Baxter blätterte eine Seite in seinem Notizbuch um. „Wir haben festgestellt, dass Sie tatsächlich gegen drei Uhr fünfzehn mit einem Kollegen in London gesprochen haben. Allerdings hat dieses Gespräch nicht länger als zehn Minuten gedauert. Es bleiben also mindestens dreißig Minuten ungeklärt."

„Sie glauben, ich wäre einfach losgezogen, um Alexia zu erdrosseln und ihr die Augen auszustechen, bevor ich in aller Ruhe zum Tee mit dem Direktor gegangen bin? Das ist absurd."

„Das Zeitfenster für die Gelegenheit ist da", erklärte Baxter. „Sie bestreiten es nicht. Und wo waren Sie heute Nachmittag zwischen Mittag- und Abendessen?"

„Ich war in meinem Zimmer und habe Arbeit nachgeholt."

„Allein?"

„Natürlich war ich allein."

„Haben Sie irgendwelche Anrufe getätigt?"

„Nein. Ich habe E-Mails gelesen und an einem Dokument gearbeitet."

„Wie praktisch. Also haben Sie wieder kein Alibi für die Zeit des zweiten Mordes."

„Ein fehlendes Alibi ist kein triftiger Grund, meine Mandantin des Mordes zu beschuldigen", warf Miss Gupta ein. „Die meisten Gäste des College-Dinners haben wahrscheinlich auch kein glaubwürdiges Alibi. Wenn Sie keine handfesten Beweise haben, muss ich darauf bestehen, dass Sie diese Befragung beenden."

Baxter ignorierte sie. „Miss Collins, gehen wir alles noch einmal von vorne durch, ja? Erzählen Sie mir, wie Alexia Petrakis Ihren Mann kennengelernt hat."

„Ex-Mann."

„Mr. Michael John Kennedy. Ein Investmentanalyst, der zurzeit für die Citibank in New York arbeitet. Er ist Absolvent des Magdalen College in Oxford und hat früher in der Londoner Niederlassung der Investmentbank Goldman Sachs gearbeitet."

„Sie scheinen schon alles über ihn zu wissen."

„Nur die harten Fakten. Ich würde gerne Ihre Version der Geschichte hören."

Meg stieß einen resignierten Seufzer aus. „Also gut. Ich bin Michael zum ersten Mal begegnet, als ich nach meinem Aufbaustudium in Cambridge nach London gezogen bin. Wir hatten eine Menge gemeinsam. Wir waren beide Oxford-Absolventen, wir waren gleich alt, wir waren ehrgeizige Menschen, die anspruchsvolle Karrieren verfolgten. Es hat einfach gefunkt zwischen uns."

„Wie haben Sie sich kennengelernt?"

„Auf einer Party. Ich war mit Alexia dort. Michael war ein Freund von ihr. Wir sind ins Gespräch gekommen. Es ging alles ziemlich schnell. Innerhalb eines Jahres waren wir verheiratet."

„In welchem Alter?"

„Sechsundzwanzig. Eigentlich zu jung. Die Leute sagten, es würde nicht lange halten."

„Und wie lange hat es gehalten?"

Meg lachte bitter auf. „Bis etwa drei Monate nach unseren Flitterwochen. Da fand ich heraus, dass Michael nicht nur ein Freund von Alexia war. Er hatte die ganze Zeit, in der wir verlobt waren, mit ihr geschlafen. Auch die Heirat hatte der Affäre kein Ende gesetzt. Allem Anschein nach hatte Alexia Michael einfach noch attraktiver gefunden, nachdem er mein Ehemann geworden war."

„Ich verstehe. Was ist dann passiert?"

„Michael sagte mir, die Affäre wäre nichts Ernstes. Er und Alexia hätten nur ein bisschen Spaß nebenbei. Er sagte mir, er wäre bereit, sie zu verlassen, wenn ich das wollte."

„Wie haben Sie darauf reagiert?"

„Ich habe ihn rausgeworfen und nie wieder mit ihm gesprochen. Kurz nach unserer Scheidung ist er nach New York gezogen. Seither habe ich ihn nicht mehr gesehen."

„Was ist mit Alexia?"

„Was ist mit ihr?"

„Haben Sie sie wiedergesehen?"

„Nein. Sie war die letzte Person, die ich jemals wiedersehen wollte."

„Und doch mussten Sie gewusst haben, dass Sie ihr an diesem Wochenende auf der Gaudi wahrscheinlich über den Weg laufen würden."

„Wirklich, Inspector, ich habe mich vor mehr als zehn Jahren von Michael getrennt. Ich lasse mir mein Leben nicht von alten Streitereien ruinieren."

Baxter sah in seinem Notizbuch nach. „Das entspricht nicht dem, was Ihr Ex-Mann uns erzählt hat. Wir haben ihn in New York angerufen. Er sagte: ‚Meg Collins ist ein nachtragendes Miststück, das keine Gelegenheit auslässt, sich zu rächen'."

„Nun, Michael war schon immer ein ziemlicher Mistkerl. Man sollte nicht alles glauben, was er sagt."

„Sie haben etwas ganz Ähnliches gesagt, als ich Sie heute Morgen befragt habe." Baxter blätterte durch seine Aufzeichnungen. „Ja, hier ist es. Sie sagten: ‚Ich kann Ihnen versichern, dass ich nichts vergesse und niemandem vergebe'."

Meg zuckte mit den Schultern.

„Haben Sie Alexia Petrakis am Tag ihrer Ermordung gesehen?"

„Nein", sagte Meg, aber Ffion glaubte, ein leichtes Zögern vor ihrer Antwort zu erkennen.

Auch Baxter musste es bemerkt haben. „Sind Sie sich da ganz sicher? Denken Sie daran, dass Ihre Antworten aufgezeichnet werden und vor Gericht als Beweismittel gegen Sie verwendet werden können."

„Ich habe nicht mir ihr gesprochen", sagte Meg. „Aber ich habe sie mit Tina gesehen. Sie haben sich gestritten."

„Worüber?"

„Ich habe nicht gelauscht. Aber ich nehme an, sie haben über Alexias Zeitungsartikel gesprochen."

„Wie kommen Sie zu dieser Annahme?"

„Ich habe gehört, wie Tina etwas über Verrat gesagt hat."

„Was genau hat sie gesagt?"

„Ich habe sie nicht richtig verstanden."

„Ich verstehe. Hat sonst noch jemand diesen Streit mitbekommen?"

„Nicht, dass ich wüsste. Ich habe sonst niemanden in der Nähe gesehen."

„Und haben Sie Alexia zu einem anderen Zeitpunkt gesehen?"

„Nein."

„Nun gut. Machen wir weiter. Ich würde gerne etwas über die Klage erfahren, die Tina Mackenzie gegen Ihr Unternehmen angestrengt hat. Ihre Firma hat ein Heilmittel für Blindheit entwickelt, ja?"

„Für bestimmte Arten erblicher Blindheit."

„Funktioniert es?"

Ffion lächelte in sich hinein. Sie war sich immer noch nicht sicher, ob Baxters Angewohnheit, dumme Fragen zu stellen, eine geschickt kultivierte Interviewtechnik war oder ob er wirklich so begriffsstutzig war, wie alle dachten.

Meg starrte ihn wütend an. „Natürlich funktioniert es", platzte sie heraus.

„Warum wurde Ihr Unternehmen dann auf

Schadenersatz verklagt?"

Sie stieß einen verzweifelten Seufzer aus. „Wegen eines einzigen bedauerlichen Vorfalls, der sich während unserer Phase-I-Studie ereignet hat. Ich weiß nicht, wie viel Sie über das Zulassungsverfahren für pharmazeutische Unternehmen wissen, Inspector" – ihr Tonfall ließ vermuten, dass sie nicht viel Hoffnung hatte, dass er überhaupt etwas wusste – „aber die klinische Zulassung eines neuen Medikaments oder einer neuen Behandlung ist ein sehr zeitaufwändiger Prozess. Phase-I-Studien dienen dazu, die grundsätzliche Sicherheit der Behandlung nachzuweisen. Wir haben das Heilmittel an einer kleinen Gruppe von Freiwilligen getestet, um zu sehen, ob es irgendwelche Probleme gibt."

„Und gab es welche?"

„Bei einem Probanden trat eine schwere Nebenwirkung auf. Tinas Anwaltskanzlei hat ihn vertreten. Sie hat uns wegen Fahrlässigkeit verklagt. Der Fall beschäftigt uns nun schon seit fast zehn Jahren. Es ist wie in einem Roman von Dickens. Ehrlich gesagt, das Rechtssystem arbeitet noch langsamer als die biomedizinischen Aufsichtsbehörden." Meg warf Miss Gupta einen Seitenblick zu. „Nicht böse gemeint."

„Nichts für ungut", sagte Miss Gupta. Sie sah bedeutungsvoll auf ihre Uhr. „So wie sich diese Befragung hinzieht, bin ich geneigt, Ihnen zuzustimmen."

Baxter achtete nicht auf ihre Randbemerkung. „Und was genau steht bei diesem Rechtsstreit auf dem Spiel?"

„Alles", räumte Meg ein. „Es geht nicht nur um Geld. Wenn wir diesen Fall verlieren, wird das GenMeg Therapeutics nicht nur Millionen Pfund Schadenersatz kosten, sondern auch potenzielle Investoren abschrecken. Es könnte das Unternehmen komplett ruinieren. Wenn das passiert, wird unser Heilmittel nie auf den Markt kommen."

„Ich verstehe." Baxter spreizte die Finger auf dem Tisch. „Also hatten Sie ein sehr starkes und offensichtliches Motiv für beide Morde. Im ersten Fall aus persönlicher Rache. Im zweiten Fall, um alles zu schützen, wofür Sie gearbeitet haben. Mehr hätte nicht auf dem Spiel stehen können."

Seine nächste Bemerkung richtete er an Miss Gupta. „Ich hoffe, Sie verstehen jetzt, warum Miss Collins heute Abend hier befragt wird und nicht einer der anderen Gäste."

Baxter blätterte eine weitere Seite in seinem Notizbuch um. „Wir haben über die Gelegenheit gesprochen. Wir haben über das Motiv gesprochen. Jetzt lassen Sie uns über die Mittel sprechen. Was sagen uns Ihrer Meinung nach die Umstände des zweiten Mordes, Miss Collins?"

Meg blickte ratlos drein. „Ich weiß nichts darüber, wie Tina getötet wurde."

Ha, dachte Ffion. Baxter hatte sich alle Mühe gegeben, Meg mit dieser unerwarteten Frage zu überrumpeln. Aber entweder wusste sie wirklich nicht, wie Tina gestorben war, oder sie war eine talentierte Schauspielerin.

Baxter schien von ihrer Antwort unbeeindruckt. „Dann will ich Sie aufklären. Tina Mackenzie scheint vergiftet worden zu sein. Wir werden weitere Tests durchführen, aber die ersten Anzeichen deuten darauf hin, dass dem Glas Madeira-Wein, das das Opfer getrunken hat, eine Form von Zyanid beigemischt wurde. Was sagt Ihnen das?"

„Dass Tina niemals ein kostenloses Getränk ausschlagen würde?"

„Ich sehe keinen Grund, leichtfertig zu sein", sagte Baxter. „Was es mir sagt, ist, dass die Person, die ihr dieses Getränk gegeben hat, Zugang zu einer tödlichen Chemikalie hatte. Ein Biochemiker wie Sie zum Beispiel."

„Zyanid ist nicht besonders schwer zu beschaffen", sagte Meg. „Das Chemielabor einer Schule hätte alles, was man braucht, um es herzustellen."

„Wenn man weiß, wie."

„Schon mal was vom Internet gehört, Inspector?"

Ffion konnte sehen, dass Baxters unerbittliche Anschuldigungen zu nichts führten. Meg hatte auf jeden

Angriff eine Antwort parat. Miss Gupta sah aus, als würde sie auch gleich etwas einwenden. Während Baxter in seinen Notizen blätterte und nach einem anderen Ansatz suchte, beschloss Ffion, einen anderen Weg einzuschlagen. Baxter konnte sie hinterher zurechtweisen, wenn er wollte, aber sie glaubte nicht, dass er vor der Verdächtigen Einwände erheben würde.

„Sie haben hart gearbeitet, um ein erfolgreiches Unternehmen aufzubauen", sagte sie.

Meg wandte sich ihr zu, vielleicht überrascht, die Constable zum ersten Mal sprechen zu hören. „Ja, das habe ich. Verdammt hart." Ihre Stimme verriet die rücksichtslose Entschlossenheit, mit der sie ihre Ziele erreicht hatte. Eine Rücksichtslosigkeit, die sie auch zu einer kaltblütigen Mörderin hätte machen können.

„Es kann nicht leicht für Sie gewesen sein", sagte Ffion und spielte absichtlich mit ihrem walisischen Akzent. Sie wusste, dass seine musikalische Qualität eine beruhigende Wirkung auf die Menschen hatte, wie ein beruhigendes Wiegenlied. Wie Hypnose. „Investoren für das Projekt zu gewinnen, das nötige Kapital aufzutreiben, alle behördlichen Hürden zu überwinden. Ich nehme an, dass Sie als Frau auch auf Vorurteile gestoßen sind."

Meg nickte zustimmend und die Muskeln in ihrem Gesicht entspannten sich. „Man braucht Eier, um als Frau ein erfolgreiches Unternehmen aufzubauen, egal in welchem Bereich und erst recht in der Pharmaindustrie. Es ist ein testosterongeschwängertes Umfeld, das von riesigen Konzernen und Milliarden-Dollar-Deals beherrscht wird."

Baxter rutschte auf seinem Stuhl hin und her, sichtlich ungehalten über die Art und Weise, wie Ffion das Verhör übernommen hatte. Miss Guptas Gesicht hatte den Ausdruck eines Falken angenommen, als suchte sie nach einer Falle. Aber Ffion hatte Megs volle Aufmerksamkeit, und sie hatte nicht vor, sie loszulassen.

„Aber Sie hatten Glück, nicht wahr?", sagte sie und zog das Blatt Papier, das sie zuvor ausgedruckt hatte, aus ihrer

Akte. „Sie haben zu einem entscheidenden Zeitpunkt in der Geschichte des Unternehmens eine kleine, aber wichtige Summe Startkapital erhalten."

Meg runzelte die Stirn, jetzt auf der Hut. „Was meinen Sie damit?"

Ffion drehte das Blatt Papier um, so dass Meg es lesen konnte. „Das Merton College hat gleich im ersten Jahr in Ihr Unternehmen investiert."

„Inwiefern ist das relevant?", forderte Miss Gupta und starrte missmutig auf das Blatt Papier. „Was haben die Investoren meiner Mandantin damit zu tun?"

Baxter hob die Augenbrauen, offensichtlich wollte er dasselbe wissen.

„Ich finde es nur überraschend, dass die Hochschule sich finanziell an einem so risikoreichen Projekt beteiligt", sagte Ffion.

„Es mag Sie überraschen", sagte Meg, „aber genau das ist passiert."

„War es Glück?"

„Ich glaube nicht an Glück."

„Warum hat die Universität dann Geld in Ihre Firma investiert?"

„Warum? Aus demselben Grund, aus dem das College in viele andere Vorhaben und Unternehmen investiert – in der Erwartung, eine Rendite zu erzielen. Wie Sie sicher wissen, Constable, verwaltet das College ein Vermögen von vielen Millionen Pfund." Megs Stimme hatte nun einen belehrenden Tonfall, als würde sie einem Kind die Angelegenheit erklären.

„Ich meinte, warum gerade in dieses Unternehmen?", sagte Ffion ungeduldig. „Startkapital in ein Biotech-Start-up zu stecken, scheint mir eine sehr ungewöhnliche Wahl für eine risikoscheue Institution wie ein Oxford-College."

„Daran ist nichts Ungewöhnliches. Biotechnologie ist von strategischem Interesse für Oxford. Die Universität ist bestrebt, Unternehmer zu unterstützen, die die Wissenschaft nutzen, um der Welt Gutes zu tun. Wenn der CEO zufällig ein Alumnus der Universität ist, umso besser.

Auf jeden Fall ist das Risiko nicht so groß, wie man vielleicht denkt. Die investierte Summe war bescheiden. Das College geht regelmäßig kleine Beteiligungen an relativ risikoreichen Unternehmen ein, die langfristig ein erhebliches Wachstumspotenzial bieten. Ein Teil davon wird natürlich scheitern, aber einige werden sich in den kommenden Jahrzehnten zu Multimillionen- oder sogar Multimilliarden-Pfund-Unternehmen entwickeln."

„Und welche Rolle spielte der Direktor des Colleges bei der Entscheidung, diese spezielle Investition zu tätigen?"

„Dr. Harper? Ich glaube, er hat die Angelegenheit dem Investitionsausschuss des Colleges zur Prüfung vorgelegt. Aber er hat keine besonderen Befugnisse. Die Entscheidung des Komitees für die Investition war einstimmig."

„Gibt es einen Grund für diese Art von Fragen?", fragte Miss Gupta.

Widerstrebend schüttelte Ffion den Kopf. Meg verheimlichte etwas, da war sie sich sicher. Aber kein noch so langes Verhör würde sie dazu bringen, mehr preiszugeben.

„In diesem Fall", sagte Miss Gupta und sammelte ihre Notizen ein, „wird es höchste Zeit, dieses Gespräch zu beenden."

Baxter wirkte nachdenklich. „In Ordnung", sagte er schließlich zu Meg. „Sie können gehen. Aber wir bringen Sie über Nacht ins College zurück. Niemand verlässt das College ohne meine Erlaubnis."

KAPITEL 20

Nun, da Baxter in Kidlington und nicht mehr im Weg war, sah Bridget keinen Grund, sich in ihrem Zimmer einzuschließen, wie er es empfohlen hatte. Schon gar nicht, wenn sie Informationen aus Gesprächen mit Fachleuten gewinnen konnte.

Unter Viks Aufsicht hatte das SOCO-Team Tinas Zimmer nun seit fast drei Stunden durchkämmt, und Dr. Sarah Walker war schon vor einiger Zeit eingetroffen, um die Leiche zu untersuchen. Sie befand sich immer noch im Raum.

Bridget lungerte draußen auf dem Flur herum, um die beiden abzufangen, wenn sie herauskamen. Sie war fest entschlossen, keine Gelegenheit auszulassen, Fragen zu stellen. Jake stand immer noch am Eingang des Zimmers Wache, und sie war froh, nach dem Schock, Tinas Leiche gefunden zu haben, jemanden zu haben, mit dem sie reden konnte.

„Das muss schwer für Sie sein, Ma'am", sagte er. „Sie waren mit beiden Opfern befreundet."

„Ja, das stimmt. Aber sie waren alte Freunde. Es ist siebzehn Jahre her, seit ich sie das letzte Mal gesehen habe.

Menschen verändern sich."

„Ja, das tun sie, nicht wahr?"

Jake schien an etwas anderes zu denken, vielleicht daran, wie sich seine eigenen Freunde verändert hatten, nach seinem kurzen Besuch in Leeds. Aber er war immer noch ein junger Mann. Wie sehr konnten sich seine Freunde in sechs Monaten verändert haben?

„Trotzdem", sagte er. „Sie kannten sie. Es kann nicht leicht für Sie sein."

Sie schenkte ihm ein schwaches Lächeln. Es tat gut, jemanden zu haben, der einige der komplizierten Gefühle zu verstehen schien, die sie empfand. Verlust. Trauer. Verwirrung. Das Wochenende war nicht im Entferntesten so verlaufen, wie sie es sich vorgestellt hatte. Nicht nur, dass zwei ihrer Freundinnen ermordet worden waren, sie musste sich auch mit der Tatsache abfinden, dass sie, selbst wenn sie noch am Leben gewesen wären, nicht mehr viel mit ihnen gemeinsam gehabt hätte. In Wirklichkeit hatte sie Tina und Alexia schon vor vielen Jahren verloren.

Sie dachte an Meg und Bella. Auch sie waren längst nicht mehr die jungen, unbeschwerten Frauen, die sie einst gekannt hatte, und es fiel ihr schwer, sich vorzustellen, mit ihnen in Zukunft in Kontakt zu bleiben. Dieses Wochenende hätte sie wieder zusammenbringen sollen, stattdessen hatte es sie noch weiter voneinander entfernt. Sie trauerte nicht nur um die Toten, sondern auch um die Lebenden.

„Jeder verändert sich", sagte sie zu Jake. „So ist das Leben."

Sarah Walker trat auf den Flur. „Ah, Bridget. Sie sind also immer noch hier?" Der Tonfall der Gerichtsmedizinerin ließ vermuten, dass sie gehofft hatte, dieses Gespräch nicht führen zu müssen. Offensichtlich war Sarah nicht besonders geschickt im Umgang mit emotionalen Situationen. Bridget gewann sogar langsam den Eindruck, dass es ihr leichter fiel, mit Toten umzugehen als mit Lebenden. Vielleicht war das der Grund, warum Sarah mit fast vierzig immer noch Single war.

„Was können Sie mir sagen?", fragte Bridget.

„Sie kannten auch das letzte Opfer, nicht wahr?"

„Ja."

Sarah senkte den Blick. „Nun, dieses Mal gibt es keine Anzeichen von Strangulation oder anderer äußerer Gewalteinwirkung. Stattdessen scheint die Todesursache Herzstillstand gewesen zu sein, ausgelöst durch eine Zyanidvergiftung. Das ist jedenfalls meine beste Vermutung im Moment. Der Pathologe wird bei der Obduktion die Zyanidkonzentration im Blut messen müssen, um sicherzugehen."

„Zyanid? Vom Wein?"

„Das ist die naheliegendste Quelle. Zyanid ist ein tödliches Gift. Schon eine Dosis von zweihundert Milligramm reicht aus, um innerhalb weniger Minuten nach der Einnahme zum Tod zu führen. In einem Glas Wein könnte man es unmöglich schmecken."

Tina war definitiv eine begeisterte Weintrinkerin gewesen. Welch Ironie, dass sie letztlich daran gestorben war.

„Wie sieht es mit dem Todeszeitpunkt aus?"

„Irgendwann in den letzten drei bis vier Stunden, würde ich sagen."

Das half nicht wirklich, die Sache einzugrenzen. Es bedeutete, dass Tina von ihrem mysteriösen Besucher einige Zeit nach Baxters Befragung und vor dem Abendessen getötet worden war – eine offensichtliche Tatsache. Bridget hatte sich in dieser Zeit größtenteils in ihrem Zimmer aufgehalten, abgesehen von ihrer zufälligen Begegnung mit dem College-Kaplan kurz nach dem Mittagessen.

Sarah schickte sich an zu gehen, aber Bridget hielt sie auf. „Was ist mit den Ohren?"

„Sie wurden nach dem Tod mit einem scharfen Messer entfernt. Das ist wirklich alles, was ich im Moment sagen kann. Es tut mir leid." Sie schob sich an Bridget vorbei, bevor ihr weitere Fragen gestellt werden konnten. Bridget sah ihr nach.

„Erst Augen, jetzt Ohren", sagte Jake. „Ich glaube, der Mörder will uns etwas sagen."

„Uns oder jemand anderem", sagte Bridget. „Aber was genau?"

Vik, der Leiter der SOCO, kam als Nächster aus dem Raum. Zum Glück schien er deutlich gesprächiger zu sein als Sarah. „Bridget, haben Sie die ganze Zeit gewartet? Sie wollen sicher auf den neuesten Stand gebracht werden."

„Sie können meine Gedanken lesen, Vik."

„Wir haben alle Beweise eingepackt und zur Analyse an die Forensik geschickt. Jetzt untersuchen wir die Wände, Möbel und andere Oberflächen. Überall sind Fingerabdrücke, wahrscheinlich von jedem Studenten, der in den letzten hundert Jahren hier gewohnt hat."

„Gibt es schon etwas Wichtiges?"

„Sie wissen schon vom Wein, nehme ich an?"

„Nur, dass Sarah dachte, Tina sei wahrscheinlich vergiftet worden."

„Mit Zyanid, ja. Genau wie sie vermutet hat. Die toxikologischen Tests im Labor haben bereits bestätigt, dass es im Wein war."

„Das ging schnell, vor allem für ein Wochenende."

Vik schnitt eine Grimasse. „Die Jungs und Mädels von der Forensik waren nicht gerade begeistert, an einem Sonntagabend arbeiten zu müssen, aber Baxter hat ihnen Feuer unterm Hintern gemacht."

Bridget konnte sich das vorstellen. DI Baxter war vielleicht nicht die angenehmste Person, mit der man zusammenarbeiten konnte, aber er brachte definitiv Dinge in Bewegung.

„War das Zyanid in der Flasche?", fragte sie Vik.

„Nein, es scheint nicht in der Flasche selbst gewesen zu sein, aber in einem der Weingläser war Kaliumzyanid. Das ist eine farblose Verbindung, die sich sehr gut in Wasser löst. Es riecht nach Mandeln und hat einen leicht bitteren Geschmack, aber in einem stark aromatisierten Wein wie dem Madeira wäre es schwer zu schmecken."

Bridget erinnerte sich, dass auf dem Nachttisch zwei Weingläser gestanden hatten, eines leer, das andere voll. „Das war wohl das leere Glas?"

„Richtig."

„Glauben Sie, dass es möglich sein wird, eine DNA-Probe aus dem zweiten Glas zu gewinnen?"

„Ich glaube nicht. Das zweite Glas scheint nicht berührt worden zu sein. Wer auch immer das getan hat, muss gewusst haben, dass wir aus den Speichelresten im Glas DNA extrahieren können. Er hat darauf geachtet, keine Spuren zu hinterlassen."

„Was ist mit dem Messer, mit dem die Ohren abgeschnitten wurden?"

„Ein anderes Messer, das aus der Küche gestohlen wurde. Ach – und noch etwas, das Sie interessieren könnte. Die Weinflasche stammt aus dem Keller. Sie trägt das Wappen des Colleges."

★

Bridget konnte im Mob Quad nichts mehr tun. Tinas Leiche war verpackt und auf dem Weg in die Pathologie des John Radcliffe, bereit für die Obduktion, die Dr. Roy Andrews am nächsten Morgen durchführen würde. Die SOCO räumte auf, nachdem sie den Raum nach Fasern, Haarsträhnen, Fingerabdrücken und allem, was der Polizei bei der Identifizierung des Mörders helfen könnte, durchsucht hatte. Jetzt blieb nur noch das Absperrband vor der Tür. Jake hatte von Baxter die Erlaubnis erhalten, nach Hause zu gehen, und war von einem uniformierten Constable abgelöst worden, der die wenig beneidenswerte Aufgabe hatte, das Treppenhaus über Nacht zu bewachen.

Als Bridget die Treppe hinunterging, wurde ihr klar, dass Vanessa immer noch darauf wartete, dass sie Chloe abholte. Rasch wählte sie die Nummer ihrer Schwester.

„Bridget? Was ist denn los? Ich dachte, du wärst schon seit Stunden zurück."

„Tut mir leid. Es ist etwas dazwischengekommen."

„Was denn?"

„Ein zweiter Mord."

„O mein Gott. Wer war es diesmal?"

„Ich kann dir im Moment keine Einzelheiten erzählen." Bridget fuhr fort, bevor Vanessa weitere Fragen stellen konnte. „Leider hält uns die Polizei noch eine weitere Nacht hier fest. Würde es dir etwas ausmachen, heute Abend auf Chloe aufzupassen und sie morgen zur Schule zu bringen?"

Zu Bridgets Erleichterung schien Vanessa das überhaupt nicht zu stören. Ihre Schwester liebte es, Gäste bei sich aufzunehmen, und ihr Haus war groß genug, um Besucher problemlos unterzubringen. „Nein, natürlich macht es mir nichts aus. Ich richte ihr ein Bett im Gästezimmer her. Ich kann sie absetzen, wenn ich Florence und Toby zur Schule bringe."

„Danke, Vanessa. Du bist ein Schatz."

„Ich weiß", sagte Vanessa. „Pass einfach auf dich auf. Bleib in Sicherheit. Schließ deine Tür ab und lass niemanden rein."

„Mach dir keine Sorgen", sagte Bridget, bevor sie auflegte. „Die Polizei glaubt, dass sie den Täter bereits gefasst hat."

Als Baxter Meg zum Verhör mitgenommen hatte, schien er fest davon überzeugt zu sein, dass sie sowohl Alexia als auch Tina getötet hatte, und Bridget musste zugeben, dass die Beweise für sich sprachen. Meg hatte Alexia eindeutig dafür gehasst, dass sie mit ihrem Mann geschlafen hatte, und Tina hatte sich Meg zur Feindin gemacht, indem sie eine Klage gegen ihre Firma angestrengt hatte. Es wäre nur zu verständlich, wenn Meg beide Frauen tot sehen wollte.

Bridget erinnerte sich an das, was Meg ihr beim Abendessen erzählt hatte – dass sie Tina am Samstagnachmittag mit Alexia hatte streiten sehen. Damals schien diese Information Tina als Mörderin zu belasten, aber jetzt fragte sich Bridget, ob Meg gelogen hatte, als sie sagte, sie hätten gestritten, um den Verdacht auf Tina zu lenken.

Tina hatte kategorisch bestritten, Alexia am Samstagnachmittag gesehen zu haben. Vielleicht hatte sie ja doch die Wahrheit gesagt.

So oder so, Bridget konnte jetzt nichts mehr tun. Da sowohl Alexia als auch Tina tot waren, war es wohl unmöglich, jemals Gewissheit zu erlangen.

Baxter hatte Meg nach Kidlington gebracht und würde zweifellos sein Bestes tun, um ihr ein Geständnis zu entlocken oder zumindest belastende Beweise zu beschaffen. Sie fragte sich, wie das wohl ausgehen würde. Baxter konnte ein ziemlicher Tyrann sein, aber Meg war eine harte Nuss. Wer am Ende die Oberhand behalten würde, war reine Spekulation.

★

Es war inzwischen fast elf und der Mob Quad war in Dunkelheit gehüllt. Der Mond war noch nicht aufgegangen. An jedem Torbogen, der vom Quad wegführte, standen zwei uniformierte Polizisten Wache, und Bridget nickte den beiden, die am westlichen Ende postiert waren, höflich zu. Sie wollte gerade für die Nacht in ihr Zimmer zurückkehren und die Tür abschließen, wie Vanessa es ihr aufgetragen hatte, als sie bemerkte, dass aus dem Fenster der Bibliothek noch Licht schien. Um diese Zeit konnte nur noch eine Person dort oben sein.

Kurzentschlossen drehte sie um und betrat den dunklen Torbogen, der zur Treppe führte. Sie stieg die hölzernen Stufen hinauf und ging leise über den abgenutzten Teppich, der sich zwischen den mit staubigen Büchern gefüllten Nischen ausbreitete. Wie erwartet saß Dr. Irene Thomas an ihrem angestammten Platz in der letzten Nische. Eine einzelne Schreibtischlampe beleuchtete ihre Bücher und Papiere.

„Hallo, Dr. Thomas. Sie arbeiten aber lange."

Die alte Tutorin sah zu ihr auf und nahm ihre Lesebrille ab, um Bridget besser sehen zu können. „Ich arbeite jeden Abend bis spät in die Nacht. Die Arbeit ist das, was mich heutzutage auf Trab hält. Wo wäre ich ohne sie?" Sie lächelte. „Und bitte nennen Sie mich Irene. Es besteht keine Notwendigkeit, so förmlich zu sein, sonst sehe ich mich gezwungen, Ihnen Fragen über die englische Reformation oder die elisabethanische Religionsregelung zu stellen."

„Bitte nicht", sagte Bridget. „Sie wären entsetzt, wenn Sie herausfänden, wie viel ich von dem, was Sie mir beigebracht haben, vergessen habe. All die langen Stunden des Lernens, alles umsonst."

„Unsinn", sagte Dr. Thomas. „Keine Zeit, die man mit Lernen verbringt, ist jemals verschwendet. Ich bin sicher, dass alles noch da oben ist." Sie tippte sich mit dem Zeigefinger an die Stirn. „Das Unterbewusstsein ist bemerkenswert gut darin, Informationen aus den dunklen Tiefen hervorzuholen, wenn wir sie brauchen." Nachdenklich sah sie Bridget an. „Ich habe gehört, dass es einen zweiten Mord gegeben hat."

„Ja. Tatsächlich noch eine alte Freundin von mir. Tina Mackenzie."

„Die Anwältin."

„Ja." Bridget war erleichtert, dass Irene Tina nicht als die *in Ungnade gefallene* Anwältin bezeichnet hatte.

„Sie sehen aus, als könnten Sie einen Drink vertragen. Ich wollte hier sowieso gerade Feierabend machen. Möchten Sie mir Gesellschaft leisten?"

„Das wäre schön", sagte Bridget. „Lassen Sie mich Ihnen mit den Büchern helfen." Sie schnappte sich einen Stapel dicker Wälzer über elisabethanische Politik und folgte Dr. Thomas in ihr Zimmer im Fellows' Quadrangle.

Soweit Bridget wusste, war Dr. Thomas nie verheiratet gewesen und hatte immer im College gewohnt. Ihre bescheidene Wohnung bestand aus einem Wohnzimmer, das sie als Arbeitszimmer nutzte, und einem kleinen Schlafzimmer, das daran angrenzte. In diesem Arbeitszimmer hatte Bridget vor vielen Jahren ihre wöchentlichen Tutorien besucht, und der Raum sah fast genauso aus, wie sie ihn in Erinnerung hatte.

Die Regale ächzten unter einer noch größeren Last an Büchern, aber über dem Kamin hing die gleiche Reproduktion eines Canaletto. *Blick auf den Canal Grande.* Bridget erinnerte sich daran, wie sie jede Woche auf dem Sofa gesessen, das Bild mit den venezianischen Gondeln betrachtet und ihren Aufsatz laut vorgelesen hatte, während sie darauf gewartet hatte, dass Dr. Thomas die unzähligen Ungereimtheiten und Schwachstellen in ihrer Argumentation gnadenlos auseinandernahm. Bei der Erinnerung daran lief ihr ein Schauder über den Rücken. Bei jedem wöchentlichen Tutorium hatte sie sich wie eine völlige Versagerin gefühlt.

Sie war keine nervöse Studentin mehr, und Dr. Thomas hatte sie gerade eingeladen, sie beim Vornamen zu nennen. Doch sie spürte immer noch eine gewisse Beklommenheit, als sie den Raum betrat. Niemals würde sie ihre ehemalige Tutorin als ebenbürtig betrachten können.

Bridget setzte sich auf ihren gewohnten Platz auf dem antiken Sofa, während Dr. Thomas – Irene – zwei großzügige Gläser Sherry einschenkte. Sie reichte Bridget eines davon. „Ich habe gehört, dass das letzte Opfer vergiftet wurde. Mit einem Glas Madeirawein des Colleges."

„Ich frage mich, woher Sie das nur wissen?", fragte Bridget.

„Ich habe meine Mittel und Wege."

Bridget hatte keine Ahnung, wie Dr. Thomas an solche Informationen gekommen war. Soweit sie wusste, hatte die Polizei offiziell keine Einzelheiten über den Mord bekannt gegeben. Aber es war möglich, dass der Direktor des Colleges informiert worden war und die Fakten an die älteste Tutorin des Colleges weitergegeben hatte.

Dr. Thomas setzte sich auf ihren Stammplatz am Kamin, trank einen langen Schluck ihres Sherrys und musterte Bridget eingehend. „Man sagt, Gift sei die Waffe einer Frau, nicht wahr?"

„Ist das so?" Bridget betrachtete das Glas Sherry in ihrer Hand und begann, sich langsam ein wenig unwohl zu fühlen. Sie hatte zugesehen, wie Irene den Sherry aus der Flasche eingeschenkt und selbst einen Schluck getrunken hatte. Aber Vik hatte ihr gesagt, dass das Zyanid, mit dem Tina vergiftet worden war, nicht in dem Getränk selbst war, sondern in das Glas gegeben worden war.

Irene sah ihr Zögern. „Keine Angst, meine Liebe. Es ist ein sehr guter Jahrgang. Er stammt sogar aus dem Keller des Colleges. Trinken Sie!"

Plötzlich kam Bridget der Gedanke, dass sie von der gerissenen alten Tutorin auf die Probe gestellt wurde. Irene hatte die Sache mit dem vergifteten College-Wein absichtlich angesprochen, um zu sehen, wie sehr Bridget ihr vertraute. In diesem Fall gab es nur eine Möglichkeit, darauf zu reagieren. Sie hob ihr Glas und trank einen kräftigen Schluck des süßen Likörweins. „Cheers!"

Auf Dr. Thomas' Gesicht breitete sich ein breites Grinsen aus. „Cheers, Bridget. Ich muss sagen, es ist eine nette Abwechslung, an diesen dunklen Herbstabenden etwas Gesellschaft zu haben. Vor allem, wenn der Tod wie ein ungebetener Gast durchs College schleicht."

„Das ist eine recht melodramatische Formulierung, Irene."

„Ach ja, ich werde auf meine alten Tage wohl etwas theatralisch. Aber wie ich höre, hat auch der Mörder einen ausgeprägten Sinn für Theatralik. Erst Augäpfel, jetzt Ohren."

Wieder war Bridget erstaunt, wie gut Dr. Thomas über das jüngste Verbrechen informiert war. Aber es wäre zwecklos gewesen, nachzuforschen, woher sie ihr Wissen hatte. Offensichtlich war sie nicht bereit, ihre Quellen preiszugeben.

„Ja", bestätigte Bridget. „Der armen Tina wurden beide Ohren abgeschnitten."

„Das überrascht mich nicht im Geringsten."

„Wirklich?", sagte Bridget. „Ich kann nicht behaupten, dass ich so etwas erwartet hätte."

Dr. Thomas betrachtete sie wie eine Studentin, die eine ganz offensichtliche Tatsache übersehen hatte. „Wie ich Ihnen bereits gestern Abend gesagt habe, ist das Entfernen von Körperteilen eines der Hauptmerkmale der Rachetragödie. Ich denke, Sie müssen jetzt ernsthaft die Hypothese in Betracht ziehen, dass der Mörder mit diesen Motiven vertraut ist und sein eigenes Rachedrama inszeniert."

Bridget musste zugeben, dass sie von Irenes Theorie fasziniert war. „Was sind die anderen Motive des Genres?", fragte sie.

Scheinbar war das die richtige Frage. Dr. Thomas lehnte sich in ihrem Stuhl zurück, bereit für ihre Lektion, und Bridget bereitete sich darauf vor, belehrt zu werden. Sie hatte noch nie ein Tutorium mit Dr. Thomas verlassen, ohne wesentlich besser informiert zu sein als zuvor.

„Einige der frühesten Beispiele für Rachetragödien finden sich in den Werken von Seneca aus dem ersten Jahrhundert, der natürlich viele seiner Stücke auf früheren griechischen Tragödien aufbaute. Stücke wie *Phaedra*, *Ödipus* und *Thyestes* behandeln alle das Thema Rache. Tatsächlich scheint das Thema Rache ein regelrechtes Steckenpferd der Römer und Griechen gewesen zu sein. *Thyestes* ist ein interessantes Beispiel. In diesem Stück rächt sich Atreus an seinem Bruder Thyestes, nachdem Thyestes eine Affäre mit der Frau von Atreus hatte."

Es fiel Bridget schwer, nicht an Alexias Affäre mit Megs Ehemann zu denken. „Ein zeitloses Thema", überlegte sie laut. Sie konnte Rachegefühle bei ehelicher Untreue durchaus nachvollziehen.

„In der Tat", sagte Dr. Thomas. „Es gibt nichts Neues unter der Sonne. In diesem Fall nimmt die Rache eine besonders grausame Wendung, als Atreus Thyestes dazu bringt, seine eigenen Kinder zu essen."

„Damals wusste man noch, wie man das Publikum begeistert."

„O ja", sagte Dr. Thomas und nickte vergnügt. Bridget

konnte sehen, dass sie langsam in Fahrt kam.
„Abgetrennte Körperteile und kannibalische Feste sind
Ideen, die Shakespeare Jahrhunderte später in *Titus
Andronicus* aufgreift, wenn verschiedene Figuren ihre
Zunge, ihre Hände und sogar ihre Köpfe verlieren. Chiron
und Demetrius, die in dem Stück für Vergewaltigung und
Mord stehen, wird das Blut abgezapft, ihre Knochen
werden zu Pulver zermahlen, ihre Köpfe gebacken und in
einer Pastete serviert. Noch etwas Sherry?"

„Nur ein bisschen, bitte." Bridget war so in
Dr. Thomas' Vortrag vertieft gewesen, dass sie ihr Glas
geleert hatte, ohne es zu bemerken. Auch Dr. Thomas
hatte ausgetrunken. Sie füllte beide Gläser nach und lehnte
sich dann in ihrem Stuhl zurück.

„Sie sehen also, die Zerstückelung ist eines der
Schlüsselelemente der Rachetragödie. Können Sie mir
sagen, wo die Ohren des letzten Opfers gefunden
wurden?"

Bridget wusste, dass sie Dr. Thomas eigentlich keine
Informationen über den Mord geben sollte, aber da sie
bereits alles andere zu wissen schien, würde es wohl nicht
schaden. „So absurd es auch klingen mag, sie wurden in
der Mitte eines Tellers mit Keksen platziert."

Dr. Thomas nickte energisch. „Ja, das beweist meine
These. Der Mörder folgt eindeutig dem Muster,
Körperteile bei einem Festmahl zu servieren."

„Ich nehme an, ja", sagte Bridget. Sie fragte sich, ob
ihre alte Tutorin wirklich etwas auf der Spur war. Erst
Augen, jetzt Ohren. Erst Suppe, jetzt Kekse.

„Wenn es ein fiktives Werk wäre, würde man erwarten,
dass ein Geist auftaucht", sagte Dr. Thomas.

„Ein Geist?"

„Ja. Entweder ein echter oder ein eingebildeter.
Denken Sie an den Geist von Hamlets Vater, der ihm
erklärt, wie er ermordet wurde, und ihn auffordert, seinen
Tod zu rächen. Oder an Banquos Geist in *Macbeth*, der
übrigens nur von Macbeth selbst gesehen werden kann.
Und es müsste auch eine Figur geben, die die

vorherrschende moralische Auffassung von Rache und Vergebung zum Ausdruck bringt."

Bridget kam sofort die Predigt des Kaplans in den Sinn, in der er aus dem Brief des Paulus an die Kolosser zitiert hatte. *Wie Christus euch vergeben hat, so vergebt auch ihr.*

„Wir würden auch eine Autoritätsperson erwarten, die über das Reich herrscht, in dem das Drama spielt. In diesem Fall wird diese Rolle vermutlich von Dr. Brendan Harper als Direktor des Colleges ausgefüllt. Außerdem eine Reihe von Bediensteten – zum Beispiel einen Butler, einen Koch und einen College-Portier." Dr. Thomas lächelte. „Aber natürlich ist dies kein Drama, sondern die reale Inszenierung einer Reihe brutaler Morde."

„Ja", sagte Bridget. Ihr wurde klar, dass sie irgendwann während des Gesprächs von höflicher Skepsis zu einer allmählichen und wachsenden Akzeptanz der Ideen ihrer Tutorin übergegangen war. Konnte es wirklich sein, dass sie sich inmitten einer Rachetragödie befand, die wie ein Theaterstück auf der Bühne inszeniert wurde? Der Gedanke schien zu verrückt, um ihn in Erwägung zu ziehen, und doch …

„Wenn das, was Sie sagen, stimmt, wer wäre dann wohl der wahre Rächer?"

Dr. Thomas schüttelte den Kopf. „Ach Bridget, Sie haben doch nicht erwartet, dass ich den Fall für Sie löse, oder? Es könnte jeder sein. Aber hören Sie zu, es gibt noch mehr über das Genre zu wissen. Ein weiteres wichtiges Element ist, dass der Racheakt immer über das ursprüngliche Verbrechen hinausgehen muss. Es ist ein bisschen wie bei der modernen Aggression im Straßenverkehr, wo ein relativ unbedeutender Vorfall oder ein versehentliches Vergehen dazu führen kann, dass die geschädigte Partei unverhältnismäßig heftig reagiert und dem anderen Fahrer massiven Schaden zufügt."

„Ja, ich verstehe", sagte Bridget. „Aber diese Morde scheinen vorsätzlich begangen worden zu sein, während Menschen bei Wutausbrüchen im Straßenverkehr spontan und emotional handeln. Hinterher sagen sie oft, sie wüssten nicht, was sie dazu getrieben habe. Es ist, als hätte sie eine Art Wahnsinn gepackt."

„Nun, Wahnsinn spielt bei Rache sicherlich eine Rolle", sagte Dr. Thomas. „Nehmen Sie zum Beispiel *Hamlet*, wo sowohl Hamlet als auch Ophelia deutliche Symptome von Wahnsinn zeigen, obwohl es umstritten ist, ob ihr Wahnsinn echt oder vorgetäuscht ist."

„Aber wenn die Rache im Voraus geplant ist, was bringt jemanden dazu, sich so extrem zu verhalten? Ist Wahnsinn die einzige Erklärung für sein Verhalten?"

„Nein, es ist eigentlich ganz rational und leicht zu verstehen. Die Person, die sich rächen will, handelt so, weil sie nicht in der Lage ist, auf normalem Wege Gerechtigkeit zu erlangen, zum Beispiel wenn die staatlich kontrollierten Formen der Justiz wie Polizei und Gerichte sie im Stich gelassen haben. Sie kommt an einen Punkt, an dem persönliche Rache die einzige Möglichkeit zu sein scheint. Sie ist verzweifelt und hat nichts mehr zu verlieren."

Es war ein Punkt, der Bridgets persönliche Gefühle berührte. Nach dem Mord an ihrer Schwester hatte sie zunächst ihr Vertrauen in die Polizei gesetzt, doch die damaligen Ermittlungen hatten zu nichts geführt. Ohne die Hilfe der Behörden hatte Bridget sich hilflos und frustriert gefühlt. In ihrem Fall hatte sie ihre Wut in eine positive Richtung gelenkt und war selbst zur Polizei gegangen. Aber sie erkannte, dass dies ebenso leicht dazu führen konnte, dass jemand Selbstjustiz übte und das Gesetz in die eigenen Hände nahm. Als Polizeibeamtin hatte sie unzählige Fälle erlebt, in denen die Justiz versagte oder dem begangenen Unrecht nicht gewachsen schien. Und was dann? Rache schien eine Form der Vergeltung zu sein. Sie mochte blutrünstig sein und in keinem Verhältnis zum ursprünglichen Verbrechen stehen, aber sie entsprach einem tief verwurzelten, animalischen Instinkt, der vielleicht in jedem von uns gar nicht so weit unter der Oberfläche lag. Es war ein ernüchternder Gedanke.

„Der Rächer geht ein großes persönliches Risiko ein, nicht wahr?", sagte sie. „Wenn er erwischt wird, verliert er seine Freiheit. Im römischen oder elisabethanischen Zeitalter wäre er wahrscheinlich zum Tode verurteilt worden."

„Sicher", sagte Dr. Thomas. „Aber das ist für ihn nur von geringer Bedeutung. Wissen Sie, Bridget, in solchen Dramen ist der Rächer am Ende immer tot."

★

Oben auf der Treppe war es dunkel, und John Bradley, der Koch des Merton College, wartete geduldig im Schatten. Unten hörte er Geräusche, jemand schlich durch den Weinkeller des Colleges. Eine Kiste mit Flaschen klirrte, dann hörte er ein Grunzen und schwere Schritte die Treppe hinauf.

Nick Kernahan, der Butler, kam mit einer Kiste Wein unter dem Arm aus dem Keller. Er verschloss die Kellertür hinter sich sorgfältig mit einem der Schlüssel aus seiner umfangreichen Sammlung, die an seinem Gürtel hing.

John Bradley trat aus seinem Versteck.

„Verdammte Scheiße!" Der Butler zuckte sichtlich zusammen, als er ihn sah. „Was schleichst du hier mitten in der Nacht herum? Ich hätte fast die Flaschen fallen lassen!"

Der Koch lächelte. Er hatte seine Beute überrumpelt, genau wie er es gehofft hatte. Er sagte nichts, sah den Butler nur von oben bis unten an, wohl wissend, dass Schweigen der beste Weg war, den Mann zu verunsichern.

Der Butler drückte die Kiste mit dem Wein an seine Brust. „Verdammter Idiot, geh mir aus dem Weg! Als ob ich im Moment nicht schon genug Probleme hätte." Er drängte sich an ihm vorbei und ging mit schnellen Schritten den Korridor entlang.

„Du läufst weg, was?", rief der Koch ihm nach. „Das wird dir nichts nützen. Ich kenne deine Geheimnisse."

Der Butler hielt inne und drehte sich langsam um. Er warf dem Koch einen abschätzenden Blick zu und trat dann einen Schritt näher. „Du bist ein Lügner! Du arbeitest noch gar nicht lange genug hier, um irgendetwas über irgendjemanden zu wissen."

„Mag sein, aber ich halte die Augen offen. Und ich höre Gerüchte."

„Welche Art von Gerüchten?"

„Du weißt, welche Art."

Der Butler warf ihm einen finsteren Blick zu. „Vielleicht hast du etwas über meine Vergangenheit gehört, na und? Der Direktor kennt die Wahrheit schon. Du kannst ihm nichts Neues erzählen." Er wandte sich zum Gehen.

„Er weiß nicht alles. Ich habe dich beobachtet. Ich weiß, was du getan hast."

Nick Kernahan wirbelte herum und stand ihm gegenüber. Diesmal lag das untrügliche Zeichen von Angst in den Augen des Butlers. „Du bluffst doch nur. Du weißt gar nichts."

„Bist du dir da sicher? Willst du das Risiko eingehen?"

Der Butler trat direkt auf ihn zu, die schwere Weinkiste noch immer in den Händen. Aus der Nähe war er gut zwei Zentimeter größer als der Koch und ein kräftig gebauter Mann mit starken Armen und breiten Schultern. „Wenn du wirklich alles weißt, was du behauptest zu wissen, dann weißt du auch, was mit dem Koch passiert ist, der vor dir hier war."

John Bradley sah ihm direkt in die Augen, kaum eingeschüchtert von der versteckten Drohung des Butlers. „Du machst mir keine Angst. An deiner Stelle wäre ich derjenige, der Angst hätte, weil die Polizei das ganze College durchkämmt. Wie lange, glaubst du, wird es dauern, bis sie alles herausfinden?"

Der Butler hielt eine Sekunde inne und dachte nach. „Was willst du?"

Das waren die Worte, die John Bradley zu hören gehofft hatte. Er lächelte in sich hinein, aber sein Gesichtsausdruck blieb unverändert. „Um mein Schweigen zu erkaufen? Ich bin kein gieriger Mann. Für zwei Riesen sind deine Geheimnisse bei mir sicher."

KAPITEL 21

Bridgets exzessiver Alkoholkonsum am Vorabend rächte sich nun. Ihr Kopf pochte, als sie sich von ihrem harten, schmalen Bett erhob. Ihre Zunge fühlte sich an wie Schmirgelpapier. Sie war bis spät in die Nacht auf gewesen, hatte mit Dr. Irene Thomas über Gerechtigkeit und Rache debattiert und dabei viel zu viele Gläser des besten Amontillados des Colleges getrunken. Betrunken von Sherry. Wer in aller Welt tat so etwas, außer alten Großtanten am Weihnachtstag?

Trotzdem war es keine vergeudete Zeit gewesen. Immerhin hatte sie eine intensive Einführung in die klassischen, elisabethanischen und jakobinischen Rachetragödien erhalten. Ein Abend mit Dr. Thomas machte einen ganzen Studiengang wett. Am Ende des Abends war Bridget fest davon überzeugt gewesen, dass sie in einer realen Inszenierung eines blutigen jakobinischen Theaterstücks lebte, mit Geistern, College-Dienern und grausamen Festen. Jetzt, im kalten Licht des Morgens, erschienen ihr solche Vorstellungen absurd. Dies war kein farbenfrohes Drama, sondern das Werk eines bösartigen, möglicherweise geistesgestörten Mörders, der zwei ihrer

Freundinnen das Leben genommen hatte.

Auf den ersten Blick schien Meg die plausibelste Verdächtige zu sein, aber Bridget konnte nicht wirklich glauben, dass jemand, den sie kannte, solche grausamen Morde begangen haben könnte, geschweige denn die Opfer nach ihrem Tod verstümmelt haben könnte. Sie fragte sich, ob Baxters Verhör mit Meg neue Informationen zutage gefördert hatte. Wenn ja, würden ihre Spione unter den Detectives sie hoffentlich auf dem Laufenden halten.

Während sie unter der Dusche wieder ins Reich der Lebenden zurückkehrte, fragte sie sich, wie es Chloe bei Vanessa erging. Zweifellos würde sich ihre Schwester wie eine Glucke um Chloe kümmern, ihr ein spektakuläres Frühstück servieren (Bio-Müsli mit Ahornsirup-Pfannkuchen und frisch gepresstem Orangensaft wie in einem Fünf-Sterne-Hotel) und sie dazu anhalten, sich für die Schule fertig zu machen. Sie war sich nicht sicher, ob Chloe die Aufmerksamkeit genießen oder sich nach Hause, einer Schüssel Cornflakes und Bridgets wohlwollender Vernachlässigung sehnen würde. Sie widerstand der Versuchung, anzurufen und sich nach dem Stand der Dinge zu erkundigen, und beschloss stattdessen, sich auf ihr eigenes Wohlbefinden für den bevorstehenden Tag zu konzentrieren. Als sie ihre roten, geschwollenen Augen im Badezimmerspiegel betrachtete, kam sie zu dem Schluss, dass ein leichtes Frühstück mit viel starkem Kaffee die beste Taktik für den Start sein würde.

Auf dem Weg zum Speisesaal begegnete sie Ryan, der mit den Händen in den Hosentaschen über den Front Quad schlenderte. Er grinste sie an und kam zu ihr, um mit ihr zu plaudern. „Guten Morgen, Ma'am, ich muss sagen, Sie sehen heute sehr gut aus. Das freie Wochenende muss Ihnen sehr gut getan haben."

„Danke, Sergeant", sagte sie, wohl wissend, wie schlecht sie aussah, und ignorierte seinen freundlichen Sarkasmus. „Können Sie mich auf den neuesten Stand bringen?"

Da Baxter im Moment nirgendwo zu sehen war, war sie bereit, beliebig viele Kommentare über ihr Aussehen zu ertragen, wenn er ihr etwas Nützliches über die Ermittlungen sagen konnte.

„Eigentlich gibt es nicht viel zu berichten, Ma'am. Wir mussten Meg Collins gehen lassen. Sie ist immer noch Baxters Hauptverdächtige, aber es gibt nicht genug Beweise, um sie anzuklagen. Sie wurde gestern Abend zurück ins College gebracht."

„Ich verstehe. Sie hat also nichts zugegeben?"

„Nein. Hatten Sie das erwartet?"

„Nicht wirklich." Bridget hatte noch nie erlebt, dass Meg eingestanden hätte, sich geirrt zu haben, und ganz sicher würde sie bei einer polizeilichen Vernehmung nichts zugeben, was sie belastete. „Meg wird schwer zu knacken sein. Irgendwas Neues von der Forensik?"

„Nun, es war definitiv Kaliumzyanid im Wein, oder besser gesagt, in einem der Gläser. Aber sie können nicht sagen, woher es stammt. Kaliumzyanid kann man ohne Lizenz nicht kaufen, aber man kann es über illegale Kanäle beschaffen und sogar selbst herstellen, wenn man weiß, wie. Aber die SOCO hat auch jede Menge Fingerabdrücke, Haare, Fasern und andere physische Beweise sichergestellt, also hoffen wir, dass der Täter diesmal etwas Brauchbares hinterlassen hat."

„Gut. Hat Baxter immer noch vor, uns hier zu behalten, bis er alle noch einmal befragt hat?"

„Ich glaube schon, Ma'am. Das hat man uns gesagt. Da ist er vermutlich auch schon."

Aus der Pförtnerloge ertönte die unverwechselbare, erhobene Stimme des Inspectors.

„Ich sollte besser beschäftigt aussehen", sagte Ryan. Er eilte über den Hof, eifrig bemüht, so viel Abstand wie möglich zwischen sich und Bridget zu bringen, bevor sein Chef auftauchte.

Auch Bridget war bestrebt, DI Baxter aus dem Weg zu gehen. Da es nach der Befragung von Meg keine Fortschritte gegeben hatte, vermutete sie, dass seine

Stimmung heute Morgen genauso düster sein würde wie gestern Abend.

Sie machte sich auf den Weg in den Speisesaal, wo ihr der Geruch von Spiegeleiern und Speck den Magen umzukrempeln drohte. Sie hielt sich von der Theke mit den warmen Speisen fern, nahm sich stattdessen eine Scheibe Vollkorntoast und eine Tasse schwarzen Kaffee und gesellte sich zu Bella, die allein am Ende des mittleren Tisches saß, auf dem Platz, den sie auch bei der Gaudi eingenommen hatte.

„Hi, Bella." Bridget setzte sich ihr gegenüber.

Auch Bella sah aus, als hätte sie schlecht geschlafen. Ihr Gesicht war blass und zerknittert. Sie trug dieselbe Kleidung, in der Bridget sie gesehen hatte, als sie sich am Samstagnachmittag zum ersten Mal begegnet waren. Zweifellos hatten alle Gäste Schwierigkeiten, frische Kleidung zu finden, nachdem sie eine Nacht länger als geplant im College verbracht hatten. Bridget war wahrscheinlich die Einzige, die dreimal so viele Outfits mitgebracht hatte, wie sie eigentlich brauchte.

„Ist es wahr?", fragte Bella unglücklich. „Das mit Tina?"

Der zweite Mord war noch nicht offiziell bekannt gegeben worden, aber es war unvermeidlich, dass sich die Nachricht im College verbreitet hatte.

„Ja, ich fürchte, es ist wahr. Ich war dabei, als ihre Leiche gestern Abend gefunden wurde."

„Mein Gott. Erst Alexia, jetzt Tina. Und ich habe gehört, dass sie Meg zum Verhör mitgenommen haben."

„Ja, aber sie ist ohne Anklage freigelassen worden."

„Das ist immerhin etwas, nehme ich an. Ich weiß, dass Meg und Tina sich das ganze Wochenende an die Gurgel gegangen sind, aber ich kann nicht glauben, dass Meg Tina wirklich umgebracht hat. Und Alexia auch. Das ist einfach zu schrecklich."

„Ja", sagte Bridget. „Ich bin mir sicher, dass Meg unschuldig ist." Aber sie konnte die Fakten nicht ignorieren. Baxter hatte Meg mit gutem Grund verhaftet.

An seiner Stelle hätte sie wahrscheinlich dasselbe getan.

Dennoch schien Bridgets Versicherung Bella ein wenig zu beruhigen. „Und was passiert jetzt?", fragte sie. „Wie lange wollen sie uns hierbehalten?"

„Keine Ahnung. Wahrscheinlich mindestens bis Mittag." Es würde mindestens den ganzen Vormittag dauern, alle ein zweites Mal zu befragen, und Baxter wollte wahrscheinlich von jedem so viel wie möglich erfahren. In einer so großen Gemeinschaft musste doch irgendjemand etwas gesehen haben, das ihnen helfen konnte, die Bewegungen des Mörders einzugrenzen.

Bridget bestrich ihr Toastbrot mit Marmelade und biss zaghaft ab. Zucker und Kohlenhydrate waren normalerweise ein gutes Gegenmittel für eine lange Nacht. Genau genommen waren sie Bridgets Standardlösung für alle möglichen Probleme. Sie nippte an dem schwarzen Kaffee und begann, sich ein wenig besser zu fühlen.

Bella blickte am Tisch auf und ab, dann beugte sie sich vor und senkte die Stimme. „Die Sache ist die, Bridget, ich würde am liebsten sofort gehen. Ich fühle mich hier einfach nicht mehr sicher. Nach dem, was Alexia und Tina passiert ist, werde ich das Gefühl nicht los, als zu denken, dass jemand hinter uns her ist."

„Uns?"

„Du weißt, wen ich meine."

„Weiß ich das?"

„Natürlich weißt du das. Ich spreche von Alexia, Tina, Meg, dir und mir. Erzähl mir nicht, dass du nicht auch schon daran gedacht hast. Und wenn ich recht habe, bedeutet das, dass du, Meg und ich auch in Gefahr sein könnten."

„Ich wüsste nicht, warum. Es gibt viele Gründe, warum Alexia und Tina ermordet worden sein könnten. Welchen Grund sollte jemand haben, dich oder mich zu töten? Oder auch Meg?"

„Ich weiß es nicht. Aber siehst du nicht das Muster? Was ist, wenn der Täter noch nicht fertig ist?"

Bridget kaute nachdenklich auf ihrem Toast herum,

während sie über Bellas Worte nachdachte. Ihr fiel kein Grund ein, warum es jemand auf eine Gruppe von Freundinnen abgesehen haben sollte. Für Bellas Theorie gab es keine Beweise. Der Zeitungsartikel, den Alexia über Tina geschrieben hatte, hatte eine eindeutige Verbindung zwischen den beiden Frauen hergestellt, und so ungern Bridget es auch zugab, die polizeilichen Ermittlungen hatten eine Verdächtige identifiziert, die einen offensichtlichen Grund hatte, sowohl Tina als auch Alexia tot sehen zu wollen – Meg Collins. Aber selbst wenn sich Meg nicht als die Mörderin herausstellte, hatten sich sowohl Alexia als auch Tina im Laufe ihrer Karriere ins Rampenlicht gedrängt und sich zweifellos eine Menge Feinde gemacht. Es gab eigentlich keinen Grund anzunehmen, dass jemand Bella oder Bridget töten wollte.

„Aber warum, Bella? Warum sollte jemand eine Gruppe von Menschen töten wollen, nur weil wir vor fast zwei Jahrzehnten befreundet waren?"

„Ich weiß es nicht. Aber es macht mir Angst."

Bella lehnte sich zurück, weil andere sich mit ihrem Essen in ihre Nähe setzten. Sie war eindeutig sehr nervös, vielleicht sogar neurotisch. Bridget wusste, dass irrationale Ängste manchmal mit Depressionen einhergingen, und Bella zeigte eindeutig Symptome einer klinischen Depression.

Aber vielleicht sollte sie Bellas Theorie nicht so schnell abtun. Wenn sie stimmte, bestand immer noch die Gefahr, dass der Mörder sein grausames Werk noch nicht vollendet hatte. Das Rache-Gespenst, das Dr. Irene Thomas beschworen hatte, kam ihr wieder in den Sinn. *Der Racheakt übersteigt immer das ursprüngliche Verbrechen*, hatte die Tutorin gesagt. Aber welches Verbrechen? *Höre nichts Böses*, hatte die Botschaft neben Tinas abgetrennten Ohren verkündet, aber was sollte das bedeuten? Welches Böse?

„Und wo ist Meg überhaupt?", fragte Bella. „Hat die Polizei sie gehen lassen?"

„Sie wurde nach dem Verhör aus dem Gewahrsam entlassen und zurück ins College gebracht."

„Wo ist sie dann?", wollte Bella wissen. „Hast du sie heute Morgen gesehen?"

„Nein. Aber um ehrlich zu sein, ist es noch sehr früh für Meg, vor allem, wenn die Polizei sie gestern Abend so lange auf dem Revier festgehalten hat."

„Vermutlich", sagte Bella. „Meinst du nicht trotzdem, dass wir uns vergewissern sollten, dass sie in Sicherheit ist?"

Bridget konnte sich nicht vorstellen, dass Meg es ihr danken würde, sie so früh aus dem Bett zu holen. Aber Bella bestand darauf.

Bridget seufzte. „Okay." Sie schlang den letzten Rest ihres Toasts hinunter und trank einen großen Schluck Kaffee. Sie stand auf. „Ich gehe jetzt in ihr Zimmer und sehe nach, ob es ihr gut geht."

„Warte", sagte Bella. „Lass mich hier nicht allein."

Bridget setzte sich wieder hin. „Bella, jetzt machst du dich lächerlich. Hier im Speisesaal kann dir niemand etwas tun. Um dich herum sind Dutzende von Menschen."

Aber Bella sah nicht im Geringsten beruhigt aus. „Bridget, jeder von diesen Leuten könnte der Mörder sein. Was passiert, wenn ich nach dem Frühstück wieder in mein Zimmer gehe? Tina muss gedacht haben, dass sie in ihrem Zimmer sicher war, aber das war sie nicht. Sie war in schrecklicher Gefahr."

„Nun, ich kann nicht hier bei dir bleiben *und* nach Meg sehen." Bridget schaute sich im Saal um und sah Ryan, der sich ein großes, warmes Frühstück holte. „Ich habe eine Idee", sagte sie zu Bella. „Ich werde Sergeant Ryan Hooper bitten, ein Auge auf dich zu haben. Würde das helfen?"

„Das wäre wunderbar", sagte Bella und ihr Gesicht errötete vor Erleichterung. „Danke, Bridget."

Bridget sprach kurz mit Ryan, der sich gerne bereit erklärte, Bellas Bodyguard zu spielen, solange er ungestört frühstücken konnte. Sie ließ die beiden im Speisesaal zurück und machte sich auf den Weg, um nach Meg zu sehen.

★

Bridget überquerte zügig den Front Quad und ging zu dem Treppenhaus, das zu Megs Zimmer führte. Als sie die steile Holztreppe hinaufstieg, machte sie sich auf einen Sturm der Entrüstung gefasst. Meg war noch nie ein Morgenmensch gewesen und hatte es immer gehasst, vor neun Uhr gestört zu werden, selbst wenn sie eine Vorlesung verschlafen hatte. Bridget sah auf die Uhr. Es war erst acht.

Megs schlechte Laune war eine ihrer unsympathischsten Eigenschaften, und Bridget konnte nur erahnen, wie verärgert sie nach einem zermürbenden nächtlichen Verhör in der Obhut von DI Baxter sein würde. Vielleicht würde sie es an Bridget als Vertreterin der Gesetzeshüter auslassen.

Es kam Bridget seltsam vor, sich so zu sehen, aus der Perspektive ihrer alten Freundinnen. Nachdem sie das Wochenende im College mit Meg, Bella (und vor ihrem schrecklichen Tod auch mit Tina) verbracht hatte, schienen die jungen, unbeschwerten Frauen von vor zwei Jahrzehnten, an die sie sich so lebhaft erinnerte, fast zum Greifen nah. Es war schwer zu akzeptieren, dass sie nun alle auf die Vierzig zugingen und ihr Leben mit Verantwortung und erwachsenen Rollen weitergeführt hatten. Meg leitete jetzt eine millionenschwere Organisation, die das Schicksal von Menschen mit angeborener Blindheit in ihren Händen hielt. Tina hatte vor ihrem frühen Tod Opfern von (tatsächlicher oder vermeintlicher) Fahrlässigkeit von Unternehmen geholfen, Wiedergutmachung zu erlangen. Selbst Bella war trotz ihrer offensichtlichen Unzufriedenheit mit der Art und Weise, wie ihr Leben verlaufen war, mit der Erziehung von Hunderten von Kindern betraut. Was konnte wichtiger sein als das? Und Bridget selbst hatte eine Tochter, für die sie sorgen musste, und die Pflichten, die mit dem Amt einer Senior Police Detective einhergingen.

Die Treppe, die ins oberste Stockwerk führte, schien den Staub von Jahrhunderten in sich aufgesogen zu haben. Die Stufen knarrten laut, als Bridget sie hinaufstieg. Vielleicht war es der alte, muffige Geruch der Treppe, der die Jahre ausgelöscht und sie an die Tage erinnert hatte, als das College ihr Zuhause gewesen war. Sie hinaufzusteigen war wie eine Reise in die Vergangenheit.

Plötzlich überkamen sie Selbstzweifel, als würden sie und die anderen nur so tun, als wären sie erwachsen, als würden sie sich nur verkleiden und in Rollen schlüpften. Sie verspürte eine irrationale Angst, als Hochstaplerin entlarvt zu werden. Wieder einmal überkam sie der Gedanke, dass sie Figuren in einem Theaterstück waren und alles nur erfunden war.

Aber zwei ihrer Freundinnen lagen kalt und tot in der Leichenhalle. Was auch immer geschehen war, es war tödlich real.

Vielleicht war es die Anwesenheit von DI Baxter, der über die Ermittlungen wachte, die die Saat der Unsicherheit in ihrem Kopf gesät hatte. Am meisten sehnte sie sich nach der Freiheit, die Ermittlungen selbst in die Hand nehmen zu können. Doch das würde Chief Superintendent Grayson niemals zulassen. Nicht, wenn sie die beiden Mordopfer und die Hauptverdächtige kannte.

Aber sie wusste, dass sie, egal welche Autorität Baxter zu haben glaubte, auf die Loyalität von Jake, Ffion und Ryan zählen konnte, die sie auf dem Laufenden hielten und es ihr ermöglichten, an den Ermittlungen teilzuhaben, obwohl sie offiziell nicht involviert war. Auch Sarah Walker und Vik von der SOCO würden ihr nichts vorenthalten. Außerdem hatte sie einen Vorteil, den Baxter nie haben würde – einen Insiderblick auf den Fall und intime Kenntnisse der beteiligten Personen.

Der Flur im obersten Stockwerk führte zu einer Reihe von engen Mansardenzimmern, deren Fenster auf den Hof hinausgingen. Bridget ging den Korridor entlang, bis sie die Tür zu Megs Zimmer erreichte. Das College hatte Meg dasselbe Zimmer zugewiesen, das sie in ihrem letzten

Studienjahr bewohnt hatte. Wie oft war Bridget genau diese Treppe hinaufgestiegen und hatte an genau diese Tür geklopft, um Meg abzuholen, bevor sie zum Essen gingen, einen Abend in der College-Bar verbrachten oder auf dem Fluss paddelten? Zu viele, um sich zu erinnern.

Bridget klopfte sanft an die Tür, aber es kam keine Antwort. Sie wartete einen Moment, bevor sie lauter klopfte. Von drinnen war immer noch nichts zu hören.

„Meg?"

Die Stille dehnte sich aus.

Eine plötzliche Unruhe ergriff sie, und sie erinnerte sich daran, wie sie vor kaum zwölf Stunden an Tinas Tür im Mob Quad geklopft hatte. Eine Wiederholung dieser schrecklichen Entdeckung war undenkbar, und doch erkannte sie mit wachsendem Entsetzen, dass es genau das war, was Bella befürchtet hatte. Warum hatte sie nicht von Anfang an auf Bella gehört? Und warum hatte Baxter nicht daran gedacht, einen Wachtposten vor Megs Tür zu postieren?

Diesmal klopfte sie deutlich lauter an die Tür und rief lauthals. „Meg! Ich bin's, Bridget! Bist du da drin? Mach auf!"

Sie griff nach dem Türknauf, der sich zu ihrer Überraschung drehte. Vorsichtig stieß sie die Tür auf. Der Raum dahinter war dunkel. „Meg? Bist du da?"

Nichts.

Entschlossen betrat Bridget den Raum. Ihre Augen brauchten einen Moment, um sich an das Dämmerlicht zu gewöhnen. Die Vorhänge waren fest zugezogen und tauchten den Raum in tristes Grau. Ein übel riechender, leicht süßlicher Geruch erfüllte die Luft. Als Bridget sich dem Bett näherte, hielt sie sich eine Hand vor den Mund, um nicht laut aufzuschreien.

Meg lag in ihrem Bett, genau wie Tina. Aber während Tina so ausgesehen hatte, als würde sie nur schlafen, war an Megs Aussehen nichts Entspanntes. In ihrer Brust steckte eine Waffe, die aussah wie eine kleine Spitzhacke, und ihre Augen waren weit aufgerissen und starr. Die

Klinge war tief in ihr Fleisch eingedrungen und hatte sie aufgerissen wie ein Stück Fleisch auf einem Schlachtblock. Das Blut hatte sich wie ein roter Teppich auf dem Bettlaken ausgebreitet.

Doch Bridgets Aufmerksamkeit wurde auf einen noch größeren Schrecken gelenkt. Sie trat näher an die Leiche heran und sah, dass Megs Kiefer lose herunterhing, als hätte man ihn mit irgendeinem Werkzeug aufgerissen. Ihr Hals und ihr Oberkörper waren dunkelrot verfärbt, und wo ihre Zunge hätte sein sollen, war nur noch ein tiefer leerer Hohlraum. Die Zunge lag neben der Spitzhacke auf ihrer Brust.

Bridget schnappte nach Luft und hob schließlich den Blick zur Wand über dem Kopfende des Bettes. Dort standen in Blut die Worte *„Sag nichts Böses"*.

Erschrocken wandte sie sich von der Szene ab und eilte zur schützenden Tür, schloss die Augen und lehnte sich an den Türrahmen, um sich abzustützen. Ihre Brust hob und senkte sich, gequält von atemlosem Schluchzen. Es dauerte mindestens eine Minute, bis sie sich so weit beruhigt hatte, dass sie den Alarm auslösen konnte.

KAPITEL 22

Jake beendete hastig sein Frühstück und machte sich auf den Weg aus dem Speisesaal in den provisorischen Einsatzraum, den Baxter im Fellows' Quad eingerichtet hatte. Ffion hatte ihn mehr als einmal wegen seines deftigen Frühstücks gescholten und ihm geraten, auf eine gesündere Variante umzusteigen. Offenbar begann sie jeden Morgen mit einer rosa Grapefruit und einer Schüssel Porridge mit Sojamilch und einer Handvoll Chiasamen, was auch immer das sein mochte. Aber das traditionelle englische Frühstück, das im College angeboten wurde, war einfach zu verlockend. Er nahm sich vor, ihren Vorschlag auszuprobieren, sobald der aktuelle Fall abgeschlossen war. Obwohl ... Sojamilch? Echt jetzt? Und was zum Teufel waren Chiasamen überhaupt?

Als er den Einsatzraum betrat, stellte er fest, dass er der Letzte war, abgesehen von Ryan, der nirgends zu sehen war, und dass Baxter bereits mit seiner täglichen Ansprache begonnen hatte. Jetzt wünschte er sich, er hätte sein Frühstück abgekürzt und wäre vielleicht nicht noch einmal zurückgegangen, um sich eine zweite Portion Speck und Ei zu holen. Im Raum herrschte ein Gefühl der

Dringlichkeit, und Jake fragte sich, was er verpasst hatte. Offensichtlich etwas Wichtiges. Er spürte, wie die Spitzen seiner Ohren zu glühen begannen.

Baxter warf ihm einen bösen Blick zu, als er in den hinteren Teil des Raumes schlüpfte, aber er hielt nicht inne. „Jetzt sind also unsere beiden Hauptverdächtigen ermordet worden", verkündete er wütend.

Jake fragte sich, ob er richtig gehört hatte. *Beide Verdächtige ermordet?*

„Meg Collins ist tot", flüsterte ihm Ffion vom Stuhl vor sich zu.

„Meg? Tot? Verdammt!" Soweit Jake wusste, war die Hauptverdächtige noch vor wenigen Stunden lebendig und wohlbehalten in den Händen von DI Baxter in Kidlington gewesen. Wie war das passiert?

„Mit einer Spitzhacke erschlagen", flüsterte Ffion.

„Einer was?" Jake fragte sich, ob heute Morgen etwas mit seinem Gehör nicht stimmte. Nichts, was man ihm sagte, ergab einen Sinn.

„DS Derwent", warnte Baxter streng. „Ich möchte nicht alles wiederholen müssen, nur weil Sie nicht aufgepasst haben."

„Nein, Sir. Ich passe auf."

Baxter sah heute Morgen schrecklich aus, sein Haar stand in alle Richtungen ab, seine Krawatte saß schief, und der finstere Blick, der ihm sonst oft über das Gesicht huschte, saß jetzt dauerhaft wie eine Maske auf ihm fest. Kein Wunder, ging es doch jetzt um die Aufklärung eines dreifachen Mordes.

Der Chief Super würde vor Wut schäumen. Und zwar hauptsächlich in Richtung des Detective Inspectors.

Baxter deutete gereizt auf die Fotos der drei Opfer, die an seiner Pinnwand hingen. „Erstes Opfer. Alexia Petrakis. Erdrosselt. Augen ausgestochen. Zweites Opfer. Tina Mackenzie. Vergiftet. Ohren abgeschnitten. Drittes Opfer. Meg Collins. Ermordet mit einer Art Axt. Zunge herausgeschnitten."

Ungläubig starrte Jake auf Megs Foto. Zunge

herausgeschnitten? Er bereute ernsthaft sein Frühstück mit Speck und Würstchen und würde diese Porridge-Idee morgen früh auf jeden Fall ausprobieren. Tatsächlich schien die Idee, Veganer zu werden, plötzlich an Attraktivität zu gewinnen.

Neben ihm sah DC Harry Johns aus, als müsste er sich gleich übergeben. Der arme Kerl musste wirklich härter werden, wenn er in einer Mordermittlung bestehen wollte.

„Was ich wissen will", knurrte Baxter, „ist, was zum Teufel hier vor sich geht!"

Ffion hob die Hand. „Sir, die Botschaften."

Baxter nickte. Ausnahmsweise schien er für Ffions Beitrag dankbar zu sein. „Danke, DC Hughes." Er deutete auf zwei weitere Fotos. „Erstens eine gedruckte Karte, die neben Tina Mackenzies Ohren platziert wurde. *Höre nichts Böses.* Die Karte ist von der Art, wie sie das College als Namenskärtchen für seine Gäste beim Dinner verwendet. Sie scheint aus dem Büro des Colleges zu stammen, oder vielleicht aus dem Speisesaal, wo der Butler seinen eigenen Vorrat an Büromaterial aufbewahrt. Zweitens eine mit Blut geschriebene Nachricht an der Wand über Meg Collins' Bett. *Sag nichts Böses.* Was zum Teufel bedeutet das?"

Jake starrte auf das zweite Bild. Die Worte waren mit etwas geschrieben worden, das wie rote Farbe aussah. An mehreren Stellen hatte das Blut Spuren hinterlassen, wo es an der Wand heruntergelaufen war. Es sah aus, als wäre die Botschaft mit einer Art Pinsel auf die Tapete gemalt worden.

Ffion hob die Hand ein zweites Mal. „Sir, die Sätze stammen aus dem japanischen Sprichwort ‚Sieh nichts Böses, höre nichts Böses, sag nichts Böses'. Traditionell werden die Worte von drei weisen Affen gesprochen, wobei der erste seine Hände über die Augen, der zweite über die Ohren und der dritte über den Mund hält."

„Affen?" Baxter machte deutlich den Eindruck, als vermute er, dass Ffion ihn auf den Arm nehmen wollte.

„Ja, Sir. Die Sätze passen offensichtlich zu den

Körperteilen, die den Opfern entfernt wurden. Es gibt zwei gegensätzliche Interpretationen der Worte der Affen. Die erste besagt, dass es sich um Gebote handelt, die die Weisen auffordern, sich von schlechten Taten abzuwenden. Die zweite Deutung besagt, dass die Worte als Tadel für moralisch schwache Menschen gedacht sind, die ihre Stimme nicht erheben, wenn sie Zeuge des Bösen in der Welt werden."

Baxter grunzte. „Danke, dass Sie uns aufgeklärt haben, DC Hughes, obwohl ich nicht genau sehe, wie uns das weiterbringt." Er fuhr sich mit der Hand durch sein ohnehin zerzaustes Haar. „Betrachten wir die Fakten. Alexia Petrakis war eine Investigativ-Journalistin. Ihr Artikel, in dem sie Tina Mackenzie als Lügnerin entlarvte, erschien am Morgen nach ihrem Tod in einer überregionalen Zeitung. Natürlich war Tina Mackenzie zunächst unsere Hauptverdächtige, aber wenn sie Miss Petrakis nicht ermordet hat, warum sollte es dann jemand anderes tun wollen? Tina Mackenzie war eine Anwältin, die gegen GenMeg Therapeutics, die Firma von Meg Collins, klagte, was Miss Collins zu einer offensichtlichen Verdächtigen für ihren Mord machte. Aber da Miss Collins nun tot ist, wer sonst würde vom Tod von Tina Mackenzie profitieren? Drittens hatte Alexia Petrakis einst eine Affäre mit Meg Collins' Ehemann. Aber jetzt, da beide Frauen tot sind und der Ex-Mann auf der anderen Seite des Globus in New York lebt, scheint auch das irrelevant zu sein. Was bleibt uns dann noch?"

Baxter wartete nicht auf eine Antwort. „Lassen Sie uns stattdessen einen Blick auf die Beweise werfen, die wir haben. Wir haben den Draht, mit dem Miss Petrakis erdrosselt wurde, jetzt eindeutig identifiziert. Es scheint sich um ein Stück Draht zu handeln, das für elektrische Arbeiten im College verwendet wird und aus einem Lagerraum des Colleges gestohlen wurde. Der Diebstahl wurde von einem Arbeiter gemeldet, als er heute Morgen zur Arbeit kam. Das Messer, mit dem die Augen des ersten Opfers entfernt wurden, war ebenfalls Eigentum des

Colleges und wurde aus der Küche entwendet. Beim zweiten Mord wurde Miss Mackenzie mit Madeira-Wein aus dem Weinkeller des Colleges vergiftet, der das Wappen des Colleges trug. Das Messer, mit dem ihr die Ohren abgeschnitten wurden, wurde ebenfalls aus der Küche gestohlen, vielleicht zur gleichen Zeit wie das erste Messer. Mit einem weiteren Messer des Colleges wurde Miss Collins' Zunge herausgeschnitten."

Fotos der verstümmelten Körperteile wurden zusammen mit Fotos der verschiedenen Waffen und Werkzeuge an die Pinnwand geheftet.

„In allen Fällen wurde College-Eigentum sowohl als Mordwaffe als auch zum Abtrennen von Körperteilen der Opfer verwendet. Und warum? War es nur eine Frage der Bequemlichkeit oder wollte der Mörder uns oder jemand anderem eine Botschaft übermitteln?"

„Könnte es ein Versuch gewesen sein, den guten Namen des Colleges in den Schmutz zu ziehen?", vermutete Jake.

„Oder wenn es jemand war, der am College arbeitet", schlug Andy Cartwright vor, „dann hätte er leichten Zugang zu allen Gegenständen gehabt. Vielleicht hat er nur das genommen, was am einfachsten zu bekommen war."

„Diese Theorie gefällt mir", sagte Baxter. „Sie ist plausibel. Und sie ist praktisch. In diesem Fall sollten wir unsere Aufmerksamkeit auf die Küche und das Servicepersonal richten. Dort hätten wir von Anfang an suchen sollen."

„Aber was ist mit den Botschaften?", fragte Jake. „Sieh nichts Böses, höre nichts Böses, sag nichts Böses. Auf welches Böse beziehen sie sich? Haben die Opfer eine böse Tat begangen oder haben sie es versäumt, sich dem Bösen zu widersetzen?"

„Oder wurden sie von jemandem gewarnt, etwas zu sagen?", schlug Ffion vor.

Baxter schüttelte den Kopf. „Diese melodramatischen Andeutungen sind vielleicht nur ein Ablenkungsmanöver, vielleicht sogar eine bewusste Irreführung durch den Täter. Nein, wir hatten schon genug Ablenkungen. Von jetzt an will ich harte Fakten. Keine Spekulationen mehr."

„Was ist mit der Axt, mit der Meg Collins getötet wurde?", fragte Andy. „Stammt die auch aus dem College, und wenn ja, woher?"

„Gute Frage. Die SOCO hat sie eingepackt und zur Analyse an die Forensik geschickt. Die arbeiten gerade am Tatort. Nach einem so brutalen Mord muss der Täter Spuren hinterlassen haben. Das Labor hat auch alle physischen Beweise, die am Tatort des zweiten Mordes sichergestellt wurden. Hoffentlich finden wir einen Fingerabdruck, eine DNA-Probe oder zumindest eine Kleidungsfaser, die unseren Mörder überführt. Niemand kann drei Morde begehen, ohne Spuren zu hinterlassen. Die Forensiker versuchen auch, den Typ der verwendeten Axt zu identifizieren, sowie einen Pinsel, der am Tatort gefunden wurde. Alles deutet darauf hin, dass damit die Botschaft an die Wand gemalt wurde."

„Die Spitzhacke sieht aus wie ein Eispickel", sagte Ffion. „Die Art, die Bergsteiger benutzen."

„Vielleicht", sagte Baxter. „Aber denken Sie daran, was ich über Spekulationen gesagt habe. Warten wir, bis die Spurensicherung sie eindeutig identifiziert."

Andy räusperte sich und hob eine Hand.

„Was gibt es, Cartwright?", fragte Baxter.

„Sie haben mich gebeten, die Aktivitäten von Alexia Petrakis vor ihrem Tod am Samstag zu untersuchen."

„Und?"

„Sie kam am Tag vor der Gaudi, am Freitag, in Oxford an. Sie reiste mit dem Zug aus London an, der um zwölf Uhr mittags ankam. Sie checkte im Randolph Hotel ein, wo sie zuvor ein Zimmer für die Nacht gebucht hatte. Am Freitagnachmittag ging sie dann zum Ashmolean Museum, das direkt gegenüber dem Randolph liegt, wo sie sich mit einer gewissen Dr. Philippa Atkins treffen wollte."

„Ein Besuch im Museum? Was in Gottes Namen hat das damit zu tun?"

„Sie haben mich gebeten, das herauszufinden, Sir."

„Nun, ja, in Ordnung. Gute Arbeit."

Ffion hob eine Hand. „Sir, ich habe noch eine Idee."

„Was?"

„Wie Sie wissen, habe ich gestern Abend herausgefunden, dass das College eine kleine, aber sehr bedeutende Investition in GenMeg Therapeutics getätigt hat."

„Ja", sagte Baxter. „Wenn Sie sich erinnern, habe ich Ihnen nach dem Verhör gesagt, dass ich das für irrelevant halte."

„Ja, Sir, das haben Sie, aber ich habe nachgedacht. Die Investition half Meg Collins enorm, ihr Unternehmen zu gründen. Auch Alexia Petrakis erhielt einen Karriereschub, als der Direktor sie mit seinen Medienkontakten bekannt machte. Wir wissen nicht, ob Tina Mackenzie in irgendeiner Weise unterstützt wurde, aber nehmen wir einmal an, dass es so war."

„Und weiter?"

„Alle drei Frauen sind jetzt tot. Ein anderes Mitglied derselben Gruppe – Bella Williams – erhielt keinerlei Hilfe und ihre Karriere kam nicht in Gang. Was, wenn Bella auf den Erfolg der anderen eifersüchtig war und beschloss, es ihnen beim zwanzigjährigen Jubiläum heimzuzahlen? Das würde erklären, warum sie alle an diesem Wochenende ermordet wurden."

Baxter machte keinen Versuch, seine Verärgerung über diese Theorie zu verbergen. „DC Hughes, ich habe bereits sehr deutlich gemacht, was ich von wilden Theorien und sinnlosen Spekulationen halte. Und das ist eine der am wenigsten plausiblen Theorien, die ich bisher gehört habe. Wenn Neid ein Mordmotiv wäre, läge die halbe Welt tot mit einem Messer im Bauch. Und die andere Hälfte säße im Gefängnis."

Aber Ffion war hartnäckig wie immer. „Meinen Sie nicht, wir sollten sie wenigstens befragen, Sir? Bella Williams, meine ich."

Baxter dachte widerstrebend darüber nach. „Na gut.

Ich habe selbst noch nicht mit ihr gesprochen. Ich werde jetzt ein paar Worte mit ihr wechseln. In der Zwischenzeit möchte ich, dass der Rest von Ihnen zurück in die Küche geht und das Personal befragt. Finden Sie so viel wie möglich heraus. Gehen wir der Sache auf den Grund und verschwenden wir keine Zeit mehr."

Die Sitzung endete in hektischer Betriebsamkeit, mit plötzlichem Stühlerücken und wildem Gedränge. Alle waren begierig darauf, ihre Bereitschaft zu zeigen und Ergebnisse zu erzielen. Jake war einer der Ersten, die den Raum verließen, um seine Verspätung wettzumachen und auch, um Baxter aus dem Weg zu gehen.

KAPITEL 23

Ffion war überrascht, als Baxter sie am Ende des Briefings zurückrief. „Ich dachte, Sie wollten, dass alle das Küchenpersonal befragen, Sir."

„Sie können stattdessen mit mir kommen, DC Hughes."

„Um Bella Williams zu befragen?" Ffion hatte den Eindruck gehabt, dass Baxter sie nach ihren ungebetenen Fragen während der Vernehmung von Meg Collins nie wieder bei einem Verhör dabei haben wollen würde.

„Ich brauche jemanden", sagte Baxter zähneknirschend. „Alle anderen sind beschäftigt."

„Sehr gut, Sir." Ffion beschloss, das als Bestätigung zu nehmen. Vielleicht wusste Baxter ihre Vorschläge insgeheim doch zu schätzen.

„Wir werden nur mit ihr reden, wohlgemerkt. Nichts Konfrontatives. Sie ist keine Verdächtige. Aber Sie haben recht, sie stand allen drei Opfern nahe. Vielleicht weiß sie etwas Nützliches. Und wir wollen herausfinden, ob an der Art und Weise, wie zwei der ermordeten Frauen vom College unterstützt wurden, wirklich etwas faul ist."

Ffion war erfreut, dass Baxter ihre Idee endlich ernst

nahm. „Ja, Sir. Auf jeden Fall."

„Gehen wir in ihr Zimmer."

Als sie das Treppenhaus im St. Alban's Quad erreichten, in dem Bella untergebracht war, fanden sie draußen DS Ryan Hooper, der Wache stand.

„Was zum Teufel machen Sie hier?", brüllte Baxter. „Ich sagte, ich will alle in der Küche." Seine Miene verfinsterte sich, als er Ryan anstarrte. „Waren Sie gerade bei meinem Briefing, Sergeant?"

„Tut mir leid, Sir. Nein, Sir. DI Hart hat mich gebeten, ein Auge auf Miss Williams zu haben. Sie macht sich Sorgen, dass sie in Gefahr sein könnte."

Baxter wäre bei dieser Nachricht beinahe explodiert. „DI Hart? Wenn Sie Miss Bridget Hart meinen, möchte ich Sie daran erinnern, dass sie in diesen Ermittlungen keinerlei Befugnisse hat und dass ich ihr ausdrücklich die Order gegeben habe, ihre verdammte Nase da rauszuhalten. Sie erhalten Ihre Anweisungen von mir, Sergeant, nicht von ihr. Und wenn jemand in Gefahr ist, dann Sie. In Gefahr, wegen groben Fehlverhaltens suspendiert zu werden. Und jetzt gehen Sie und helfen Sie in der Küche."

„Ja, Sir. Sofort, Sir." Ryan eilte über den Hof davon. Sogar Ffion hatte Mitleid mit ihm. Aber nicht allzu sehr.

Baxter atmete tief durch, betrat das Gebäude und klopfte laut an die Tür zu Bellas Zimmer im Erdgeschoss.

Die Tür wurde von Bella geöffnet. Misstrauisch musterte sie Ffion und Baxter. „Hallo? Ist etwas passiert?"

„Wir möchten Ihnen nur ein paar Fragen stellen, wenn es Ihnen recht ist", sagte Baxter.

„Natürlich", sagte Bella. Sie öffnete die Tür weiter, um sie hereinzulassen, und setzte sich ans Fenster. Auf der Fensterbank neben ihrem Stuhl lag ein aufgeschlagenes Buch. Hesiods *Theogonie*, bemerkte Ffion. Das Buch, das Bella bei ihrem Verhör am Sonntag erwähnt hatte.

„Ich hoffe, es macht Ihnen nichts aus zu stehen", sagte Bella. „In diesem Raum gibt es sonst keine Sitzgelegenheiten."

„Das wird kein Problem sein", sagte Baxter, der viel zu viel unruhige Energie zu haben schien, um sich auf einen Stuhl zu beschränken. „Wir werden nicht viel von Ihrer Zeit in Anspruch nehmen. Sie wissen sicher, dass auch Meg Collins ermordet wurde?"

Bella nickte bedrückt. „Ja, Ihr Sergeant hat es mir erzählt."

Baxter sprach kein Beileid für den Verlust von Bellas ehemaliger Freundin aus. „Sie haben früher mit den drei Mordopfern unter einem Dach gelebt?"

„Ja, zusammen mit zwei anderen Freunden."

„DI Bridget Hart und Miss Lydia Khoury."

„Das stimmt."

„Hatten Sie nach dem College noch engen Kontakt zu den anderen?"

„Nicht wirklich. Ich habe sie im Laufe der Jahre ein- oder zweimal getroffen, aber ich kann nicht sagen, dass wir Freunde geblieben sind."

„Gab es dafür einen bestimmten Grund?"

Bella schüttelte den Kopf. „Es ist fast zwanzig Jahre her, dass wir das Haus geteilt haben. Das ist ein halbes Leben. Nach Oxford haben wir alle völlig unterschiedliche Lebenswege eingeschlagen. Ich zog nach Peterborough und war nur selten in London, wo die meisten der anderen lebten. Es gab keinen Grund für uns, in Kontakt zu bleiben."

Baxter schien mit dieser Erklärung zufrieden zu sein. „Uns ist zu Ohren gekommen, dass zwei der ermordeten Frauen – Meg Collins und Alexia Petrakis – zu Beginn ihrer Laufbahn vom College unterstützt wurden. Wissen Sie etwas darüber?"

„Nein", sagte Bella. „Welche Art von Unterstützung?"

„Der Direktor des Colleges hat Miss Petrakis mit seinen Medienkontakten in Verbindung gebracht und ihr so zu ihrem ersten Job im Journalismus verholfen. Das College hat eine wichtige Investition in Miss Collins' Unternehmen getätigt."

„Das überrascht mich nicht", sagte Bella. „Alexias

Karriere hat sehr schnell Fahrt aufgenommen. Und Meg hatte das Glück, eine Finanzierung für ein Konzept zu bekommen, das damals kaum mehr als ein Forschungsprojekt der Universität war."

„Könnte Miss Mackenzie auch irgendeine Unterstützung von ihrem ehemaligen College erhalten haben?"

„Ich habe wirklich keine Ahnung", sagte Bella. „Aber sie ist auf jeden Fall schon in jungen Jahren Partnerin in ihrer Anwaltskanzlei geworden. Vielleicht hat jemand für sie die Fäden gezogen. Ist das wichtig?"

„Wahrscheinlich nicht", sagte Baxter. „Vielen Dank für Ihre Zeit, Miss Williams. Wir lassen Sie jetzt in Ruhe Ihr Buch lesen."

„Eine Sache noch", sagte Ffion. Baxter warf ihr einen warnenden Blick zu, doch sie ignorierte ihn. „Sie haben an der Universität Klassische Philologie studiert, stimmt das?"

„Ja", sagte Bella. Sie deutete auf das Buch, in dem sie las.

„Das Studium der Literatur, Geschichte und Philosophie der alten Griechen und Römer. Sie waren Stipendiatin, nicht wahr?"

„Ja, das war ich."

„Und in der Tat haben Sie Ihr Studium mit Auszeichnung abgeschlossen und hatten große Hoffnungen auf eine akademische Laufbahn."

„Ja", sagte Bella. „Aber Sie werden wissen, dass sich meine Hoffnungen nicht erfüllt haben und ich schließlich Lehrerin geworden bin. ‚Nur' Lehrerin, wie Sie selbst sagten." Sie unternahm keinen Versuch, den Groll in ihrer Stimme zu verbergen.

„Was ist schiefgelaufen?"

Bella zuckte mit den Schultern. „Nichts ist schiefgelaufen. Oxford ist voll von intelligenten jungen Leuten. Talent allein reicht nicht aus, um es in der akademischen Welt zu etwas zu bringen. Man braucht auch Glück oder zumindest die Unterstützung von jemandem mit Einfluss."

„Und den hatten Sie nicht?"

„Nein."

Baxters Miene verfinsterte sich zunehmend, aber Ffion fuhr fort. „Aber Ihre drei Freunde haben entsprechende Hilfe erhalten, oder? Sie waren gezwungen, von der Seitenlinie aus zuzusehen, wie ihre Karrieren Fahrt aufnahmen. Das muss Sie sehr neidisch gemacht haben. Sie haben Ihr eigenes Leben mit dem der anderen verglichen und es hat Ihnen nicht gefallen, was Sie gesehen haben."

„DC Hughes, ich warne Sie", sagte Baxter.

„Sie haben zwar behauptet, dass Sie keinen Kontakt zu Ihren alten Freundinnen hatten", fuhr Ffion fort, „aber Sie haben mir selbst gesagt, dass Sie alle Zeitungsartikel von Alexia gelesen haben. Und Sie haben gerade zugegeben, dass Sie alles über Megs Firma und Tinas Karriere als Anwältin wussten. Ich glaube, Sie haben sie heimlich beobachtet und über ihre Erfolge Buch geführt. Und dann, eines Tages, fast zwanzig Jahre später, haben Sie endlich einen Weg gefunden, die Dinge wieder ins Lot zu bringen."

Bella lachte, dann warf sie Ffion einen mitleidigen Blick zu. „Gut, ich gebe zu, ich habe sie beobachtet. Es gab viel zu sehen, mit all ihren kleinlichen Rivalitäten und Streitereien. Aber wenn Sie glauben, ich hätte Alexia, Tina und Meg aus Eifersucht ermordet, kann ich Ihnen versichern, dass ich dazu keinen Grund hatte. Glauben Sie, dass der Erfolg eine von ihnen glücklich gemacht hat? Hat er nicht. Alexia schrieb ihre gemeinen Artikel, in denen sie alle möglichen Leute attackierte, aber das brachte ihr nur Feinde ein. Am Ende hassten sie sogar ihre engsten Freunde. Tina war keinen Deut besser, sie lebte jahrelang mit der Schuld, gelogen und betrogen zu haben, um Erfolg zu haben. Sie war so von Ehrgeiz zerfressen, dass sie gnadenlos gegen ihre beste Freundin vor Gericht zog, ohne sich darum zu kümmern, welchen Schaden sie damit anrichtete. Meg selbst wurde von Tinas und Alexias egoistischem und rücksichtslosem Handeln geplagt."

Bella schwenkte das Buch, in dem sie gelesen hatte. „Hesiod erzählt die Geschichte von drei Frauen, rachsüchtigen und eifersüchtigen Schwestern, bekannt als die Erinyen oder Furien. Sie lebten in der Hölle und hatten Schlangenhaare, Hundeköpfe, Fledermausflügel und blutunterlaufene Augen. Sie quälten nicht nur die Sterblichen, die den Willen der Götter missachtet hatten, sondern auch sich gegenseitig. Darf ich vorstellen: Alexia, Tina und Meg."

Nachdem Bella ihren Gefühlsausbruch beendet hatte, herrschte Stille im Raum.

„Ich glaube, wir sind hier fertig, Constable", sagte Baxter zu Ffion, als Bella leise zu weinen begann. „Es tut mir leid, dass wir Sie gestört haben, Miss Williams."

Draußen richtete Baxter seine ganze Wut auf Ffion. „DC Hughes, wenn ich einen untergeordneten Beamten anweise, ein Verhör zu beenden, erwarte ich, dass man mir gehorcht. Ich erwarte nicht, dass er weitermacht, als hätte ich nichts gesagt. Ich erwarte schon gar nicht, dass er einen Zeugen so behandelt, als wäre er schuldig, wenn es keine konkreten Beweise dafür gibt, dass er ein Verbrechen begangen hat. Und ich habe Ihnen unmissverständlich zu verstehen gegeben, dass ich wilde Spekulationen, wie Sie sie gerade angestellt haben, verabscheue. Habe ich mich in irgendeiner Weise unklar ausgedrückt?"

„Nein, Sir", sagte Ffion. „Es tut mir leid, Sir."

Eine Gestalt lief quer über den Hof auf sie zu. DS Andy Cartwright.

Baxter drehte sich gereizt um und sah ihn an. „Was ist denn jetzt schon wieder?"

„Entschuldigen Sie die Störung, Sir", sagte Andy atemlos, „aber Sie hatten mich gebeten, Sie zu informieren, sobald es etwas Neues gibt."

„Und? Was gibt es Neues?"

„Ich habe gerade einen Anruf von der Spurensicherung bekommen", sagte Andy aufgeregt. Sie haben die Analyse aller Fingerabdrücke abgeschlossen, die in Tina

Mackenzies Zimmer gefunden wurden. Die einzigen Abdrücke auf dem leeren Weinglas stammen von Miss Mackenzie selbst. Das zweite Glas wurde abgewischt, aber es ist ihnen gelungen, einen Abdruck auf der Flasche zu finden."

„Und?"

„Es sind die Fingerabdrücke des Butlers, Sir. Nick Kernahan."

Baxter starrte ihn finster an. „Das ist nicht sonderlich überraschend, oder, Sergeant? Der Butler ist der einzige Angestellte, der Zugang zum Keller des Colleges hat. Wahrscheinlich sind auf jeder Flasche seine Fingerabdrücke."

„Ja, Sir, aber es ist überraschend, woher das Team wusste, dass der Abdruck von ihm stammt. Nick Kernahans Fingerabdrücke waren in der Polizeidatenbank, weil er vorbestraft ist."

Baxters Züge verzerrten sich zu einem raubtierhaften Blick. „Vorbestraft weswegen?"

„Tätlicher Angriff und Körperverletzung. Offenbar hat er den früheren College-Koch angegriffen und ihm beide Arme gebrochen. Dafür wäre er ins Gefängnis gekommen, aber der College-Direktor hat ein gutes Wort für ihn eingelegt und er bekam eine Bewährungsstrafe."

„Ich habe diesen Butler noch nie gemocht", sagte Baxter. „Kommen Sie. Schnappen wir ihn uns."

*

Als DI Baxter in den Speisesaal stürmte, war Jake gerade in eine hitzige Debatte mit dem Butler des Colleges verwickelt. Nick Kernahan war ein großer, stattlicher Mann mit schwarzer Weste und Fliege. Er war gerade dabei gewesen, das Abräumen des Frühstücks zu beaufsichtigen, als die Detectives den Saal betraten, um seine Mitarbeiter zu befragen und bis ins kleinste Detail zu ermitteln, was diese in den letzten achtundvierzig Stunden getan hatten. Er reagierte mit unverhohlener

Feindseligkeit auf die Störung. „Sie haben bereits das gesamte Küchen- und Servicepersonal ausführlich befragt", sagte er zu Jake. „Ich selbst bin mindestens zweimal befragt worden. Wie soll ich meine Arbeit machen, wenn Sie Clowns ständig hereinplatzen und alles durcheinanderbringen?"

Für einen Butler fand Jake das Verhalten des Mannes ziemlich aggressiv. Sollte er jemals selbst einen Butler brauchen – was äußerst unwahrscheinlich schien –, würde er sich niemals für einen entscheiden, der eine solch ungezügelte Aggressivität an den Tag legte. „Beruhigen Sie sich, Kumpel", sagte er. „Es gibt keinen Grund, wütend zu sein."

„Ich kann noch viel wütender werden. Und kommen Sie mir bloß nicht mit ,Kumpel'. Ich bin nicht Ihr Freund."

Jake überlegte, wie er am besten mit der Situation umgehen sollte. Bis zu einem gewissen Grad konnte er verstehen, dass die Arbeit des Mannes durch all die Störungen beeinträchtigt wurde. Es war für alle Beteiligten eine schwierige Situation. Aber der Mann musste verstehen, dass drei Menschen ermordet worden waren. Da war kein Platz für derartige Feindseligkeiten.

Er war erleichtert, als Baxter wie eine Miniaturgewitterwolke in den Saal fegte und dem Butler mit einer fleischigen Hand auf die Schulter klopfte. Der Mann wirbelte überrascht herum, sein Gesicht war ebenso finster wie Baxters.

„Nick Kernahan, ich verhafte Sie wegen Mordverdachts an Alexia Petrakis, Tina Mackenzie und Meg Collins. Sie haben das Recht zu schweigen –"

„Was? Lassen Sie mich los!", rief der Butler empört. Er versuchte, sich loszureißen, aber Baxter drückte ihn grob gegen die holzvertäfelte Wand und legte ihm Handschellen an die Handgelenke.

„– wenn Sie aber etwas verschweigen, auf das Sie sich später vor Gericht berufen, kann dies Ihrer Verteidigung schaden."

„Ich habe niemanden ermordet!", schrie Nick Kernahan. „Ich kannte diese Frauen nicht einmal!"

„Bringen Sie ihn nach Kidlington", murmelte Baxter. „Andy, tun Sie es jetzt."

Jake sah irritiert zu, wie Andy und zwei Constables den Butler aus dem Speisesaal zerrten. Das war sicher eine Art, mit der Situation umzugehen. Aber warum in aller Welt hatte Baxter beschlossen, ihn wegen Mordes zu verhaften?

Baxter gab keinen Hinweis auf seine Beweggründe. Stattdessen ließ er seinen Blick durch den Speisesaal schweifen, ignorierte die erschrockenen Blicke der College-Mitarbeiter, der Polizeibeamten und der Gäste und sah glücklicher aus, als Jake ihn das ganze Wochenende gesehen hatte. „Jetzt kommen wir der Sache näher", erklärte er.

„Sehr gut, Sir", sagte Jake. „Was machen wir jetzt?"

„Ich fahre zurück nach Kidlington, um ihn zu befragen", sagte Baxter. „In der Zwischenzeit möchte ich, dass dieser Ort auf den Kopf gestellt wird. Überprüfen Sie jedes Messer, jede Gabel und jeden Löffel. Befragen Sie noch einmal das gesamte Küchen- und Servicepersonal. Finden Sie alles über sie heraus. Wenn Sie damit fertig sind, will ich die ganze Lebensgeschichte jedes einzelnen Mitarbeiters kennen. Keine Fehler mehr."

Jake begann, die Junior Detectives und andere Beamte zu organisieren, um die Anweisungen auszuführen. Auch er wollte gerade helfen, als der Direktor des Colleges in der Tür erschien. „Was um Himmels willen ist denn jetzt los?", fragte er.

Baxter drehte sich zu ihm um, richtete sich zu seiner vollen Größe auf und schwellte die Brust wie ein Soldat, der sich zum Kampf rüstete. „Ich habe den Butler des Colleges, Nick Kernahan, wegen des Mordverdachts an Alexia Petrakis, Tina Mackenzie und Meg Collins verhaftet. Meine Beamten durchsuchen jetzt die Räumlichkeiten."

Der Direktor wirkte entsetzt. „Meg Collins? Niemand hat mich über einen weiteren Mord informiert."

„Die dritte Leiche wurde vor etwas mehr als einer Stunde entdeckt."

„Großer Gott. Und Sie glauben, dass Mr. Kernahan dafür verantwortlich ist?"

Baxter starrte den Direktor an. „Überrascht Sie das? Wie ich höre, wussten Sie, dass er wegen Körperverletzung vorbestraft ist?"

Die Nachricht versetzte Jake in große Verwunderung. Ein Butler mit einer Vorstrafe wegen Körperverletzung? Selbst mit seiner begrenzten Lebenserfahrung ahnte er, dass so etwas in der Welt der Butler nicht üblich war. Aber nachdem er das aggressive Verhalten des Mannes am eigenen Leib erfahren hatte, konnte er nicht sagen, dass er völlig überrascht war.

„Ja. Aber –"

„Und dennoch haben Sie diese Tatsache weder mir noch einem meiner Beamten gegenüber erwähnt?"

„Ich wurde nie nach dem Butler gefragt", protestierte Dr. Harper. „Ich habe diese Informationen nicht als relevant erachtet."

„Wirklich? Und ist es normale College-Politik, verurteilten Kriminellen eine Stelle anzubieten? Gewaltverbrechern? Was ist mit Ihrer Fürsorgepflicht gegenüber Ihren Studenten?"

„Das College glaubt daran, Menschen eine zweite Chance zu geben, Inspector. Nick Kernahan wurde zu einer Bewährungsstrafe verurteilt, unter der Bedingung, dass das College ihn weiterbeschäftigt. Und bis auf einen einzigen unglücklichen Vorfall vor ein paar Jahren hat er sich vorbildlich verhalten."

„Bis jetzt."

„Haben Sie etwas, das ihn direkt mit den Morden in Verbindung bringt?", fragte der Direktor.

Baxter schien froh zu sein, gefragt zu werden. Er begann, eine Liste abzuspulen und benutzte seine Finger zum Zählen. „College-Eigentum, das als Mordwaffe verwendet wurde; College-Messer aus der Küche, mit denen Leichenteile entfernt wurden; College-Wein – zu dem übrigens nur der Butler Zugang hatte –, mit dem eines der Opfer vergiftet wurde; das Platzieren von Augäpfeln in der Suppe. Ganz zu schweigen von den belastenden Fingerabdrücken. Ich gehe davon aus, dass wir noch mehr Beweise finden werden, sobald unser forensisches Team das Material von den letzten Tatorten untersucht hat."

Der Direktor blickte betroffen drein. „Wenn ich einen Verdacht gegen Nick gehabt hätte, hätte ich nicht gezögert, ihn Ihnen mitzuteilen."

„Hätten Sie das getan, Sir, dann wären zwei Ihrer Gäste vielleicht noch am Leben", erwiderte Baxter.

Dr. Harper verzog den Mund, sagte aber nichts mehr. Die beiden Männer starrten sich einen Moment lang an, bevor Baxter und kurz darauf auch der Direktor den Saal verließen.

Nachdem sie gegangen waren, herrschte Stille im Saal. Ryan kam zu Jake hinüber und flüsterte ihm ins Ohr. „Ich weiß nicht, warum wir den Butler nicht gleich am Anfang verhaftet haben."

„Tatsächlich? Warum?"

Auf Ryans Gesicht breitete sich ein breites Grinsen aus. „Es ist doch immer der Butler, oder? Hast du Agatha Christie nicht gelesen, Kumpel?"

KAPITEL 24

„Ich kann nicht glauben, dass das passiert ist", sagte Ffion zu Jake, nachdem Baxter nach Kidlington zurückgekehrt war, um Nick Kernahan zu verhören.

Jake fragte sich, was sie damit meinte – die Verhaftung des Butlers oder die Tatsache, dass Baxter sie nicht gebeten hatte, ihn zu diesem Verhör zu begleiten. Was es auch war, sie sah durch und durch unglücklich und niedergeschlagen aus. Er musste den Drang unterdrücken, tröstend den Arm um sie zu legen.

„Ich dachte wirklich, sie hätte es getan", sagte sie.

„Wer?", fragte er mit leerem Blick.

„Bella Williams."

„Bella?" Jakes Gehirn konnte ihr kaum folgen. „Du dachtest, Bella wäre die Mörderin? Aber warum sollte sie ihre eigenen Freunde umbringen wollen?"

„Eifersucht."

„Glaubst du?", sagte er skeptisch. „Ich dachte, es dreht sich alles um Rache."

„Wie kommst du darauf?"

„Tina hasste Alexia, weil sie den Zeitungsartikel über sie geschrieben hatte. Meg hasste Tina, weil sie ihre Firma verklagt hatte. Meg hasste Alexia, weil sie mit ihrem Mann geschlafen hatte."

„Aber Meg und Tina sind jetzt beide tot. Und überhaupt, wer hat eigentlich Meg gehasst?"

„Ich weiß es nicht."

„Nein", sagte Ffion. „Da steckt noch etwas anderes dahinter."

„Nun ja", sagte Jake. „Der Butler."

Ffion schüttelte abweisend den Kopf. „Warum sollte der Butler das getan haben?"

„Ich weiß es nicht", gab er zu. „Aber alle Beweise deuten auf ihn."

„Hm", sagte Ffion.

Jake wartete, aber sie schien es nicht eilig zu haben, ihre Gedanken auszuführen. „Nun", sagte er, „Baxter ist überzeugt, dass es der Butler war."

„Du weißt, wie Baxter ist, wenn er eine Idee hat."

„Wie eine Bulldogge."

„Genau."

Trotzdem musste Jake zugeben, dass die Beweise überzeugend waren. Die Tatsache, dass Nick Kernahan derjenige gewesen war, der Dr. Harper die Suppe mit Alexias Augäpfeln serviert hatte, ließ auf eine Art persönlichen Groll gegen den College-Direktor schließen. Vielleicht waren seine drei Opfer zufällig ausgewählt worden, als Teil eines ausgeklügelten Plans, den Direktor zu diskreditieren und zu verhindern, dass er Vizekanzler der Universität wurde. Aber das klang selbst in Jakes Ohren weit hergeholt. „Ich glaube nicht, dass Baxter sich viel darum schert, warum etwas passiert", sagte er. „Ihn interessiert nur, wer, wann und wo."

„Hier ist die Frage, die wir stellen sollten", sagte Ffion. „Was hatte es mit dem Artikel auf sich, den Alexia Petrakis über den Direktor geschrieben hat, und warum hat sie den Tag vor der Gaudi im Ashmolean Museum verbracht?"

„Das sind zwei Fragen", brummte Jake, „und ich weiß wirklich nicht, warum eine davon wichtig sein sollte."

„Nun, das wissen wir erst, wenn wir sie beantwortet

haben. Und genau das werden du und ich jetzt tun."

„Werden wir?"

„Ja. Steht dein Auto draußen?"

„Ja."

„Komm schon", sagte sie und ergriff seinen Arm. „Lass uns dem Ashmolean einen Besuch abstatten."

★

Bridget beobachtete von der hinteren Ecke des Front Quad, wie erst Baxter und dann Dr. Harper wütend aus dem Speisesaal stürmten und in entgegengesetzte Richtungen liefen – Baxter marschierte in Richtung Pförtnerhaus, der Direktor ging schnell in Richtung Fellows' Garden, vermutlich um in sein Haus zurückzukehren. Sie hatte bereits gesehen, wie der Butler von Andy in Handschellen abgeführt worden war. Offensichtlich hatte es eine wichtige Entwicklung gegeben, und dank eines schnellen Nachrichtenaustauschs mit Ffion war Bridget bereits auf dem Laufenden über diese neueste Wendung der Ermittlungen.

„Darf ich mich zu Ihnen gesellen?", fragte sie, als der Direktor sich dem Torbogen näherte, an dem sie stand. Sie streckte die Hand aus. „Ich bin DI Bridget Hart."

Dr. Harpers Augen funkelten sie einen kurzen Moment lang wütend an, bevor er sich zusammenriss und den ärgerlichen Blick durch ein höfliches Lächeln ersetzte. Er nahm ihre Hand und sah verwirrt aus. „Ich dachte, Sie wären einer unserer Alumni-Gäste. Inspector Baxter hat nicht erwähnt, dass Sie in die Ermittlungen eingebunden sind."

„Ich bin nicht in offizieller Funktion hier", sagte Bridget. „Ich bin als Gast der Gaudi hier, aber ich bin auch Detective Inspector bei der Thames Valley Police."

„Ich verstehe. Also, wie kann ich Ihnen helfen? Ich kann Ihnen ein paar Minuten meiner Zeit schenken, aber dann muss ich wirklich nach Hause. Die polizeilichen Ermittlungen bringen meinen Zeitplan und die verschiedenen Aktivitäten des Colleges völlig durcheinander. Wir mussten bereits eine Konferenz absagen, die diese Woche hier hätte stattfinden sollen. Allerdings", fügte er schnell hinzu, "verstehe ich sehr gut, dass wir mit der Polizei uneingeschränkt zusammenarbeiten müssen."

"Natürlich", sagte Bridget. "Vielleicht könnte ich mit Ihnen durch die Gärten zurückgehen, dann können wir uns unterwegs unterhalten?"

"Das klingt nach einer ausgezeichneten Idee."

Sie ließen den Lärm und die Hektik des Front Quad hinter sich und machten sich auf den Weg durch den ruhigeren St. Alban's Quad. Bridget hatte einige Mühe, mit dem langbeinigen Dr. Harper Schritt zu halten. Sie konnte sich gut vorstellen, wie er durch die zerklüfteten Hügel des Irak oder Jordaniens streifte, den abgetragenen Fedora lässig auf dem feinen Silberhaar.

"Also, was möchten Sie wissen?"

"Es ist mehr eine persönliche Angelegenheit."

"Ach?" Dr. Harper verlangsamte das Tempo.

"Sie erinnern sich vielleicht nicht, aber ich war eine gute Freundin von Alexia, Tina und Meg, als wir zusammen auf dem College waren."

"Ihr Verlust tut mir sehr leid. Wie schrecklich für Sie, dass alle drei Mordopfer Freundinnen von Ihnen waren."

"Danke."

"Ja", sagte der Direktor, als sie in die grüne Weite des Fellows' Garden hinaustraten. "Ich glaube, ich erinnere mich jetzt an Sie. Sie haben bei Dr. Irene Thomas Geschichte studiert, richtig?"

"Ja", sagte Bridget, erleichtert, dass sie während ihrer dreijährigen Studienzeit einen bleibenden Eindruck beim Direktor hinterlassen hatte.

"Damals war ich Senior Tutor", sagte Dr. Harper. "Obwohl Sie sich sicherlich daran erinnern, dass Dr. Thomas kurz darauf gegen mich für den Posten des Direktors kandidierte. Aber wie die Geschichte zeigt, hat mich der Vorstand des Colleges stattdessen gewählt. Ich glaube nicht, dass sie mir das je ganz verziehen hat."

„Ist das so?" Bridget überlegte, wie sie die Frage, die sie stellen wollte, am besten formulieren sollte. Ffion hatte ihr den Tipp gegeben, dass der Direktor Alexia geholfen hatte, ihre Karriere im Journalismus zu starten, und dass er wahrscheinlich auch derjenige gewesen war, der die Obrigkeiten des Colleges davon überzeugt hatte, in Megs aufstrebendes Unternehmen zu investieren. Sie glaubte nicht, dass er bereit sein würde, den Grund für seine Hilfsbereitschaft preiszugeben, aber sie hoffte, ihn dazu bringen zu können, zu verraten, ob er etwas Ähnliches für Tina getan hatte.

„Ich weiß, dass Sie ihnen eine große Hilfe waren", wagte sie sich vor. „Alexia, Tina und Meg, meine ich."

Brendan Harper richtete seine blauen Augen auf sie. „Hilfe? Wie meinen Sie das?"

„Wie Sie es Alexia ermöglicht haben, im Journalismus Fuß zu fassen. Und Meg auch, mit ihrem Unternehmen. Sie haben immer gesagt, wie sehr sie Ihre Freundlichkeit zu schätzen wussten."

Der Direktor schien sich zu freuen, das zu hören. „Haben sie das? Gut. Ich bin sehr froh, dass ich helfen konnte. Ich tue immer, was ich kann, um ehemaligen Studenten des Colleges zu helfen."

Bridget konnte sich nicht daran erinnern, dass der Direktor ihr irgendeine Hilfe angeboten hatte. Es war offensichtlich, dass er kaum wusste, wer sie war. Auch Bella wäre zweifellos sehr dankbar gewesen, wenn er ihr beim Aufbau ihrer Karriere geholfen hätte.

„Tina war natürlich auch sehr dankbar für Ihre Hilfe", sagte sie.

„Ah, ja. Nun, eigentlich war es Brian Mellor, der Juraprofessor, der ein gutes Wort für Tina eingelegt hat. Brian ist jetzt im Ruhestand, wissen Sie."

„Ja", sagte Bridget. „Aber Tina wusste, dass Sie ihn darum gebeten hatten."

„Nun", sagte der Direktor bescheiden, „ich habe einen gewissen Einfluss im College."

Sie waren nun an der Rückseite des Hauses des Direktors im Fellows' Garden angekommen. Mrs. Harper saß auf einem Stuhl neben einem schön geschnittenen gelben Rosenstrauch und las in einem Buch. Als sie näher kamen, blickte sie auf.

„Also, was wollten Sie mich fragen?", fragte der Direktor.

„Das ist jetzt nicht wichtig", antwortete Bridget. „Ich sehe, dass Sie sehr beschäftigt sind. Vielleicht unterhalten wir uns ein andermal."

⋆

Das holprige Kopfsteinpflaster der Merton Street war kein Ort, um seinen geliebten Subaru zu fahren, aber Jake hatte keine andere Wahl. In der Innenstadt von Oxford zu parken war nahezu unmöglich, selbst mit der polizeilichen Genehmigung, die ihm das Parken auf den doppelt gelben Linien erlaubte. Er war gezwungen gewesen, sein Auto direkt vor den Toren des Colleges abzustellen.

Mit Ffion auf dem Beifahrersitz fuhr er langsam los, holperte und hüpfte über den uralten Straßenbelag und gab sein Bestes, um das maßgeschneiderte Bodykit des Wagens nicht an den Steinbrocken zu zerkratzen, die wie Dinosaurierzähne aus dem Mörtel ragten. Es war ihm unbegreiflich, warum die Stadtverwaltung darauf bestand, eine Straße wie diese zu erhalten, wo doch die Pferdekutschen schon vor einem Jahrhundert abgeschafft worden waren.

„Komm schon, gib Gas", sagte Ffion ungeduldig. „Wenn du den ganzen Weg so fährst, ist es schneller, wenn wir zu Fuß gehen."

„Ich zerkratze doch nicht meine Karosserie wegen einer Vermutung. Außerdem sollten wir das überhaupt nicht tun. Baxter will uns im College haben. Wie sollen wir ihm einen Abstecher ins Ashmolean Museum erklären? Er wird ausflippen, wenn er davon erfährt."

„Baxter dürfte inzwischen wieder in Kidlington sein.

Wenn wir uns beeilen, merkt er gar nicht, dass wir weg waren."

Jake hoffte, dass sie recht hatte. Er hatte jedenfalls keine Lust, sich dem Zorn von DI Baxter zu stellen. „Erinnere mich noch einmal daran, was wir zu finden hoffen?"

Ffion zuckte mit den Schultern. „Ich weiß es nicht genau. Aber jemand muss dem nachgehen, was Andy herausgefunden hat. Alexia Petrakis war einen Tag früher nach Oxford gereist und hatte einen Termin mit einer Kuratorin des Museums vereinbart. Sie war nicht nur zufällig dort. Sie wollte recherchieren."

„Aber Recherchen wofür? Ich dachte, Alexia Petrakis ist Storys über Justizirrtümer und Machtmissbrauch nachgegangen. Warum sollte sie sich für ein Museum interessieren?"

„Genau das werden wir herausfinden. Da Baxter nicht die Phantasie hat, über den Tellerrand hinauszublicken, müssen wir das für ihn tun."

„Da hast du recht." Jake war bereit, sich auf Ffions Wort zu verlassen. Vor allem, wenn das bedeutete, dass er einige Zeit in ihrer Gesellschaft verbringen konnte. Das war auf jeden Fall verlockender, als im College herumzuhängen und jede Menge Küchenpersonal zu befragen. „Also, dieses Ashmolean, was genau ist das für ein Museum?"

Ffion sah ihn an, als hätte er den Intellekt eines Esels. „Machst du Witze?"

„Nein. Ich habe natürlich davon gehört –"

„Natürlich", erwiderte sie, „schließlich ist es das berühmteste Museum in Oxford."

„– und ich wollte es schon immer mal besuchen. Ich bin nur noch nicht dazu gekommen."

Ffion schnaubte, als fände sie die Vorstellung, dass Jake irgendein Museum besuchte, unglaubwürdig. Damit lag sie nicht falsch. Jake hatte es schon als Kind gehasst, durch Museen geschleift zu werden. Er stellte sich reihenweise Vitrinen vor, die mit zerbrochenen Tonscherben, alten Kochutensilien und unförmigen Steinbrocken gefüllt waren.

„Das Ashmolean Museum ist das Kunst- und Archäologiemuseum der Universität", belehrte ihn Ffion. „Es wurde 1683 gegründet und beherbergte ursprünglich eine Sammlung von Kuriositäten, die Elias Ashmole der Universität gestiftet hatte."

„Elias Ashmole, richtig", sagte Jake. Wer?, dachte er. Wahrscheinlich hatte er nichts verpasst, weil er nicht im Ashmolean gewesen war.

Ffion warf ihm einen misstrauischen Blick zu, bevor sie fortfuhr. „Es beherbergt heute die weltweit größte Sammlung von Raphael-Zeichnungen sowie umfangreiche archäologische Sammlungen aus dem prähistorischen Europa, dem alten Ägypten, dem antiken Griechenland ... Ich könnte noch mehr aufzählen, wenn du willst."

„Nein, das ist nicht nötig. Ich hab's kapiert."

Er bog in die Beaumont Street ein und parkte vor dem Oxford Playhouse. Ein Bus, der vor dem Museum wartete, spuckte einen Strom von Grundschülern mit Klemmbrettern unter den Armen aus, die aufgeregt plapperten, während eine gestresst wirkende Lehrerin sie auf ihrer Liste abhakte. Jake und Ffion eilten an den Kindern vorbei und erreichten gerade noch vor ihnen die Drehtüren des prächtigen neoklassizistischen Gebäudes.

Im Inneren des Gebäudes ging Ffion direkt zum Informationsschalter und zeigte der Mitarbeiterin ihren Dienstausweis.

Die Frau schaute sie erschrocken an. „Polizei? Gibt es ein Problem?"

„Am Freitagnachmittag hatte eine Journalistin namens Alexia Petrakis einen Termin bei einer Ihrer Mitarbeiterinnen – Dr. Philippa Atkins. Wir würden gerne mit ihr sprechen."

Ffions brüske Aufforderung trug nicht gerade zur Beruhigung der Empfangsdame bei. „Dr. Atkins ist unsere Kuratorin für phönizische Altertümer", sagte sie nervös. „Soll ich nachsehen, ob sie in ihrem Büro ist?"

„Bitte."

Während sie darauf warteten, dass sie telefonierte, sah sich Jake in der imposanten Eingangshalle des Gebäudes um. Er musste zugeben, dass das Museum sicher sehr beliebt war – ein steter Strom von Besuchern kam und ging durch die Drehtüren. Zu seiner Linken erstreckte sich eine lange Galerie mit griechischen und römischen Statuen, von denen der Hälfte die Nase fehlte. Die bedauernswerten Schulkinder wurden durch die Galerie geschleust, hoffentlich auf dem Weg zu etwas Interessanterem. Vor sich erblickte er einen Raum, der seine schlimmsten Befürchtungen bestätigte – eine Ausstellung zerbrochener Töpfe wurde stolz präsentiert, daneben ein paar Felsbrocken. Ihn schauderte.

Die Angestellte beendete das Gespräch und legte den Hörer auf. „Dr. Atkins ist jetzt auf dem Weg nach unten."

Wenige Minuten später kam eine Frau mittleren Alters mit langen grauen Haaren die Steintreppe hinab, die in die oberen Stockwerke führte. Sie trug ein blaues Schlabberhemd mit hochgekrempelten Ärmeln und eine rote Lesebrille an einer bunten Kordel um den Hals. Sie streckte die Hand aus. „Dr. Philippa Atkins. Ich habe gehört, Sie sind von der Thames Valley Police. Geht es um Alexia Petrakis?"

„Ja", sagte Ffion.

Dr. Atkins sah besorgt aus. „Ich habe in den Nachrichten gehört, dass sie ermordet wurde. Was für eine schreckliche Tragödie. Sie kommen besser in mein Büro."

Sie führte sie die Treppe hinauf in einen kleinen Raum, der mit Papieren, Kisten und archäologischen Artefakten vollgestopft war. „Entschuldigen Sie bitte das Durcheinander", sagte sie. „Wir sind gerade dabei, einige unserer antiken Sammlungen neu zu ordnen."

„Kein Problem", sagte Ffion und setzte sich auf eine Fensterbank.

Jake stand neben ihr und betrachtete das Chaos im Büro. Es erinnerte ihn an seine eigene beengte und unordentliche Wohnung in Cowley. Nur dass in seinem Fall die Schachteln, die jede verfügbare Fläche bedeckten, einst Pizzen und keine antiken Schätze enthalten hatten.

„Man hat uns gesagt, dass Alexia Petrakis am Freitagnachmittag einen Termin mit Ihnen hatte", sagte Ffion. „Stimmt das?"

„Ja, das stimmt", sagte Dr. Atkins. „Sie hat mich Anfang der Woche angerufen und um ein Treffen gebeten. Sie wollte mich unbedingt sehen." Sie sah von Ffion zu Jake und dann wieder zu Ffion. „Meinen Sie, das könnte etwas mit dem Mord an ihr zu tun haben?"

„Das würden wir gern herausfinden. Warum wollte sie Sie sehen?"

„Das ist das Merkwürdige", sagte Dr. Atkins. „Sie hatte ein ganz bestimmtes Anliegen. Sie wollte mit mir über eines der Ausstellungsstücke im Museum sprechen. Es ist eines unserer wichtigsten Exponate, um genau zu sein. Eine phönizische Votivstatue."

„Entschuldigen Sie, dass ich unterbreche", sagte Jake, „aber Sie haben gerade zwei Worte gesagt, die ich nicht verstanden habe. *Phönizisch* und *Votiv*."

Dr. Atkins lächelte ihn nachsichtig an. „Entschuldigung. Ich leite hier die Abteilung für phönizische Altertümer und bin es gewohnt, mit anderen Experten zu sprechen. Sie müssen mich stoppen, wenn ich anfange, Fachjargon zu verwenden. Die Phönizier waren eine antike Mittelmeerzivilisation, die ursprünglich in der Levante beheimatet war – dem heutigen Libanon, Nordisrael und Teilen Syriens. Sie breiteten sich zwischen 1500 und 300 v. Chr. bis nach Karthago in Nordafrika und Cádiz in Spanien aus. Sie waren friedliche Händler, was vielleicht der Grund dafür ist, dass sie nicht so bekannt sind wie die kriegerischeren Zivilisationen der antiken Welt wie die Griechen und Römer. Aber man sollte ihre Bedeutung nicht unterschätzen. Sie haben zum Beispiel das erste phonetische Alphabet erfunden."

„Verstehe", sagte Jake. „Und eine Votivstatue ist?"

„Ah, ja. Eine Votivgabe ist ein Gegenstand, meist von bedeutendem Wert, der an einem heiligen Ort abgelegt wird, um die Gunst der Götter oder anderer übernatürlicher Wesen zu erlangen. Manchmal wurden sie als Opfergabe zerstört, aber sehr oft wurden sie mit wohlhabenden Personen begraben, um sicheren Übergang und Schutz im Jenseits zu gewährleisten."

„Wunderbar", sagte Jake. „Danke."

Dr. Atkins lächelte ihn freundlich an.

Ffion zeigte sich sehr ungeduldig über diese Abschweifung. „Sie sagten, Alexia war an einer bestimmten Votivstatue interessiert?"

„Ja", sagte Dr. Atkins und wandte sich wieder ihr zu. „Ich habe sie sogar hier in meinem Büro. Sie wurde eingelagert, während wir die Vitrinen umstellen, und ich habe sie geholt, um sie Miss Petrakis zu zeigen." Sie nahm eine Holzkiste aus dem Regal und öffnete den Deckel. Auf einem Strohbett lag eine geschnitzte Figur, etwa vierzig Zentimeter groß. Dr. Atkins zog sich ein Paar Handschuhe an und hob die Statue vorsichtig hoch, damit sie sie sehen konnten.

„Sie ist sehr schön, nicht wahr?", schwärmte sie. „Sie ist eine phönizische Gottheit aus der Mitte des ersten Jahrtausends v. Chr. – fast dreitausend Jahre alt. Das ist ein außergewöhnliches Kunstwerk. Schauen Sie sich die Details im Gesicht an, das mit einem halben Lächeln und einem Blick von solcher Gelassenheit geschnitzt wurde. Sie können die Qualität der Verarbeitung an den Falten ihres Gewandes erkennen, und sehen Sie hier" – sie deutete auf die Hand der Figur – „wie sie mit der Perlenkette um ihren Hals spielt. Der leicht vorgewölbte Bauch und die Brüste deuten auf eine Schwangerschaft hin, ein offensichtliches Symbol für Fruchtbarkeit."

Jake musste sich eingestehen, dass es in diesem Museum vielleicht mehr zu sehen gab als nur alte zerbrochene Tonscherben. Wenn der Fall abgeschlossen war, würde er Ffion vielleicht bitten, ihm die Highlights des Museums zu zeigen. Ffion warf ihm einen Blick zu. Es war klar, dass Dr. Atkins den ganzen Tag über phönizische Kunstwerke schwärmen würde, wenn man sie nur ließ.

„Woher stammt die Statue?", fragte Ffion.

„Aus der Stadt Byblos, die heute im Libanon liegt."

„Und wie ist die Statue in dieses Museum gekommen?"

„Nun, für Museumsverhältnisse ist es ein relativ neuer Zugang. Es wurde uns vor etwa dreißig Jahren von Dr. Brendan Harper, dem Direktor des Merton College, gestiftet."

Jake und Ffion tauschten bedeutungsvolle Blicke aus. „Was genau wollte Alexia über die Statue wissen?", fragte Jake und versuchte, die wachsende Aufregung aus seiner Stimme herauszuhalten.

„Sie schien sich nicht besonders für die Statue selbst zu interessieren. Sie war vor allem an der Ausfuhrlizenz interessiert. Die habe ich hier." Dr. Atkins legte die Statue zurück in ihre Kiste und nahm ein Stück Papier von ihrem Schreibtisch. „Wie ich schon sagte, wurde die Statue bei einer archäologischen Ausgrabung unter der Leitung von Dr. Harper entdeckt und 1987 in dieses Land gebracht."

Ffion nahm ihr das Dokument ab, und ihre Augen überflogen rasch die Einzelheiten.

„Was genau ist eine Ausfuhrlizenz?", fragte Jake.

„Jedes antike Objekt, das von einem Land in ein anderes exportiert wird, muss eine Exportgenehmigung haben", erklärte Dr. Atkins. „Sie beweist, dass das Objekt echt ist, und ermöglicht es der Regierung, die Kulturgüter eines Landes zu kontrollieren. Im Fall dieser Statue ist es Dr. Harper gerade noch rechtzeitig gelungen, sie außer Landes zu bringen."

„Wie meinen Sie das?", fragte Jake.

„Im Jahr 1988 erließ die libanesische Regierung ein Gesetz, das die Ausfuhr aller Arten von Antiquitäten aus dem Land verbot. Das war höchstwahrscheinlich das letzte Objekt von Bedeutung, das exportiert wurde."

„Das war Glück", sagte Jake.

„In mehr als einer Hinsicht", bemerkte die Kuratorin mit einem schwachen Lächeln. „Dr. Harper war noch ein junger Mann, als er mit den Ausgrabungen in Byblos begann. Die Entdeckung dieser Statue war der Startschuss für seine Karriere. Man könnte sagen, es war der Fund seines Lebens."

„Sie müssen uns genau sagen, was Alexia Petrakis über diese Exportgenehmigung wissen wollte", sagte Ffion mit Nachdruck.

Jake erschrak über die Schärfe ihrer Forderung. Ffion konnte manchmal unglaublich taktlos sein. Als er sie kennengelernt hatte, war sie mehrmals unverhohlen unhöflich zu ihm gewesen. Er fragte sich, ob sie sich überhaupt bewusst war, wie unsensibel sie mit den Gefühlen anderer Menschen umging.

Dr. Atkins sah sie sichtlich irritiert an. „Miss Petrakis hat mich nicht direkt etwas gefragt. Sie wollte nur die Lizenz sehen."

„Hat sie eine Kopie gemacht?"

„Ich habe ihr gesagt, sie könne ein Foto machen, wenn sie wolle, aber ihr Hauptinteresse galt wohl der Unterschrift auf dem Formular."

Jake starrte auf das Gekritzel am Fuß des Dokuments. Das unleserliche Geschmiere war sogar noch schlimmer als seine eigene unregelmäßige Handschrift. „Wessen Unterschrift ist das?"

„Nur die eines Ministerialbeamten."

Aufmerksam studierte Ffion das Dokument. Sie hielt es gegen das Licht und untersuchte das Papier, dann legte sie es zurück auf den Schreibtisch, wo sie weiter darüber brütete. „Könnte diese Lizenz eine Fälschung sein?"

Dr. Atkins blickte angesichts dieser Andeutung entsetzt drein. „Eine Fälschung? Mit Sicherheit nicht."

Ffion richtete ihre smaragdgrünen Augen auf die Kuratorin. „Warum nicht?"

„Dr. Harper ist einer der bedeutendsten Archäologen des Landes."

„Mag sein", sagte Ffion. „Aber danach habe ich nicht gefragt. Könnte dieses Dokument eine Fälschung sein?"

„Nein", erklärte Dr. Atkins kühl. „Ganz bestimmt nicht. Es enthält alle erforderlichen Angaben und trägt das offizielle Siegel des Ministeriums. Ich muss sagen, dass mir die Implikationen Ihrer Frage nicht gefallen. Dr. Harper ist ein sehr großzügiger Gönner und Unterstützer des Museums und wird für seine Arbeit über den alten Nahen Osten sehr bewundert."

Ffion gab die Lizenz zurück.

„Wollten Sie sonst noch etwas wissen?", fragte Dr. Atkins.

Jake spürte, dass sie das Wohlwollen der Museumskuratorin aufgebraucht hatten.

„Nein", sagte Ffion.

„Vielen Dank für Ihre Hilfe", sagte Jake. Er lächelte breit, aber sein Versuch, die Wogen zu glätten, wurde nicht erwidert.

„Wir finden selbst hinaus", sagte Ffion kurz.

Jake eilte ihr nach, als sie die Treppe hinunter und aus dem Museum hinaus marschierte. Am Ausgang holte er sie ein. „Warum zum Teufel hast du dich so benommen? Das war unglaublich unhöflich."

„Hmm", sagte sie geistesabwesend. Sie ignorierte ihn, als sie über die Beaumont Street zurückgingen.

Zurück im Auto drehte er sich verärgert zu ihr um. „In Ordnung, willst du mir sagen, was los ist? Warum warst du vorhin so unfreundlich?"

Ffion schien von seinen Vorwürfen überrascht. „Unfreundlich? War ich das?"

„Natürlich warst du das! Hast du es nicht einmal gemerkt?"

„Das wollte ich nicht. Ich war nur mit meinen Gedanken beschäftigt." Sie saß regungslos im Auto und schaute in die Ferne, offensichtlich immer noch in Gedanken versunken.

Es war fast so, als hätte sie vergessen, dass er noch da war. Er starrte sie eine ganze Minute lang an und versuchte, sie zu durchschauen. Nach einer Weile kam er zu dem Schluss, dass sie die Kuratorin wohl nicht absichtlich beleidigen hatte wollen. Vielleicht hatte sie gar nicht bemerkt, welchen Eindruck ihre direkten Worte und ihr schroffes Verhalten auf die Leute machte. Das machte es in gewisser Weise leichter zu akzeptieren, dass keine böse Absicht dahintersteckte. Und doch war er nicht der Einzige, der daran arbeiten musste, sensibler zu werden, wenn sie jemals über eine Freundschaft hinaus zu einer ernsthafteren Beziehung kommen wollten.

Schließlich schien sie in die reale Welt zurückzukehren. „Warum sind wir noch hier?", fragte sie. „Du musst uns zurück zum College fahren."

„Noch nicht. Zuerst musst du mir sagen, worüber du so intensiv nachgedacht hast. Was haben wir eigentlich damit erreicht, dass wir hierhergekommen sind? Abgesehen davon, dass wir eine Kuratorin des Museums beleidigt haben, meine ich. Ich glaube nicht, dass ich wirklich etwas gelernt habe."

„Na ja", sagte sie in ihrem melodischen Akzent und übertrieb ihn, wie sie es immer tat, wenn sie ihn aufziehen wollte. „Für mich sah es so aus, als hättest du eine Menge gelernt. Zwei neue Wörter an einem Tag."

„Ha, sehr witzig", sagte er. Es fiel ihm schwer, ihr lange böse zu sein. „Aber ich meinte in Bezug auf den Fall."

„Ich bin mir nicht ganz sicher. Die Ausfuhrgenehmigung schien in Ordnung zu sein, aber Alexia musste einen guten Grund gehabt haben, sie sehen zu wollen. Vielleicht wurde sie deswegen sogar ermordet. Komm, wir fahren besser zurück zum Merton College, bevor Baxter uns den Göttern opfert."

KAPITEL 25

Von der anderen Seite des Tisches im Verhörraum in Kidlington betrachtete Greg Baxter den Butler des Merton College mit einem Gefühl der Genugtuung, denn er wusste, dass er nun der Wahrheit sehr nahe war. Der Mann leugnete zwar immer noch, die drei Frauen getötet zu haben – hatte sogar behauptet, sie nicht gekannt zu haben –, aber wie lange würde er seine Scharade der Ahnungslosigkeit noch aufrechterhalten können, wenn er weiterhin so intensiv befragt wurde?

Es hätte von Anfang an klar sein müssen, dass der Butler im Zentrum des Geschehens stand. Wer sonst hatte Zugang zum Weinkeller des Colleges? Wer sonst war für das Servieren beim College-Dinner zuständig gewesen? Der Butler selbst war es gewesen, der die Suppe des Direktors zum Ehrentisch getragen und die silberne Kuppel, die sie bedeckte, mit dramatischem Schwung entfernt hatte. Jetzt war klar, dass er die Polizei die ganze Zeit zum Narren gehalten hatte.

„Fangen wir noch einmal von vorne an, ja?", sagte Baxter. Er hatte alle Zeit der Welt, um diese Nuss zu knacken. Vierundzwanzig Stunden, um genau zu sein, aber das würde reichen, um einen zwielichtigen Gauner wie Nick Kernahan dazu zu bringen, seine Geheimnisse preiszugeben. Der Mann schwitzte heftig auf seinem Plastikstuhl und sah so verängstigt aus wie eine Ratte in der Falle. Er trug zwar immer noch seine schwarze Weste und Fliege, aber Baxter wusste, mit was für einem Mann er es zu tun hatte. Unter der schicken Uniform war Nick Kernahan Abschaum. Ein übler Krimineller mit einer gewalttätigen Vergangenheit und einer langen, unangenehmen Zukunft hinter Gittern, wenn es nach Baxter ging.

Ein Motiv war noch nicht ersichtlich, aber Baxter war zuversichtlich, dass er dem in ein paar Stunden auf den Grund gehen würde. Vorerst war klar, dass der Butler sowohl die Mittel als auch die Gelegenheit gehabt hatte, seine kranke und perverse Mordserie durchzuführen.

Er öffnete seine Akte und zog ein Blatt heraus. „Vor fünf Jahren waren Sie in eine Auseinandersetzung mit dem damaligen College-Koch, einem gewissen George Flynn, verwickelt. Ist das korrekt?"

„Das wissen Sie", sagte der Butler. „Ich habe Ihre Fragen schon einmal beantwortet."

Der Verdächtige wurde ungeduldig, aber Baxter hatte es nicht eilig, die Dinge zu beschleunigen. Einen Hauptverdächtigen zu verhören war wie eine von Mrs. Baxters Steak- und Nierenpasteten. Sie brauchte Zeit zum Backen, bis der Saft eingedickt und die Kruste goldbraun war. Das konnte man nicht beschleunigen.

Baxter betrachtete das Blatt vor sich. „Der bedauernswerte Mr. Flynn wurde von Ihnen brutal zusammengeschlagen. Er wurde in die Notaufnahme des John-Radcliffe-Krankenhauses gebracht, wo er" – er las laut vom Blatt ab – „mit zwei gebrochenen Armen, schweren Prellungen im Gesicht und an der Brust, einer Gehirnerschütterung und Hornhautabschürfungen an einem Auge behandelt wurde. Eine üble Angelegenheit. Sie wurden noch am Tatort verhaftet und wegen Körperverletzung verurteilt."

„Ich leugne es nicht", sagte der Butler. „Ich bin bereits vom Gericht dafür bestraft worden, dass ich George Flynn verprügelt habe. Der Gerechtigkeit wurde Genüge getan."

„Wohl kaum. Es scheint, als hätte der Richter Mitleid mit Ihnen gehabt und Sie zu einer Bewährungsstrafe verurteilt. Eine ungewöhnliche Vorgehensweise. Sehr ungewöhnlich. Ich frage mich, warum er das getan hat."

„Sie wissen, warum. Der Direktor des Colleges hat bei der Verhandlung für mich ausgesagt. Er hat dem Richter versprochen, mich weiterhin zu beschäftigen, als eine der Bewährungsauflagen."

„Was für ein Glück für Sie", sagte Baxter. „Und wie großzügig vom Direktor, das für Sie zu tun." Er ließ die Handflächen auf die abgeblätterte Formica-Tischplatte sinken und beugte sich zu dem Verdächtigen hinüber. „Warum hat der Direktor Sie geschützt? Welchen Einfluss hatten Sie auf ihn?"

„Ich hatte keinen Einfluss", protestierte Kernahan. „Er ist ein guter Mann, der Direktor. Er weiß Loyalität zu schätzen und zahlt sie mit gleicher Münze zurück. Ich werde kein schlechtes Wort über ihn verlieren."

Baxter lehnte sich in seinem Stuhl zurück und verschränkte triumphierend die Finger. „Das ist ein interessanter Ausdruck. ,Er zahlt Loyalität zurück.' Welche Schuld hat Dr. Harper Ihnen gegenüber beglichen?"

Der Butler wand sich auf seinem Stuhl. „Nichts. Das habe ich nicht so gemeint."

„Nein?" Baxter ließ seinen Blick kurz durch das Innere des schäbigen Verhörraums schweifen. Es war ein heruntergekommenes Fleckchen Erde, und doch war es sein Reich. An diesem Schreibtisch hatte er unzählige Kriminelle verhört, hatte Vergewaltigern, Räubern und Mördern direkt in die Augen und in die Seele geschaut, und er fühlte sich hier wohler als in seinem eigenen Haus. Jetzt witterte er eine Chance, und nichts würde ihn aufhalten. „Was haben Sie für den Direktor getan? Hat er Sie gebeten, den Koch zu verprügeln?"

„Warum sollte er das tun?"

„Das frage ich mich auch. Was könnte einen zivilisierten Mann wie Dr. Brendan Harper, den Direktor eines Oxforder Colleges, einen berühmten Archäologen und Fernsehmoderator, dazu veranlassen, einem einfachen College-Koch eine so brutale Botschaft zu übermitteln? Warum fühlte er sich bedroht? Mal sehen. Hat der Koch vielleicht etwas zu viel Interesse an Mrs. Harper gezeigt, einer sehr gut aussehenden Frau, wenn ich das so sagen darf?"

Baxter wusste, dass er ins Schwarze getroffen hatte, sobald er die Anschuldigung ausgesprochen hatte. In den Augen des Butlers schien ein Licht zu erlöschen. Baxter erkannte dieses Zeichen als das, was es war – ein Ende der trotzigen Lügen, die Nick Kernahan seit seiner Verhaftung von sich gegeben hatte.

Als der Butler wieder das Wort ergriff, war er ein Mann, der wusste, dass das Spiel vorbei war. „George Flynn war ein Dreckskerl, der ständig hinter Frauen her war. Er hatte unzählige Beziehungen am Laufen. Sie stolperten buchstäblich übereinander, um mit ihm zusammmen zu sein. Sie wissen ja, wie solche Männer sind. Sie kennen keine Grenzen. Als er begann, sich für die Frau des Direktors zu interessieren, warnte ich ihn, nicht über die Stränge zu schlagen, aber er wollte nicht hören. Er war es gewohnt, bei Frauen seinen Willen durchzusetzen."

„Und wie hat Mrs. Harper auf dieses Interesse reagiert?"

„Sie war von ihm angetan. Ich konnte nicht verstehen, was eine klasse Frau wie sie an einem Mann wie ihm fand. Aber Flynn hatte eine magische Anziehungskraft auf Frauen. Er sah nicht besonders gut aus, aber er hatte eine Art zu reden, die Frauen dazu brachte, sich Hals über Kopf in ihn verlieben. Selbst Mrs. Harper war nicht immun gegen ihn."

„Sie haben also mit Dr. Harper über Ihre Bedenken gesprochen?"

„Ja, das habe ich. Ich hielt es für meine Pflicht."

„Und er hat Sie gebeten, dem Koch eine Warnung zu schicken. Vielleicht wurde über eine Bezahlung gesprochen?"

„Ich habe es nicht nur wegen des Geldes getan. Ich wollte diesem Bastard eine Lektion erteilen. Aber ja, Dr. Harper hat mich gebeten, der Sache ein Ende zu setzen."

„George Flynn war fast einen Monat im Krankenhaus."

„Es tut mir nicht leid. Er hat bekommen, was er verdient hat."

„Und Sie nicht."

„Ich habe zugegeben, was ich getan hatte, und habe mich vor Gericht verantwortet. Der Direktor hat ein gutes Wort für mich eingelegt. Wie gesagt, er ist ein guter Mann."

„Ein guter Mann, der dafür bezahlt hat, dass aus einem anderen Mann – entschuldigen Sie meine Ausdrucksweise – die Scheiße herausgeprügelt wurde?"

„George Flynn hat alles verdient, was er bekommen hat."

„Und im Gegenzug haben Sie den Ruf des Direktors geschützt und sein Geheimnis bewahrt. Welche Geheimnisse haben Sie noch bewahrt?"

Jetzt sah der Butler richtig erschrocken aus. „Sie können mir diese Morde nicht in die Schuhe schieben. Ich weiß nichts darüber."

„Wirklich?", sagte Baxter. „Das ist nicht ganz richtig, nicht wahr, Mr. Kernahan? Sie waren es, der Dr. Harper die Suppe – die Gazpacho – serviert hat, wohl wissend, dass sie die Augäpfel Ihres ersten Opfers enthielt."

„Das wusste ich nicht!"

„Sie waren es, der das College-Besteck aus der Küche gestohlen hat, um es als Werkzeug bei der Metzelei an den drei Frauen zu verwenden."

„Das habe ich nicht!"

„Sie haben dem Direktor eine Botschaft übermittelt, nicht wahr? Sie haben gedroht, seinen Ruf zu ruinieren und seine Chancen, zum Vizekanzler gewählt zu werden, zunichtezumachen. Was hatte er getan, um das zu verdienen? Damit gedroht, Sie aus Ihrem Amt zu werfen? Wenn er das getan hätte, wären Sie vermutlich ins Gefängnis gewandert, nicht wahr?"

„Nein! Er hat nichts getan!"

„Aber", sagte Baxter, „Ihr größter Fehler war es, Tina Mackenzie mit einer Flasche College-Madeira-Wein zu vergiften. Wenn Sie nicht so unvorsichtig gewesen wären, Ihre eigenen Fingerabdrücke auf der Flasche zu hinterlassen, hätten wir vielleicht nie etwas über Ihre kriminelle Vergangenheit erfahren. Außerdem haben Sie nicht bedacht, dass Sie als einzige Person im College, die Zugang zum Weinkeller hat, sofort als Giftmörder erkannt worden wären. Sie sind nicht gerade ein kriminelles Genie, nicht wahr?"

„Sie haben das alles falsch verstanden. So ist es nicht gewesen."

Der Butler war jetzt den Tränen nahe, der große Mann war ein zitterndes Wrack. Ein sanfter Schubs würde ihn über den Rand des Abgrunds katapultieren und zu einem umfassenden Geständnis führen. Baxter hatte es genau hier in diesem Raum immer wieder erlebt. Es war sein liebster Teil der Arbeit.

„Dann sagen Sie mir die Wahrheit", sagte Baxter leise. „Sagen Sie mir, was wirklich passiert ist."

KAPITEL 26

Wir müssen wirklich aufhören, uns so zu treffen", sagte Vik, als er aus Megs Zimmer kam und Bridget am oberen Treppenabsatz warten sah. Im Zimmer war das weiß gekleidete SOCO-Team immer noch damit beschäftigt, den Tatort des dritten Mordes nach Beweisen zu durchsuchen.

„Das wird langsam zur Gewohnheit, nicht wahr?", sagte Bridget grimmig. „Wie läuft es da drinnen?"

„Es ist mühsam, aber wir machen Fortschritte."

„Können Sie mir schon etwas sagen?" Bridget wusste, dass es nur eine Frage der Zeit war, bis Baxter wieder auftauchte und sie sich rar machen musste. Dr. Sarah Walker hatte sie diesmal verpasst. Die Gerichtsmedizinerin war schon wieder gegangen. Aber Bridget bezweifelte, dass sie ihr viel hätte sagen können, was sie nicht schon wusste. Mit einer Axt in der Brust hätte die Ursache für Megs Tod nicht offensichtlicher sein können.

„Nicht viel zu berichten", sagte Vik. „Die Spurensicherung hat am zweiten Tatort nichts Brauchbares gefunden, außer einem Fingerabdruck auf der Flasche."

„Vom Butler, wie ich höre." Wie Dr. Irene Thomas erklärt hatte, spielten die Bediensteten des Colleges eine wichtige Rolle in einem solchen Drama. Bridget schüttelte den Kopf. Das hier war kein Drama, sondern das echte Leben. Das musste sie sich immer wieder vor Augen halten.

„Wie ich sehe, sind Sie gut informiert", sagte Vik. „Baxter glaubt, er hat seinen Mörder gefangen."

„Und was denken Sie, Vik?"

„Es ist nicht meine Aufgabe, eine Meinung zu haben. Alles, was wir bei der SOCO tun, ist, nach Material zu suchen, das wir ins Labor schicken können."

„War sonst nichts in Tinas Zimmer? Keine Haare? Keine Kleidungsfasern? Das ist nur schwer zu glauben."

„Das Problem war, dass wir zu viel gefunden haben. Überall waren Haare und Fasern. Meine Frau hätte einen Anfall bekommen, wenn sie das gesehen hätte. Um ehrlich zu sein, einige dieser College-Zimmer sind ziemlich schmutzig." Er verzog das Gesicht.

Bridget konnte sich vorstellen, dass ein SOCO-Teamleiter etwas empfindlich auf Haushaltsschmutz reagieren würde. Wie es sich anhörte, hatte Mrs. Vijayaraghavan ein sauberes Haus. Jedenfalls sauberer als das von Bridget.

„Ich dachte, Schmutz wäre Ihre Spezialität, Vik."

„Das stimmt wohl. Aber es wird eine Ewigkeit dauern, bis das Labor alles analysiert hat, was wir gefunden haben. Tatsächlich sieht der letzte Tatort vielversprechender aus."

Bridget war erfreut, das zu hören. „Inwiefern?"

„Es gab zwar keine Fingerabdrücke auf der Tatwaffe oder auf dem Pinsel, mit dem die Botschaft an die Wand gemalt wurde, aber wir konnten ein Haar finden, das wir zur Analyse eingeschickt haben."

Bridget freute sich über diese Nachricht. „Sie denken, es könnte vom Mörder stammen?"

Vik hob beschwichtigend die Hände. „Wie gesagt, ich

werde nicht fürs Denken bezahlt, aber es gehört definitiv nicht dem Opfer, und es war in dem Blut, das auf die Bettwäsche gesickert ist."

„Wie lange dauert es, bis Sie einen DNA-Abgleich durchgeführt haben?"

„Ein paar Tage, würde ich sagen."

„Okay." Bridget war dankbar für die technischen Wunder, die Vik und das Forensikteam vollbringen konnten, aber es war immer frustrierend, dass es so lange dauerte, bis ihre Tests Ergebnisse lieferten. „Können Sie mir in der Zwischenzeit die Haarfarbe sagen?"

„Grau. Interessant ist auch die Art der Mordwaffe."

„Sie meinen die Axt." Bridget versuchte, sich an die Einzelheiten ihres Aussehens zu erinnern. „Sie sah aus wie eine Spitzhacke, wenn ich mich recht erinnere." Sie fragte sich, ob die Waffe dem College gehörte, so wie alle anderen Werkzeuge, die der Mörder benutzt hatte.

„Eine Spitzhacke, richtig. Die Experten haben versucht herauszufinden, was für eine."

„Sie meinen, es gibt verschiedene Arten von Spitzhacken?"

Vik schenkte ihr ein schiefes Lächeln. „Natürlich. Sie haben nicht erwartet, dass es einfach wird, oder?"

„Das wäre wohl zu viel verlangt. Welche Arten gibt es denn?"

„Zuerst dachten wir, es könnte die Art sein, die Bergsteiger benutzen, aber die sind normalerweise aus besonders leichten Materialien – Aluminiumlegierungen, Kevlar oder Kohlefaser. Außerdem sind sie meist in leuchtenden Farben gehalten. Die britische Armee gibt Spitzhacken aus, aber es gibt strenge Vorschriften – die Stiele müssen genau drei Fuß lang sein."

Bridget wusste es besser, als Vik zu fragen, warum das so war. Sie brauchte keinen Kurzvortrag über die Geschichte der Spitzhacke der britischen Armee. Sie versuchte, ihn zum Punkt zu bringen. „Also, wenn es nicht so eine ist …"

„Leute, die sich mit diesen Dingen besser auskennen

als ich, haben mir gesagt, dass es keine Spitzhacke ist, wie sie normalerweise von Bauarbeitern zum Graben verwendet wird, sondern etwas Feineres."

„Bitte erlösen Sie mich von meinem Elend, Vik."

„Die Axt scheint recht klein zu sein, mit einer traditionellen Konstruktion aus einem Stahlkopf und einem Holzstiel, wobei der Kopf an einem Ende eine Spitze und am anderen eine kleine flache Klinge hat. Wir denken, dass es sich um ein Werkzeug handelt, das ein Archäologe benutzen würde, um verdichteten Boden während einer Ausgrabung aufzubrechen."

„Ein Archäologe? Sind Sie sicher?" Bridgets Gehirn begann, die Zusammenhänge zu erkennen.

„Wir sind uns ziemlich sicher. Der Pinsel, mit dem die Botschaft an die Wand gemalt wurde, sieht auch wie ein archäologisches Werkzeug aus. Die Art, die man benutzt, wenn ein Gegenstand aus dem Boden geborgen wurde und von feinen Sand- und Erdpartikeln befreit werden muss."

„Sie sagen also, dass Meg Collins mit dem Werkzeug eines Archäologen ermordet wurde?" Bridget kannte nur einen einzigen Archäologen, und der hieß Dr. Brendan Harper, Direktor des Merton College, der Mann, der aus unerfindlichen Gründen ein so ungewöhnliches Interesse am Werdegang aller drei Opfer gehabt hatte.

Sie war gerade dabei, diese neue Enthüllung zu verdauen, als sie Schritte auf der Treppe hörte. Sie klangen viel zu energisch für Baxter, der überall und alles in gleichmäßigem Tempo tat. Tatsächlich bogen kurz darauf Ffion und Jake um die Ecke am oberen Ende der Treppe, Ffion voran in ihrer charakteristischen smaragdgrünen Lederjacke und Jake leicht keuchend hinter ihr.

„Ich bin froh, dass wir Sie gefunden haben, Ma'am", sagte Ffion. „Könnten wir uns bitte kurz unterhalten? Bevor DI Baxter merkt, dass wir hier sind", fügte sie augenzwinkernd hinzu.

★

„Sie haben was getan?" Baxter spürte, wie seine Wut stieg. Wollte ihn dieser Mann etwa auf den Arm nehmen?

„Ich habe nämlich Kontakte in der Branche", erklärte Nick Kernahan. „Alle College-Butler haben welche. Ich arbeite mit den Weinlieferanten und -importeuren des Colleges sowie mit den örtlichen Weinhändlern zusammen. Es ist nicht schwer, einen Käufer zu finden, selbst für seltene Jahrgänge."

„Sie wollen mir sagen, dass Sie Weinkisten aus dem College gestohlen und für Ihren eigenen Profit verkauft haben?"

„Ich schäme mich, das zuzugeben", sagte der Butler. „Wie gesagt, der Direktor war gut zu mir. Es ist eine schreckliche Art, seine Güte zu erwidern. Aber ich hatte keine andere Wahl."

Baxter hatte genug gehört. „Es interessiert mich nicht, warum oder wie Sie Weinflaschen gestohlen haben. Ich versuche, einen Mordfall aufzuklären. Drei Morde. Ich habe keine Zeit für Ihr Geschwätz."

Aber Nick Kernahan war noch nicht fertig, noch lange nicht. Jetzt, wo er angefangen hatte zu reden, schien es, als könne er gar nicht genug gestehen. „Es war so, dass ich nach meinem früheren Ärger mit der Polizei –"

„Als Sie den Koch angegriffen haben."

„– mit dem Glücksspiel begonnen habe. Sie wissen schon, Online-Wetten. Heutzutage ist das so einfach. Ich habe auf Pferde und Hunde gewettet, beim Bingo und Roulette. Nun, es macht süchtig. Man kann sogar während des Spiels Wetten abschließen, zum Beispiel darauf, welche Mannschaft das nächste Tor schießt oder welcher Spieler eine gelbe Karte bekommt. Es ist ein bisschen verrückt, um ehrlich zu sein. Manchmal habe ich gewonnen, manchmal verloren, aber nach einer Weile habe ich gemerkt, dass ich mehr verliere als gewinne."

„Was für eine Überraschung", sagte Baxter ohne Mitgefühl.

„Also musste ich schnell an Geld kommen. Mir fiel nichts anderes ein."

„Natürlich nicht."

„Da fing der neue Küchenchef, John Bradley, an, mich zu erpressen. Er sagte, er würde der Polizei erzählen, was ich getan hatte. Ich habe ihm gedroht, aber ich konnte sehen, dass er keine Angst hatte. Er wusste, dass ich meinen Job verlieren und ins Gefängnis kommen würde. Ich war verzweifelt. Ich wusste nicht, was ich tun sollte."

„Natürlich nicht", sagte Baxter. „Wissen Sie, warum?"

„Nein."

„Weil Sie ein totaler Versager sind. Hat Ihnen das schon mal jemand gesagt? Kein Wunder, dass Sie Ihr Leben so komplett verpfuscht haben. Erst schlagen Sie einen Mann krankenhausreif, dann verlieren Sie Ihr letztes Hemd beim Glücksspiel, dann fangen Sie an zu stehlen, um Ihre Sucht zu finanzieren. Und jetzt" – Baxter war dabei, sich in Rage zu reden. Er wusste, dass er das nicht sollte. Sein Arzt hatte ihn gewarnt. Es könnte seinen ohnehin schon hohen Blutdruck in die Höhe treiben und seine Gesundheit gefährden. Bla, bla, bla. Auch seine Frau hatte ihn gewarnt. Hatte ihn gedrängt, abzunehmen, Alkohol und Bacon-Sandwiches zu reduzieren. Aber wie sollte er angesichts solch eklatanter und überwältigender Dummheit nicht in Rage geraten? „– und jetzt haben Sie wertvolle Polizeizeit verschwendet, während ein Serienmörder auf freiem Fuß ist und jede Minute zählt! Ich werde Sie zur Verantwortung ziehen. Ich werde Sie wegen jeder verdammten Straftat anklagen, die mir einfällt. Diebstahl. Verstoß gegen die Bewährungsauflagen. Verschwendung von Polizeizeit. Sie gehen in den Knast, mein Sohn, und keine Butlerei oder edlen Wein mehr für Sie. Und auch kein verdammtes Bingo mehr!"

Er stürmte aus dem Verhörraum und ließ Nick Kernahan zurück. Ein Constable schlenderte mit einer Tasse Tee aus der Kantine den Flur entlang. Er warf einen besorgten Blick auf Baxters rotes Gesicht und blieb stehen. „Ist alles in Ordnung, Sir?"

„Nein, das ist es verdammt noch mal nicht", schrie

Baxter. „Wie heißen Sie?"

„Rushton, Sir. PC Rushton."

„Können Sie fahren, Rushton?"

„Ja, Sir. Natürlich, Sir."

„Dann bringen Sie mich so schnell wie möglich zurück zum Merton College!"

★

„Sie haben eine sehr schöne Aussicht von hier, Ma'am", sagte Jake, als er aus ihrem Fenster im Grove Building auf das Merton Field blickte.

„Solange man nichts gegen Geister hat", murmelte Bridget. Sie hatte immer noch keine gespenstischen Besucher gesehen, die nachts auf dem Dead Man's Walk umherwanderten, obwohl Dr. Irene Thomas gesagt hatte, dass Geister ein wesentliches Element in jedem Rachestück seien, aber die Zahl der Geister, die das College bevölkerten, wuchs von Tag zu Tag. Drei ihrer Freundinnen waren jetzt tot. Vier, wenn man Lydia Khoury mitzählte. Sie betete, dass es nicht noch mehr werden würden.

„Ma'am?"

„Tut mir leid, nichts. Also, worüber wollten Sie mit mir sprechen?" Bridget setzte sich auf den einzigen Stuhl im Raum, während Jake am Fenster stand und Ffion mit übereinandergeschlagenen Beinen auf dem Schreibtisch saß, sodass ihre Ankle Boots in der Luft baumelten. „Gibt es Neuigkeiten aus Kidlington über den College-Butler?"

„Baxter hat ihn gerade verhört. Anscheinend hat er ihm ein Geständnis entlockt."

„Ein Geständnis?" Bridget konnte es kaum glauben. „Aber warum sollte der Butler College-Gäste umbringen wollen? Das ergibt doch keinen Sinn."

Ffion und Jake tauschten Blicke aus. „Nein, das ist es nicht, was er gestanden hat, Ma'am."

„Was dann?"

„Er hat Wein aus den Kellern des Colleges gestohlen.

Offenbar lagern in den Kellern Tausende von Flaschen Jahrgangswein, Champagner, Portwein, Sherry und andere Likörweine. Einige von ihnen sind mehr als fünfzig Jahre alt. Baxter kann nicht glauben, dass das College so laxe Sicherheitsvorkehrungen trifft."

„Das ist lächerlich", sagte Bridget.

„Dem stimmen wir zu", sagte Ffion. „Also, Jake und ich waren gerade im Ashmolean Museum."

„Was?" War die Welt verrückt geworden? Während Baxter mit der Verhaftung von Weindieben beschäftigt war, hatten Jake und Ffion ein Museum besucht. „Ich nehme an, Sie haben sich nicht nur die neueste Ausstellung angesehen?" Jonathan hatte ihr von der Sonderausstellung über Rembrandts frühe Jahre erzählt. Sie hatte gehofft, sie mit ihm besuchen zu können, falls er sich rechtzeitig von seinen Verletzungen erholen würde.

„Nein. Andy hat ein wenig nachgeforscht und herausgefunden, dass Alexia Petrakis am Freitag, einen Tag vor der Gaudi, nach Oxford gekommen ist und sich im Museum mit einer Expertin für phönizische Archäologie getroffen hat."

„Ich frage mich, warum sie das getan hat", sagte Bridget. Soweit sie wusste, hatte Alexia kein besonderes Interesse an Archäologie, weder an phönizischer noch an anderer. Aber das war schon das zweite Mal in der letzten halben Stunde, dass das Thema Archäologie erwähnt wurde.

„Das haben wir uns auch gefragt", sagte Ffion. „Also haben wir uns an die Museumskuratorin gewandt. Anscheinend war Alexia sehr an einer bestimmten Votivstatue interessiert, die in den achtziger Jahren von Dr. Brendan Harper im Libanon entdeckt worden war."

Bridgets Interesse an diesem neuen Ansatz wuchs stetig. „Natürlich. Alexia hat einen Artikel über Dr. Harper geschrieben. Er sollte eine Sensation werden."

„Dr. Harper entdeckte die Statue in einer Stadt namens Byblos. Offenbar war es dieser archäologische Fund, der ihn berühmt machte und ihm seinen ersten

Fernsehvertrag einbrachte. Er brachte die Statue 1987 nach Oxford, ein Jahr bevor es illegal wurde, antike Artefakte aus dem Libanon auszuführen."

„Ich frage mich, warum Alexia sie sehen wollte. Haben Sie es herausgefunden?"

„Sie war an der Ausfuhrgenehmigung für die Statue interessiert."

„Haben Sie die Lizenz selbst gesehen?", fragte Bridget.

Ffion nickte. „Ja, für mich sah sie völlig legitim aus. Aber es muss doch einen Grund geben, warum eine Investigativ-Journalistin wie Alexia sie sehen wollte. Sie muss an etwas dran gewesen sein."

Bridget dachte einen Moment lang nach. „Ich frage mich, ob es etwas mit Lydia Khoury zu tun hat."

„Wer?", fragte Jake.

„Eine Freundin von vor sehr langer Zeit." Bridget atmete tief durch und lehnte sich in ihrem Stuhl zurück. „Wir waren zu sechst. Wir studierten verschiedene Fächer, aber wir wurden schon im ersten Jahr, als wir noch im College wohnten, gute Freundinnen. Im zweiten Jahr beschlossen wir, auswärts zu wohnen, und mieteten zusammen ein Haus in East Oxford. Es war eine absolute Bruchbude. Der Vermieter war so geizig, dass er nie etwas richtig reparieren ließ. Mitten im Winter ging die Zentralheizung kaputt und wir mussten mit drei Schichten Kleidung herumlaufen, bis er endlich einen Kumpel von ihm, der Klempner war, kommen ließ, um sie zu reparieren. Aber das war nicht schlimm. Wir hatten eine tolle Zeit zusammen."

Als Bridget ihre Geschichte erzählte, überkamen sie plötzlich Erinnerungen daran, wie sie vor zwanzig Jahren gewesen waren. „Wir waren alle gerade neunzehn oder zwanzig Jahre alt. Jung, unbekümmert und extrem enthusiastisch darüber, dass wir in einem gemeinsamen Haus wohnten. Wir hatten das Gefühl, endlich erwachsen geworden zu sein und unsere Freiheit errungen zu haben. Alexia war das extravaganteste Mitglied der Gruppe. Halb Italienerin, halb Griechin, sie war wie ein exotischer Vogel aus einem fernen Land. Ich bin mir nicht sicher, ob der Rest von uns wirklich wusste, was er von ihr halten sollte. Auf jeden Fall rüttelte sie uns auf und öffnete uns die Augen für eine aufregendere Welt. Sie brachte Flaschen Wein mit nach Hause und kochte für uns spontane Mahlzeiten – griechische oder italienische Gerichte, angeblich seit Generationen überlieferte Familienrezepte. Aber bei Alexia wusste man nie, ob sie die Wahrheit sagte. Sie hatte ein Talent, Geschichten zu erfinden. Immerzu hatte sie einen neuen Freund, oder zwei, oder drei. Und ständig machte sie mit ihnen Schluss, manchmal versöhnte sie sich auch wieder. Es war unmöglich, den Überblick zu behalten."

Sie ließ die glücklichen Erinnerungen fließen. „Meg war eine wilde, extrovertierte Frau, die sich in leuchtenden Farben kleidete und nie aufhörte zu reden. Sie war ein Partylöwe, der es liebte, unerhörte Dinge zu sagen, um die Leute zu schockieren. Aber sie hatte auch eine ernste Seite. Sie sprach immer davon, wie sie eines Tages die Welt durch die Wissenschaft verändern würde. Dann war da noch Tina. Sie war ruhiger als Meg und Alexia, aber nicht weniger ehrgeizig. Tina verbrachte die meiste Zeit mit Arbeiten, aber sie konnte auch lustig sein, besonders nach ein paar Drinks.

Dann war da Bella. Sie würden es nicht glauben, wenn Sie sie jetzt sehen, aber Bella war in ihrer Jugend umwerfend schön. Sie hatte wunderschöne lange Haare und war unglaublich schlank. Aber sie hatte nie einen Freund. Ich glaube, sie war zu schüchtern, oder vielleicht war sie einfach zu sehr mit ihrem Studium beschäftigt. Von der ganzen Gruppe war sie wahrscheinlich die Engagierteste. Wir dachten alle, sie würde in Oxford bleiben und eines Tages Professorin werden. Und dann war da noch Lydia. Lydia war eine Immigrantin. Sie wurde im Libanon geboren, aber ihre Familie kam Anfang der 1980er-Jahre nach Großbritannien, als der Bürgerkrieg im Libanon zu gefährlich für sie wurde. Ihre Muttersprache war Arabisch, aber sie sprach auch fließend Englisch,

Französisch und Aramäisch. Sie stammte aus einem streng maronitisch-katholischen Elternhaus."

„Maronitisch?", fragte Jake.

„Die maronitische Kirche ist eine katholische Ostkirche", erklärte Ffion. Wie üblich schien Ffion die Fakten zu kennen, also ließ Bridget sie fortfahren. „Das Oberhaupt der Kirche sitzt in Beirut, aber die meisten Mitglieder leben heute außerhalb des Libanon. Es ist eine sehr strenge Kirche, selbst für katholische Verhältnisse. Als das derzeitige Oberhaupt nach seiner Meinung zu den Rechten von Homosexuellen gefragt wurde, sagte er, Homosexualität sei eine Krankheit und abnormal."

„Ich glaube, ich habe verstanden", sagte Jake.

„Ja." Bridget machte da weiter, wo sie aufgehört hatte. „Lydia wurde sehr streng erzogen und war sehr gläubig. Aber sie war richtig lustig und wir haben uns alle hervorragend verstanden."

„Ich habe langsam das Gefühl, dass etwas schiefgelaufen ist", sagte Jake.

Bridget nickte. „Nachdem wir ein Jahr zusammengewohnt hatten, sind wir für unser letztes Jahr wieder ins College gezogen. Dieser letzte Sommer in Oxford war sehr heiß. Das Lernen für die Abschlussprüfungen war die Hölle, besonders für Meg, die unter furchtbarem Heuschnupfen litt. Wir freuten uns alle darauf, die Prüfungen hinter uns zu bringen und uns zu entspannen. Doch dann geschah das erste einer Reihe von schrecklichen Ereignissen."

Sie hielt inne und fragte sich, ob sie zu melodramatisch war. Aber nein, im Großen und Ganzen glaubte sie das nicht.

„Am Tag nach meiner letzten Prüfung wurde meine jüngere Schwester Abigail, die sechzehn war und noch zu Hause wohnte, entführt. Sie verschwand nach der Schule und die Polizei begann mit der Suche. Drei Tage später fand man ihre Leiche in Wytham Woods bei Oxford. Sie war erdrosselt worden."

Bridget sprach mit ruhiger Stimme, als sie die

Geschichte erzählte. Die nackten Fakten reichten aus, um den Fall zusammenzufassen, aber sie verrieten kaum, wie sie sich dabei fühlte, sogar jetzt noch.

„Natürlich verließ ich Oxford und kehrte nach Woodstock zurück, um bei meinen Eltern und meiner älteren Schwester zu sein. Dort blieb ich den Rest des Sommers und wartete auf Neuigkeiten. Aber die Polizei hat Abigails Mörder nie gefunden."

Jakes Gesichtsausdruck war trübsinnig geworden, als er die Geschichte ihrer persönlichen Tragödie hörte. Er schien offensichtlich nicht zu wissen, was er sagen sollte. Bridget ersparte es ihm, etwas sagen zu müssen, indem sie fortfuhr. „Aber das war nur der erste schreckliche Vorfall. Die nächste Katastrophe ereilte Lydia. Sie studierte Archäologie und Anthropologie, und ihr Tutor war Dr. Brendan Harper. Dr. Harper war der Grund, warum Lydia sich für ein Studium in Merton beworben hatte. Sie wollte eines Tages ihre Heimat besuchen, und Dr. Harper war berühmt für seine Ausgrabungen in Byblos, der Stadt, in der Lydia geboren wurde. Das schien perfekt zu passen. In ihrem letzten Studienjahr reiste sie also in den Libanon und nahm dort an einer Ausgrabung teil. Diese Arbeit war Teil ihrer Abschlussarbeit.

Aber es gab irgendein Problem mit Lydias Feldforschung in Byblos. Ich weiß nicht genau, was es war, weil ich zu der Zeit schon wieder in Woodstock bei meiner Familie war und genug eigene Probleme hatte, um die ich mich kümmern musste. Aber es scheint, dass sie etwas falsch gemacht hatte und ihre Abschlussarbeit nicht bestanden hat. Das war das Ende all ihrer Hoffnungen und Träume."

„Lydia ist dieses Wochenende nicht auf der Gaudi, oder?", fragte Jake.

„Nein. Nachdem ich Oxford verlassen hatte, blieben die anderen bis zum Ende des Semesters. In diesen letzten Tagen beging Lydia Selbstmord."

Es wurde still im Raum. „Es muss eine gerichtliche Untersuchung ihres Todes gegeben haben", sagte Ffion schließlich.

„Ja, die gab es. Ich war aufgrund meiner eigenen Umstände nicht dabei, aber das Urteil lautete Selbstmord."

„War daran nichts Verdächtiges?"

„Nein", sagte Bridget. „Aber jetzt fange ich an, mich zu wundern."

„Könnte es einen Zusammenhang zwischen Lydias Selbstmord und dem Artikel geben, den Alexia über den Direktor schreiben wollte?", fragte Jake.

„Ich weiß es nicht", sagte Bridget. „Alexia interessierte sich für die Statue im Ashmolean. Aber die einzige wirkliche Verbindung zwischen ihr und Lydias Tod ist Byblos. Wenn die Statue 1987 entdeckt wurde, sind das fast zwei ganze Jahrzehnte, bevor Lydia ihre Abschlussarbeit geschrieben hat."

„Aber nehmen wir an, es gibt einen Zusammenhang", sagte Ffion. „Wenn der Direktor irgendwie für Lydias Tod verantwortlich war, könnte er dann auch die anderen drei ermordet haben, um sie am Reden zu hindern?"

„Nun", sagte Bridget. „Er hat im Moment sicher viel zu verlieren. Wenn ein Skandal über seine Vergangenheit ans Licht käme, würde das seine Chancen, Vizekanzler zu werden, zunichtemachen."

„Wenn das so ist", sagte Jake, „könnten Sie und Bella dann auch in Gefahr sein?"

„Ich glaube nicht, dass ich in Gefahr bin", sagte Bridget, obwohl sie von der Sorge ihres Sergeants um ihre Sicherheit gerührt war. „Wie ich schon sagte, habe ich Oxford verlassen, bevor das alles passiert ist, also weiß ich nicht mehr, als ich Ihnen gesagt habe. Was Bella betrifft, so habe ich Ryan bereits gebeten, ein Auge auf Sie zu haben."

Ffions Augen weiteten sich plötzlich.

„Was ist?", fragte Bridget.

„Ma'am, DI Baxter hat Ryan angewiesen, Bella zu verlassen und in die Küche zurückzukehren."

„Er hat was?"

„Er hat gesagt, dass er die Ermittlungen leitet, nicht Sie."

Sie wurden von einem lauten Klopfen an der Tür unterbrochen. Sie flog auf und offenbarte Baxter, der mit einem Ausdruck kalter Wut auf dem Gesicht dastand. Er sah zorniger aus, als Bridget ihn je gesehen hatte.

„Ich dachte mir, dass ich Sie beide hier finden würde", brüllte er Jake und Ffion an. „Was zum Teufel machen Sie hier?"

„Sir", sagte Jake, „wir sind gekommen, um DI Hart zu sagen, dass –"

Bridget richtete sich auf. „Sie haben mich gerade darüber informiert, dass Sie DS Ryan Hooper angewiesen haben, Bella Williams zu verlassen, obwohl ich ihn ausdrücklich gebeten habe, sie zu beschützen. Stimmt das?"

„Das ist richtig", sagte Baxter. „Sie sind, wie ich schon mehrfach gesagt habe, nicht Teil dieser Untersuchung, und wenn ich feststelle, dass Sie sich weiter in diesen Fall einmischen, werde ich Sie wegen Behinderung der polizeilichen Ermittlungen verhaften. Und jetzt bleiben Sie in Ihrem Zimmer! Habe ich mich klar ausgedrückt?"

Bevor sie antworten konnte, stürzte er sich wieder auf Jake und Ffion. „Sie zwei, gehen Sie zurück in den Speisesaal! Wir haben immer noch einen Mörder zu finden!"

KAPITEL 27

B ridget blieb in ihrem Zimmer, nachdem Baxter gegangen war und Jake und Ffion mitgenommen hatte. Sie hatten ihr viel zu denken gegeben.

Sie ging zu dem Fenster, an dem Jake gestanden hatte, und starrte trübsinnig hinaus. Vor ihr, auf der anderen Seite des College-Gartens, erhob sich die alte Steinmauer, die dem Verlauf der ursprünglichen Stadtmauer folgte und an der der Dead Man's Walk entlangführte. In der Ferne spielte eine Gruppe von Schulkindern auf dem Merton Field Rugby. Dahinter erstreckten sich die Christ Church Meadows bis hinunter zum Fluss Cherwell, der in die Isis mündete.

Die Stimmen der Schuljungen hallten über das offene Feld und erinnerten sie unweigerlich an Chloe. Bridget vermisste ihre Tochter nach drei Tagen Trennung schrecklich, aber wenigstens wusste sie, dass sie sicher in der Schule sein würde, wo Vanessa sie später am Tag mit ihrem Range Rover abholen würde. Nicht so wie Abigail, die an jenem sonnigen Juninachmittag zu Fuß von der Schule aufbrach und nie wieder lebend gesehen wurde.

Die Leichen türmten sich in ihrem Kopf wie ein

düsterer Scheiterhaufen. Abigail. Lydia. Alexia. Tina. Meg. Was hatte Meg an jenem Abend in der College-Bar so schnoddrig gesagt? *Und dann waren es nur noch vier.* Von der ursprünglichen Gruppe waren jetzt nur noch zwei übrig – sie und Bella, und Bridget wollte nicht noch eine Freundin verlieren.

Baxter hatte sie vor die klare Wahl gestellt, entweder seinen Anweisungen Folge zu leisten, in ihrem Zimmer zu bleiben und Bella schutzlos zurückzulassen, oder sich ihm bewusst zu widersetzen. Die Entscheidung fiel ihr nicht schwer.

Sie wartete lange genug, um sicher zu sein, dass er das Gebäude verlassen hatte, dann schlich sie sich aus ihrem Zimmer und die Treppe hinunter. Am Ausgang des Grove Building spähte sie nach draußen und als sie sah, dass die Luft rein war, lief sie schnell über den Campus, vorbei an der Kapelle, der Bibliothek im Mob Quad, dem Speisesaal und dem Pförtnerhaus, bis sie schließlich ungesehen Bellas Zimmer im St. Alban's Quad erreichte. Aufmerksam lauschte sie, aber aus dem Zimmer waren weder Stimmen noch Bewegungen zu hören. Energisch klopfte sie an die Tür, wartete einen Moment und pochte dann noch lauter. Als sie keine Antwort erhielt, überkam sie ein Gefühl kalten Grauens.

Sie hatte diese Szene schon zweimal durchgespielt, erst bei Tina, dann bei Meg, wie ein grauenhaftes Drama, das sich immer wiederholte. Beide Male war sie, nachdem sie sich endlich Zutritt verschafft hatte, mit einer Leiche konfrontiert worden.

Sie versuchte, die Tür zu öffnen, aber sie war verschlossen. Ohne Jakes Hilfe rechnete sie sich keine Chancen aus, sie einzutreten. Stattdessen machte sie auf dem Absatz kehrt und ging zügig zur Pförtnerloge, immer auf der Hut vor Baxter. Im Torhaus war ein uniformierter Polizeibeamter postiert, der offensichtlich den Befehl hatte, jeden am Verlassen des Gebäudes zu hindern. Bridget marschierte zum Schreibtisch, an dem der Portier saß und Zeitung las. „Ich brauche den Zimmerschlüssel von Bella Williams. Schnell, bitte."

Der Portier warf ihr einen unfreundlichen Blick zu, vielleicht erinnerte er sich an ihre frühere Bemerkung, der Direktor könne ungesehen durch das College schleichen. „Ich habe nicht die Angewohnheit, Schlüssel herauszugeben, schon gar nicht, wenn die Polizei in drei Mordfällen ermittelt."

„Ich bin die Polizei." Bridget wedelte verärgert mit ihrem Dienstausweis. „Jetzt geben Sie mir den Schlüssel."

Nachdem sie bekommen hatte, was sie brauchte, ging sie zurück zum St. Alban's Quad und klopfte ein letztes Mal an die Tür. „Bella! Ich bin's, Bridget! Bist du da drin?"

Nichts. Mit zitternden Händen steckte sie den Schlüssel ins Schloss. Sie drehte ihn und stieß die Tür weit auf.

Der Raum dahinter war dunkel. Für einen Moment stockte ihr der Atem, denn sie rechnete fest damit, Bellas Leiche auf dem Bett oder Boden liegen zu sehen. Erst als sie das Licht einschaltete und sich vergewisserte, dass der Raum leer war, atmete sie auf. Sie sah sich um, durchsuchte den Nachttisch und den Raum nach Hinweisen, die ihr verraten könnten, wohin Bella gegangen war, aber das Zimmer war fast leer, bis auf ein aufgeschlagenes Buch auf dem Schreibtisch.

★

Zurück im provisorischen Einsatzraum im Fellow's Quad hielt Baxter wieder einen missmutigen Vortrag. Jake stand im hinteren Teil des Raumes, die Hände fest hinter dem Rücken verschränkt, und hörte halb zu, was der DI zu sagen hatte, halb dachte er daran, was Bridget über Lydia Khoury gesagt hatte. Es musste einen Zusammenhang zwischen Lydias Selbstmord, der Entdeckung der Votivstatue in der antiken Stadt Byblos durch den Direktor und der aktuellen Mordserie geben. Zwanzig Jahre lagen zwischen diesen Ereignissen, und doch mussten sie auf irgendeine Weise miteinander verbunden sein. Jake wusste es. Er konnte nur nicht erkennen, wie.

Baxter deutete auf seine Pinnwand. „Gut, das ist, was wir bis jetzt haben. Drei Morde. Mehrere Personen von Interesse. Keine handfesten Beweise. Die Todeszeit beim zweiten und dritten Mord schließt kaum einen unserer Verdächtigen aus. Tina Mackenzie wurde am Sonntagnachmittag in ihrem Zimmer ermordet. Während dieser Zeit wurden zahlreiche Gäste des Colleges von Detectives vernommen, und ich selbst befragte den Direktor. Keine dieser Befragungen dauerte jedoch länger als dreißig Minuten. Jeder im College hatte ausreichend Gelegenheit, Miss Mackenzies Zimmer aufzusuchen und sie dazu zu bringen, den vergifteten Wein zu trinken. Die Tatsache, dass die Fingerabdrücke des Butlers auf der Flasche gefunden wurden, behandeln wir jetzt als nicht im Zusammenhang mit den Ermittlungen stehend."

Baxter warf den Anwesenden einen finsteren Blick zu, als wolle er sie auffordern, seine Entscheidung, Zeit mit der Verhaftung und Befragung des Butlers zu verschwenden, in Frage zu stellen. Niemand tat es.

„Miss Meg Collins wurde am Sonntag gegen Mitternacht aus dem Polizeigewahrsam entlassen und am frühen Montagmorgen in ihrem Zimmer ermordet. Ihre Leiche wurde gegen acht Uhr entdeckt. Der Gerichtsmediziner schätzt den Todeszeitpunkt auf etwa drei bis vier Uhr. Obwohl unsere Beamten die ganze Nacht im College postiert waren, meldete keiner von ihnen zu irgendeinem Zeitpunkt verdächtige Aktivitäten. Allerdings wurde DI Bridget Hart in den frühen Morgenstunden desselben Tages auf dem College-Gelände gesehen."

Jake warf einen Blick auf seine Kollegen. An ihrer Körpersprache war deutlich zu erkennen, dass keiner von ihnen auch nur im Entferntesten daran glaubte, dass Bridget Hart eine Reihe von Morden begangen hatte. Nicht einmal Baxter selbst schien so recht daran glauben zu wollen.

„Also hatte jede einzelne Person im College die

Gelegenheit, alle drei Morde zu begehen", brummte Baxter.

Jake überlegte, dass alles, was Baxter mit seiner Strategie, alle drei Tage im College festzuhalten, bisher erreicht hatte, darin bestand, dem Mörder die perfekte Gelegenheit zu bieten, seine Aktivitäten ungehindert fortzusetzen.

„Schauen wir uns noch einmal die Mordwaffen an", fuhr Baxter fort. „Im Fall von Alexia Petrakis wurde ein Stück Draht verwendet, um das Opfer zu erdrosseln. Wir wissen, dass der Draht aus einem Lagerraum des Colleges gestohlen wurde. Wir wissen auch, dass das Messer, mit dem die Augen des Opfers entfernt wurden, aus der Küche entwendet wurde. Im Fall von Tina Mackenzie wurde dem Madeira-Wein Kaliumzyanid zugesetzt, und dem Opfer wurden die Ohren abgeschnitten. Der Wein stammte aus dem Keller des Colleges, und auch in diesem Fall wurde ein College-Messer verwendet, um die Leiche zu verstümmeln. Woher das Zyanid kam, wissen wir noch nicht. Natürlich lässt man so etwas nicht einfach im College herumliegen, aber in einem universitären Umfeld gibt es eine Vielzahl möglicher Quellen für das Gift. Es könnte gekauft, gestohlen oder vom Mörder selbst hergestellt worden sein.

Drittens wurde Meg Collins mit einer Spitzhacke getötet und ihre Zunge entfernt. Wie zuvor wurde ein Küchenmesser aus dem College benutzt, um die Zunge herauszuschneiden, aber die Spitzhacke könnte uns eine neue Spur geben. Die Forensiker halten sie für ein archäologisches Werkzeug, ebenso wie den Pinsel, mit dem die Nachricht mit Blut an die Wand des Zimmers geschrieben wurde. Das liefert uns eine eindeutige Verbindung zum Direktor des Colleges, Dr. Brendan Harper, der selbst Archäologe ist."

Ffions Hand schnellte nach oben. „Sir, denken Sie, wir sollten Dr. Harper als Verdächtigen in diesem Fall betrachten?"

Baxter wandte ihr seinen Bullenkopf zu. „Das halte ich

für unwahrscheinlich, nicht wahr, DC Hughes? Man kann sich kaum einen respektableren Mann vorstellen, der noch dazu so viel zu verlieren hat. Warum sollte der Direktor, der gerade für das Amt des Vizekanzlers der Universität kandidiert, das Risiko eingehen, in einen Dreifachmord verwickelt zu werden? Nein, es scheint mir viel wahrscheinlicher, dass jemand absichtlich versucht, seinen Ruf zu zerstören, um seine Wahl zu verhindern."

„Aber Sir, wir wissen, dass Alexia Petrakis vorhatte, einen vernichtenden Artikel über den Direktor zu schreiben. Jetzt ist sie tot. Ist es nicht wahrscheinlich, dass Dr. Harper die Gaudi zum Anlass nahm, um jeden aus dem Weg zu räumen, der ihn in irgendeiner Weise bedrohen könnte?"

„Nein", sagte Baxter. „Wenn überhaupt, ist es wahrscheinlicher, dass derjenige, der dahintersteckt, die Gaudi als Tarnung benutzte. Bisher haben wir uns auf die Dinnergäste konzentriert, aber es ist viel wahrscheinlicher, dass der Direktor sich Feinde unter dem akademischen Personal des Colleges gemacht hat. Ich möchte alle Tutoren, Dozenten und Professoren hier befragen und herausfinden, wo sie in den letzten drei Tagen waren. Wir fangen gleich in Zweiergruppen an. DS Derwent, ich möchte, dass Sie den Direktor aufsuchen und herausfinden, ob eines seiner archäologischen Werkzeuge verschwunden ist. Mal sehen, ob wir ermitteln können, woher der Mörder diese Spitzhacke hat. Noch Fragen?"

Jake wartete darauf, dass Ffion wieder die Hand hob, aber sie schien keine Fragen mehr zu haben.

„Zumindest", sagte Baxter, „kann man jetzt, da der Täter seine drei Botschaften überbracht hat – sieh nichts Böses, höre nichts Böses, sag nichts Böses – wohl davon ausgehen, dass es keine weiteren Morde mehr geben wird." Er suchte den Raum nach Personen ab, die ihm vielleicht widersprechen wollten. „In Ordnung, dann fangen wir an."

KAPITEL 28

Zu ihrem Leidwesen musste Ffion erneut mit Ryan zusammenarbeiten, diesmal, um das akademische Personal des Colleges zu befragen. Ihr Auftrag: herauszufinden, welcher der verknöcherten alten Dozenten und Professoren den Direktor so sehr hasste, dass er bereit war, drei Morde zu begehen, um zu verhindern, dass er Vizekanzler wurde.

Sie kehrten zum Ehrentisch im Speisesaal zurück, um ihre Arbeit zu beginnen. Auf dem Weg dorthin blieb Ryan kurz stehen und unterhielt sich mit einer der Bediensteten, einer sehr attraktiven jungen Polin. Ihre Körpersprache ließ Ffion nicht vermuten, dass sich das Gespräch um die Mordermittlungen drehte.

„Machst du Pläne für heute Abend?", fragte sie, als er sich an den High Table setzte.

„Falls wir je hier rauskommen. Komm, fangen wir an."

Die erste Tutorin, die zur Befragung kam, war eine grauhaarige Frau, die trotz ihres offensichtlichen Alters eine perfekte Haltung bewahrte. Sie nahm Ffion gegenüber Platz und saß mit unbeweglicher Miene da, den Hauch eines Lächelns auf den faltigen Zügen.

„Name?", fragte Ryan.

„Dr. Irene Thomas."

„Fachgebiet?"

„Geschichte der Neuzeit."

Aha, dachte Ffion. Bridgets ehemalige Tutorin. Ffion wusste genug über die Studiengänge in Oxford, um zu verstehen, dass sich die Geschichte der Neuzeit auf alles bezog, was nach dem Untergang des Weströmischen Reiches im Jahr 476 n. Chr. stattfand. Alles, was davor geschah, galt als Domäne der Fakultät für Alte Geschichte. In Oxford war das Wort „modern" immer ein relativer Begriff.

„Wo waren Sie am Samstagnachmittag zwischen drei und sieben Uhr?", fragte Ryan.

„In der College-Bibliothek im Mob Quad. Ich studierte einen Text über Sir Francis Throckmorton, einen der vielen Verschwörer, die den Sturz der Königin und die Wiederherstellung einer katholischen Monarchie in England planten. Sir Francis wurde in Oxford ausgebildet, wenn auch glücklicherweise nicht am Merton College."

Ffion notierte es. „Ich nehme an, wenn Sie ‚Königin' sagen, meinen Sie Königin Elisabeth I.?"

Dr. Thomas' Blick schwenkte von Ryan zu Ffion wie der Strahl eines Leuchtturms. „Richtig. Im elisabethanischen Zeitalter gab es eine Vielzahl von Komplotten und Verschwörungen, die sich gegen den Thron richteten. Es war eine höchst faszinierende Epoche der Geschichte."

„Haben Sie Alexia Petrakis zu irgendeinem Zeitpunkt an diesem Tag gesehen?", fragte Ryan und lenkte die Vernehmung wieder auf seinen Fragenkatalog.

„Nein. Ich verbrachte den Tag in der College-Bibliothek im Mob Quad."

„Wo waren Sie am Sonntagnachmittag zwischen zwei und sechs Uhr?" Das war die Zeit, in der Tina Mackenzie ums Leben gekommen war.

„Ich arbeitete in der College-Bibliothek im Mob Quad."

„Und am Montagmorgen zwischen zwei Uhr und sechs Uhr?"

Ffion wollte schon schreiben „arbeitete in der College-Bibliothek im Mob Quad", aber stattdessen gab Dr. Thomas eine ziemlich überraschende Antwort.

„Um zwei Uhr morgens war ich in meinem Zimmer und genoss ein Glas Sherry mit DI Bridget Hart."

Ryan sah verwirrt aus. „Und wie lange hat das gedauert?"

„Ich glaube, bis etwa drei Uhr morgens. Wir haben uns durch eine beträchtliche Menge Sherry gearbeitet und hatten viel zu besprechen."

„So scheint es. Und danach?"

„Ich löschte mein Licht für die Nacht kurz nach drei Uhr und stand dann wie gewohnt um sechs Uhr auf."

„Sie haben nur drei Stunden geschlafen?", fragte Ryan.

„Ich versichere Ihnen, das ist nicht ungewöhnlich, Sergeant. In meinem fortgeschrittenen Alter bleibt mir nur noch herzlich wenig Zeit. Ich kann es mir nicht leisten, sie mit Schlaf zu vergeuden."

„Natürlich", sagte Ryan und unterdrückte ein Gähnen.

„Wenn Sie versuchen, die Bewegungen jeder einzelnen Person zur Zeit der drei Morde zu bestimmen, verschwenden Sie meiner Meinung nach Ihre Zeit", sagte Dr. Thomas. „Wie wollen Sie bei mehr als hundertfünfzig Gästen im College das Feld so weit eingrenzen, dass Sie mögliche Verdächtige identifizieren können? Ich würde sagen, das ist eine unmögliche Aufgabe."

„Wir machen nur unsere Arbeit, Madam", sagte Ryan.

„Dann ist es kein Wunder, dass der Mörder bereits drei Morde begehen konnte, ohne dass Sie ihn fassen konnten." Die alte Frau richtete ihre Aufmerksamkeit auf Ffion. „Eine intelligentere Vorgehensweise wäre es, diejenigen zu identifizieren, die in irgendeiner Weise mit den Verstorbenen in Verbindung standen, und Ihre Bemühungen auf sie zu konzentrieren."

„Welche Art von Verbindung schwebt Ihnen vor?", fragte Ffion.

Es schien, als hätte Dr. Irene Thomas genau auf diese Frage gewartet. Sie schenkte Ffion den Anflug eines Lächelns. „Man sagt, dass ein Mord immer auf eines der drei Hauptmotive zurückzuführen ist – Liebe, Lust und Hass. Ich verwende das Wort Lust hier im weitesten Sinne, verstehen Sie – das Verlangen nach Geld oder Macht, nicht nur nach Sex. Fragen Sie sich, wer alle drei Opfer kannte. Und dann fragen Sie sich, wie er von ihrem Ableben profitiert hat."

„Wie glauben Sie, hat er davon profitiert?", fragte Ffion und ignorierte Ryans offensichtliche Verärgerung darüber, außen vor gelassen zu werden.

„Nun, sehen wir uns jeden Kandidaten der Reihe nach an, ja? Im weitesten Sinne kannten die meisten Leute hier am College die drei Opfer flüchtig. Ein College ist eine geschlossene Gemeinschaft, in der starke und mächtige Bande geknüpft werden. Aber flüchtige Bekannte bringen sich normalerweise nicht gegenseitig um, zumindest nicht an einem zivilisierten Ort wie Oxford. Die beiden Personen, die am offensichtlichsten mit allen drei Opfern in Verbindung standen, sind zweifellos DI Bridget Hart und Miss Bella Williams. Ich bin sicher, da erzähle ich Ihnen nichts Neues. Betrachten wir jede für sich. Bridget war mit allen drei ermordeten Frauen gut befreundet, hatte aber seit fast zwanzig Jahren keinen Kontakt mehr zu ihnen. Auf den ersten Blick scheint das verdächtig, als hätte es zwischen Bridget und den anderen ein Zerwürfnis gegeben. Aber wenn wir Bridgets persönliche Tragödie in Betracht ziehen, können wir den fehlenden Kontakt leicht erklären."

Ryan warf Ffion bei diesem Hinweis auf Bridgets Vergangenheit einen fragenden Blick zu, doch Ffion ignorierte ihn. Es stand ihr nicht zu, vertrauliche Informationen über das Privatleben ihrer Chefin mit Ryan zu teilen.

Dr. Thomas fuhr fort. „Ich denke, man kann mit Fug und Recht schlussfolgern, dass Bridget nicht von ihrem Tod profitierte. Bella Williams hingegen könnte ein Motiv gehabt haben – Hass oder besser Eifersucht. Denn während die Karrieren ihrer drei Altersgenossinnen steil nach oben schossen, kam die geplante Karriere der armen Bella nicht einmal aus den Startlöchern. Stattdessen war sie gezwungen, die Erfolge der anderen aus der Ferne zu beobachten, während ihre eigenen Errungenschaften nur ein Schatten dessen blieben, was sie sich erhofft hatte. Fast zwei Jahrzehnte lang hat sie diese schmerzliche Ungerechtigkeit ertragen, und wäre es nicht gerechtfertigt, dass sie jetzt, da sie damit konfrontiert ist, wie weit ihre Kollegen gekommen sind, zumindest eine gewisse Verärgerung empfindet? Und hätte sie, da sie nichts tun konnte, um ihre eigene Situation zu verbessern, nicht auch die Möglichkeit in Betracht ziehen können, diejenigen zu Fall zu bringen, die so weit aufgestiegen waren?"

Ffion nickte aufmunternd. Es schien, als wäre die Geschichtstutorin ihrer eigenen Argumentation gefolgt und hätte genau das Szenario skizziert, zu dem sie gekommen war. „Sie halten Bella also für die wahrscheinlichste Verdächtige?"

„Wohl kaum", sagte Dr. Thomas knapp. „Könnte Eifersucht eine intelligente Frau wie Bella wirklich dazu bringen, drei alten Freundinnen das Leben zu nehmen? Ich bezweifle es sehr. Wenn wir diesem Rätsel auf den Grund gehen wollen, müssen wir nach einem viel stärkeren Motiv suchen."

Ffion spürte die Enttäuschung darüber, dass ihre Theorie kurzerhand abgetan wurde, wie einen körperlichen Schlag. Aber sie erlaubte sich, die Fakten in Ruhe zu betrachten. Dr. Thomas hatte wahrscheinlich recht. Eifersucht war sicher ein viel zu schwaches Motiv für eine Frau wie Bella, um sich so extrem an drei unschuldigen Menschen zu rächen. „Was dann?"

„Lassen Sie uns das Netz etwas weiter auswerfen, ja?", sagte Dr. Thomas. „Betrachten wir als Nächstes den Direktor des Colleges, Dr. Brendan Harper. Auch er stand den drei Frauen sehr nahe. In jedem Fall zeigte er ein großes persönliches Interesse an den Karrieren der drei

Frauen."

„Wir wissen, dass er Alexia Petrakis mit einflussreichen Kontakten in der Medienwelt bekannt gemacht hat", sagte Ffion. „Und dass er das College überredet hat, in Megs Firma zu investieren. Wie hat er Tina geholfen?"

Dr. Thomas schien überrascht, dass Ffion die Antwort auf ihre Frage nicht schon kannte. „Indem er einen hoch angesehenen Juraprofessor überredete, ihr ein erstklassiges Empfehlungsschreiben auszustellen. Er hat ihre juristische Karriere beschleunigt, das steht außer Frage. Sie können mir glauben, dass sein Verhalten in dieser Hinsicht nicht normal war. Von einem Senior Tutor wird nicht erwartet, dass er jedem Absolventen des Colleges eine persönliche Karriereberatung anbietet. Dennoch hat er alles getan, um jeder der drei ermordeten Frauen zu helfen. Warum hat er seine Hilfe so großzügig gewährt?"

„Es muss für die Begleichung irgendeiner Schuld gewesen sein", spekulierte Ffion. „Aber welche?"

Dr. Thomas' Miene blieb unergründlich. „Ich denke, die Antwort ist bei seiner ehemaligen Studentin Lydia Khoury und der Untersuchung ihres Todes zu finden. Die Untersuchung, die, wie Sie sicher schon wissen, zu dem Ergebnis kam, dass sie Selbstmord begangen hat."

„Wollen Sie damit sagen, dass ihr Tod kein Selbstmord war?"

„Nein. Ich weiß nichts Genaues und werde auch nichts weiter dazu sagen. Aber es gibt noch eine weitere Person, die Sie auf Ihre Liste der Verdächtigen setzen sollten. Die Frau des Direktors, Mrs. Yasmin Harper."

„Warum sollte sie involviert sein? Kannte sie die drei Opfer?"

„Wenn der Direktor darin verwickelt ist, ist es völlig logisch – ja sogar naheliegend, wenn ich das sagen darf –, dass es auch die Frau sein könnte. Hat die Polizei sie schon befragt?"

„Wir können wirklich keine Einzelheiten über die Ermittlungen preisgeben", schaltete sich Ryan ein, bevor Ffion etwas sagen konnte.

„Dann nehme ich an, dass Sie das nicht getan haben",
sagte Dr. Thomas. „Ich würde Ihnen raten, das so schnell
wie möglich nachzuholen. Mrs. Yasmin Harper ist eine
sehr interessante Person. Sie wurde in eine äußerst
wohlhabende und einflussreiche ägyptische Familie
hineingeboren und hätte in ihrem Heimatland eine
vorteilhafte Ehe eingehen können. Sie hätte sich
buchstäblich jeden Mann aussuchen können. Und doch
heiratete sie einen fast mittellosen englischen Archäologen.
Warum hat sie das getan?"

„Liebe?", schlug Ffion vor.

„Das ist immer eine Möglichkeit", sagte Dr. Thomas
in einem Ton, der vermuten ließ, dass ihr dieser Gedanke
noch nie gekommen war. „Man sagt, Dr. Harper sei ein
gutaussehender Mann. Es ist sicher wahr, dass er einen
natürlichen Charme besitzt. Vielleicht hat er einem jungen
Mädchen den Kopf verdreht. Vielleicht sah Yasmin
Harper aber auch das Potenzial dieses jungen Mannes, der
eine so glänzende akademische Zukunft vor sich hatte.
Nach seiner gefeierten Entdeckung eines phönizischen
Artefakts im Libanon hatte er bereits eine gewisse
Aufmerksamkeit der Medien auf sich gezogen. Vielleicht
sah diese schöne, hochintelligente – und, sagen wir mal,
ehrgeizige – Frau in Dr. Brendan Harper eine verlockende
Gelegenheit für sich. Wenn dem so ist, hatte sie recht.
Dr. Harpers Karriere verlief glänzend, zunächst als Senior
Tutor, dann als Direktor des Merton College – ganz zu
schweigen von seinen Auftritten als Moderator populärer
Fernsehsendungen –, und jetzt steht er kurz davor,
Vizekanzler der Universität zu werden. Wie würde
Mrs. Yasmin Harper wohl reagieren, wenn jemand das
alles bedrohen würde?"

„Inwiefern bedrohen?"

„Ich verweise nur auf meine vorherigen Antworten",
sagte Dr. Thomas. „Liebe, Lust und Hass. Sie werden den
Grund für diese Morde in einem der drei finden."

Ffion nahm sich einen Moment Zeit, um all die
Informationen zu verdauen, die Dr. Thomas ihnen

mitgeteilt hatte. Offenbar hatte sie eine Meinung zu diesem Fall, obwohl sie die letzten drei Tage anscheinend in der Bibliothek im Mob Quad verbracht hatte. Es war klar, dass die Geschichtstutorin nichts beiläufig sagte und dass alles, was sie ihnen erzählt hatte, von Bedeutung sein konnte. Eine bestimmte Bemerkung, die sie zu Beginn des Gesprächs gemacht hatte, blieb Ffion im Gedächtnis – dass es im elisabethanischen Zeitalter eine Vielzahl von Komplotten und Verschwörungen gegeben hatte, die sich gegen den Thron richteten. Sah Dr. Thomas die jüngsten Ereignisse im College so? Und wenn ja, von welchen Komplotten und Verschwörungen gegen den College-Direktor wusste sie insgeheim?

„Es gibt natürlich noch eine andere Person, die in all das verwickelt sein könnte", sagte Ffion, „und die zur Zeit von Lydia Khourys Tod anwesend war. Jemand, der alle Beteiligten kannte und ein großes Interesse daran hatte, den Verdacht auf den Direktor und seine Frau zu lenken."

„Und wer könnte das sein?"

„Sie", sagte Ffion.

„Ach ja, natürlich. Wie scharfsinnig. Es gibt immer noch mich."

KAPITEL 29

E s gab zwei Möglichkeiten, vom Hauptgebäude des Colleges zu den Räumlichkeiten des Direktors zu gelangen – durch die Gärten auf der Rückseite oder über die Merton Street selbst. Jake sah keinen Grund, wie ein Eindringling durch den Hintereingang zu schleichen. Stattdessen verließ er das College durch das Haupttor und grüßte den uniformierten Constable, der dort Dienst hatte. Das Leben eines Detective Sergeant konnte manchmal langweilig und ermüdend sein – zum Beispiel, wenn er Befragungen von Tür zu Tür durchführte oder hundertfünfzig Dinnergäste in einem Oxford College vernahm –, aber es war besser als herumzustehen, Ein- und Ausgänge zu bewachen oder bei Wind und Wetter in den Straßen zu patrouillieren. Er war froh, dass er diesen Job nicht machen musste.

Er verließ das Pförtnerhaus, bog rechts in die Merton Street ein und stellte sich wieder die unlösbare Frage – warum Kopfsteinpflaster? Die Merton Street war eine ruhige Nebenstraße, in der kaum Verkehr herrschte, obwohl sie direkt neben der belebten High Street lag, die fast ständig von Doppeldeckerbussen, Taxis und

Radfahrern verstopft war. Es war nicht schwer zu verstehen, warum die Merton Street so ruhig war. Kein vernünftiger Autofahrer würde hier jemals sein Fahrzeug herbringen wollen.

Er ging an dem Subaru vorbei, gab ihm einen freundlichen Klaps, überprüfte die Karosserie auf Kratzer und ging dann weiter die Straße hinunter zum Haus des Direktors.

Von der Straße aus sah das Gebäude sehr unscheinbar aus. Jake hatte ein großes gotisches Herrenhaus mit Türmchen und Wasserspeiern erwartet. Stattdessen war es ein bescheidenes, weiß gestrichenes Haus. Er wäre nie auf die Idee gekommen, dass hier der Direktor eines angesehenen Oxforder Colleges wohnte, wenn nicht ein Schild an der Eingangstür darauf aufmerksam gemacht hätte. Er schritt auf das Haus zu und klingelte.

Kurz darauf öffnete die Frau des Direktors. Jake sah sie zum ersten Mal und war überwältigt von ihrer Schönheit und Eleganz. Mrs. Harper war jünger als ihr Mann und hatte die Haltung und Anmut einer Königin, vielleicht einer modernen Kleopatra. Sie trug ein schlichtes weißes Kleid, das ihre leicht gebräunte Haut und ihr tiefschwarzes Haar zur Geltung brachte. Eine silberne Halskette schmückte ihren schlanken Hals, lange Ohrringe baumelten an ihren Ohren. Wie das Gebäude selbst war sie nicht das, was er erwartet hatte.

Für eine Sekunde war er so verblüfft von ihrem Anblick, dass er sich kaum an ihren Namen erinnern konnte. Jade? Jasmin? Yasmin. Das war's. Yasmin Harper.

„Guten Morgen, Sergeant. Wie kann ich Ihnen helfen?"

„Guten Morgen, Madam. Mrs. Harper, meine ich. Entschuldigen Sie die Störung, aber ist Ihr Mann zu Hause?"

Sie zögerte einen Moment, bevor sie antwortete. „Brendan? Nein, ich fürchte, er ist nicht hier."

„Wissen Sie, wo ich ihn finden kann?"

„Nein. Ich weiß nicht, wo er sich gerade aufhält."

Yasmin Harper stand in der Tür, bewegte sich nicht, schloss sie aber auch nicht. In ihren dunklen Augen lag ein schwacher Schimmer von Unbehagen.

Jake blieb auf der Schwelle stehen, weil er spürte, dass sie noch mehr zu sagen hatte.

Laut Baxter hatte der Butler behauptet, Mrs. Harper habe einst eine Affäre mit dem College-Koch gehabt. Jetzt, da Jake sie sah, fragte er sich, ob die Geschichte wahr sein konnte. Konnte sich eine so kultivierte und selbstbewusste Frau wirklich auf eine so leichtsinnige Affäre einlassen? Und wenn ja, hatte sie noch weitere Geheimnisse zu verbergen?

„Hören Sie", sagte sie und schien einen Entschluss gefasst zu haben, „vielleicht kommen Sie besser mit rein. Ich muss Ihnen etwas erzählen."

★

Bridget verließ das Treppenhaus im St. Alban's Quad und überlegte, in welche Richtung sie gehen sollte. Sie konnte nach links in die College-Gärten gehen, wo sie Tina am Sonntagmorgen gefunden hatte. Aber Bella war nie jemand gewesen, der die Einsamkeit in der Natur suchte. Sie hatte immer die erhabene architektonische Schönheit der Türme und Höfe von Oxford geliebt und das Gefühl von Stein unter ihren Füßen dem von Gras vorgezogen. Dennoch hütete sich Bridget, in den Speisesaal zurückzukehren oder durch die Quads zu spazieren, um Baxter nicht zu begegnen. Sie blieb im St. Alban's Quad und wusste nicht, wohin sie gehen sollte.

Wenn Baxter nur nicht so stur gewesen wäre und sich geweigert hätte zu glauben, dass die letzte ihrer ehemaligen Mitbewohnerinnen in Gefahr sein könnte. Wenn alles vorbei war, würde sie mit dem Chief Superintendent über Baxters respektloses und schikanöses Verhalten sprechen.

Die Glocke auf dem Kapellenturm begann langsam die Stunde zu schlagen, und Bridget sah auf die Uhr. Es war schon Mittag, und die Sonne stand hoch am Himmel. Als die Glocke den letzten ihrer schweren Schläge vollendete, hatte sie plötzlich eine Idee, wo Bella sein könnte.

Obwohl Bella nie besonders religiös gewesen war, war sie als Studentin Mitglied der Glockenläuteschaft des Colleges gewesen. Wenn der Arbeitsdruck zu groß wurde, hatte Bella geschworen, dass es nichts Besseres gäbe, um Stress abzubauen, als sich dem regelmäßigen Glockenläuten in der Kapelle anzuschließen. Sie war sogar zu anderen Kirchen in Oxfordshire gereist, um bei Hochzeiten und Sonntagsgottesdiensten die Glocken zu läuten. Vielleicht war sie jetzt in die Kapelle zurückgekehrt.

Bridget schlüpfte leise durch den Torbogen, der zum Front Quad führte, und eilte von dort durch Patey's Quad und Mob Quad. Glücklicherweise war Baxter nirgends zu sehen. Sie ging durch den letzten Torbogen, der zum Kapellenrasen führte, und betrat die Vorkapelle im südlichen Querschiff.

Das Glockengeläut war verstummt, es war still und ruhig in der Kirche. Laut und deutlich waren Bridgets Schritte zu hören, als sie die Steinplatten überquerte, die in den Hauptraum der Kapelle führten. Über ihr schien der viereckige Glockenturm verlassen zu sein, obwohl man das von hier unten nicht mit Sicherheit sagen konnte. Bridget durchquerte schnell den Raum und erschauderte, als sie sich an den schrecklichen Fund von Alexias blindem Körper erinnerte, der brutal in den hölzernen Schrank im nördlichen Querschiff gestopft worden war. Sie fragte sich, welche Art von Hass einen Mörder dazu bringen konnte, jemanden so kalt und brutal zu entstellen.

Sie ging das Kirchenschiff hinauf zum großen gotischen Ostfenster. Kurz vor dem Altar bog sie nach rechts in die Sakristei ab. Hastig klopft sie an die Tür, und als sie keine Antwort erhielt, stieß sie sie auf und betrat den dahinter liegenden Raum. Der Kaplan hatte sein Versprechen, das Zimmer aufzuräumen, nicht gehalten, und es war noch genauso unordentlich wie an dem Tag, an dem sie gekommen war, um mit ihm über sein Treffen mit Alexia zu sprechen. Sie verließ den Raum, zog die Tür hinter sich zu und kehrte in die Vorkapelle zurück.

Ein leises Scharren ertönte im hohen Turm und ließ sie aufblicken.

„Bella? Bist du das? Bist du da oben?"

Sie blieb stehen und lauschte, aber es kamen keine Antwort und keine weiteren Geräusche aus dem Glockenturm. So verließ sie das Gebäude auf demselben Weg, auf dem sie es betreten hatte, und blieb draußen vor der Kapelle stehen.

Was nun? Sie konnte weiter durch das College streifen, in der Hoffnung, ihre Freundin zu finden, aber genauso wahrscheinlich war es, dass sie Baxter begegnen würde, bevor sie herausfand, wohin Bella verschwunden war.

Aus einem Impuls heraus wandte sie sich stattdessen der Seite der Kapelle und der Tür zu, die zum Turm hinaufführte. Die Holztür war immer verschlossen, aber Bella hatte früher einen Schlüssel besessen, der ihr den Zugang zum Glockenturm ermöglichte. Bridget griff nach dem Eisenring an der Tür und drehte ihn. Zu ihrer Überraschung drehte er sich leicht in ihrer Hand, und die schwere Tür schwang auf und gab den Blick auf eine Holztreppe frei. Bridget trat ein und begann, den Turm zu erklimmen.

*

Die Wohnräume des Direktors sahen aus, als wären sie einem Stilmagazin entsprungen. Hastig zog Jake seine großen Stiefel aus, bevor er es wagte, einen Fuß auf den hellen Teppich zu setzen, der den Flur säumte.

Yasmin Harper bat ihn in das elegante Wohnzimmer. „Bitte nehmen Sie Platz, Sergeant."

Es gab so viele Sofas und Sessel zur Auswahl, dass er einen Moment lang ratlos dastand.

„Vielleicht können wir uns zusammen ans Fenster setzen", schlug Mrs. Harper vor und deutete auf einen Fensterplatz.

Jake schluckte nervös. Das Ganze erschien ihm zu intim, aber es wäre unhöflich gewesen, abzulehnen. „Ja", sagte er. „Das wäre nett." Er setzte sich auf den Platz, den sie ihm gezeigt hatte.

Auf einem Beistelltisch am Fenster stand ein Strauß frisch geschnittener Rosen. Ihr Duft erfüllte den Raum mit einem schweren Parfüm. Mrs. Harper stand dahinter. „Möchten Sie einen Kaffee? Ich habe welchen gemacht."

Er hatte den Eindruck, dass sie noch nicht ganz bereit war, ihm zu sagen, was sie ihm erzählen wollte. Er gab ihr gerne die Zeit, die sie brauchte, um ihre Gedanken zu ordnen. „Bitte", sagte er.

Er wartete, während sie in die Küche ging und mit zwei zierlichen Porzellantassen und Untertassen auf einem Tablett zurückkam, zusammen mit einem Kännchen Sahne und einem silbernen Spender mit Zuckerwürfeln. Das Tablett wackelte leicht, als sie es neben den Blumen auf den Tisch stellte.

Sie setzte sich neben ihn, kerzengerade, die Hände im Schoß gefaltet. Jake gab zwei Stück Zucker in seinen Kaffee und füllte die Tasse bis zum Rand mit Sahne. Er zögerte, dann fügte er ein drittes Stück Zucker hinzu. Es wäre eine Schande, es nicht zu tun, nachdem sie sich so viel Mühe mit der Präsentation gegeben hatte.

Yasmin Harper betrachtete das Blumenarrangement, als wolle sie es auf Unvollkommenheiten untersuchen. Er folgte ihrem Blick und ließ seine Augen einen Moment auf den langen grünen Stielen und den üppigen Blüten ruhen, die sie schmückten. Die tiefrosa Blütenblätter erschienen ihm makellos.

„Sie sagten, Sie hätten mir etwas mitzuteilen?", fragte er. „Geht es um Ihren Mann?"

Sie hob ihre dunklen Augen zu seinen. „Es fällt mir ziemlich schwer, Sergeant, aber ich mache mir Sorgen um Brendan. Sehen Sie, ich glaube, die drei Botschaften, die der Mörder hinterlassen hat – sieh nichts Böses, höre nichts Böses, sag nichts Böses –, könnten eine Warnung sein."

Jake rührte mit einem Silberlöffel in seinem Kaffee. „Wie kommen Sie darauf?"

„Ich glaube, sie beziehen sich auf ein Ereignis, das sich vor etwa siebzehn Jahren zugetragen hat, nicht lange nachdem Brendan und ich geheiratet hatten und ich nach England gezogen war."

Jake nippte an seinem Kaffee und wartete darauf, dass sie fortfuhr.

„Mein Mann war damals Senior Tutor und hielt Vorlesungen in Archäologie und Anthropologie. Eine seiner Studentinnen war eine Libanesin namens Lydia Khoury. Sie war eine begabte Studentin mit großem Potenzial. Leider scheiterte sie in ihrem letzten Studienjahr an ihrer Abschlussarbeit und nahm sich wenige Tage später das Leben. Natürlich gab es eine gerichtliche Untersuchung. Mehrere Studienfreunde von Miss Khoury sagten als Zeugen aus."

Jake horchte auf. „Waren das zufällig Alexia Petrakis, Tina Mackenzie und Meg Collins?"

„Ja. Es kam der Vorwurf auf, mein Mann habe seine Stellung missbraucht. Alexia, Tina und Meg sagten zugunsten von Brendan aus, der vollständig entlastet wurde. Aber eine vierte Studentin – Bella Williams – beschuldigte ihn, Lydias Abschlussarbeit absichtlich schlecht bewertet zu haben, um sich selbst zu schützen."

„Um sich wovor zu schützen?"

Mrs. Harper beantwortete seine Frage nicht direkt. „Bella hat eine Reihe von Anschuldigungen erhoben. Aber das Mädchen war durch den Tod ihrer Freundin eindeutig verstört. Sie schien keine glaubwürdige Zeugin zu sein. Der Untersuchungsrichter nahm sie nicht ernst. Ich damals auch nicht."

„Ich verstehe", sagte Jake. „Aber jetzt schon?"

„Sagen wir einfach, ich habe meine Zweifel."

„Und was hat das Ihrer Meinung nach mit den drei Morden zu tun?"

Yasmin Harper heftete ihren Blick auf Jake. „Wie ich schon sagte, Sergeant, es fällt mir äußerst schwer, das zu sagen, aber ich befürchte, dass mein Mann sie ermordet haben könnte, um ihr Schweigen zu garantieren."

Jake starrte sie fassungslos an.

„So sehr es mich schmerzt, es auszusprechen, ich habe immer gewusst, dass Brendan etwas zu verbergen hatte. Obwohl er es öffentlich bestritt, war mir klar, dass er etwas getan hatte, wofür er sich insgeheim schämte. Warum sonst hätte er sich so sehr bemüht, diesen drei Frauen zu einer Karriere zu verhelfen? Er hat sich ihr Schweigen erkauft. Jetzt, so kurz vor der Wahl zum nächsten Vizekanzler der Universität, dachten sie vielleicht, sie könnten noch mehr aus ihm herausholen. Vielleicht haben sie ihn erpresst. Das würde die drei Botschaften am Tatort und die Entfernung der Leichenteile erklären. Sieh nichts Böses, höre nichts Böses, sag nichts Böses. Sie wurden als Warnung für die anderen geschrieben."

„Aber die Augäpfel waren in der Suppe Ihres Mannes. Warum sollte er das getan haben?"

„Um von sich abzulenken. Es sollte so aussehen, als würde jemand eine Kampagne führen, um ihn zu diskreditieren. Aber die betroffenen Frauen hätten verstanden, dass die Warnungen für sie bestimmt waren."

„Aber warum dann drei Warnungen? Wenn alle drei Frauen tot waren, wer sollte dann noch gewarnt werden?"

„Verstehen Sie nicht, Sergeant? Die vierte Frau, Bella Williams. Ich glaube, sie könnte in großer Gefahr sein."

Jake schluckte und verarbeitete die neue Information. Auch Bridget hatte sich Sorgen um Bellas Sicherheit gemacht. Sie hatte Ryan gebeten, auf sie aufzupassen. Und Baxter hatte ihn weggeschickt.

Dann erinnerte er sich daran, warum Baxter ihn überhaupt gebeten hatte, zum Haus des Direktors zu gehen. „Die Tatwaffe beim dritten Mord war eine Spitzhacke. Unser Forensikteam glaubt, dass es sich um ein Werkzeug handelt, das ein Archäologe bei Ausgrabungen benutzen würde. Auch der Pinsel, mit dem die Nachricht an die Wand gemalt wurde, könnte von einem Archäologen stammen."

Yasmin Harper nickte. „Der Werkzeugkasten meines Mannes enthält diese Gegenstände. Wenn er im College ist, bewahrt er ihn immer in seinem Büro hier im Haus auf. Ich habe heute Morgen danach gesucht, aber er war nicht da. Und jetzt ist mein Mann weg und antwortet nicht auf meine Anrufe."

„In Ordnung", sagte Jake und zog sein Handy aus der Tasche. „Der Werkzeugkasten Ihres Mannes. Was war da noch drin?"

Jetzt sah Yasmin Harper richtig ängstlich aus. „Alle möglichen Werkzeuge. Spaten, Pinsel, Kellen, Siebe, Maßband. Aber auch Nadeln, Spieße und Messer."

KAPITEL 30

Die Holztreppe, die in den Turm führte, war steil und schmal. Bridget war ziemlich außer Atem, als sie den Glockenstuhl erreichte. Sie musste sich wirklich mehr Zeit für Sport nehmen. Aber wenigstens hatte sich ihr Instinkt als richtig erwiesen. Bella stand dort oben, nicht weit von der Treppe entfernt, und lehnte sich an das Geländer, das den Blick auf die etwa dreißig Fuß tiefer gelegene Vorkapelle freigab. Sie stand mit dem Rücken zu Bridget.

Auf dem Boden des Glockenstuhls lag eine schwarze Ledertasche, die mehrere Fuß lang war. Sie sah aus wie eine Art Werkzeugtasche. Darin glitzerten Metallgegenstände.

„Gott sei Dank habe ich dich gefunden", keuchte Bridget. „Ich habe mir solche Sorgen gemacht."

Der Balkon des Glockenstuhls führte auf einem nur zwei oder drei Fuß breiten Steg um den Turm herum, und das Geländer, an das Bella sich lehnte, sah alt und brüchig aus.

Zögernd trat Bridget auf den Steg und spähte vorsichtig über den Rand. Von hier oben schien der Boden der

Vorkapelle sehr weit unten zu sein. „Warum kommst du nicht mit runter?“, schlug sie Bella vor. „Wir können uns in der Kapelle unterhalten.“

„Ich glaube nicht“, sagte Bella und drehte sich um. „Mir gefällt es hier oben.“ Als sie sich umdrehte, trat ein Gegenstand in ihrer Hand aus dem Schatten und blitzte kurz im Licht auf. Es war ein Messer.

Bevor Bridget sich einen Reim darauf machen konnte, begann ihr Telefon zu klingeln. Das plötzliche Geräusch hallte von den Wänden des Glockenturms wider. Sie konnte sehen, dass es Jake war, der anrief. „Ich muss da rangehen.“

„Nein“, sagte Bella. „Gib mir das Telefon.“

„Was?“ Bridgets Daumen schwebte über dem Display. Das Telefon klingelte weiter. Wenn sie nicht innerhalb der nächsten fünf Klingelzeichen abhob, ging die Mailbox an.

„Ich sagte, gib mir das Telefon!“

Bella hob das Messer, das Bridget erst jetzt als zeremoniellen Dolch erkannte. Sie sprang mit der Klinge nach vorn und riss Bridget das Telefon aus der Hand. Dann wich sie zurück und schleuderte es über das Geländer. Es krachte mit dem Knirschen von zerbrochenem Glas auf den Steinboden darunter. Das Klingeln verstummte.

Jetzt, da Bella sich bewegt hatte, konnte Bridget sehen, dass sie nicht allein auf dem Balkon waren. Hinter ihr war ein Mann an einen Stuhl gefesselt. Der Direktor. Seine Hände und Füße waren mit kurzen Seilen fest zusammengebunden. Eines der Glockenseile war mehrmals um ihn gewickelt worden, um ihn an den Stuhl zu binden. Außerdem war er mit seinem eigenen Hemd geknebelt worden, das man ihm vom Leib gerissen hatte, so dass seine Brust entblößt war. In seinen Augen sah Bridget nichts als nackte Angst.

Plötzlich war alles klar. Bridget war der Spur der Indizien bis zum Ende gefolgt, hatte aber die letzte Wendung übersehen. Bella war nicht das Opfer, sie war die Mörderin. Sie hatte alle Fäden gezogen, und Bridget hatte sich täuschen lassen, weil ihre alte Freundschaft sie blind für die Wahrheit gemacht hatte.

Aber das würde sie jetzt in Ordnung bringen. Sie stand fest auf dem Balkon und stemmte die Füße in den Boden, damit ihre Beine nicht zitterten. „Es ist vorbei, Bella", sagte sie und versuchte, mutiger zu klingen, als sie sich fühlte. „Mach keine Dummheiten. Lass das Messer fallen."

Bella lächelte. „Es ist noch lange nicht vorbei, Bridget. Du bist gerade rechtzeitig zum großen Finale gekommen. Ich bin sogar froh, dass du hier bist. Du hast es verdient, alles zu erfahren." Sie ging den Steg zurück, bis sie direkt hinter dem Direktor stand. Sie richtete die Spitze des Messers auf seine nackte Brust. „Ich bin an diesem Wochenende ins College gekommen, um Rache zu nehmen. Jedes meiner Opfer hat eine Wiedergutmachung für seine Verbrechen geleistet. Zuerst habe ich ein Paar Augen genommen, dann ein Paar Ohren, dann eine Zunge. Sieh nichts Böses. Höre nichts Böses. Sag nichts Böses. *Tu nichts Böses.* Nun ist der Direktor an der Reihe, seine Schuld zu sühnen. Da sein Verbrechen das größte war, muss er es mit seinem eigenen Herzen bezahlen."

★

Jake rannte durch den Garten aus dem Haus des Direktors. Nach dem, was Yasmin Harper ihm erzählt hatte, musste er den Direktor oder Bella oder beide finden, bevor es ein weiteres Mordopfer gab.

Als er den St. Albans Quad erreichte, stürmte er zu Bellas Zimmer, hämmerte mit der Faust gegen die Tür und rief lauthals ihren Namen. Aber es kam keine Antwort. Er kehrte um und machte sich wieder auf den Weg.

Er versuchte, Bridget anzurufen, während er rannte, aber er erreichte nur ihre Mailbox. Auch Baxter ging nicht ans Telefon. Keuchend blieb er stehen, als er den Front Quad erreichte, und wollte es gerade mit Ryans Nummer versuchen, als er zu seiner großen Erleichterung Ffion aus der anderen Richtung auf sich zu rennen sah.

„Hast du Bella oder den Direktor irgendwo gesehen?", rief er.

„Nein. Ich habe sie selbst gesucht."

„Der Direktor ist im Begriff, Bella zu töten", platzte er heraus. „Wir müssen ihn aufhalten!"

„Nein", sagte Ffion. „Es ist genau andersherum. Bella plant, den Direktor zu töten."

Er blieb stehen, atemlos von seiner Anstrengung. „Was? Wie kommst du darauf? Seine Frau hat mir gerade gesagt, dass sie glaubt, Harper habe die drei Frauen ermordet, um zu verhindern, dass sie irgendein dunkles Geheimnis aus seiner Vergangenheit enthüllen."

Ffion nickte. „Ich habe vermutet, dass er etwas zu verbergen hatte. Deshalb hat er auch Lydia Khourys Abschlussarbeit durchfallen lassen. Sie hat etwas entdeckt, als sie in Byblos war. Es hatte etwas mit der Votivstatue zu tun, die er dort bei einer früheren Ausgrabung gefunden hatte."

„Aber hatte Alexia Petrakis nicht vor, einen Artikel darüber zu veröffentlichen?"

„Das hatte sie. Aber ich glaube nicht, dass der Direktor davon wusste. Und Bella auch nicht."

„Warum sollte Bella also erst ihre drei Freundinnen und dann den Direktor ermorden wollen?"

„Das hat mir Dr. Irene Thomas erklärt."

„Wer?", rief Jake. Er hatte es satt, von Leuten erzählt zu bekommen, deren Namen er noch nie gehört hatte.

„Bridgets alte Geschichtstutorin."

„Was in aller Welt hat sie mit all dem zu tun?"

„Nichts. Aber sie hat mir gesagt, dass ein Mord immer auf eines von drei Motiven zurückzuführen ist – Liebe, Lust oder Hass."

„Und welches ist es in diesem Fall?"

„Nachdem ich mir alle Fakten durch den Kopf gehen ließ, war es offensichtlich", sagte Ffion. „Wir haben alles aus dem falschen Blickwinkel betrachtet. Es ist nicht die Lust, es ist nicht der Hass, der den Mörder antreibt. Es ist das stärkste aller Gefühle – die Liebe.“

„Liebe?“

„Das erkläre ich dir später. Aber zuerst müssen wir Bella finden.“

★

„Leg das Messer weg, Bella. Du willst das nicht tun.“ Bridget versuchte, ihre Stimme ruhig und sachlich zu halten, so wie man es ihr beigebracht hatte, um schwierige Situationen zu entschärfen. Aber ihre Gedanken und Gefühle wirbelten durcheinander.

Wie hatte sie übersehen können, was direkt vor ihr lag? Sie hatte Bella keinen Augenblick verdächtigt, aber wenn sie es getan hätte, wären Tina und Meg vielleicht noch am Leben. Sie spürte deren Tod auf ihrem Gewissen.

„Da irrst du dich“, sagte Bella, deren Augen im schwachen Licht des Glockenstuhls funkelten. „Ich will das sehr wohl. Ich habe mir nie etwas sehnlicher gewünscht.“

Alle Spuren der depressiven und lethargischen Frau, die Bella zu Beginn des Wochenendes gewesen war, waren verschwunden. Sie war jetzt viel mehr die Person, an die sich Bridget aus ihrer Jugend erinnerte – zielstrebig, motiviert und voller Leben. „Ich habe lange auf diesen Moment gewartet. Siebzehn Jahre, um genau zu sein.“

„Aber warum?“ Bridget wusste, wenn sie Bella zum Reden bringen konnte, bestand eine gute Chance, dass Hilfe kommen würde. Früher oder später würde jemandem auffallen, dass sie und der Direktor verschwunden waren. Jake würde sich Sorgen machen, weil sie nicht auf seinen Anruf reagiert hatte. Auch Ffion war klug und würde vielleicht merken, dass etwas nicht stimmte. Sie gab sich nicht der Illusion hin, dass Baxter wie ein Ritter in glänzender Rüstung auftauchen würde. „Warum mussten Alexia, Tina und Meg sterben? Welches Verbrechen haben sie begangen?“

Bridget hatte die Erfahrung gemacht, dass, wenn

jemand in Bellas Situation die Gelegenheit zum Reden bekam, die Geschichten oft nur so heraussprudelten. Wie Irene Thomas gesagt hatte, war es die Verweigerung einer Stimme, die Menschen zu drastischen Maßnahmen veranlasste. Wenn man ihnen den Druck nehmen konnte, indem man sie reden ließ, bestand die Hoffnung, dass man sie davon abhalten konnte, anderen oder sich selbst Schaden zuzufügen.

„Ich tue das für Lydia", sagte Bella. Sie richtete das Messer auf den Direktor. „Er hat sie umgebracht."

Der Direktor versuchte etwas zu sagen, aber der Knebel in seinem Mund hinderte ihn daran, verständliche Worte zu formulieren.

„Lydia hat Selbstmord begangen", sagte Bridget.

Die Klinge blitzte auf. „Seinetwegen! Wegen dem, was er ihr angetan hat!"

„Und was war das, Bella?"

„Er hat sie durchfallen lassen. Das hat er absichtlich gemacht, damit niemand ihre Behauptungen ernst nimmt."

„Welche Behauptungen?", fragte Bridget, obwohl sie ahnte, dass sie bereits die halbe Wahrheit kannte.

„Als Lydia ihre Feldforschung in Byblos durchführte, sprach sie mit einheimischen Arbeitern, die ihr ein Geheimnis anvertrauten. Damals, im Jahr 1987, hat dieser Mann" – sie stieß das gebogene Messer erneut in Dr. Harpers Richtung, diesmal ritzte es seine Haut auf und es floss Blut – „einen Beamten bestochen, um eine Exportlizenz für eine seltene und wertvolle Statue zu erhalten. Er wusste, dass er die Lizenz sehr schnell bekommen musste, sonst würde ihm ein Gesetz, das die libanesische Regierung bald verabschieden würde, verbieten, seine Trophäe nach Großbritannien zu bringen. Sein triumphaler Moment wäre ihm für immer verwehrt geblieben. Also kaufte er sich von einem korrupten Beamten eine Lizenz.

Als Lydia davon erfuhr, wollte sie der Welt die Wahrheit sagen. Sie sorgte sich um die Menschen und

Gemeinschaften ihres Landes. Niemals hätte sie archäologische Stätten ihrer Schätze wegen geplündert. Doch Harper schaltete sie auf die grausamste Weise aus – indem er ihren Traum, Archäologin zu werden, zerstörte. Wer würde schon das Wort einer gescheiterten Studentin gegen das eines gefeierten Akademikers stellen?"

Bridget trat auf dem schmalen Balkon einen Schritt vor. „Na schön. Ich glaube dir. Lydias Tod war ein tragischer Verlust. Ich bin genauso wütend darüber wie du. Sie war auch meine Freundin, erinnerst du dich? Aber was haben die anderen falsch gemacht?"

„Sie haben ihn gedeckt!", schrie Bella. „Bei der Untersuchung von Lydias Tod hatten wir die Gelegenheit, die Wahrheit zu sagen, zu erklären, was Lydia entdeckt hatte, und alles aufzudecken, was dieser Mann getan hatte. Aber stattdessen haben sie nichts gesagt und so getan, als hätten sie nichts gesehen und gehört. Ich war die Einzige, die die Wahrheit sagte, aber niemand hörte mir zu. Stattdessen wurden sie für ihre Lügen belohnt, und der Direktor sorgte dafür, dass meine Bewerbung für das Doktoratsstudium abgelehnt wurde."

Bridget machte einen weiteren Schritt auf Bella und den Direktor zu. „Machst du das deshalb? Weil der Direktor deine Hoffnungen auf ein Leben in der Wissenschaft zerstörte? Ist das ein Akt der Rache?"

„Nein! Natürlich nicht. Hast du die Wahrheit noch nicht erraten?"

„Welche Wahrheit?" Bridget schob sich weiter vor.

„Lydia und ich waren ein Liebespaar."

Bellas leidenschaftliche Erklärung ließ Bridget innehalten. „Ein Liebespaar?"

„Heimlich natürlich. Die Einstellung zu solchen Dingen war damals eine ganz andere. Lydia war streng religiös erzogen worden. Man hatte ihr beigebracht, sich für das, was sie war, zu schämen. Hätten ihre Eltern von uns beiden erfahren, hätten sie sie als ihre Tochter verstoßen."

Bridget nickte langsam zustimmend. Es war erst zwei

Jahrzehnte her, doch für Lydia hätte es genauso gut das finstere Mittelalter sein können. Die Gesellschaft im Allgemeinen war viel weniger liberal gewesen, und Lydias eigene Religion vertrat sehr intolerante Ansichten über Homosexualität. Kein Wunder, dass sie und Bella ihre Liebe geheim gehalten hatten, sogar vor ihren Freunden.

„Es tut mir leid", sagte Bridget. „Ich hatte keine Ahnung."

„Ich mache das aus Liebe", erklärte Bella. Sie begann, mit der Spitze ihrer Klinge einen Kreis um das Herz des Direktors zu ziehen. Dort, wo die scharfe Spitze die Haut durchbohrte, quollen Blutstropfen hervor.

Bridget rückte weiter vor. „Nein, bitte, Bella. Hör auf. Das ist keine Liebe. Das ist Rache, mehr nicht. Es wird zu nichts führen. Lydia war ein fürsorglicher Mensch, der niemandem etwas zu Leide getan hat. Sie hätte nie gewollt, dass du das tust."

„Wie kannst du das wissen? Sie ist tot. Dieser Mann hat nie darüber nachgedacht, was sie wollte. Er war bereit, das Leben einer jungen Frau zu zerstören, um seinen eigenen Ruf zu schützen. Bridget, das System hat Lydia im Stich gelassen. Dieser Mann – der die Aufgabe hatte, sich um sie zu kümmern – hat sich stattdessen entschieden, sie zu verraten. Das Rechtssystem hatte die Chance, Gerechtigkeit zu schaffen, aber auch das hat sie im Stich gelassen. Also habe ich keine Wahl."

„Es gibt immer eine Wahl, Bella."

„Dann wähle ich diese." Bella blickte von ihrer verbissenen Arbeit auf, um eine provokante Frage zu stellen. „Was ist mit deiner Schwester Abigail und dem Mann, der sie ermordet hat?"

Bridget war überrascht über die unerwartete Frage. „Was ist mit ihr?"

„Wurde ihr Mörder je gefunden? Hat die Justiz ihn für seine Taten bestraft?"

„Nein." Es war nur ein Flüstern.

Bella deutete mit dem Messer in Bridgets Richtung. „Das System hat auch dich im Stich gelassen, Bridget.

Wenn du die Chance hättest, Abigails Tod zu rächen, würdest du sie nicht ergreifen? Würdest du nicht die gleiche Entscheidung treffen wie ich – Auge um Auge, Zahn um Zahn?"

Bridget blieb stehen, und jeder Gedanke, Bella aufzuhalten, war plötzlich wie weggeblasen.

Hatte sie nicht unzählige Stunden nachts wach im Bett gelegen und an all die schrecklichen Dinge gedacht, die sie Abigails Mörder antun würde, wenn sie jemals mit ihm allein wäre? In der Tiefe ihres Geistes lag ein dunkler Keller, feucht und modrig, voll mit Folterinstrumenten – glühende Schürhaken, Daumenschrauben, eine Folterbank, eine eiserne Jungfrau. Es war beängstigend, wie die Sehnsucht nach Rache knapp unter der Oberfläche unserer zivilisierten Fassaden lauerte, wie ein urzeitlicher Drang, der nie zur Ruhe kommen konnte. Manchmal hatte sie das Gefühl, dass grausame Vergeltung die einzige Regel war, die Sinn machte. Sie erinnerte sich an die Worte von Irene Thomas. *Der Akt der Rache muss immer über das ursprüngliche Verbrechen hinausgehen.*

Doch dann sah sie die Klinge in Bellas Hand und kam zur Besinnung.

„Nein. Ich bin Polizistin geworden, weil das mit Abigail passiert ist. Ich will das Gesetz wahren und es nicht in die eigenen Hände nehmen. Ohne Gesetz sind wir nur Wilde. Du solltest verstehen, dass das biblische Prinzip *Auge um Auge* darauf abzielt, die Vergeltung auf den Wert des Verlorenen zu beschränken und übermäßige Rache zu verhindern. Was du getan hast, die Rache, die du genommen hast, steht in keinem Verhältnis zum ursprünglichen Verbrechen. Du hast eine Spur des Gemetzels und zerstörter Leben hinterlassen. Bitte hör jetzt auf, bevor du noch mehr sinnloses Unheil anrichtest."

„Ich kann nicht", sagte Bella. „Ich habe den Punkt, an dem es kein Zurück mehr gibt, schon vor langer Zeit überschritten." Sie stieß die Spitze der Klinge tiefer in das Fleisch des Direktors und ein frisches Rinnsal aus Blut erschien.

„Nein!", rief Bridget. „Es ist nie zu spät, einen anderen Weg einzuschlagen. Alexia hatte einen Sinneswandel. Wusstest du das? Sie hatte vor, einen Artikel über den Direktor zu schreiben und die Wahrheit über das, was er in Byblos getan hatte und wie seine Taten zu Lydias Tod geführt hatten, zu enthüllen. Sie war sogar bereit aufzudecken, welche Rolle sie bei dem Betrug gespielt hatte. Sie wollte Buße tun."

„Du lügst!"

„Nein, der Kaplan hat es mir gesagt. Alexia hatte sich mit ihm für Samstagnachmittag hier in der Kapelle verabredet, um ihren Artikel zu besprechen. Indem du sie umgebracht hast, hast du verhindert, dass sie die Wahrheit veröffentlicht."

„Das ist mir egal", spuckte Bella. „Sie kam siebzehn Jahre zu spät, um Lydia zu retten."

In diesem Moment wurde die Tür zur Vorkapelle aufgerissen und Schritte hallten laut auf dem Steinboden wider.

„Ma'am? Sind Sie hier?"

Die Stimme war die von Jake. Bridget wagte es, ihren Blick für eine Sekunde von Bella abzuwenden und über die Brüstung zu spähen. Jake und Ffion standen in der Mitte der Vorkapelle neben ihrem zertrümmerten Telefon.

„Hier oben", rief sie.

Aus den Augenwinkeln sah sie Metall aufblitzen und hörte ein gequältes Stöhnen. Bella hatte den Direktor niedergestochen.

★

Die Klinge des Dolches steckte bis zum Griff in der Brust des Direktors. Bella zog den Dolch heraus und ein Blutschwall folgte. Der Direktor stieß einen gedämpften Schrei aus.

Bridget stürzte sich auf ihre Freundin. Ohne auf ihre eigene Sicherheit zu achten, warf sie sich nach vorne und ergriff Bellas Arm. Aus der Nähe konnte sie sehen, dass der Griff des Messers kunstvoll mit Metallgravuren verziert war. Aber jetzt war nicht die Zeit, innezuhalten und die Kunstfertigkeit zu bewundern. Bellas Augen funkelten vor Wut. Sie befreite sich aus Bridgets Griff und stieß sie mit einem triumphierenden Schrei von sich, ehe sie erneut zustach. Der Dolch bohrte sich ein zweites Mal in das Fleisch des Direktors.

Bridget versetzte Bella einen heftigen Tritt gegen das Schienbein, woraufhin Bella zurückfiel und gegen das Geländer am Rand des Balkons prallte. Den Dolch hielt sie noch immer in der Hand.

Bridget hatte keine Ahnung, was Bella als Nächstes tun würde, aber sie stellte sich vor den Direktor. „Wenn du ihn töten willst, musst du zuerst mich töten", sagte sie.

Bella stöhnte. „Nein. Du kannst mich nicht aufhalten." Doch sie wich in die Ecke des schmalen Balkons zurück und umklammerte das Messer vor sich.

Bridget hoffte, dass Jake und Ffion den Turm erreichen würden, bevor Bella etwas anderes tat. Im Moment schien sie fügsam zu sein, kauerte auf dem Boden und hielt Abstand.

Vorsichtig löste Bridget das Hemd des Direktors, mit dem er geknebelt worden war. Sie drückte den Stoff auf die Wunde und kämpfte darum, den Blutfluss aus der Brust des Direktors zu stoppen, aber der frische weiße Baumwollstoff verwandelte sich bald in einen durchnässten, roten Klumpen. Dr. Harpers Gesicht glänzte schweißnass und er war dabei, das Bewusstsein zu verlieren.

Bridget hörte die Schritte von Jake und Ffion, die hinter ihr die Treppe hinaufstiegen, und als sie im Glockenstuhl ankamen, war Ffion bereits am Telefon und rief einen Krankenwagen und Verstärkung.

„Hilf mir, ihn loszubinden und in eine horizontale Position zu bringen", sagte Bridget.

Während sie und Ffion den Direktor befreiten und in die stabile Seitenlage brachten, ging Jake an ihr vorbei zu Bella, die in der hintersten Ecke kauerte.

„Geben Sie mir das Messer", sagte er in seinem weichen nordischen Akzent, mit dem er sonst so gut das Vertrauen von misstrauischen Verdächtigen und widerspenstigen Zeugen gewinnen konnte.

Bella antwortete mit einem unverständlichen Wimmern.

Während Ffion sich um den Direktor kümmerte, stand Bridget auf und stellte sich neben Jake. Bella kauerte wie ein verängstigtes Tier in der Ecke des Glockenstuhls, das Messer noch immer in der zitternden Hand.

„Es ist noch Zeit, sich zu stellen, Bella", sagte Bridget. „Vielleicht kannst du auf Totschlag plädieren, wegen verminderter Zurechnungsfähigkeit."

„Nein!", schrie Bella. „Ich will mich nicht stellen. Verstehst du denn nicht? Damit durchzukommen, war nie Teil des Plans." Sie hob die Messerklinge an ihre eigene Kehle.

Dr. Thomas' beängstigende Worte kamen Bridget wieder in den Sinn. *Der Rächer ist am Ende immer tot.*

„Das würde ich an Ihrer Stelle nicht tun", sagte Jake. Er stürzte sich auf Bella.

Sie schlug mit dem Messer nach ihm, aber er packte ihren ausgestreckten Arm und verdrehte ihn hinter ihrem Rücken, so dass sie die Waffe fallen lassen musste. Sie fiel klappernd zu Boden und Jake trat sie über den Rand der Plattform, so dass sie auf dem Boden der Vorkapelle landete.

Der Kampf war so schnell vorbei, wie er begonnen hatte, und Bridget spürte, wie sie wieder atmete, ohne zu merken, dass sie überhaupt den Atem angehalten hatte. Ein paar qualvolle Sekunden lang hatte sie sich vorgestellt, wie Bella den Dolch durch Jakes Herz stieß und ihn auf der Stelle tötete.

Jetzt lag sie wehrlos am Boden. „Das Messer gehörte Lydia", wimmerte sie. „Es war ein traditionelles libanesisches Messer. Es war das Einzige, das mich an sie erinnerte."

Bridget trat vor. „Bella Williams, ich verhafte Sie wegen

der Morde an Alexia Petrakis, Tina Mackenzie und Meg Collins sowie wegen des versuchten Mordes an Dr. Brendan Harper." Das Stöhnen, das ein paar Meter hinter ihr zu hören war, verriet ihr, dass der Direktor noch immer nicht aufgab. „Sie haben das Recht zu schweigen, wenn Sie aber etwas verschweigen, auf das Sie sich später vor Gericht berufen, kann dies Ihrer Verteidigung schaden. Alles, was Sie sagen, kann und wird vor Gericht gegen Sie verwendet werden. Haben Sie das verstanden?"

Bellas schluchzendes Stöhnen nahm sie als Zustimmung. Draußen hörte sie in der Ferne das Heulen eines Krankenwagens.

KAPITEL 31

Zurück in der Zentrale der Thames Valley Police in Kidlington beendete Bridget den Entwurf ihrer offiziellen Beschwerde gegen Baxter. Ihre Wut über die Art und Weise, wie er sie behandelt hatte, hatte sich zwar etwas gelegt, aber die Liste ihrer Beschwerden war immer noch umfangreich. Sie druckte das Dokument aus, um es zu ihrem Meeting mit Detective Chief Superintendent Alex Grayson mitzunehmen.

Nachdem der Krankenwagen eingetroffen war, um den Direktor ins Krankenhaus zu bringen, und ein Polizeiauto Bella abgeholt hatte, um sie hinter Schloss und Riegel in einer Polizeizelle sicher zu verwahren, hatte Bridget erwogen, direkt zu Vanessas Haus zu fahren, um Chloe zu sehen. Sie vermisste ihre Tochter schrecklich und sehnte sich danach, sie in die Arme zu schließen. Aber es war erst früher Nachmittag und es würde noch ein paar Stunden dauern, bis Chloe aus der Schule kam. Stattdessen hatte Bridget schnell Vanessa und Jonathan angerufen, um sie wissen zu lassen, dass sie in Sicherheit war, und war dann zur Arbeit zurückgekehrt, um ihre wütenden Gedanken zu Papier zu bringen, solange die Ungerechtigkeit, die Baxter ihr angetan hatte, noch frisch war.

Der Chief Superintendent hatte sich bereit erklärt, sie zu treffen, sobald er von Baxter über den Abschluss des Falles informiert worden war. Bridget beobachtete das Gespräch der beiden Männer durch die Glaswände von Graysons Büro. Es war offensichtlich, dass zumindest ein Teil der Diskussion sie betraf, und sie war froh, dass sie ins Büro gekommen war, um ihren Standpunkt deutlich zu machen und für ihre Sache zu kämpfen. Schließlich war sie es gewesen, die den Mörder gefasst und dabei ihr eigenes Leben aufs Spiel gesetzt hatte. Und sie war es gewesen, die viele der entscheidenden Durchbrüche bei den Ermittlungen erzielt hatte, auch wenn es einer gemeinsamen Anstrengung mit Jake und Ffion bedurft hatte, um schließlich zu einer Verhaftung zu kommen. Nach einer Viertelstunde stolzierte Baxter aus dem Büro, ohne ihr in die Augen zu sehen, und der Chief Super rief sie herein.

„DI Hart, bitte setzen Sie sich."

Der Chief war nie jemand, der Worte verschwendete, und Bridget war an seine prägnante, spartanische Art zu sprechen gewöhnt. Ein Foto, das den Chief neben seiner Frau zeigte – beide ohne ein Lächeln –, stand auf der Kante seines Schreibtischs, und Bridget fragte sich, ob die Konversation zu Hause bei den Graysons genauso knapp war wie in seinem Büro. Die Tatsache, dass er das Wort „bitte" benutzt hatte, deutete darauf hin, dass er nach der Festnahme in relativ guter Stimmung war. Er saß hinter seinem ausladenden Schreibtisch und las einen Bericht, während Bridget ihm gegenüber Platz nahm.

Sein Eröffnungszug überraschte sie. „DI Hart, DI Baxter hat eine offizielle Beschwerde über Ihr Verhalten während der Ermittlungen eingereicht." Er nahm das getippte Blatt Papier, das er gerade gelesen hatte, in die Hand und hielt es ihr unter die Nase. „Baxter behauptet, Sie hätten seine Untersuchung behindert, seine Autorität untergraben und seine Anordnungen als leitender Ermittler in diesem Fall vorsätzlich und wiederholt missachtet. Er führt mehr als" – Grayson wedelte verärgert mit dem Bericht – „ein Dutzend konkreter Beispiele für Ihr angebliches Fehlverhalten an."

„Darf ich den Bericht sehen, Sir?"

„Nein. Wie ich sehe, haben Sie mir auch ein Dokument zum Lesen mitgebracht." Er deutete auf das Blatt, das sie in der Hand hielt.

„Ja, Sir. Es ist eine offizielle Beschwerde über das Verhalten von DI Baxter."

„Das dachte ich mir schon."

Grayson nahm es entgegen, ohne es anzusehen, und legte es neben Baxters Bericht auf seinen Schreibtisch. „DI Hart, wie lange sind Sie schon Detective Inspector in dieser Abteilung?"

„Fast sechs Monate, Sir."

„Sechs Monate, ja. Wissen Sie, wie lange DI Baxter schon auf seinem Posten ist?"

„Nein, Sir."

„Etwas mehr als zwanzig Jahre."

Bridget spürte, wie ihre Wut wieder wuchs. Es hatte lange gedauert, bis sie den Rang eines Detective Inspectors erreicht hatte, weil sie als alleinerziehende Mutter eine kleine Tochter zu versorgen und sich nie die Zeit genommen hatte, sich in die Büropolitik einzumischen oder mit ihren Kollegen auf einen Feierabenddrink in den Pub zu gehen. Wenn Grayson ihr das vorwarf und sich auf die Baxters Seite stellte, nur weil er schon länger im Job war, würde sie sich bis zum Äußersten wehren. „Bei allem Respekt, Sir, ich weiß nicht, warum das relevant ist."

Grayson trommelte mit den Fingern auf dem Schreibtisch, bevor er fortfuhr. „DI Baxter ist einer meiner erfahrensten Detectives mit einer soliden Erfolgsbilanz bei Verhaftungen. Er ist ein geschätztes Mitglied des Teams." Er machte eine Pause. „Aber erfahrene Detectives bleiben manchmal in ihrem Trott stecken. Sie entwickeln ihre eigene Arbeitsweise und mögen keine Neulinge. Sie werden selbstgefällig."

„Ja, Sir."

„Ich mag Sie, DI Hart. Mir gefällt, wie Sie Ihre Arbeit machen. Sie haben Potenzial."

Bridget zog die Augenbrauen hoch. So ein überschwängliches Lob hatte sie von ihrem Chef noch nie gehört. „Danke, Sir."

„Bei dieser letzten Ermittlung haben Sie den Täter verhaftet und einem Mann das Leben gerettet."

„Ja, Sir."

„Obwohl Baxter es Ihnen verboten hat."

War das ein amüsiertes Funkeln in den Augen des Chief Super? Bridget hatte so etwas noch nie gesehen und war sich deshalb nicht sicher.

Das Funkeln, was auch immer es war, hielt nicht lange an. „DI Hart, ich mag keine Detectives, die keine Anweisungen befolgen können. Es beunruhigt mich, wenn Beamte ihren Instinkten folgen und nicht gut im Team funktionieren."

„Nein, Sir."

„Aber ich bewundere Detectives, die sich nicht unterkriegen lassen und trotz aller Widrigkeiten ihren Job erledigen."

„Ja, Sir." Bridget hatte den Eindruck, dass Grayson die Vorteile beider Seiten haben wollte. Um ehrlich zu sein, hatte sie noch nie jemanden getroffen, bei dem das nicht der Fall war.

„Das war ein gutes Ergebnis", fuhr der Chef fort. „Zumindest am Ende. Lassen Sie uns nicht alles wegen eines Streits zwischen zwei meiner besten Detectives verderben. Wenn Baxter bereit ist, seine Beschwerde zurückzuziehen, werden Sie dann auch Ihre zurückziehen?"

Bridget dachte einen Moment lang nach. Ein Teil von ihr wollte Baxter zur Rede stellen und ihm beweisen, dass sie die ganze Zeit recht gehabt hatte. Aber was würde das wirklich bringen? Sie hatte selbst erlebt, dass der Wunsch nach Rache und Vergeltung zu nichts führte. „Ja, Sir. Ich stimme zu."

„Gut. Es gibt nichts, was ich mehr hasse als diesen

verdammten Papierkram." Grayson riss die beiden Beschwerden in zwei Hälften, knüllte sie zu einem Ball zusammen und warf sie zielsicher in seinen Papierkorb.

„Müssen Sie nicht erst mit DI Baxter sprechen, bevor Sie seine Beschwerde zurückziehen, Sir?"

„Ich glaube nicht, dass das nötig sein wird. Ich habe ernsthaft über die Angelegenheit nachgedacht und beschlossen, seine Beschwerde mit der gebührenden Ernsthaftigkeit zu behandeln. Ich denke, wir sind hier fertig, DI Hart."

„Ja, Sir. Ich danke Ihnen, Sir." Bridget war sich nicht ganz sicher, wofür sie sich bedankte. Es fühlte sich eher wie ein Unentschieden als wie ein Sieg an. Baxter war mit seinen Schikanen und seinem Fehlverhalten davongekommen, und sie wusste, dass ihre Rivalität mit ihm weitergehen würde, wann immer sie in Zukunft zusammenarbeiteten. Er war einfach zu stur, um seine Gewohnheiten zu ändern. Aber zumindest hatte sie jetzt das Gefühl, Grayson auf ihrer Seite zu haben. Und Baxter würde es auch wissen.

Sie stand auf und ließ ihren Blick ein letztes Mal durch das große Büro schweifen. Grayson saß wie ein leicht bösartiger Krake in der Mitte, umgeben von seinen Golffotos und Trophäen. „Übrigens", sagte er. „Ich habe gerade einen Anruf von Mrs. Harper bekommen. Sie rief an, um mir mitzuteilen, dass ihr Mann durchkommen wird, dass er aber beschlossen hat, sich aus dem Rennen um das Amt des Vizekanzlers zurückzuziehen. Es wird mit ziemlicher Sicherheit eine Untersuchung über sein Verhalten vor siebzehn Jahren im Zusammenhang mit der Abschlussarbeit von Miss Lydia Khoury geben, und wahrscheinlich auch in Bezug auf die Ausfuhrgenehmigung, die er für die Einfuhr einer Statue aus dem Libanon erhalten hatte. Ich kann mir vorstellen, dass er gezwungen sein wird, von seinem Amt als Direktor des Merton College zurückzutreten, bevor die Ermittlungen beginnen."

„Gut", sagte Bridget. „Dann wird Lydia also doch

noch Gerechtigkeit widerfahren. Schade nur, dass der Preis dafür so hoch war."

Grayson drehte einen Stift zwischen Daumen und Zeigefinger. „Ich weiß, dass die letzten Tage sehr anstrengend für Sie gewesen sein müssen."

„Ja", gab Bridget zu. „Das waren sie. Ich hatte mich auf ein schönes, erholsames Wochenende gefreut, aber stattdessen fand ich mich mitten in einem Blutbad wieder."

„Nehmen Sie sich ein paar Tage frei", sagte Grayson schroff. „Sie haben es sich verdient." Mit einer Handbewegung entließ er sie.

„Vielen Dank, Sir."

★

Jake hatte gerade seinen Bericht über die Ereignisse im Glockenturm fertiggestellt. Er war kein Fan von Papierkram, aber es war besser, diese Dinge zu erledigen, solange sie noch frisch im Gedächtnis waren. Außerdem war der Fall gut ausgegangen, so wie es sich alle erhofft hatten – der Täter saß hinter Gittern und war bereit, sich der Justiz zu stellen.

Der Chef hatte ihn für sein schnelles und mutiges Handeln gelobt, mit dem er Bella entwaffnet und sie davon abgehalten hatte, das Messer gegen sich selbst zu richten. Auch die anderen Jungs im Büro hatten ihm gratuliert. Ryan, Andy und Harry hatten ihm sogar versprochen, ihn zur Feier des Tages auf einen Drink einzuladen.

„Bist du bereit, Kumpel?", fragte Ryan. „Ich schätze, wir könnten dir heute Abend sogar das Bier ausgeben."

„Ja, vielleicht", sagte Jake. „Es gibt nur eine Sache, die ich zuerst klären muss."

Ryan folgte seinem Blick quer durch das Büro zu Ffion, die immer noch auf ihrer Tastatur tippte, während eine Dampfwolke aus ihrer walisischen Drachentasse aufstieg. „Ach ja, der feuerspeiende walisische Drache. Keine Sorge, Kumpel. Geh und tu, was du tun musst. Pass nur auf, dass du dich nicht verbrennst. Ich und die Jungs sind unten im King's Head, falls du etwas brauchst, um die Flammen zu löschen."

„Ja, okay, klar", sagte Jake geistesabwesend. „Danke."

Er packte seine Sachen zusammen und ging zu Ffions Schreibtisch. „Arbeitest du noch?"

„Fast fertig." Ihre langen Finger flogen weiter über die Tastatur. „Beschäftigt dich etwas?"

„Da ist eine Sache, bei der ich mir immer noch nicht sicher bin", sagte er. „Bist du wirklich nur aufgrund dessen, was Bridgets alte Geschichtstutorin dir über Liebe, Lust und Hass erzählt hat, darauf gekommen, dass Bella die Mörderin ist?"

„Na ja, natürlich nicht nur deswegen."

„Natürlich." Er wartete.

„Da war noch etwas, das Meg Collins gesagt hat, als Baxter sie verhört hat. Als sie nach dem Zyanid gefragt wurde, sagte sie, dass in einem Chemielabor in der Schule alles vorhanden sei, um es herzustellen."

„Und Bella war Lehrerin."

„Ja." Sie speicherte ihren Bericht, schaltete den Computer aus und hob die Tasse mit dem heißen Tee an die Lippen.

„Hast du vor, mit den anderen in den Pub zu gehen?", wagte Jake zu fragen.

„Nein, ich glaube nicht. Das ist nicht wirklich mein Ding, weißt du. Jungs, Bier, Fußball."

„Nein, das dachte ich mir." Er beobachtete den Dampf, der aus ihrer Tasse aufstieg, und fragte sich, was für ein seltsames Hexengebräu sie diesmal enthielt. Jake konnte sich nicht vorstellen, selbst etwas von diesem Zeug zu trinken, ganz gleich, welche gesundheitlichen Vorteile es haben mochte. Er trank lieber einen Milchkaffee mit etwas Zucker oder eine Tasse Builders' Tea. Oder ein gutes Pint Bier. Mit einem Pint konnte man nichts falsch machen. Er überlegte, ob er nicht doch mit den Jungs in den Pub hätte gehen sollen.

„Du gehst also mit den Jungs ein Bier zischen?", fragte

Ffion mit übertriebenem walisischem Akzent, um ihn zu necken.

„Nein, ich glaube nicht. Eigentlich habe ich mich gefragt, ob du Lust hast, mit mir irgendwo hinzugehen?"

„Wohin?"

„Keine Ahnung. Wohin möchtest du gehen?"

„Das kommt darauf an, was du vorhast, wenn wir dort ankommen."

„Ähm …" Er spürte, wie ihm heiß wurde, und wusste, dass sich seine Ohren bald knallrot färben würden. Wenn sie es nicht schon waren. Warum konnte er nicht einfach mit Ffion reden, ohne dass es ihm peinlich war? Normalerweise war er bei Mädchen nicht auf den Mund gefallen. „Ich …"

„Bittest du mich um eine Verabredung?" Ffion stellte ihre Tasse auf den Tisch und sah ihn mit ihren durchdringenden smaragdgrünen Augen direkt an.

„Ähm … ja. Ich denke schon. Also, möchtest du?"

„Du hast immer noch nicht gesagt, wohin."

„Spielt das eine Rolle?"

Ffions Gesichtsausdruck war undurchdringlich. „Möglicherweise. An deiner Stelle würde ich mir die Sache also gut überlegen."

„Äh, ja. Ich schätze schon." Ihm wurde klar, dass er keine Ahnung hatte, was Ffion in ihrer Freizeit gerne unternahm. Natürlich war sie Langstreckenläuferin und ging zum Taekwondo, aber das waren nicht die Aktivitäten, die er im Sinn hatte. Sie liebte es, mit ihrer Kawasaki herumzufahren, aber welche gesellschaftlichen Unternehmungen könnten einer Frau wie Ffion gefallen, wenn überhaupt? „Wie wäre es, wenn du mir das Ashmolean Museum zeigst? Ich habe mir die Website angesehen. Die ägyptische Abteilung sieht eigentlich ganz interessant aus." Verdammt, er würde sich sogar zerbrochene griechische Kochtöpfe ansehen, wenn er müsste. „Ich nehme an, es ist jetzt geschlossen, aber vielleicht können wir am Samstag hingehen?"

Ffion betrachtete ihn über den Rand ihrer Tasse

hinweg. „Ist es wirklich das, was du machen möchtest?"

„Nicht wirklich, aber ..."

„Wo willst du denn hin?"

„Nun, heute gibt es einen Comedy-Abend in der O2 Academy in der Cowley Road. Es ist ein lokaler Typ, der langsam einen guten Ruf bekommt. Vielleicht könnten wir danach ein Curry essen gehen. Oder ein paar Bier trinken im Irish Pub gegenüber von meiner Wohnung."

Er wartete auf ihre Antwort und fragte sich, ob er seine Chancen gerade völlig verspielt hatte. Er hatte keine Ahnung, ob Ffion die Art von Abend, die er gerade beschrieben hatte, gefallen würde. Nach allem, was er wusste, konnte es auch ihre Vorstellung von der Hölle sein. Aber wenn das der Fall war, dann hatte jede Art von Beziehung zwischen ihnen einfach keine Chance.

Sie erhob sich und zog ihre grüne Lederjacke an. „Ich glaube, ich bin hier fertig."

„Oh", sagte Jake enttäuscht. „Gehst du?"

„Natürlich", sagte sie. „Ich gehe mit dir. Comedy und Curry klingt toll."

★

Es war schon spät, als Bridget endlich am Haus ihrer Schwester in North Oxford ankam, um Chloe abzuholen.

Vanessa öffnete die Tür mit ihrem üblichen Sinn für Melodramatik. „Bridget! Wir haben uns alle schreckliche Sorgen um dich gemacht. Du hättest in diesem Irrenhaus getötet werden können! Ich habe die furchtbarsten Dinge gehört!"

Rufus, der Hund, sprang herbei und versuchte nach Kräften, Bridget zur Seite zu schubsen. Sie kraulte den Goldenen Labrador freundlich hinterm Ohr.

„Ich bin ja jetzt hier und es geht mir gut", sagte sie und versuchte, Vanessa zu beruhigen.

Trotz aller Bemühungen der Polizei, die reißerischen Details der Morde unter Verschluss zu halten, war es unvermeidlich, dass sie an die Öffentlichkeit gelangten.

Zweifellos würden sie bald die Schlagzeilen beherrschen, aber offensichtlich verbreiteten sie sich bereits über das engmaschige Gerüchtenetzwerk von Oxford. Sie fragte sich, wie viel Vanessa schon gehört hatte, und ob es auch stimmte. Aber sie hatte jetzt keine Lust, darüber zu reden.

„Mum?" Chloe stürmte aus dem Wohnzimmer, schlang die Arme um Bridget und drückte sie fest an sich. „Ich bin so froh, dass es dir gut geht. Es hört sich an, als wäre die Gaudi eher eine Horrorshow gewesen."

„Nun, es war sicher kein freudiges Ereignis", sagte Bridget. „Wie geht es dir? Hat sich Tante Vanessa gut um dich gekümmert?"

„Natürlich, Mum. Alles ist in Ordnung."

„Komm und setz dich", sagte Vanessa. „Ich setze Wasser auf."

„Danke", sagte Bridget. „Aber ich muss wirklich nach Hause."

„Unsinn. Was willst du denn essen? Ich wette, du hast zu Hause nichts im Kühlschrank und nicht viel in den Küchenschränken."

Ihre Schwester kannte sie zu gut. „Ich kann mir einfach etwas aus dem Imbiss mitnehmen."

„Sei nicht albern. Komm rein. Ich mache dir ein anständiges Essen. Außerdem", fügte sie hinzu, „ist hier jemand, der dich sehen will."

Neugierig folgte Bridget Vanessa ins Wohnzimmer. Jonathan saß in einem Ohrensessel und hatte die Füße auf einen Hocker gelegt.

„Bridget." Er versuchte aufzustehen, als er sie sah, aber sie konnte sehen, dass es ihm immer noch große Schmerzen bereitete, sich zu bewegen.

„Jonathan? Was machst du hier?"

„Ich habe James geschickt, um ihn herzubringen, als ich hörte, dass du aus dem College entlassen wurdest", sagte Vanessa. „Ich gehe jetzt in die Küche, um etwas zu zaubern. Ihr zwei habt ein bisschen Zeit für euch." Sie schloss die Tür zum Wohnzimmer und zog sich in ihr Reich zurück. Bridget wusste, wenn Vanessa versprach,

„etwas in der Küche zu zaubern", konnte sie sich auf ein Gourmetessen freuen.

„Bleib sitzen", sagte sie zu Jonathan, zog ein Sitzkissen heran und setzte sich neben ihn.

„Gott sei Dank bist du nicht verletzt", sagte er und nahm ihre Hand in seine.

„Ich habe überlebt", sagte sie. „Gerade so."

„Möchtest du darüber reden?"

„Eigentlich nicht." Jedes Mal, wenn sie und Jonathan versuchten, zusammenzukommen, kam ihnen die Arbeit in die Quere, manchmal auf lebensgefährliche Weise. Jonathan hatte Glück gehabt, dass er bei ihrem letzten Mordfall lebend davongekommen war, und auch wenn seine Verletzungen schwer waren, hätten sie viel schlimmer sein können. Sie wusste, wie kostbar das Leben war und wie leicht es einem genommen werden konnte. An diesem Wochenende hatte sie drei Freundinnen durch Mord und eine durch die Justiz verloren. Daran musste sie sich erst einmal gewöhnen.

„Nun", sagte Jonathan fröhlich. „Ich habe etwas, das dich aufmuntern könnte."

„Ach?"

Er griff in seine Jackentasche und zog ein paar Karten hervor. „Die sind für *Hamlet*, im Oxford Playhouse. Ich habe die besten Plätze gekauft."

„Oh", sagte Bridget und versuchte vergeblich, die Bestürzung in ihrer Stimme zu verbergen. „Eine Rachetragödie."

Jonathans Gesicht verzog sich. „O Gott. Habe ich etwas falsch gemacht? Wenn du nicht gehen willst, verstehe ich das sehr gut."

Sein Gesichtsausdruck war so ernst, dass sie sich ein Lachen nicht verkneifen konnte. Sie schlang ihm die Arme um den Hals, achtete darauf, die Wunde an seinem Bauch nicht zu berühren, und gab ihm einen Kuss. „Jonathan, mit dir gehe ich überall hin."

IN LIEBE UND MORD
(BRIDGET HART #4)

Täuschung. Tod. Ein Pakt mit dem Teufel.

Als Dr. Nathan Frost, Dozent für deutsche Literatur an der Universität Oxford, zu einem rauschenden Fest im Landhaus eines wohlhabenden Geschäftsmannes eingeladen wird, weiß er, dass er dafür einen hohen Preis zahlen muss. Als Experte für die Legende von Faust und Mephistopheles erkennt er natürlich sofort den Pakt mit dem Teufel. Doch selbst er hätte nicht damit gerechnet, dass der Abend ein so unheilvolles Ende nehmen wird.

Als Detective Inspector Bridget Hart zu einem dubiosen Todesfall in einem Landhaus gerufen wird, ist sie überrascht, dass sich unter den Partygästen auch ein Regierungsminister befindet. Ihr Team muss sich mit mächtigen Interessen anlegen, um die Wahrheit ans Licht zu bringen. Doch in einer Welt voller Gefälligkeiten, Bestechung und Korruption ist nichts so, wie es scheint, und niemandem kann man trauen.

Die Bridget-Hart-Reihe spielt inmitten der verträumten Türme der Universität Oxford und ist ideal für Fans von J M Dalgliesh, Rachel McLean, Angela Marsons und klassischen britischen Krimis.

VIELEN DANK FÜRS LESEN

Wir hoffen, dass dir dieses Buch gefallen hat. Wenn ja, wären wir dir sehr dankbar, wenn du dir einen Moment Zeit nehmen und eine Rezension bei Amazon hinterlassen könntest. Herzlichen Dank.

BÜCHER DER BRIDGET-HART-REIHE:

Todesstreben (Bridget Hart #1)
Morden nach Zahlen (Bridget Hart #2)
Tu nichts Böses (Bridget Hart #3)
In Liebe und Mord (Bridget Hart #4)
Ein dunkel leuchtender Stern (Bridget Hart #5)
Prolog zum Mord (Bridget Hart #6)

ÜBER DIE AUTOREN

M.S. Morris ist das Pseudonym des Autorenduos Margarita und Steve Morris. Beide studierten an der Universität Oxford, wo sie sich 1990 kennenlernten. Zusammen schreiben sie Psychothriller und Kriminalromane. Sie sind verheiratet und leben in Oxfordshire.

www.ingramcontent.com/pod-product-compliance
Lightning Source LLC
Chambersburg PA
CBHW032147190626
46814CB00005BA/1866